kristen callihan

GERENCIADO

Traduzido por Daniela Alkmim

1ª Edição

2024

Direção Editorial:	**Revisão Final:**
Anastacia Cabo	Equipe The Gift Box
Tradução:	**Arte de capa:**
Daniela Alkmim	Bianca Santana
Preparação de texto:	**Diagramação:**
Marta Fagundes	Carol Dias

Este livro segue as regras da Nova Ortografia da Língua Portuguesa.

CIP-BRASIL. CATALOGAÇÃO NA PUBLICAÇÃO

CDD: 813
CDU: 82-31(73)

NOTA DA AUTORA

Há muito tempo me apaixonei por um cara jovem, cuja banda favorita do mundo inteiro era *Soda Stereo*, um grupo de rock espanhol, da Argentina. Muitos de vocês provavelmente nunca ouviram falar deles, mas eles costumavam lotar mais de 100 mil estádios, venderam mais de dezessete milhões de álbuns e até tiveram uma sessão *MTV Unplugged* — que eu recomendo fortemente que vocês procurem.

Só vi o meu — agora marido — chorar em poucas ocasiões. O dia em que soube da morte de Gustavo Cerati, o vocalista do *Soda Stereo*, foi um deles. Esse é o poder que a música pode exercer — fazer com que os músicos pareçam amigos, alguém que consegue expressar a sua dor, alegria, amor ou ódio através do som. Penso sempre nisso quando escrevo estes romances. E em como seria maravilhoso desempenhar um pequeno papel na propagação da música no mundo.

Amor é o que você faz na vida — Gabriel Scott
O amor é *quem* você representa na vida — Sophie Darling

CAPÍTULO UM

Sabe aquela pessoa que a Dona Sorte sempre beija na bochecha? Aquela que é promovida apenas por aparecer para trabalhar? Que ganha aquele prêmio incrível da rifa? O indivíduo que encontra uma nota de cem dólares no chão? Sim, não sou eu. E, provavelmente, não é a maioria de nós. A Dona Sorte é uma vadia seletiva.

Mas hoje? A Dona Sorte finalmente voltou o seu olhar para mim. E eu estou com vontade de fazer uma reverência em agradecimento. Porque recebi um upgrade para a primeira classe no meu voo para Londres. Pode ter havido um *overbooking*, e ninguém sabe de verdade por que fui eu a escolhida, mas aconteceu. Primeira classe, *baby*. Estou tão zonza, que praticamente danço no meu assento.

E, ah, que assento lindo ele é, todo em couro creme com painéis de madeira burl — embora eu ache que, por razões de segurança, não seja verdadeira. Não que isso importe. É um pequeno compartimento independente. Tem um espaço reservado para bolsa e sapatos, um bar, uma moderna luminária para leitura e uma televisão com tela *widescreen*.

Com um suspiro, me afundo no banco. É um assento de janela, separado do meu vizinho por um painel de vidro fosco que pode ser abaixado pelo toque de um botão. Os dois lugares podem se transformar em uma cabine aconchegante, ao fechar o painel brilhante que isola o corredor. Isso me lembra os antigos compartimentos dos trens de luxo.

Eu sou uma das primeiras pessoas a subir a bordo, então cedo à tentação e vasculho todos os mimos que eles me deixaram: balas, meias felpudas, máscara de dormir e – *ooh* – um saquinho de produtos para a pele. Em seguida, brinco pelo meu espaço levantando e abaixando a tela de privacidade; isto é, até ela fazer um *clique* ameaçador. Ela congela alguns centímetros acima da divisória e se recusa a subir novamente.

Hesitando, retiro a mão e me ocupo em tirar os sapatos e folhear o menu da primeira classe. É longo e tudo parece delicioso. Oh, meu irmão, como é que eu vou voltar para o coxão duro, e para carne e frango enlatados da classe econômica, depois disso?

Quando estou decidindo se devo tomar um coquetel de champanhe ou uma taça de vinho branco antes do voo, ouço a voz do homem. É profunda, nitidamente britânica e muito irritada.

— O que essa mulher está fazendo no meu lugar?

O meu pescoço enrijece, mas eu não olho para cima. Presumo que se refira a mim. A voz dele vem de algum lugar acima da minha cabeça, e, além de mim, só há passageiros do sexo masculino aqui.

E ele está errado, errado, errado. Estou no *meu* assento. Verifiquei duas vezes, me belisquei, verifiquei de novo e finalmente me sentei. Sei que estou onde deveria estar, mas não imagino o que me trouxe aqui. Ei, fiquei tão surpresa quanto qualquer outra pessoa quando fui ao balcão, apenas para ser informada que estava na primeira classe. Sem chance de eu voltar para a econômica agora.

Os meus dedos se agarram ao menu enquanto finjo examiná-lo. Estou realmente prestando atenção na conversa, neste momento. A resposta da comissária de bordo é muito baixa para eu ouvir, mas a dele não.

— Comprei, intencionalmente, dois lugares neste voo. Dois. Pelo simples propósito de não ficar sentado ao lado de mais ninguém.

Bem, isso é... luxuoso? Loucura? Luto para não fazer uma careta. Quem faz isso? É realmente tão horrível se sentar ao lado de alguém? Esse cara já *viu* a classe econômica? Nós podemos contar os pelos do nariz um do outro. Aqui, a minha cadeira é tão espaçosa que estou a uns bons trinta centímetros do seu assento estúpido.

— Sinto muito, senhor — responde a comissária de bordo quase ronronando, o que é estranho. Ela deveria estar irritada. Talvez tudo isso faça parte do programa beije-a-bunda-dos-passageiros-da-primeira-classe-porque-eles-pagaram-um-absurdo-para-estar-aqui. — O voo está lotado e todos os assentos estão ocupados.

— Foi por isso que paguei por dois lugares — ele esbraveja.

Ela murmura algo reconfortante de novo. Não consigo ouvir porque dois homens que passam por mim para chegar aos seus lugares, falam sobre opções de ações. Eles passam e ouço o Sr. Arrogante outra vez:

— Isto é inaceitável.

Ocorre um movimento à minha direita, e eu quase dou um pulo. Vejo o casaco vermelho da comissária de bordo enquanto ela se inclina, com o braço no botão da tela do homem. Calor invade as minhas bochechas, exatamente quando ela começa a explicar:

— Há uma tela para privacidade…

Ela pausa, porque a tela não está subindo.

Eu enterro o nariz no menu.

— Essa coisa não funciona? — Partiu do Arrogante.

O restante segue tão bem como se poderia esperar. Ele reclama, ela acalma, eu me escondo entre as páginas um e dois do cardápio.

— Talvez eu consiga convencer alguém a trocar de lugar? — oferece a prestativa comissária de bordo.

Sim, por favor. Prenda ele a outra pessoa.

— Que diferença vai fazer? — Sr. Arrogante vocifera. — A intenção era ter um lugar vazio ao lado do meu.

Eu adoraria sugerir que ele esperasse pelo próximo voo e nos poupasse da dor de cabeça, mas não era uma opção. O impasse termina com o idiota desabando em sua cadeira com um bufo exasperado. Ele deve ser grandalhão, porque sinto a lufada de ar quando ele faz isso.

O calor do seu olhar é tangível, pouco antes de ele se virar.

Filho da puta.

Baixando o meu cardápio, decido: *foda-se; vou me divertir com isso*. O que eles podem fazer? O avião está enchendo, o meu lugar está garantido.

Encontro um chiclete na minha bolsa e coloco na boca. Depois de mastigar poucas vezes, eu estouro algumas bolas. Só então me viro na direção dele.

E congelo no meio da mastigação, momentaneamente atordoada pela visão de quem está sentado ao meu lado. Porque, meu Deus, ninguém tem o direito de ser tão bonito e tão idiota. Tenho cem por cento de certeza que esse cara é o homem mais lindo que já vi. E é estranho porque os traços dele não são perfeitos nem delicados. Não, eles são pronunciados e marcantes – mandíbula afiada o suficiente para cortar aço, queixo firme, maçãs do rosto salientes e um nariz ousado que é quase grande demais, mas se encaixa perfeitamente no seu rosto.

Eu esperava um aristocrata grisalho e pálido, mas ele é bronzeado e o seu cabelo preto cai sobre a testa. Lábios esculpidos e carnudos estão comprimidos por irritação, enquanto ele faz uma careta para a revista em sua mão.

Mas ele sente o meu olhar com clareza (o fato de eu estar boquiaberta como um peixe em uma lança, provavelmente não ajuda) e ele se vira para me encarar. Sou atingida com força total, por toda aquela beleza masculina.

Os seus olhos são azul-turquesa. As sobrancelhas grossas e escuras se franzem, uma tempestade se forma no seu rosto. Ele está prestes a explodir comigo. Um pensamento chega ao mesmo tempo: preciso consertar isso.

— Jesus — eu solto, levantando a mão como se fosse proteger os meus olhos. — É como olhar para o sol.

— O quê? — ele grita, estreitando aqueles olhos que brilham como a luz do laser.

Oh, isso vai ser divertido.

— Pare agora, tá bom? — Eu olho para ele. — Você é gostoso demais. É muito para aguentar. — É verdade, mas eu nunca teria coragem de dizer isso em circunstâncias normais.

— Você está bem? — ele entoa, como se pensasse o contrário.

— Não, você quase me deixou cega. — Eu agito a mão. — Você tem um botão para desligar? Talvez diminuir a intensidade?

As narinas dele dilatam, a pele fica um pouco mais escura.

— Adorável. Estou preso ao lado de uma mulher louca.

— Não me diga que você não está ciente do efeito deslumbrante que causa no mundo. — Eu o encaro com os olhos arregalados de admiração. Pelo menos espero que seja isso que estou fazendo.

Ele recua quando aperto a divisória entre nós e me inclino um pouco. Inferno, ele cheira bem – como colônia cara e lã fina.

— As mulheres devem cair aos seus pés como moscas.

— Pelo menos as moscas caídas são silenciosas — murmura ele, folheando furiosamente a sua revista. — Madame, faça o favor de não me dirigir a palavra pelo resto do voo.

— Você é um duque? Você fala como um duque.

A sua cabeça estremece como se fosse virar em minha direção, mas ele consegue manter o olhar para a frente, franzindo os lábios até ficarem brancos nas bordas. Uma farsa.

— Ou talvez um príncipe. Já sei! — Estalo os dedos. — Um príncipe encantado!

Uma explosão de ar escapa dele, como se estivesse preso entre o riso e a indignação, mas realmente quisesse seguir com a indignação. Então ele para. E eu sinto um momento de apreensão, porque obviamente percebeu que estou tirando sarro dele. Eu não tinha notado o quão bem constituído esse cara é, até agora.

Deve ter mais de um metro e oitenta, pernas longas e fortes, envoltas em uma calça cinza-escura.

Jesus, ele está com um colete cinza-claro que abraça o seu torso esbelto. Deveria parecer um idiota total nisso, mas não... a peça apenas destaca os seus braços fortes, com aqueles músculos esticando os limites da sua camisa branca de botão. Injusto.

Os seus ombros são tão largos que fazem os assentos enormes da primeira classe parecerem pequenos. Mas ele é comprido e magro. Eu suponho que a definição muscular sob essas roupas finas e apropriadas também seja digna de babar, droga.

Eu observo tudo, incluindo a forma como suas mãos grandes se fecham. Não que eu pense que ele vai usar a força contra mim. O seu comportamento grita 'idiota pomposo', mas ele não parece ser um valentão. Ele nunca levantou a voz, de verdade, para a comissária de bordo.

Mesmo assim, o meu coração bate mais forte enquanto ele lentamente se vira para mim. Um sorriso perverso curva a sua boca exuberante.

Não olhe para isso. Ele vai te sugar para um vórtice de calor e não haverá retorno.

— Você me descobriu — ele confidencia em uma voz baixa, que é como manteiga quente sobre torradas. — Príncipe encantado, ao seu serviço. Perdoe-me por ser rude com você, madame, mas estou em uma missão de extrema importância. — Ele se aproxima mais, observando ao redor antes de voltar a olhar para mim. — Sabe, estou à procura da minha noiva. Infelizmente, você não está usando um sapatinho de cristal, então não pode ser ela.

Nós dois olhamos para os meus pés descalços e para o All Star vermelho no chão. Ele balança a cabeça.

— Você tem que entender que eu preciso manter o foco na busca.

Ele abre um sorriso largo, embora falso, revelando uma covinha em uma das bochechas, e eu fico sem fôlego. Droga, droga.

— Nossa. — Eu solto um suspiro sonhador. — É ainda pior quando sorri. Você realmente deveria vir com um aviso, Raio de Sol.

O seu sorriso desaparece como fumaça e ele abre a boca para retrucar, mas a comissária de bordo aparece ao seu lado de repente.

— Sr. Scott, gostaria de uma bebida antes do voo? Champanhe? Pellegrino, talvez?

Fico meio surpresa por ela não ter se oferecido. Mas a sugestão está na maneira como ela se inclina sobre ele, com a mão apoiada no assento perto do seu ombro, as costas arqueadas o suficiente para empinar os seios. Eu não posso culpar a mulher. O cara tem potencial.

Ele mal olha para ela.

— Não, obrigado.

— Tem certeza? Quem sabe um café? Chá?

Uma sobrancelha se levanta daquele jeito arrogante que só um britânico consegue fazer.

— Nada para mim.

— Champanhe parece uma boa — eu digo.

Mas a comissária de bordo nunca afasta os olhos da presa.

— Eu realmente peço desculpas pela confusão, Sr. Scott. Alertei os meus superiores e eles farão tudo que estiver ao alcance para acomodá-lo.

— Questão discutível neste momento, mas obrigado. — Ele já está pegando a sua revista, cuja capa mostra um carro esportivo elegante. Típico.

— Bem, então, se precisar de alguma coisa…

— Eu não sei sobre ele — eu a corto —, mas eu adoraria a… ei! Olá? — Aceno com a mão enquanto ela se afasta, com um rebolado extra nos quadris. — Fiquei no vácuo?

Posso sentir o seu sorriso e olho para ele.

— A culpa é sua, sabia?

— Culpa minha? — Ele ergue as sobrancelhas, mas não desvia o olhar da revista. — Como diabos você chegou a essa conclusão?

— A sua aparência irresistível a cegou para tudo além de você, Raio de Sol.

A expressão dele é indiferente, mas os seus lábios se contraem.

— Se ao menos eu pudesse deixar as mulheres sem palavras.

Não posso evitar, tenho de sorrir para isso.

— Oh, eu aposto que você acharia maravilhoso; todas nós, mulheres indefesas, apenas sorrindo e acenando com a cabeça. Embora eu tema que isso nunca funcione comigo.

— É claro que não — diz ele, impassível. — Estou preso ao lado daquela que sofre de um caso aparentemente incurável de diarreia verbal.

— Diz o homem que tem limitação social.

kristen callihan

Ele para outra vez, com os olhos arregalados. Depois solta um bufo estrangulado, que se transforma em um riso abafado.

— Cristo. — Ele aperta o dorso do nariz enquanto luta para se conter. — Estou condenado.

Eu sorrio, também querendo soltar uma risada, mas segurando.

— Calma, calma. — Dou um tapinha no antebraço dele. — Tudo vai acabar em mais ou menos sete horas.

Ele geme, levantando a cabeça. A diversão em seus olhos é genuína e muito mais mortal por causa disso.

— Eu não sobreviverei.

O avião estremece um pouco ao passar pelo portão. E o Sr. Raio de Sol empalidece, assumindo um belo tom de verde antes de desbotar para cinza. Um passageiro aterrorizado. Mas alguém que claramente preferiria que o avião caísse antes de admitir isso.

Ótimo. Ele provavelmente vai hiperventilar antes de estabilizarmos.

Talvez seja porque a minha mãe também tem medo de voar, ou porque eu prefiro pensar que o comportamento horrível do Sr. Raio de Sol seja baseado no medo e não por ele ser um enorme idiota, eu decido ajudá-lo. E, claro, me divirto mais um pouco durante o processo.

gabriel

Estou no inferno. É um lugar familiar: um tubo longo e estreito, com asas instáveis. Uma armadilha mortal com quinhentos lugares, ar viciado e motor barulhento. Tenho sido um passageiro frequente por aqui. Só que, desta vez, o próprio diabo é o meu parceiro de assento.

Sou integrante da indústria do entretenimento há tempo suficiente para saber que ele sempre aparece em uma embalagem atraente. Assim é melhor para atrair pessoas desavisadas. Esse demônio, em particular, parece ter saído da década de 1950 — tem cabelo loiro platinado que se movimenta ao redor do rosto de querubim; grandes olhos castanhos afetuosos; lábios bem vermelhos; e uma forma de ampulheta que tento ignorar ao máximo.

Não é fácil desprezar esses seios. Toda vez que ela fala, esses montes maravilhosos parecem saltar como se tivessem mente própria. Considerando que essa estranha menina conversadeira nunca se cala, corro o risco de ser hipnotizado por um par fantástico que certamente é 46.

Deus, e ela continua a matraquear. Como um pesadelo delirante que tem a intenção de me enlouquecer.

— Olha, você — mais peitos saltitantes, boca vermelha franzida… — Eu conheço o seu jogo, e não vai funcionar em mim.

Eu levanto o meu olhar.

— O quê?

— Não me venha com esse *o quê* britânico e pense que vou cair. — Um dedo fino balança na frente do meu nariz. — Não me importa o quanto a sua voz seja sensual, não vai dar certo.

Não vou sorrir para isso. Sem chance.

— Eu não tenho ideia do que se refere, mas se eu fosse você, procuraria intervenção médica assim que pousarmos.

— Pfft. Faz esse teatro de ter pavor de voar, esperando que eu tenha pena de você.

Uma sensação horrível sobe pelas minhas entranhas e aperto as mãos para evitar um grito – não que eu consiga dizer uma palavra. Ela ainda está na mesma, vomitando disparates.

— Você acha que se ficar aí sentando, com aparência petrificada e tensa, eu vou oferecer um boquete para te distrair de tudo.

A minha humilhação chega a uma parada brusca ao ouvir a palavra *boquete*.

— O quê?

— Bem, isso não vai acontecer.

Ignore o seu pau. Despreze. Ele é um idiota. Concentre-se no problema em questão.

— Você é perturbada. Completamente perturbada.

— E você é um bastardo bonito, mas ardiloso. Para a sua infelicidade, boa aparência não é suficiente. Eu não vou fazer isso.

Eu me inclino para mais perto, conforme me atrevo.

— Veja, mesmo que eu quisesse a sua boca em qualquer lugar perto de mim, por que diabos eu pediria um boquete aqui? — Gesticulo com a mão na direção do corredor. — Quando toda a cabine pode ver. Quem faz isso?

— Não eu — ela atira de volta com um olhar repugnante. — Mas belo lapso linguístico. Obviamente, tem pensado em logística.

kristen callihan

É melhor não reprimir a maluca. Cerrando os dentes com força suficiente para causar dor, eu me aproximo dela.

— Madame, se esta armadilha de transporte mortal fosse arremessada na Terra em uma bola de fogo destruidora, e a sua boca no meu pau fosse a última partícula de sexo que teria a chance de receber, eu tiraria o cinto de segurança e me jogaria em direção à morte.

Ela pisca aqueles grandes olhos afetuosos, astutos e nem um pouco irritados.

— São muitas palavras, Raio de Sol. Mas eu acho que está mentindo. Você quer muito.

A minha boca se movimenta como a de um peixe: escancarada, lutando por ar. Não consigo pensar em nada para dizer, o que é uma raridade. Posso não conversar com a maioria das pessoas, mas sou totalmente capaz de me posicionar quando a situação exige.

Sobre as nossas cabeças, soa um pequeno sinal. Olho para cima e percebo que o símbolo de apertar o cinto de segurança foi desligado. Estamos nivelados e estáveis agora.

No momento em que volto a minha atenção para a demônia, ela está com o nariz enfiado em uma revista, folheando as páginas alegremente, com um sorriso minúsculo e presunçoso se contorcendo nos cantos dos lábios.

Isso me atinge como um soco no estômago: ela está sacaneando comigo, mais uma vez. Ela me distraiu da decolagem. Tão bem que eu nem senti o avião levantar voo. Agora estou preso entre uma admiração relutante, uma gratidão desconfortável e uma necessidade ardente de vingança.

A vingança é a voz mais alta na minha cabeça, e eu mordo o interior da minha bochecha para não sorrir. Inclinando-me para frente, invado o seu espaço, ignorando o cheiro de torta de limão que flutua ao seu redor.

Ela fica tensa e inclina a cabeça para trás, endireitando o corpo. Eu amo isso.

— Tudo bem — murmuro em seu ouvido, enquanto ela estremece e se mexe para afastar. — Você me pegou. Quero, sim, compensação oral. Muito. Seja uma querida e alivie o meu estresse.

Ela arfa, e a sua pele aveludada fica pálida.

— Você está brincando comigo?

— Nós já falamos sobre esse assunto. — Estico a mão por baixo do cinto de segurança para soltá-lo. — Estou precisando, e tem que ser você.

— Uau, espere um minuto, amigo. — Ela pressiona a mão no meu peito, mas recua depressa como se o contato a queimasse.

GERENCIADO

Estranhamente, estava bastante quente e ainda sinto o vestígio dela através das camadas das minhas roupas. Eu ignoro isso também e olho para ela com um movimento exagerado de sobrancelha.

— Não se preocupe. Tenho um plano. Apenas finja que está com dor de cabeça e que precisa descansar a cabeça no meu colo. Vou colocar um cobertor em cima de você para bloquear a luz. Assim, nem sequer questionarão os seus gemidos.

Desafivelo o cinto, como se fosse tirar o meu pau.

— Melhor ainda, vou fechar as portas das cabines e teremos total privacidade. Então você vai poder trabalhar de verdade em mim.

Ela solta um som estrangulado.

— Seu... nojento... eu não posso acreditar nisso...

— Ah, vamos lá, amor. Dá uma chupada na gente, hein? Só uma lambida provocante na ponta?

Merda. Não deveria ter dito isso. O meu pau se anima, gostando imensamente da ideia. Os seus lábios entreabertos são vermelhos, macios e carnudos... *Recomponha-se, seu idiota.*

Eu sorrio com todos os dentes, inclinando para mais perto, mesmo quando ela fica vermelha e brilhante.

— Só um puxãozinho e uma subida e descida. Estou tão tenso que vai demorar cinco ou dez minutos, no máximo.

Um som sufocado morre em sua garganta e eu solto um gemido de dor.

— Acabe com o meu sofrimento, garota promíscua.

Já chega. Ela ergue a sobrancelha.

— Promíscua? Promíscua?!? — Ela encosta o nariz no meu, e os seus olhos parecem fendas escuras de fúria. — Chupar você? Seu pomposo, arrogante...

— Essas palavras significam basicamente a mesma coisa, docinho.

— Cara de pau... — Ela para, recuando um pouco e percorrendo o olhar pelo meu rosto. E então dá um sorriso. É completo e prazeroso, e eu fico meio tonto com a velocidade que ela pode mudar as emoções. — Oh, boa jogada, Raio de Sol — ela fala lentamente, sorrindo. — Bem jogado. Percebeu a minha atuação, não foi?

Não posso encará-la, senão ela vai me pegar. Esta mulher pode ser a pessoa mais detestável que conheci em um avião, mas é claramente inteligente.

— Aquilo foi uma atuação?

Escárnio aparece nos seus lábios.

— Você deveria me pagar uma bebida agora, como agradecimento.

— As bebidas são gratuitas na primeira classe, madame tagarela.

— É uma questão de princípios.

Eu daria uma garrafa inteira do champanhe que ela quer, se isso a fizesse parar de conversar. Mas o álcool geralmente solta a língua. Estremeço com a ideia de ela falar ainda mais.

Nesse momento, a comissária de bordo, que me olha como se eu fosse um filé, se aproxima, equilibrando uma taça de champanhe em uma bandeja de prata. Ela me abre um sorriso largo.

— Sr. Scott. O seu champanhe.

— Oh, pelo amor de Deus — a minha vizinha conversadeira murmura baixinho.

Manter uma expressão branda, em qualquer circunstância, é uma rotina para mim neste ponto da minha vida. Mas é uma luta estranha neste momento. Algo em minha atormentadora traz à tona a criança de cinco anos que há em mim, e tenho vontade de puxar o cabelo dela como um pirralho de escola. Mas não vou. Aceito a bebida que a comissária de bordo coloca à minha frente.

— Obrigado — eu digo a ela enquanto passo o copo para a madame tagarela. — No entanto, foi a minha companheira de assento que solicitou, não eu.

A aeromoça empalidece.

— Oh. Eu... eu sinto muito — diz ela à mulher ao meu lado, e eu realmente deveria saber o nome dela, ou talvez não.

Conversa adicional não seria uma boa ideia. Ela pode ser divertida, mas ainda é desequilibrada. Não gosto de elementos imprevisíveis.

— Eu não percebi. Eu pensei... — A atendente pausa com a derrota óbvia.

— Está tudo bem. — A minha colega de assento se inclina, invadindo o meu espaço enquanto dá à comissária de bordo um sorriso compreensivo, e sou atingido por outro cheiro de limões doces e mulher calorosa. — O Raio de Sol aqui me deixou tão perturbada que quase peguei o cartão de crédito e me ofereci para pagá-lo por sexo.

Engasgo com a minha própria saliva.

— Puta merda.

A comissária de bordo fica vermelha como um pimentão.

— Sim. Hmm. Posso trazer mais alguma coisa para vocês?

Um paraquedas.

— Nada mais para mim — diz a pessoa peculiar à minha esquerda, tomando alegremente um gole de champanhe.

GERENCIADO

— Um club soda com gelo — eu digo. A esta altura, quero pedir uma garrafa inteira de gim. Mas o álcool agrava a minha tensão dentro de um avião. *Apenas respire, relaxe, e supere este voo do inferno.*

Eu recebo um olhar simpático da comissária de bordo. Ouço outro zumbido feliz vindo do meu lado. Espero pela próxima saraivada de ultrajes, mas fico estranhamente desapontado ao descobrir que a minha vizinha está pegando o seu telefone e os fones de ouvido. Então ela planeja conectá-los e se distrair. Brilhante. Exatamente o que eu precisava. Sou grato por isso.

Pego a minha revista e observo uma imagem de um Lambo Centenário vermelho. Eu possuo o mesmo modelo em grafite. Eu viro a página. Com força.

Mais zumbidos femininos surgem em seguida, altos o suficiente para soar acima do barulho dos motores. Uma cantiga adorável. A mulher maldita me infectou com um caso bizarro de imaturidade, porque me sinto tentado a provocá-la, comentando que está desafinada, apenas para saber a reação dela. Uma espécie estranha de antecipação me invade com essa ideia. Só que eu reconheço a música.

A decepção, e a forma como ela me afeta, é um choque. Não esperava por isso. Não com tanta intensidade. Porque ela está ouvindo Kill John e, obviamente, adorando. Eu também amo a Kill John. É a maior banda do mundo do momento e faz parte de mim, está agregada a cada fibra do meu ser por meio de sangue, suor e lágrimas.

Porque eu sou o empresário dela. Killian, Jax, Whip e Rye são os meus rapazes. Farei tudo por eles. Mas uma coisa que nunca vou conseguir é interagir com os seus fãs. Jamais.

Aprendi essa lição desde cedo. Os fãs, independentemente de quem sejam, perdem o controle quando sabem que eu administro a Kill John. Eu me recuso a ser a porta de entrada deles.

Outra letra fora do tom vem dos lábios da madame tagarela. Ela está balançando a cabeça, com os olhos fechados e uma expressão de felicidade no rosto. Eu me viro. Não, não desapontado. Aliviado.

Continuo a me dizer isto até que a minha bebida chega, e eu bebo com mais entusiasmo do que o normal. Eu. Estou. Aliviado.

kristen callihan

CAPÍTULO DOIS

sophie

Eu me afasto com segurança do meu sexy companheiro de assento. Tive de fazer isso. Estava me divertindo muito ao importuná-lo e eu conheço os sinais. Eu logo começaria a ter uma paixonite pelo homem genioso; ele é muito gostoso e autoritário demais para resistir. Você poderia pensar que autoritarismo não seria excitante, mas, de alguma forma, a ideia de ele me colocar em cima dos seus joelhos…

Sim. Então tomei a atitude inteligente e coloquei os meus fones de ouvido. Agora estou ouvindo música enquanto folheio a *Vogue*.

Ele fez o mesmo ao ler a sua revista sobre carros, até colocá-la de lado em favor do seu laptop. É uma tortura não espiar a tela dele. O que um cara como este faz para viver? Talvez ele seja um duque de verdade; juro que ele se encaixa perfeitamente. Ou, quem sabe, um bilionário? Mas suponho que esses dois tipos de homens teriam o próprio avião.

Perco a noção do tempo imaginando o Raio de Sol administrando uma mansão inglesa, ou levando virgens desajeitadas em seu helicóptero particular, quando um carrinho vem rolando para nos oferecer coquetéis – aparentemente os ricos preferem voar bêbados – e canapés. E embora o Sr. Felicidade aparentemente não queira nada disso, eu tiro os meus fones, pronta para começar.

— Oh, sim, por favor — eu falo.

Ao meu lado, Raio de Sol bufa baixinho.

Eu o ignoro. Adoro comida. Amo. Isso. E essas estão com a aparência ótima. A comissária de bordo me entrega uma bandeja de prata coberta com uma diversidade de queijos, castanhas variadas, bolinhas de melão com presunto e compota de tomate assado com torradas. Fantástico.

GERENCIADO

— Você está perdendo — digo a ele ao ficarmos sozinhos de novo. — Isso aqui está bom demais. — Jogo uma bola de melão na boca e reprimo um gemido. Eu oficialmente odeio a primeira classe. Ela me arruinou para todos os voos futuros. Pobres otários lá do fundo.

— Você vai se arrepender mais tarde — ele me diz, sem levantar o olhar do seu trabalho. — Quando o seu estômago estiver cheio e este tubo de estanho começar a saltar por causa da turbulência inevitável. — Ele mal suprime um estremecimento.

— Sempre acontece durante o jantar. — Dou uma mordida no queijo branco cremoso. — Você já percebeu isso?

— Não particularmente.

— Talvez eles cronometrem a turbulência para o serviço de bordo lá da econômica. — Eu franzo a testa. — Não me surpreenderia.

Ele faz um barulho evasivo.

Um monte de risadas, desta vez.

— Relaxar um pouco não iria te matar, sabia?

Com um suspiro, ele fecha o laptop e o afasta.

— O que te faz pensar que eu nunca relaxo? — Ele fixa aqueles olhos matadores em mim. *Jesus*, é difícil de verdade olhar diretamente para ele. A minha respiração desce até a barriga e as minhas coxas se contraem. *Reação normal ao calor. É só isso.*

Ainda assim, é uma pena que a minha voz esteja ofegante quando respondo:

— Suponho que essas linhas entre as suas sobrancelhas não sejam consequências de risadas.

As referidas linhas aprofundam-se em uma carranca.

Não consigo parar de sorrir.

— Não se preocupe, apesar do seu comportamento rabugento, você realmente parece um pouco jovem.

Ele balança a cabeça uma vez, como se tentasse limpá-la.

— Houve um elogio em alguma parte desse discurso?

— Uma pessoa gostosa como você não precisa de mais elogios. Qual é a sua idade, afinal? — insisto, mas é tão divertido provocá-lo que não consigo evitar.

— Isso é muito pessoal. Você não me vê perguntando quantos…

— Tenho vinte e cinco anos — digo, alegremente.

Os lábios dele se curvam e sei que está tentando manter a fachada fria. Mas a rendição nos seus olhos é sexy.

kristen callihan

— Tenho vinte e nove anos.

— Vinte e nove, quase noventa.

— Você está deliberadamente tentando me provocar, não está?

— Talvez assim você responda à minha pergunta original. Você relaxa em algum momento, Raio de Sol?

— O que será necessário para você parar de me chamar assim?

A voz dele é deliciosa demais – rouca, porém nítida, profunda, e, ainda assim, suave. Quero encontrar uma lista telefônica e pedi-lo para recitar alguma coisa. Afasto esse pensamento.

— Você vai ter que me dizer o seu nome. E eu reparei que não respondeu à pergunta.

Ele fecha ainda mais a cara. É meio fofo. Embora provavelmente fosse rosnar se eu lhe contasse isso. A carranca dá lugar a uma hesitação óbvia, como se lutasse consigo mesmo.

— Olha… — Eu dou de ombros, comendo outra bolinha de melão. — Se você não quer me dizer, está tudo bem. Muitas pessoas são estranhamente paranoicas.

— Eu não sou paranoico.

Otário.

— Claro. Eu entendo. Posso ser uma *hacker* internacional de habilidade renomada, apenas esperando para entrar no seu negócio privado. Só preciso de um nome para começar.

— Eu estava pensando em alguma espécie de fugitiva — diz antes de beber o restante do seu copo e fazer uma careta.

— Basta chamá-la e pegar o seu coquetel — sugiro.

Em vez disso, ele pega uma das garrafas de água que vieram como cortesia nos nossos barzinhos particulares. Após um giro decisivo do pulso, ele engole a água como se tivesse acabado de sair do deserto. Absolutamente, não assisto… muito. Aquela garganta. Como uma garganta se torna tão sensual? Ele deve tomar comprimidos ou algo assim.

Enfio uma torrada com compota de tomate assado na boca e mastigo com vigor.

— Gabriel.

A sua resposta repentina me faz olhar para ele. Ele está voltado para a frente como se não tivesse falado, mas se vira com o meu olhar.

— O meu nome. É Gabriel Scott.

Nunca vi alguém tão desconfortável em dizer o seu nome na minha vida. Talvez seja um espião. Estou apenas meio brincando.

GERENCIADO

— Gabriel — repito, sem deixar de perceber a maneira como ele estremece ao ouvir. Não sei se é porque se sente desconfortável ou outra coisa, mas sinto como se ele tivesse me revelado um segredo obscuro.

O champanhe deve estar me afetando. Empurro-o para o lado e pego a minha garrafa de água.

— Eu sou Sophie — digo a ele, incapaz de fazer contato visual completo, por algum motivo. — Sophie Darling.

Ele pisca, e aquele corpo sólido e forte e se aproxima uma pouquinho antes de parar como se tivesse consciência da sua ação.

— Darling?

Perdi a noção dos homens que tentaram fazer meu nome soar como uma provocação. Ele não faz isso. Na verdade, o seu tom é francamente cético, mas de alguma forma parece carinhoso ao mesmo tempo. Não, não é carinho. A maneira como ele fala não é amável. Ele faz parecer ilícito, como se o meu próprio nome acariciasse a minha pele com mãos pesadas.

Que merda. Não posso me encantar por este cara. Ele é um idiota. Um idiota gostoso, mas, ainda assim, um idiota. Ainda que eu pudesse ignorar isso, ele iria desaparecer da minha vida assim que aterrissarmos. Imagino que um esforço esteja envolvido. Esforço digno, é claro.

— Sou eu — digo com falsa leviandade. — Sophie Darling.

Outro barulho sai da garganta dele. Este soa como:

— Que Deus me ajude.

Eu posso ter interpretado incorretamente, no entanto.

— Bem, Srta. Darling — diz, voltando à voz nítida e severa que eu imagino que ele use para repreender subordinados rebeldes. — Respondendo à sua pergunta anterior, você está correta. Normalmente eu não sei relaxar.

— Nossa, você foi em frente e admitiu que é um chato de galocha.

— Ser chato e usar galocha não tem nada a ver. Quem inventa essas expressões ridículas? — Ele rouba uma torrada de tomate do meu prato. — E eu acho que você pode melhorar o seu desempenho.

Eu o observo jogar a torrada na boca e mastigar. Os cantos dos seus olhos se enrugam. É muito suave, duvido que muitas pessoas notem. Parece um sorriso completo e presunçoso agora.

— Você quer que eu o insulte? — desafio.

— Pelo menos seja um pouco mais criativa. Ele pega o laptop de novo, me dispensando. — Me diga algo que eu ainda não tenha ouvido.

Alguma coisa nesse cara ativa o meu cérebro reptiliano da pior maneira, porque me vejo inclinada para a frente com a intenção de murmurar no seu ouvido:

— Eu acho que você é o garoto-propaganda de Rough Roger. E um dia, essa sua mão não vai dar conta.

Ele levanta a cabeça como se eu o tivesse assustado. Ouço uma pequena inspiração e me recuso a ficar excitada. Mesmo que o cheiro inebriante dele esteja pairando sobre mim. O couro do apoio de braço range sob o meu cotovelo quando eu recuo.

Ele me lança um olhar de soslaio.

— Rough Roger?

— A sua internet está funcionando. Pesquise, Raio de Sol.

É a minha vez de dar um sorriso presunçoso e enterrar o nariz na revista.

O zumbido dos motores preenche o silêncio entre nós, e eu escuto o clique distinto do teclado dele, seguido por um som estrangulado da sua garganta.

O meu sorriso aumenta. Eu sei que ele acabou de ler a definição de um cara que se masturbou tanto e de forma tão desesperada, que esfolou o seu pau. Infelizmente, essa imagem é muito perturbadora do ponto de vista sexual para o meu conforto.

Ao meu lado, sua voz é baixa, tensa e ligeiramente rouca.

— Boa jogada, Srta. Darling.

Antes de dormir, somos educadamente encorajados a visitar o lounge da primeira classe – sim, eles têm um lounge incrível no avião. Quero dizer, eu conhecia bares de avião... da mesma forma que uma pessoa conhece unicórnios e *Smurfs*. Mas, usufruir de um? Puta merda.

Subo as escadas em espiral até o topo do 747, e me sento em um bar para tomar coquetéis aguados com os meus companheiros de cabine. Até o Raio de Sol aparece, apesar de ficar na outra ponta e pedir um copo de água gelada.

— Eles estão preparando a cabine — um homem mais velho, com um terno levemente amarrotado, me diz enquanto tomamos as nossas bebidas.

— Para quê? — Eu jogo uma noz-pecã açucarada na minha boca, e tomo outro gole do meu Cosmopolitan. Se você vai se sentar em um lounge bar a 35 mil pés, você pode muito bem se transformar totalmente em *Sex and the City*.

Ele se aproxima, deslizando o seu olhar para o sul do meu pescoço por um breve segundo.

— As camas.

— Ah, certo. — Eu me animo. — Vou gostar disso.

— O conforto e a privacidade são imbatíveis — diz ele, com um aceno de cabeça antes de se aproximar ainda mais. — Sabe, eu tenho uma cabine de assento único. Mas é grande o suficiente para dois.

Por um segundo, eu apenas olho para trás.

— Você está realmente me fazendo uma proposta no bar de um avião?

Ele dá de ombros.

— Ouvi o seu companheiro de assento fazer um alvoroço. Ele parece ser realmente irritante. Pensei que fosse preferir uma companhia melhor.

Estou prestes a me desculpar por tirar conclusões precipitadas quando ele levanta uma sobrancelha e me olha com malícia.

— Mas se você preferir ver como uma proposta, não vou discordar.

— Prefiro o meu companheiro de assento original — digo, inexpressiva.

Ele bufa.

— Chocante.

Estou prestes a perguntar *que raios*, quando um ombro musculoso aparece entre nós. Conheço aquele braço, aquele cheiro de homem caro, arrogante. Gabriel encara o homem com desprezo. É impressionante, a quantidade de desdém e reprovação que ele condensa em um olhar.

— Na verdade — diz ele. — Sou mais idiota do que irritante. — Ele abre um sorriso tenso, que na verdade parece uma exposição de dentes, mas o seu tom entediado nunca muda. — O que significa que sou mais do que um especialista em lidar com pequenos incômodos.

Quase engasgo com a minha bebida.

O Sr. Paletó tenta segurar o olhar de Gabriel, mas não tem sucesso. Ele escapa com um murmúrio:

— Idiota.

— Eu pensei que já tínhamos definido isso — Gabriel fala para mim.

— Se orgulha tanto dos seus comportamentos idiotas. — Dou uma cutucada no ombro dele. — E, no entanto, aqui está você, me salvando dos devassos.

kristen callihan

— Dificilmente — ele murmura no seu copo. — Eu estava defenden-do a minha honra. E foi muito chato, por sinal. Pensei que ele fosse discutir um pouco mais.

— Por quê? — Eu me sinto obrigada a perguntar, mas na verdade es-tou apenas surpresa por ele falar comigo quando esta é nossa única chance de escapar para lugares neutros.

Ele toma um gole da sua água antes de responder:

— Ele é o CEO de uma empresa da Fortune 500 e tem a reputação de ser um texugo implacável. — Seus lábios se curvam em um sorriso de escárnio. — Mais parecido com uma doninha, se você me perguntar.

Eu o encaro.

— Como você sabe disso?

Ele finalmente volta o olhar para mim, e eu sou atingida de novo por aqueles azuis brilhantes.

— Acabei de ler um artigo sobre ele na *Forbes*.

Solto uma risadinha descontrolada. Não estou mais no Kansas.

— Bem — eu digo —, talvez você encontre alguém com quem medir os paus mais tarde.

É a vez de ele se engasgar com a bebida, apesar de se recuperar rápido. Com movimentos precisos, ele baixa o copo e puxa os punhos da camisa.

— Estou completamente certo de que, com você, tenho tudo com o que posso lidar no momento.

— Ah, um elogio.

Ele me olha e pisca lentamente, os cílios escuros quase tocam a sua bochecha. Então ele me deixa imóvel quando se inclina o suficiente para que seus lábios rocem a curva da minha orelha.

— Sim, madame tagarela, foi.

Ainda estou me recuperando do estrondo baixo da sua voz, que faz có-cegas na minha espinha e se espalha pelas minhas coxas, quando ele se afasta.

— Não beba muito ou você terá dor de cabeça — aconselha antes de sair e descer as escadas.

Odeio admitir, mas ele leva consigo toda a emoção de estar no bar. Agora é apenas uma novidade que se tornou obsoleta. Deslizo para o lado a minha bebida pela metade e pulo da banqueta.

No andar de baixo, os assentos das pequenas cabines realmente foram convertidos em camas. Eu reprimo um grito de alegria. É uma cama de verdade, com travesseiros grandes e um edredom branco brilhante com detalhes em vermelho-vivo. Uma única rosa vermelha foi colocada em cada almofada. Juro, estou prestes a pular para cima e para baixo, mas vejo de relance o Sr. Felicidade, que está parado na soleira da nossa cabine, com as mãos nos quadris esbeltos, franzindo as sobrancelhas com tanta força que elas quase se tocam.

— Qual é o problema? — pergunto a ele. — Não embutiram os lençóis?

Ele me lança um olhar de soslaio antes de voltar sua atenção para as camas.

— Pedi que o meu assento não fosse convertido. E é óbvio que a comissária de bordo está agindo sob um equívoco extremo.

Ao olhar para trás, finalmente percebo do que ele está falando. Eu estava tão feliz com a existência de uma cama, que não percebi que os nossos dois assentos foram convertidos em uma plana cama de casal. Tem até uma bandeja com um balde de gelo com champanhe dentro.

Uma risada me escapa antes que eu consiga segurá-la.

— Lua de mel especial?

— Você acha isso engraçado? — As suas narinas se dilatam de aborrecimento, apesar de ele não olhar para mim. Está apenas destruindo mentalmente a cama com o olhar intenso.

— Honestamente? Sim, eu acho. — Eu tiro os meus sapatos e rastejo sobre a cama. Está firme, a ponto de estar rígido e tem uma pequena saliência no meio. Mas não estou em condições de reclamar. Sentada com as pernas cruzadas para o lado, olho para Gabriel. Ele ainda não entrou totalmente no compartimento. — Vamos. Você tem que admitir que é um pouco engraçado.

— Não vou admitir nada — diz com raiva contida, mas depois relaxa os ombros e entra, virando para fechar as portas com um clique definitivo. — E pensar que aquela mulher estava flertando comigo.

Ele parece tão enojado que tenho de rir outra vez.

— Eu não estou acompanhando.

Ele se senta no seu lado da cama e tira os sapatos, ainda com o semblante fechado.

— Está claro que a comissária de bordo presume que estamos juntos agora, mas há alguns momentos ela... — Ele interrompe corando levemente, o que é meio fofo, quase como se estivesse envergonhado. Mesmo assim.

— Ela flertou com você no corredor? — A minha raiva cresce de forma rápida e ardente, mas não é ciúme. É uma questão de princípios.

Ele resmunga, olha para a cama, enruga o nariz de desgosto e vira as costas para ela mais uma vez.

— Aquela vadiazinha — resmungo, observando a porta.

Com isso, ele me olha por cima do ombro largo. Um brilho surge em seus olhos.

— Está com ciúmes, Srta. Darling?

— Ei, você comentou sobre a confusão que ela fez!

— Foi um insulto — corrige. — Ela deduziu que sou do tipo que gosta de variar. E obviamente, dissimulado ao ponto de fazer isso bem na frente da minha amante atual.

— Você tem certeza de que não é um duque?

Quase posso ver o revirar de olhos dele, embora esteja olhando para o outro lado.

— Vou chamá-la.

— Não, você não vai. — Fico de joelhos.

Ele faz meia-volta e coloca uma coxa grossa em cima da cama. Sua expressão está perplexa.

— Por que eu não iria?

— Porque esta cama é a coisa mais legal que aconteceu neste voo, e eu não quero que ela seja desfeita.

Ele ergue o canto da boca ligeiramente.

— Eles montarão uma cama de solteiro para você.

Sim, e a comissária de bordo sorrateira vai sorrir o tempo todo.

— Se pedir a ela para desfazer, você vai dar abertura para mais avanços.

Ele estreita os olhos.

— A não ser, é claro, que você queira isso — digo, de forma leviana. Não. Nem um pouco de ciúmes.

— Ela não faz o meu tipo — diz ele, com uma fungada.

— Você realmente tem um tipo? — solto antes que eu possa me conter.

— Sim — diz ele. — Silenciosa, digna e discreta.

— Mentira.

Ele faz uma volta completa para me encarar.

— Devo me desculpar?

Eu me enterro debaixo das cobertas. Elas têm o peso e a suavidade adequados. Perfeitas.

— Desculpe a si mesmo. A sua intenção era me colocar no meu lugar. Mas eu não vou cair nessa.

— Você está imaginando coisas — ele resmunga ao se sentar e, com clara relutância, coloca as pernas em cima da cama. — E sendo irritante.

GERENCIADO

— Você simplesmente não pode me controlar. É isso que te incomoda.

Pego a máscara bonitinha de dormir, fornecida no meu kit e a coloco com um suspiro feliz. Vou apenas ignorá-lo pelo resto da viagem. Sem nenhum problema. O silêncio estabelece e o zumbido dos motores volta com força total.

A sua voz rouca rompe o nosso impasse.

— Você vai beber esse champanhe?

— Não. Fui aconselhada a não beber demais, lembra?

Ouço um leve bufo. Logo em seguida, sinto a cama afundar quando ele se inclina para perto e pega a bandeja. Escuto um tilintar, percebo outro afundamento da cama e tudo se acalma.

— Eu nunca conheci uma pessoa a quem eu não conseguisse controlar. — A sua resposta concisa chega alguns segundos depois.

Sem me preocupar em tirar a máscara, estico a mão na direção dele.

— Sophie Elizabeth Darling.

Um conjunto de dentes mordisca a minha mão. Fico tão chocada que dou um grito, puxando a mão de volta. Eu me levanto de forma abrupta, arranco a máscara e o encontro me observando com uma expressão neutra.

— Você acabou de me *morder*? — sai como um guincho indignado. Não que tenha doído. Ele só me mordiscou, e de brincadeira. Ainda assim. Sério?

— Parece uma atitude bastante juvenil — diz ele, apoiando a cabeça no travesseiro.

— Foi uma pergunta retórica — eu respondo de imediato. — Você me mordeu!

Os seus lábios se curvam como se ele fizesse muito esforço para não rir.

— Então é melhor não colocar a mão na minha cara.

Fico completamente boquiaberta.

— E você me chama de louca.

O olhar azul dele se encontra com o meu.

— Você se importa? Estou tentando descansar.

— Eu não gosto de você — murmuro, deslizando a minha máscara.

— Mentira — ele comenta, imitando o meu tom anterior. — Você disse várias vezes que me acha incrivelmente atraente.

— Isso não significa que eu goste de você. Além do mais, a sua espécie de beleza é como uma arma. Assim como um vampiro, você atrai as suas vítimas com ela. Não me surpreenderia se brilhasse ao sol.

— Não acredito que estou argumentando com uma mulher que faz referência a *Crepúsculo*.

kristen callihan

— O fato de você saber que me refiro a *Crepúsculo* denuncia que é um *fanboy* secreto, apaixonado por Edward.

Ele solta um bufo alto e contundente.

— Sou do time do Jacob até o fim.

Não consigo evitar, abro os olhos e levanto um canto da máscara para olhar para ele.

— É definitivo. Nunca poderemos ser amigos.

Ele me lança um olhar magoado, completamente fingido.

— As palavras machucam, madame tagarela.

Resmungando sobre britânicos idiotas, viro as costas para ele e ignoro a sua risada mal disfarçada. E sou um traidora de mim mesma porque quero rir com ele. Só tenho medo de que no momento em que eu começar, ele erga as paredes de novo e me faça sentir ridícula.

Gabriel Scott pode não saber como me controlar. Mas eu, com certeza, também não faço a mínima ideia quando se trata dele.

Com isso em mente, me concentro na respiração e no barulho suave do avião à minha volta, e logo desligo.

CAPÍTULO TRÊS

Acho que é o aviso sonoro de "aperte o cinto de segurança" que me acorda. A princípio, fico totalmente desorientada para descobrir onde estou. Só sei que o ambiente aqui é barulhento e vibratório. E muito escuro. Então me recordo da máscara de dormir. Eu a removo e pisco algumas vezes para acordar.

O avião treme como vara verde, o que não traz nenhum benefício para o meu estômago. O fato de estar deitada faz com que pareça ainda mais estranho, quase como se em breve eu pudesse perder a sensação de peso.

Mas eu ouvi um sinal sonoro, não ouvi? Só que, onde ficam os cintos de segurança desta cama? Eu tateio ao redor dela e encontro uma coisa dura. Uma coxa. Eu me lembro de Gabriel, que também pode ser conhecido como passageiro medroso. Basta olhar em sua direção para saber que não está bem. Está deitado, rígido como uma tábua, com os punhos ao lado do corpo, e uma expressão tão vazia que você poderia pensar que ele tinha morrido. Só que ele está ofegante, e um suor fino cobre a sua pele.

Não posso culpá-lo desta vez. A turbulência é terrível. O avião chacoalha tanto que corre o risco de a minha bunda sair da cama.

— Raio de Sol — sussurro.

Ele não me reconhece. Tenho quase certeza de que a mandíbula dele está travada.

Eu me aproximo, toco o seu ombro de forma hesitante e encontro o seu corpo tremendo.

— Ei — digo com uma voz suave. — Está tudo bem.

A cabine baixa alguns metros, como que para ironizar aquela declaração, e ele fecha os olhos, virando a cabeça para longe de mim. Está completamente pálido e a respiração está mais acelerada.

　　　　　　　　　　kristen callihan

— Vá. Embora.

— Não posso. — Chego mais perto. — Olha, eu sei que você não quer que eu testemunhe isso. Mas estou aqui. Me deixe te ajudar.

Ele respira fundo através dos dentes cerrados.

— Me distrair com piadas de boquetes não vai funcionar agora.

— Eu sei. — Estou preocupada, de verdade. Ele parece estar à beira de um ataque de pânico. — Eis o que vamos fazer. — Empurro as cobertas para trás e me arrasto na direção dele.

Ele sai do seu desespero, com os olhos arregalados.

— O que você está fazendo?

— Me aconchegando — falo para ele.

Na verdade, ele fica mais alarmado e tenho certeza de que recuaria se fosse capaz de se mover.

— O quê? Não.

— Sim. — Eu me acomodo ao lado dele. Deus, ele está frio. Eu me sento. Ele dá um suspiro de aparente alívio, mas eu apenas puxo a ponta das cobertas sobre as suas pernas, antes de me deitar novamente.

Ele se contorce, tentando se afastar de forma tímida, mas já está no limite e não tem para onde ir.

— Isto é extremamente errado...

— Sim. Mas nós vamos fazer. — Em situações normais, eu não ousaria forçar uma pessoa a isso. Mas ele já está focado em mim ao invés da turbulência, o que já é um passo na direção certa. Eu encosto a bochecha contra os bíceps dele. O músculo está muito duro e trêmulo.

Ele pigarreia.

— Eu não...

— Você está a um passo de ficar completamente surtado. Aceite o tormento que é o conforto físico.

Os braços dele se contorcem como se tentasse não os levantar, apesar de querer muito. E então ele desiste da luta e ergue um deles, abrindo espaço para eu me aproximar. *Vitória*. Deito a cabeça no seu ombro, e envolvo o meu corpo ao lado dele.

O contato é bom. Bom demais. Porque, puta merda, tocar nele – tocar de verdade – faz uma onda de prazer e calor fluir por mim. Todas as terminações nervosas sensíveis do meu corpo se animam e ficam em estado de alerta. O que é errado nesta situação; estou aqui para ajudar o pobre homem, não para provocá-lo.

Não faço ideia do que ele está pensando. Ele me abraça por um segundo. Ou melhor, se agarra a mim como uma tábua de salvação. Tremores atravessam o corpo dele, e é evidente que luta contra eles.

— Shhh... — murmuro, acariciando seu peito. Um belo peito: largo, duro e cheio de músculos por baixo das roupas adequadas. O coração dele bate contra a minha palma, e sinto a sua respiração profunda. — Apenas pense em mim como a sua simpática vizinha abraçadora.

Ele fica quieto e depois solta outra pergunta:

— Você está dizendo que faria isso por qualquer pessoa?

Eu me aconchego.

— Não. O fato de você ser incrivelmente gostoso é um fator importante. Posso controlar a emoção sob o pretexto do dever cívico.

— Oh, pelo amor de Deus.

Eu abro um sorriso.

— Pode parar com o pouco caso. Eu tenho certeza de que a maioria das pessoas prefere se aconchegar em um cara gostoso. Se admitir isso faz de mim uma pessoa superficial, que assim seja.

Ele resmunga ao mesmo tempo que a sua mão desliza para cima do meu braço. Dedos longos acariciam uma vez, antes de pararem.

— A sua honestidade é surpreendente.

— Eu sei. Agora fique quieto, tenho uma casquinha para tirar.

Passo a mão um pouco abaixo do seu peitoral rígido, adorando a forma que o seu abdômen se contrai quando ele prende a respiração. Estou provocando, mas caramba, ele é muito bem constituído. Eu me obrigo a parar. Assim que interrompo, ele fica tenso e os tremores retornam. Noto que as minhas carícias o acalmam de verdade.

Considero isso um sinal verde. Afundando no abraço, acarício o peito dele, cantarolando baixinho. Ele se acalma lentamente, vira mais o corpo em minha direção, e os meus seios pressionam o lado de suas costelas. O avião continua a saltar e balançar, e conseguir manter a calma dele é uma batalha. Cada centímetro de terreno que ganho, uma peste de uma turbulência afasta de mim.

— Acho que devemos nomear os nossos filhos pelo número — digo a ele.

Os músculos dele tensionam e se deslocam sob a minha bochecha. Quase consigo ouvir o seu debate interno antes de responder.

— Devo me atrever a perguntar o motivo? — ele diz, finalmente.

kristen callihan

— Porque teremos muitos, e os números podem facilitar. Podemos fazer como o rei em *Stardust*. Una, Secundus, Septimus...

— Isso parece extremamente cruel. Pense no quanto vão sofrer no ensino fundamental.

— Eles serão muito destemidos para ser intimidados. E eu vejo que você está gostando da ideia.

Eu sorrio quando ele resmunga. Não é um *não* – parece mais um *você é maluca*. Tudo bem, para mim.

— Eu odeio isso — diz ele.

— Aconchego? — Mas sei o que ele quer dizer.

A risada dele é irônica e rápida.

— Fraqueza.

— Todo mundo teme alguma coisa.

— Você tem medo de quê? — ele devolve, parecendo estar em dúvida.

Nunca ser boa o suficiente. Ser usada e jogada de lado. Eu engulo em seco.

— Tsunamis. Tenho pesadelos sendo levada. A culpa é de todos esses filmes catastróficos.

— Eu suspeito que você seja daquelas pessoas que, de alguma forma, sobreviveria.

Sorrio.

Sinto um calor na testa e percebo que ele pressionou os lábios na minha cabeça e está me inspirando.

— Qual é a cor natural do seu cabelo? — questiona, de forma quase preguiçosa.

— Essa é uma pergunta muito ousada, Sr. Scott. Turbulências à parte, nossa pequena cabine está bem aconchegante com os seus revestimentos em cor creme e as luzes apagadas.

— Supostamente, serei pai de pelo menos sete dos seus filhos. É uma pergunta justa.

O avião faz um barulho desagradável e ele respira fundo. Eu me aconchego mais, enchendo o meu nariz com o cheiro da sua colônia e, por baixo dela, o suor do seu medo.

Fecho os olhos, estendo a mão e pressiono a palma no seu abdômen, onde os músculos estão tremendo.

— Sou loira.

— Eu estou vendo — fala, inexpressivo.

— Loira Natural, quero dizer. Desta vez, ficou uns dez tons mais claros.

Na semana passada eu tinha cabelo azul. — Dou um sorrisinho, imaginando como ele teria reagido a isso.

— Não me surpreendo nem um pouco.

— Hmm... — brinco em uma ruga do seu colete de caxemira, com a ponta do meu dedo, e ainda me ressinto do fato de ele ficar tão bem nele. A bainha subiu, e a camisa aparece por baixo. Os meus dedos desviam para um dos botões.

Assim que um deles para contra o pequeno círculo, tenho a impressão de que o ar fica mais espesso. Sinto que o meu corpo está mais pesado de alguma forma, como se o desejo o tivesse tornado denso e aquecido.

Porque toco o seu abdômen firme por cima da camisa, e agora sei uma maneira de entrar. O que me deixa com ainda mais tesão? Perceber que ele também sabe. Parece que nós dois estamos prendendo a respiração.

Eu abro o botão.

É como se eu atingisse um ponto sensível. A tensão entre nós dois é tão forte que quase consigo ouvir. Gabriel enrijece, o seu abdômen se contrai e ele para de passar os dedos no meu cabelo.

Que merda você está fazendo, Sophie? Pare imediatamente. Os meus dedos parecem não entender a mensagem. Eles deslizam pelo espaço aberto em sua camisa e encontram a pele quente e macia por baixo.

Oh, inferno. Porque ele *é* gostoso, tem a pele firme e esticada, e eu quero mais disso. Eu mal mexo os dedos. Como se, por ser esperta, ele não perceberia que estou o apalpando. Lindo sonho.

Eu pigarreio de leve, procurando a minha voz. Ela sai rouca:

— Cabelo ruivo é sempre divertido. Tem muitas tonalidades para trabalhar.

Sim, fale e você não parecerá uma pervertida esquisita. Ideia brilhante.

Não consigo calar a boca.

— Vermelho resplandecente. Castanho avermelhado. Vermelho morango. *Ótimo, você parece o Bubba Gump da coloração de cabelo.*

Ele solta um grunhido, o seu corpo fica rígido, inflexível, mas não protesta contra os meus dedos errantes. Não diz uma palavra. O que, na verdade, fala muito. Porque esse cara não é do tipo que fica em silêncio quando não tem vontade.

Um rastro de calor envolve a minha barriga, ao perceber que ele permite a minha exploração.

Com suavidade, acaricio o pedacinho de pele que consigo alcançar. A ponta do meu dedo desliza na superfície lisa e encontra pelos crespos.

kristen callihan

Jesus, Maria e José, ele tem o caminho da felicidade!

O desejo de seguir essa trilha é tão forte que quase me faz gemer. Cerro os dentes, respiro fundo.

— Também tive cabelo roxo. Verde no entanto, não me agrada.

Por conta própria, os meus dedos deslizam para baixo. O próximo botão está fechado, esperando para ser aberto. O seu corpo fica totalmente imóvel, como se ele apenas não quisesse se mover. Mas quando começo a abrir aquele pequeno botão, ele respira fundo e a sua mão pousa em cima da minha.

Está quente, firme e afirma claramente, *não mais*.

E nenhuma outra atitude poderia ser mais eficaz para me tirar dessa loucura. Porque, na verdade, que porra estou fazendo? Eu nem sequer gosto deste cara. Bem, meio que gosto. O que é lamentável. É melhor que esteja estampado na testa de Gabriel Scott: *beco sem saída*.

O avião volta a balançar forte. Gabriel estremece, a nossa pausa estranha é esquecida e, com a respiração irregular, ele se agarra a mim mais uma vez.

Conforte. Não apalpe. Apenas conforte.

Eu consigo. Acho que sim.

gabriel

Oh, como os poderosos caíram! Se alguém tivesse provas fotográficas da situação atual, a minha reputação de bastardo assustador iria por água abaixo. Quase ouço as risadas – o grande e implacável Scottie, enrolado em uma mulher como se ela fosse o seu amiguinho de pelúcia.

Killian jamais pararia de falar sobre isso. Nem posso imaginar o quanto Brenna me sacanearia.

De certa forma, queda livre para a minha morte seria preferível.

Foi um pensamento estúpido. Terror atravessa o meu corpo, agitando as entranhas e adormecendo os meus membros. E eu me vejo agarrar, com um pouco mais de força, a mulher desconhecida que está enrolada suavemente ao meu lado. Talvez seja um pesadelo, nada faz sentido nem parece real.

Não converso, de forma contínua, com estranhos. Especialmente mulheres incontroláveis, tagarelas e irreverentes. E, com certeza, não me aconchego. Não me lembro da última vez que abracei uma mulher. A sensação é muito estranha, porém prazerosa.

Parece que o meu corpo inteiro está se esforçando para ter um contato maior, a minha pele está sensível e quente por baixo das roupas. Quero tirá-las, com todas as forças. Desejo sentir pele sobre pele, o calor e o acolhimento da sua carne.

Não vou pensar no fato de ela ter enfiado os dedos por baixo da minha camisa e acariciado o meu abdômen. O fantasma do toque dela ainda queima como uma marca na minha pele.

No segundo em que ela brincou com os botões da minha camisa, fiquei intensa e dolorosamente duro. Por pouco ela não notou. E se ela descobrisse? Eu teria implorado para ela apertar, acariciar e puxar, amigavelmente. É bem provável que eu prometeria qualquer coisa para ela continuar me tocando.

É, no mínimo, alarmante. Não faço a menor ideia do que esta mulher vai dizer ou fazer de um momento para o outro. Para um homem que vive controlando tudo, essa centelha de atração é indesejada e perturbadora.

No entanto, apesar de tudo, é melhor do que a fonte de medo irracional que eu sentia, antes de Sophie Darling se grudar em mim e não soltar mais.

Aproveito a oportunidade de estar perto dela, para realmente observá-la. A princípio achei que ela era agradável aos olhos, mas não tinha nada de extraordinário. Foi um erro.

O perfil dela, nítido contra o cinza do meu colete, é uma demonstração de curvas graciosas, movimentos ternos e traços delicados — não apenas agradável, mas de uma beleza suave. No entanto, é a sua pele que me chama a atenção.

Já estive com mulheres de todas as cores de pele — do marrom rosado profundo ao pálido branco leitoso —, e isso nunca passou de um atributo básico de beleza da mulher em geral. Em resumo, a pele como característica particularmente atraente nunca me passou pela cabeça.

Mas a pele de Sophie Darling é uma obra de arte. Porque é iluminada, extremamente suave e fina, sem nenhum defeito aparente. Sua tonalidade

kristen callihan

dourada e cremosa me lembra dos biscoitos *shortbread*. Por outro lado, tudo em Sophie me lembra algum tipo de guloseima: tentadora, mas, em última análise, prejudicial à saúde.

Mas não tem importância. Quanto mais olho para a sua pele, mais vontade tenho de tocá-la, apenas para confirmar se é tão acetinada quanto parece. Eu penso em Marilyn Monroe – na maneira impecável e brilhante que ela aparecia nas telas. Mas essa beleza era fruto da maquiagem e de uma boa iluminação. Estou perto o suficiente para perceber que Sophie não está usando base nem pó.

Sem a minha permissão, a minha mão sobe pelo braço dela e percorre a curva do seu ombro, em direção à pele nua. Ela fica imóvel, como se estivesse acompanhando o progresso. Eu também fico, e sinto o meu coração batendo contra as minhas costelas. Quase consigo ouvir os gritos da batida: *pare, pare, pare*. Mas não vou.

Apenas um toque. Só isso. Vou satisfazer a minha curiosidade e seguir em frente.

Roço a borda da clavícula dela com a ponta do dedo, e fecho os olhos, lutando contra um gemido. Mais delicada do que o cetim. Mais suave que o veludo. Lisa, quente. Eu inspiro profundamente e expiro devagar. A minha mão baixa e volta para a segurança da cama.

Está calmo demais e este maldito avião continua a tremer.

Continue falando. Sobre qualquer coisa.

Não tenho aptidão para conversa fiada. O que significa que estou na merda.

— Por que você está indo para Londres? — deixo escapar. — Aproveitando uma folga?

Estou francamente surpreso por uma mulher como Sophie estar viajando sozinha. Ela parece ser do tipo que precisa de companhia, de alguém para compartilhar as suas experiências. Não me parece uma boa ideia andar sozinha por Londres, o que é ridículo. Ela é uma adulta.

Como se quisesse pontuar esse pensamento, ela faz um barulho sutil de diversão.

— Na verdade, estou viajando a negócios.

— Sério? — Infelizmente, a minha voz está impregnada de surpresa.

E ela bufa.

— Sim, a mulher descontraída que tem grandes mamas possui um cérebro.

Cristo, não mencione os seus peitos. Já está difícil ignorá-los contra as minhas costelas.

GERENCIADO

— O que o tamanho dos seios tem a ver com o cérebro?

A bochecha dela desliza por cima da minha camisa, e sei que ela está olhando para mim.

— Você realmente parece afrontado.

Olho para ela, examinando os grandes olhos castanhos e os lábios vermelhos.

— Estou. Você insinuou que sou sexista. Eu não sou. Embora eu concorde com a parte da descontração. Não consigo te imaginar levando nada a sério.

Ela enruga o nariz, franze a testa e cutuca a minha costela com a ponta do dedo. Eu consigo reprimir um grito. Que Deus me ajude se ela perceber que tenho cócegas.

— Engraçado — diz ela, apoiando a cabeça no meu ombro mais uma vez.

Caramba, isso é bom demais.

Sua voz se eleva, me distraindo.

— Mas acho que ganhei essa.

Ela ganhou a minha gratidão e me salvou da humilhação total, mais uma vez. Suspiro e deixo a minha mão assentar no topo da sua cabeça. Não há motivo para fazê-la se sentir inferior.

— Me fale sobre o seu trabalho.

Estamos tão perto que o corpo dela enrijece.

— Ah, bem, não há muito a dizer.

Quando eu não digo nada e espero olhando para ela, as suas bochechas arredondadas coram e ela pigarreia de leve.

— Vou fazer entrevista para uma vaga.

— E agora você está se contorcendo como um peixe em um anzol, por quê?

Ela enruga o nariz de novo. Tenho uma vontade louca de beijar a ponta dele. Ela provavelmente ficaria chocada, e a revanche seria justa. Mas mantenho a minha dignidade. Porque ela começa a balbuciar:

— Bem, na verdade eu não sei qual é a posição. Quero dizer, eu tenho alguma ideia, mas se você quiser detalhes, eu não tenho nada real para oferecer...

— Então você está viajando para uma entrevista sem saber qual é o cargo? — A minha voz levanta algumas oitavas. Esta garota. Não tenho palavras. — Pelo menos você sabe com quem vai se encontrar? Não me diga que gastou todo o seu dinheiro em uma passagem de primeira classe, sem saber exatamente por que iria.

kristen callihan

— Ei. — Ela me cutuca. — Não seja todo duque comigo de novo. — Um suspiro escapa enquanto ela se afunda em mim. — Não. Não sei com quem vou me encontrar. Tenho um nome e algumas referências de pessoas em comum com quem trabalhamos. E, não, eu não gastei todo o meu dinheiro...

— Bem, isso é um...

— Eles estão pagando a minha viagem.

— Inferno.

Ela levanta a cabeça e fios louros se juntam no meu colete cinza.

— O quê? Por que isso é tão ruim?

— Eu suponho que você já tenha ouvido a frase "quanto mais você sabe"? Se alguém oferece pagar pela sua passagem aérea internacional exclusivamente para uma entrevista, seria prudente saber exatamente por que estão dispostos a cobrir os custos e o que é esperado de você.

— Oh, eu sei por que eles se ofereceram para pagar.

— Ouvir isso me faz estremecer.

Outra cutucada, desta vez bem perto do meu ponto de cócegas. Eu me contorço.

— Porque sou a melhor no que faço — diz ela.

— E o que é que você faz? — *Por favor, não diga stripper.*

Está bem, talvez eu seja sexista.

Orgulho enche o seu tom de determinação.

— Marketing em redes sociais e fotografia de estilo de vida.

— Ah, sim. Isso eu consigo enxergar.

Ela estreita os olhos.

— Você estava pensando em acompanhante de luxo, não estava?

— Nada disso.

É impressionante como uma mulher que tem o rosto doce de uma boneca *kewpie* consegue olhar com tanta determinação. Tenho de reprimir o desejo de confessar tudo. Eu levanto uma sobrancelha e lhe dou um olhar de resposta.

Os olhos dela se estreitam ainda mais. Juro, é como *Matar ou morrer* num avião.

— A mídia social é um componente essencial na maioria das empresas hoje — ela me diz.

— Srta. Darling, não se estresse. Concordo plenamente com você. — Na verdade, a banda precisa de algumas lições para melhorar a presença nas redes sociais, e há meses estou na cola de Brenna para fazer isso acontecer.

Não é que lhes falte seguidores, mas quando Jax tentou suicídio, a banda se retirou dos holofotes. Os fãs e a indústria preencheram as lacunas com suposições erradas – algo que me incomoda em um nível pessoal. A Kill John é muito mais do que o que o mundo pensa dela.

Sophie continua me olhando com uma expressão duvidosa como se, muitas vezes, fosse criticada pela sua escolha de profissão. Tentar acabar com as esperanças e sonhos desta mulher vivaz e intuitiva é um crime.

Faço um esforço para suavizar o meu tom.

— Talvez você devesse começar pelo princípio.

— Não se você for dar um sermão — ela diz com uma fungada.

— Não prometo nada. — Dou um pequeno puxão no cabelo dela. — Diga, madame tagarela. É tudo o que temos neste tubo infernal.

Ela contrai os lábios. O batom vermelho-vivo, da cor dos carros de corpo de bombeiros, desapareceu, deixando apenas uma mancha fraca. Ela parece mais tranquila com relação a isso, vulnerável de uma forma estranha. Uma pequena cicatriz corta o canto externo do seu lábio superior. A linha prateada desbotada tem uma localização infernal, uma pequena provocação: *chupe exatamente aqui, companheiro*. Enrolo as mãos em punho tentando evitar esticá-la para tocar nela. *Controle-se, Scott.*

— Tudo bem — diz ela, se aconchegando com a eficiência de um gato. Eu fecho os olhos e me concentro no som da sua voz. — No ano passado, trabalhei como representante de mídia social, ajudando pessoas a escreverem conteúdo criativo para Twitter, Instagram, Facebook, Snapchat e assim por diante.

— Você os ensina a serem espirituosos.

— Isso se aproximou perigosamente de um elogio.

— E foi.

O som de sua risada leve vai direto para o meu âmago.

— Dois em uma noite? Ah, que choque. Talvez nunca me recupere.

Dou outro puxão no cabelo dela. Os fios deslizam frescos e macios ao redor dos meus dedos.

— Continue.

— Sim, eu os ensino a destacar as suas personalidades e ganhar novos seguidores. Tive sorte em conseguir o meu último cliente. — Ela me diz o nome do astro de televisão em ascensão com quem Brenna e eu bebemos em Nova York, há um mês. A pequenez do mundo pode ser uma coisa estranha.

Os cílios longos de Sophie fazem sombra nas suas bochechas enquanto ela presta atenção em algum ponto distante.

— De qualquer forma, com ele, eu também melhorei o meu desempenho para fotografar. O engraçado é que as fotos foram totalmente encenadas, artísticas, esse tipo de coisa, mas os seguidores dele amaram e acreditaram que são genuínas.

— Vemos o que queremos ver — murmuro.

— Sim, e construímos sonhos de castelos de areia em torno de celebridades. Só precisamos de uma janela para as suas vidas, para começarmos.

— Que é o que você está fornecendo.

Ela concorda com a cabeça, e a sua bochecha esfrega no meu peito.

— De qualquer forma, recebi um e-mail do meu cliente dizendo que algum conhecido dele gostaria de me entrevistar para um grande trabalho na Europa. Ele nos colocou em contato e me pediram para ir para Londres, com todas as despesas pagas. Suponho que seja alguém muito famoso. Disseram que me falariam os detalhes pessoalmente, para proteger a privacidade do cliente. A questão toda da primeira classe foi uma surpresa feliz. Cheguei ao balcão de atendimento e me disseram que eu tinha sido transferida.

— A companhia aérea disse especificamente que você seria transferida de voo?

Ela franze a testa em confusão.

— Eu esperava a classe econômica. Quero dizer, quem envia um entrevistado de primeira classe?

— Depende do entrevistador. Talvez a sua passagem tenha sido sempre para a primeira classe — saliento. — Embora eu ainda não entenda por que eles deram o meu assento extra para você.

— Ainda está aborrecido por causa disso?

— Nunca foi pessoal — digo, calmamente. Independentemente do que as pessoas acreditam sobre mim, eu não me esforço para ser um bastardo.

Ela pressiona a palma com mais força no meu abdômen.

— Eu entendo — diz. — Você não queria testemunhas.

Garota perspicaz.

Ela dá um sorrisinho.

— Para que fique registado. Estou feliz por estar aqui.

Eu também estou.

Quando não digo nada, ela me dá um empurrão.

— Admita. Ficou melhor por minha causa.

— Não se compara com nenhum outro voo em que estive — digo, com sinceridade. — Precauções de segurança à parte, com certeza esta empresa te deu um nome.

GERENCIADO

— Sim, eu tenho um nome. — Ela me abre um sorriso radiante, como se fosse para aliviar a minha apreensão. — Vou me encontrar com o Sr. Brian Jameson no... Por que você está ficando verde? Merda, está passando mal?

Posso perfeitamente estar. Completamente desequilibrado, quase solto uma risada de foda-se tudo. Nem ao menos me surpreende saber que é o "Brian" que vai entrevistá-la. Parece quase inevitável, o toque final deste estranho encontro com esta menina conversadeira.

Ao meu lado, Sophie se apoia no cotovelo, e o brilho do cabelo ao luar parece refletir ao redor do seu rosto preocupado – embora, na verdade, seja a iluminação fraca do avião e a minha imaginação hiperativa. Ela é apenas uma garota com cabelo descolorido e talento para papo furado.

Mentira. Ela é mais do que isso. Ela é intocável.

— Raio de Sol, você está me assustando.

— Desculpe — eu digo, recuando. — Só estou me adaptando ao fato de estar aconchegado com uma potencial funcionária.

CAPÍTULO QUATRO

sophie

É incrível como o clima pode acabar com rapidez e eficiência quando você percebe que está toda aninhada com alguém que trabalha com seu provável futuro chefe. Não que eu tivesse alguma expectativa a respeito do entediante, mas muito gostoso, Gabriel Scott. Eu não criei a ilusão de não me separar dele, logo que o avião aterrissasse.

E, realmente, essa seria a melhor opção. Desisti das breves aventuras, porque concluí que elas prejudicam a minha saúde mental. Eu já lidei com muitos idiotas para insistir em sexo casual. Mesmo se não fosse o caso, Gabriel não está exatamente se oferecendo. Nunca conheci um ser mais cauteloso e irritado.

Eu me pergunto se ele é apenas arrogante – um homem feito que não se dignou a socializar com mulheres comuns como eu. Mas, está bem claro que ele age assim com todo mundo.

Então, sim, abandonar este espécime maravilhoso na pista, sempre fez parte do plano. Talvez seja por isso que me senti tão livre para ser completamente autêntica com ele. O que me importa se ele acha que que não estou à altura das suas expectativas, quando não somos nada além de estranhos que foram forçados a suportar a companhia um do outro, por uma noite de viagem?

Mas agora tudo está de pernas para o ar. Eu o verei na Inglaterra. Ele trabalha com Brian Jameson. Disse que na verdade, é um pseudônimo para Brenna James, que dirige o departamento de relações públicas da sua organização.

O motivo dela precisar se identificar com um nome falso está além da minha compreensão, mas definitivamente despertou o meu interesse.

Gabriel não perde tempo para se libertar do meu abraço e colocar tanto espaço entre nós, quanto possível. A turbulência acabou e não há desculpa para continuar, de qualquer maneira. Passamos o resto do voo em um silêncio constrangedor.

Pouco antes de chegarmos a Londres, tento fazê-lo falar a respeito do trabalho, e sobre Brenna. Mas ele se recusa, dizendo que vai deixar para ela explicar tudo.

A única coisa boa que rendeu da minha importunação, foi ele estar ocupado demais discutindo comigo para perceber o pouso.

— Vou pedir ao meu motorista para deixá-la no hotel — diz ele, quando passamos pelo portão e entramos no terminal de Heathrow.

Como já é tarde e estou em um país estrangeiro, não tenho vontade de discutir. Na verdade, fiquei agradecida e mais do que um pouco chocada com a sua oferta.

— Obrigada. É muito gentil da sua parte.

Ele me olha como se eu estivesse sendo ridícula, mas acena com a cabeça em reconhecimento.

— Presumo que tenha bagagem, certo?

— Claro — falo para ele, olhando para as lojas fechadas que se alinham no caminho. — Você não? Ou imagino que more em Londres.

— A minha residência principal é em Nova York agora. Mas tenho um guarda-roupa na minha casa aqui de Londres.

Imaginando uma vida em que viajo pelo mundo e tenho guarda-roupas e casas me esperando, quase perdi a esteira de bagagem. Graciosa como sempre.

No entanto, Gabriel caminha exatamente do jeito que eu esperava: como um homem acostumado às pessoas saírem do seu caminho. O seu passo é suave, rápido e confiante.

Aqui em terra firme, posso apreciar todo o efeito que ele exerce sobre os outros. As pessoas *realmente* se afastam do caminho dele. É fascinante – eles simplesmente se abrem como o famoso Mar Vermelho e ficam boquiabertos quando ele passa.

Enquanto a beleza masculina de Gabriel é verdadeiramente impressionante, a sua energia é bem intensa, quase brutal. A maioria das pessoas carismáticas te leva a querer participar do seu círculo íntimo, te faz sentir especial. Com Gabriel, a mensagem é muito diferente: aqui está um homem que você não é capaz de sacanear.

Enquanto caminhamos ele não fala comigo, concentra a atenção no seu telefone. Aparentemente, tem um milhão de e-mails para responder. As habilidades dele para enviar mensagens de texto ao mesmo tempo que anda são impressionantes, embora eu ache que não precisar se preocupar em esbarrar em alguém seja uma vantagem.

Paramos na esteira de bagagens.

— Está vendo as suas malas? — ele pergunta com o nariz enterrado no celular.

Além da bagagem de mão que contém a minha câmera e equipamentos (sem chances de perder os meus bebês de vista), tenho duas malas grandes. Normalmente trago menos bagagem, mas "Brian" sugeriu que eu trouxesse malas para uma estadia prolongada, no caso de eu conseguir o emprego.

— Ainda não.

— Cor?

— Vermelha.

O canto da boca dele se ergue.

— Não me admiro.

— Me deixe adivinhar — pergunto, enquanto ele digita no seu telefone. — Se você precisasse trazer uma mala, ela seria tão negra quanto a sua alma imortal.

Ele coloca o aparelho no bolso e me olha com seriedade. Diversão suaviza a fisionomia dele.

— Acontece que a minha mala é de couro de jacaré, marrom escuro.

— Não sei por que me incomodo em provocá-lo — murmuro.

Mais uma vez, aquela sugestão de sorriso brinca com as bordas dos seus lábios.

— Você é persistente. Vou te dar esse crédito.

Vejo as minhas malas, mas antes de poder pegá-las, ele chama um carregador para nos atender e partimos novamente. São dez da noite, o que é perturbador, porque já passamos uma noite inteira no avião. Os táxis são escassos e a maioria das pessoas é recebida por entes queridos.

A solidão das viagens me causa um aperto no estômago. Detesto pousar em lugares desconhecidos durante a noite. Sempre fico com a impressão de que vou ser deixada para trás, e acabar dormindo no banco do aeroporto.

Esta noite é diferente. E outra onda de gratidão me invade, quando Gabriel me guia para o Rolls Royce Phantom preto que nos espera ao meio-fio, com o motorista já abrindo a porta.

Ele sinaliza para eu entrar. Mas depois franze a testa.

GERENCIADO

— Você não vai pular no assento e gritar *obaaa*, vai?

Eu o encaro.

— Eu não sou completamente ignorante, sabia?

Okay, se ele não tivesse mencionado, eu poderia ter feito isso.

— Estive em um avião com você por sete horas — ele lembra enquanto me segue para dentro do carro.

Preciso apertar os dentes porque, *puta que pariu*, o carro é maravilhoso. Quero tanto deslizar a minha bochecha naquela textura delicada do couro e brincar com todos aqueles botões, que os meus dedos se contraem.

Gabriel me encara por um longo momento enquanto o motorista fecha a porta com um baque suave.

— Vá em frente — diz ele, com uma voz persuasiva. — Dê um pulinho. Sei que está morrendo por isso.

Com o olhar pesado e um tom profundo e retumbante, ele faz parecer ilícito. Eu cruzo as pernas e ele acompanha o movimento com os olhos. As suas pálpebras baixam mais um pouco, e um brilho de calor indesejado passa por sob a minha blusa.

— Estou bem — falo, fingindo tranquilidade.

Ele solta um grunhido em resposta. O carro se afasta do meio-fio com toda suavidade e potência, e eu me recosto no assento macio, com um suspiro. Independentemente do que acontecer, daqui em diante terei este pequeno momento de conforto total.

Ficamos sentados em silêncio, enquanto o carro segue para Londres. Não consigo olhar pelas janelas sem ficar desorientada; é simplesmente estranho dirigir do lado esquerdo da estrada. Eu continuo esperando por uma colisão com um carro vindo na direção oposta.

Gabriel já está ao telefone de novo. Desta vez, ele está enchendo uma tal de Jules de perguntas – se a casa dele está pronta, se alguns contratos chegaram, e assim por diante. O tom frio e uniforme da sua voz no silêncio aconchegante do carro me acalma.

Inclino a cabeça para trás e fecho os olhos, até ouvir a sua última pergunta: o quarto do hotel está pronto e preparado adequadamente para a Srta. Darling?

Ouvi-lo discutir sobre o meu arranjo de hospedagem me faz perceber que realmente serei entrevistada para a empresa dele. Não posso decidir se fico desapontada ou animada. Talvez um pouquinho de cada um.

— Você não vai tentar convencer a Srta. James a não me contratar, não é? — pergunto quando ele termina a ligação com Jules.

— Diz isso porque passamos um tempo juntos no avião? — Ele levanta a sobrancelha e os seus lábios ficam retesados. — Eu seria um completo idiota se agisse dessa forma.

— Suas palavras, não minhas.

— Você está dizendo que acha que sou idiota? — Ele parece estar muito ofendido, até mesmo um pouco magoado, e imediatamente me sinto pequena e mesquinha.

— Não, Não. Me desculpe. Não sei que merda estou dizendo. — Gesticulo com a mão porque não consigo ficar parada. — Estou perturbada. Não é todo dia que você provoca o seu possível empregador por horas a fio.

Um pequeno sorriso aparece nos cantos externos dos seus olhos.

— Sim, bem, tecnicamente eu não sou o seu empregador. Brenna e eu somos parceiros. Mas vou tomar nota do seu arrependimento.

— Me arrepender implicaria que fiz algo *errado*. Isso é mais um estranho constrangimento.

O sorriso se move para a boca, repuxando-a. Mas ele não vai permitir que evolua. Eu me pergunto se algum dia verei esse homem sorrir com facilidade. Eu me questiono por quanto tempo terei contato com ele. A minha chance de conseguir um emprego em um negócio que ele participe parece mínima. Não sou do tipo conservador.

— Ainda não vai me dizer o que faz? — pergunto.

— Você poderia pesquisar o meu nome ou o de Brenna a qualquer momento, no Google. — Ele gesticula em direção à minha bolsa com uma inclinação do queixo arrogante e inflexível. — Então, vá em frente. Pegue o seu telefone e pesquise.

Ah, estou tentada. Muito tentada. Mas, de alguma forma, parece trapaça.

— Talvez eu queira que você confie em mim o suficiente para me dizer. Ele solta um leve ruído de escárnio.

— Não é uma questão de confiança. Mal considero um segredo, considerando que vai descobrir em breve. Trata-se de respeitar o desejo um tanto exagerado, mas aparentemente inflexível, de Brenna de mantê-la desinformada até o momento da entrevista.

Eu me recosto de volta no assento de couro, com um resmungo.

— Você está certo. Também vou respeitar os desejos dela. Mas isso só quer dizer que vou ter que usar a minha imaginação.

— Aposto que você vai me classificar como um espião internacional até chegarmos lá — diz ele, com seriedade, embora um brilho de diversão apareça em seus olhos.

GERENCIADO

— Ei, eu só pensei isso uma vez.

O canto do lábio dele se contrai e, em seguida, o telefone toca. Ele olha para baixo e digita uma mensagem.

— É a Brenna?

— Conversadeira e intrometida. — Ele não levanta o seu olhar do telefone. — Uma combinação de primeira.

— Você ama isso — eu retruco, com falsa arrogância. Os nervos estão começando a me deixar inquieta. E estou pensando seriamente em provocá-lo agora, apenas para conseguir uma resposta... algo que acho que ele já sabe, porque olha em minha direção e aquela expressão severa dele retorna.

— Sim, era a Brenna. Informei a ela que o pacote está a bordo e pronto para entrega.

— Rá rá.

Apoiado no canto do assento, ele vira na minha direção com o corpo enorme esparramado, como se um anúncio da Armani ganhasse vida. Com toda aquela beleza bruta masculina concentrada em mim; sinto como se estivesse embaixo das luzes de um holofote — exposta, ofuscada e quente.

Tento não me contorcer. Eu me pergunto se algum dia conseguirei olhar para ele sem perder o fôlego nem me desorientar.

Felizmente, a nossa intensa troca de olhares é interrompida quando o carro para em frente a um pequeno hotel com uma modesta fachada. A porta é de um tom de verde reluzente com estilo Vitoriano, as janelas são de vidro lapidado e possuem um toldo preto simples que protege os hóspedes da chuva. A aparência é limpa e acolhedora, mas não como um lugar que eu possa imaginar que Gabriel Scott, com suas roupas feitas sob medida e maneirismos nítidos, fosse ficar. Nem sequer há um porteiro. Gabriel é, definitivamente, o tipo de cara que faz questão de um porteiro.

Mesmo assim, estamos aqui. Eu deslizo as mãos para baixo da minha calça preta de yoga. Cristo, eu deveria ter me arrumado para a viagem de avião. Nem me lembro qual foi a roupa que trouxe para a entrevista. Será que vai dar certo? Será que Brenna estará nos esperando agora que Gabriel a alertou? Pensei que só encontraria com ela amanhã de manhã.

— Sophie — diz Gabriel, com a sua voz baixa e profunda. — Você está se preocupando sem motivo.

— Eu não estou preocupada.

Ele levanta uma sobrancelha, me desafiando.

Eu puxo a barra da minha blusa.

— Okay, talvez um pouco apreensiva.

— Você vai se encaixar bem. Perfeitamente, na verdade. — Ele franze a testa, como se isso o incomodasse.

Ou talvez ele esteja me acalmando.

— Se ela for como você...

— Ela não é. — Ele se endireita e ajusta os punhos. É um tique. Mas eu não sei o motivo que ele tem para ficar nervoso. — Nenhum deles é como eu. Você vai adorá-los.

Sinto vontade de perguntar quem são "eles". Mas não gosto da insinuação que ele fez sobre si mesmo.

— Eu gosto de você assim — digo.

— Bem, isso é bom. — Ele bate na janela. O motorista abre a porta, deixando claro que esperava pelo sinal de Gabriel. — Se tudo correr bem, você vai me encontrar muitas vezes.

Ele não faz parecer uma vantagem.

Na noite passada, depois que Gabriel se certificou de que eu havia feito o check-in corretamente – ele se recusou a me deixar na calçada e se ofendeu por eu ter pensado que ele faria isso —, eu estava tão cansada que cambaleei até o meu quarto e deslizei para debaixo das cobertas.

Não preguei o olho, o que foi irritante, mas estava escuro, e os sons do trânsito ecoando pelas enormes e antigas janelas me lembraram de casa, então me contentei em ficar ali deitada.

Agora, à luz do dia, estou usando o meu vestido tubinho preferido. É azul--petróleo, estilo anos 60, com mangas de três quartos. Alguns botões pretos descem por uma coxa e um pequeno babado, também preto, balança por toda a bainha. Uso scarpins pretos de saltos baixos e fiz um coque no cabelo.

Eu poderia ter escolhido algo mais conservador, mas seria uma enganação. Não sou e nunca serei discreta. E, sinceramente, se Brenna James me contratar para cuidar da campanha nas redes sociais deles e ser a fotógrafa, estarei de jeans mais do que qualquer outra coisa.

Fico o máximo de tempo hesitando na frente do espelho antes de descer para a sala. O hotel é uma antiga moradia vitoriana de quatro andares. A escada é estreita e os gastos degraus de madeira rangem sob os meus pés. Há um pequeno elevador claustrofóbico que usei ontem à noite, quando o porteiro trouxe as minhas malas.

Estou no quarto andar e o lounge fica no segundo. A decoração é de um clássico clube de cavalheiros, com várias poltronas de couro dispostas em torno de mesinhas de madeira. Papel de parede verde-esmeralda divide o espaço com lambris brancos, enquanto pequenos grupos conversam discretamente à medida que tomam o café da manhã.

Preciso me encontrar com a Brenna daqui a uma hora. E apesar de não estar com fome, consigo fazer um pedido depois de solicitar à garçonete que decifrasse o cardápio. Parece que eu preciso de um café com leite, já que não estou com vontade de um cappuccino espumante.

— Por que está escrito aqui na parte inferior do menu que é proibido tirar fotografias? — pergunto à atendente enquanto ela coloca o meu café na mesa.

— Este é um clube privado — diz ela com um forte sotaque do leste Europeu. — É voltado para profissionais do entretenimento. Os membros querem ficar à vontade para comer, sem a ameaça de alguém tirar uma foto.

Com os olhos arregalados observo ao meu redor, e vejo uma mulher que aposto que é uma cantora em ascensão. Ela está comendo com um homem; eles estão aconchegados e riem baixinho. Não consigo ver o rosto dele, mas há algo de familiar na forma como ele se comporta. Ou eu posso apenas estar sonhando acordada.

— Um clube? Sério?

— Principalmente música, palco e tela — a garçonete me diz, sem graça. — E alguns jogadores de futebol, eu acho.

Depois disso, não consigo me concentrar. Enquanto bebo o meu café cremoso, ouço trechos de conversas ao meu redor: um produtor de documentário lamenta a sua incapacidade de encontrar um narrador adequado, um executivo de uma gravadora diz que vai trabalhar em um novo álbum no estúdio, um repórter de televisão reclama sobre o contrato com o seu agente.

Preciso imaginar – mais uma vez – com quem irei trabalhar, caso passe na entrevista. Um ator? Gabriel também seria um agente? Consigo enxergá-lo nessa função, facilmente. Ou talvez ele trabalhe para um estúdio de cinema.

Estou tão absorta nas minhas espionagens descaradas e nas especulações sobre Gabriel, que não noto a mulher elegante até que ela esteja na minha mesa, puxando uma cadeira livre.

— Ei — diz ela. — Eu sou Brenna. Ou Brian. — Ela ri. — Scottie me disse que o disfarce da minha identidade secreta foi descoberto.

Brenna James é alta, magra e muito bonita, e está com o cabelo vermelho mel puxado para trás em um rabo de cavalo elegante. Ela está vestida com um lindo terno de tom ferrugem e usa saltos turquesa altíssimos.

— Meu Deus, que vestido lindo! — Ela se senta na cadeira à minha frente. — É errado querer contratá-la, me baseando apenas nesse vestido?

— Eu não reclamaria — digo, apertando a mão dela. — Mas fique à vontade para me fazer mais perguntas, se achar necessário.

— Eu sei que deveríamos nos encontrar em trinta minutos, mas eu a vi sentada aqui e pensei que não vir, afinal, poderia ser indelicado. — Ela abre um largo sorriso que a faz parecer travessa. — Me perdoa pela intromissão?

— Não tem problema. — Sinalizo para a garçonete antes de perguntar a Brenna: — Você disse Scottie. Se refere a Gabriel?

A boca dela abre como se eu a tivesse estapeado.

— Hum... sim. Gabriel Scott. Todos o chamam de Scottie.

— Oh, eu não percebi.

Ela se inclina, com os olhos arregalados e curiosos.

— Ele, eh, te disse o primeiro nome?

É algum tipo de segredo terrível? Estou voltando para a hipótese de que eles são espiões internacionais. E não é totalmente uma piada.

— Bem, fazer com que ele me dissesse o nome foi como arrancar um dente, mas sim.

Isso parece acalmá-la porque ela relaxa em sua cadeira e, depois de pedir um bule de café preto, me examina com um olhar perspicaz.

— Gostaria de ver o meu portifólio? — pergunto, entregando a pasta grossa de couro que eu trouxe comigo.

Mas ela faz um gesto de negação.

— Não há necessidade. Vi o seu trabalho antes de pedir que viesse aqui.

— Claro. — O calor faz as minhas bochechas corarem. — Desculpe, estou um pouco nervosa.

Ela toca a minha mão.

— Não fique. Você sobreviveu à viagem sentada ao lado do Scottie. Esta é a maior prova de fogo.

Olho para ela de forma cautelosa.

— Você me colocou naquele assento? Pensei que tinha sido realocada, mas agora já não tenho tanta certeza.

A garçonete chega com o café, e Brenna é rápida em se servir de uma xícara.

— Claro que sim. — Ela toma um gole, suspira de prazer e volta o seu olhar afiado para mim. — Como um incentivo para trabalhar conosco. Não para precisar lidar com ele. Eu não sou cruel.

— Eu não percebi que seria uma crueldade.

— Bem, a maioria das pessoas notaria, até ele abrir a boca e eviscerar uma pobre alma com poucas palavras.

O comentário dela me faz sorrir.

— Nem sei se precisaria falar. Aquele olhar dele seria suficiente.

— Mas você sobreviveu — diz ela novamente, me olhando como se eu fosse uma espécie rara de pássaro.

Um sentimento estranho de proteção me invade. Não que Gabriel precise, mas não consigo me impedir de defendê-lo.

— Eu me diverti.

Com isso, ela ergue a sobrancelha vermelha.

— Diversão?

Há tanto ceticismo em sua voz, que ela está praticamente ofegando.

— Foi um voo encantador — garanto. — Obrigada por me colocar na primeira classe. Nunca vou esquecer.

Ela pigarreia.

— Sim, bem... ótimo. Fico feliz com isso. De qualquer forma, achei que Scottie levantaria aquela divisória antes que a sua bela bunda atingisse o couro.

Não comento sobre o painel quebrado.

Brenna olha para o telefone.

— Os rapazes estão prontos. Vamos seguir para a entrevista agora?

Os nervos começam a se agitar no meu estômago.

— Rapazes? Um grupo de pessoas vai me entrevistar?

— Mais ou menos. — Ela me dá um sorrisinho. — Você vai ver. Vamos. Temos uma sala privada preparada.

— Tudo bem. — Assim que me levanto, as minhas pernas ficam bambas. — Gabriel também vai estar lá?

Uma pequena parte de mim não quer que ele testemunhe. Não sei se conseguirei me concentrar sob o seu olhar penetrante. Mas o meu lado mais carente e primitivo quer encontrar com ele de novo. Ele é familiar. E, por mais estranho que pareça, me sinto confiante quando está por perto.

Brenna interrompe um passo.

— Sim, *Gabriel* estará lá. — Depois de andarmos um pouquinho, ela me olha por sob os cílios. — No entanto, talvez você passe a chamá-lo de Scottie a partir de agora.

— Por quê? — Eu não entendo o motivo do apelido ou por que alguém como Gabriel o permitiria. *Scottie* não combina em nada com ele. Scottie é um cara que grita: "precisamos de mais tempo, Capitão!" Não é um homem impecavelmente vestido, que tem a aparência de um modelo masculino e fala como um duque perverso.

Os saltos de Brenna ecoam pelo chão, enquanto ela nos guia para uma sala nos fundos.

— É assim que todos do ramo o chamam. Honestamente, não ouço ninguém se referir a ele como Gabriel há anos.

Ainda bem que não falei que também o chamei de Raio de Sol. Ela provavelmente teria uma morte súbita. Ou talvez eu fosse perder o emprego. Decido não falar do Gabriel – também conhecido como Scottie – mais do que o necessário a partir de agora.

Entramos em uma sala, e um grupo de homens vêm em nossa direção. O meu primeiro pensamento é que talvez Gabriel e Brenna administrem uma agência de modelos, porque são todos lindos, cada um à sua maneira. Mas então eu realmente olho para eles, e o horror me atinge com um balde de água fria. Conheço estes caras. Conheço muito bem. Kill John. A maior banda de rock do mundo. Os meus olhos flutuam sobre eles. As expressões variam de boas-vindas e levemente curiosas, a sexualmente interessadas. Rye Peterson, o baixista, extremamente musculoso e com uma beleza juvenil, me abre um grande sorriso. Whip Dexter, o baterista, acena educadamente. Jax Blackwood, o infame guitarrista e cantor, é o curioso, apesar de não parecer chateado. Eu me esquivo do seu olhar verde, me sentindo mal e instável em meus pés.

Então há Killian James. Cabelo escuro, olhos pretos, expressão sombria. Quando entramos ele se levantou, inclinando a cabeça como se tentasse me colocar no lugar.

O meu coração começa a bater forte. *Porra*. Preciso sair daqui.

Dou um passo para trás e esbarro em um corpo. O cheiro de perfume caro e lã fina atinge as minhas narinas.

— Seguindo pelo caminho errado, madame tagarela — murmura Gabriel no meu ouvido, me empurrando para a frente, com suavidade.

GERENCIADO

Mas eu preciso fugir.

Killian continua olhando para mim como um quebra-cabeças quase solucionado. Ao lado dele está uma mulher bonita, com cabelos loiro-escuros – a mulher que tomava café da manhã mais cedo. Ela é Liberty Bell, percebo com um sobressalto. A mulher de Killian e cantora por mérito próprio. Deveria tê-la reconhecido antes. Deveria ter percebido que coisas boas não me acontecem, de fato.

Observo Gabriel. Ele está com a sua aparência imparcial, mas tem um pequeno brilho de encorajamento nos olhos. Não quero desviar a atenção dele. Ele vai embora em breve, e isso dói. Até demais para uma convivência tão curta.

Brenna me apresenta. Ela pega o portfólio dos meus dedos inertes e entrega para os rapazes.

— Sophie costumava ser fotojornalista…

Killian solta um som estrangulado antes de explodir.

— Oh, caralho, não! Agora eu a reconheço. Está brincando comigo com essa merda? — Ele dá um passo em minha direção, com a raiva manchando as suas bochechas de vermelho. — Você tem muita coragem de vir aqui, senhora.

Eu me mantenho firme, mesmo que meu o orgulho esteja implodindo. Não conheço outra maneira.

Mas Gabriel se coloca entre nós.

— Se acalme — ele ataca Killian. — A Srta. Darling não veio aqui para ser assediada.

— Oh, isso é uma puta ironia — diz Killian com um sorriso de escárnio. Os olhos dele não são gentis. — Isso não é trabalho de *paparazzi*?

Os outros caras parecem confusos.

— Kills, mano — diz Rye. — Se acalme. Muitas pessoas são fotojornalistas sem serem *paparazzi* desprezíveis.

Oh, se ao menos essa fosse a minha verdade.

— Não. — Killian corta a mão no ar. — Ela não é apenas um *paparazzo*. Ela é aquela que tirou as fotos do Jax. Não foi você, querida? Pensa que não te vi lá, com a porra da sua câmera? Enfiando na minha cara quando ele estava morrendo em cima de mim, porra?

Gabriel vira a cabeça com rapidez.

— O quê?

— Você me ouviu. Foi ela. Foi ela quem vendeu as fotografias do Jax.

— Impossível — diz Gabriel, de imediato. — Martin Shear vendeu aquelas imagens. Eu saberia, passei quase um ano fazendo os nossos advogados correrem atrás disso.

Ele levanta a mão como se quisesse dizer que o caso está encerrado. Não consigo decidir se ele está tentando justificar as minhas ações ou se é assim tão racional. Receio que seja o último. O seu comportamento gelado não descongelou. E ele espera por uma resposta, com a testa arqueada daquela maneira arrogante e impaciente.

Eu respiro fundo.

— Martin era o meu namorado na época.

Gabriel inclina a cabeça para trás, como se eu tivesse lhe dado um tapa. A expressão no rosto dele, a total decepção misturada com crescente desgosto – estou arruinada aos seus olhos. Vejo isso claramente. Não posso culpá-lo. Também estou enojada. É surpreendente o quão baixo uma pessoa, que deseja amor, pode afundar quando pensa que o encontrou.

Se o chão pudesse me engolir nesse momento, eu agradeceria. Mas não mudaria a lama espessa e arenosa de arrependimento que preenche o meu interior, toda vez que penso naquela noite, quando tirei aquelas fotos de Jax Blackwood, inconsciente e coberto de vômito. Ainda posso ouvir Killian gritando o seu nome enquanto a segurança se apressava. Eu estava muito cega naquela época, focada apenas no meu próximo salário, incentivada por Martin a nunca pensar na pessoa como ser humano, mas como potenciais cifrões de dólar.

Era a versão mais feia e sombria de mim mesma. Tão confusa e perdida. E agora esse passado veio me encarar.

— Martin foi, *é*, um sacana — digo. — Eu sei disso *agora*. Naquela época... bem, na verdade não tenho uma boa desculpa. Eu o conheci em um momento difícil, e ele tinha uma espécie estranha de carisma. Ele fez o trabalho parecer divertido: ganhar dinheiro fácil, prestando serviço para os fãs.

Sons irritados de escárnio ressoam na sala.

— As mentiras em que me deixei acreditar... — admito. — Eu queria parar, mas não encontrava mais nada para fazer. E então aconteceu aquela noite. Quando cheguei em casa, disse ao Martin onde tinha estado. Ele ficou... — eu pigarreio. — Ele ficou feliz demais, disse que essas fotos me manteriam financeiramente bem por pelo menos um ano.

Não perco a forma que os caras recuam, ou que Gabriel balança a cabeça, rangendo os dentes, como se lutasse para não explodir. O meu estômago revira, e os meus dedos estão gelados. Mas eu continuo:

— Deus, eu queria aquele dinheiro. Não vou mentir. Eu tive um ano difícil e estava vivendo de macarrão instantâneo. Eu poderia ter desistido com aquele dinheiro, aproveitado o tempo para encontrar um emprego decente. Mas eu olhei para as fotos e elas eram horríveis. Dolorosas.

Ainda dói, mesmo agora ao lembrar delas.

É evidente que elas também magoam estas pessoas. Muito mais do que alguma vez me magoaram. Tenho vontade de chorar.

— Eu estava hesitante em vendê-las depois disso. Martin notou e, quando fui dormir, ele as pegou.

— Ele as roubou de você? — A voz de Gabriel é inexpressiva. Ele não me olha nos olhos.

— Sim — sussurro. — Eu quis lutar contra. E acabei não lutando. Porque elas estavam espalhadas por todos os lugares, e eu me senti... envergonhada.

Gabriel faz um barulho, como se quisesse dizer que eu deveria.

Killian não é tão silencioso.

— Ela não pode estar aqui. Isto é demais, Brenna.

— Acho que seria bom para nós — diz Brenna. — Todos nós podemos encerrar esse capítulo e seguir em frente.

Killian zomba e olha para Brenna como se não pudesse acreditar em suas palavras.

De alguma forma, encontro a minha voz.

— Se serve de alguma coisa, eu não sabia que a entrevista era para trabalhar com vocês. Eu não teria vindo.

— Oh, claro, Isso torna tudo melhor. Porque não passamos mais de um ano lutando com a merda que você jogou aos olhos do público — diz Killian.

De repente, todos começam a falar ao mesmo tempo e as palavras se misturam, me bombardeando. Eu estremeço.

Jax solta um alto assovio.

— Todo mundo vai calar a boca e se sentar, caralho.

Suponho que ele não tenha o hábito de gritar, porque todos se calam e se sentam imediatamente, embora Killian o encare de forma descontente, ao se jogar na cadeira.

Jax olha para mim. Quando o encontrei pela primeira vez, ele tinha uma característica juvenil, como se fosse um atleta tipicamente americano, com um ar de quem passa muito tempo ao sol – o que é engraçado, já que é de pleno conhecimento que ele é metade britânico. Quase dois anos depois, toda essa jovialidade foi substituída por uma beleza intensa e primitiva. A vida o golpeou, mas não o venceu.

— Você se lembra daquela noite — diz ele. — Antes, quero dizer.

Tenho total consciência da atenção de Gabriel em mim, mas respondo a Jax sem desviar o olhar.

— Sim.

Ele acena com a cabeça, mordendo o lábio inferior como se estivesse envergonhado.

— Eu imaginei. Eu quis te encontrar. Para me desculpar.

— O quê? — Killian explode, quase dando um salto.

— Cale a boca — Jax o agarra, suspira e passa a mão pelo cabelo espetado. — Pelo menos até que vocês me ouçam.

— Ah… — eu pigarreio de leve. — Eu tenho que concordar com a opinião de Killian. Você não tem absolutamente nenhuma razão para me pedir desculpas.

O sorriso de Jax é cansado e unilateral enquanto me encara. Vejo a luta nos olhos dele. Ele não está disposto a revelar exatamente o que acha necessário.

Gabriel rompe o momento.

— Vá direto ao ponto, Jax. — A expressão dele é tão feroz que parece esculpida em pedra. — E comece explicando exatamente como você conhece a Srta. Darling.

Ele não se preocupa comigo. É como se eu já não estivesse na sala.

Jax dá de ombros e se inclina contra a parede.

— Nós nos encontramos no bar do hotel, na noite do "incidente".

Gabriel encara as aspas que Jax faz no ar. Um músculo se contrai sob o olho direito dele.

— Vá. Em. Frente.

— Você se ofereceu para me pagar uma bebida — eu continuo, porque cansei de ser ignorada. E não vou deixar Jax fazer isto sozinho.

Ele sorri.

— E você me avisou que estava lá para roubar minha aparência.

O calor do olhar de Gabriel se espalha. Mas eu não o julgo.

Whip balança a cabeça.

— Vocês dois ficaram juntos. É obvio.

Killian zomba. Não ouso verificar o que Gabriel pensa.

GERENCIADO

— Não — diz Jax. — Tomamos vodca tônica com limão, e demos algumas risadas sobre pessoas ridículas que pagariam milhares por um escândalo de algum famoso. — O seu sorriso suave retorna. — Sophie não se importava que eu basicamente dizia que o trabalho dela era estúpido...

— E é — interrompe Killian.

Nós o ignoramos.

— Ela precisava de dinheiro para pagar os seus empréstimos escolares e o aluguel, e nós concordamos que existiam maneiras piores de consegui-lo.

— Existem? — Killian pergunta, ainda descontente.

Não posso culpá-lo. Foi ele quem encontrou Jax. A banda se separou por um ano após a tentativa de suicídio de Jax. Duvido que eu teria alguma compaixão por qualquer pessoa que expusesse a minha dor para mundo.

No entanto, Jax o encara com seriedade.

— Claro que existem. E você sabe disso. — Os seus olhos me encontram outra vez. — Você se lembra do que eu lhe disse então?

Oh, inferno. Um caroço obstrui a minha garganta e engulo involuntariamente. Gabriel franze a testa como se estivesse prestes a explodir. Nesse ponto ele me encara, mas não diz nada. Nenhum deles fala. Estão esperando a minha resposta.

A minha voz sai fraca e rouca:

— Você disse... Você disse... merda... — Olho para longe, com a minha voz se desfazendo.

— Venha ao meu quarto esta noite — Jax fala por mim. — E eu vou te dar uma coisa grande para vender.

— Caralho.

— Que porra, Jax — Killian solta.

Porque eles compreenderam. Finalmente. Eu também entendi. Mas naquela época não.

A minha visão perde o foco e pisco rapidamente, respirando fundo.

— Eu imaginei que você só estava brincando comigo, e depois você me deu a chave do quarto. — Um riso fraco me escapa. — Então eu pensei que você queria transar.

A expressão de desprezo de Gabriel pousa como uma lança ao meu lado. Não consigo olhar para ele agora. Talvez nunca mais.

— Eu sei que você pensou, querida — diz Jax, gentilmente. — E agora você sabe: eu estava torcendo para você aparecer.

— Por quê? — sussurro. — Por que eu?

Ele dá de ombros.

— Eu imaginei, ela é uma boa garota. Legal demais para o seu trabalho de merda. Ela precisa de dinheiro. E eu não vou ficar por aqui, então... por que não sair com uma boa ação?

Killian se levanta, derrubando a cadeira. Ele sai da sala sem dizer mais uma palavra. Libby vai logo atrás, com um murmúrio:

— Vou falar com ele.

O silêncio que se segue é pesado e sinto vontade de me encolher e fugir. Mas não posso me esconder dos meus erros. Já tentei isso antes. Não funcionou.

— Eu sinto muito — digo, com a voz rouca. — Aquela foi a pior noite da minha vida e aquela atitude foi a mais imprópria que já tomei.

Jax balança a cabeça.

— Você estava fazendo o seu trabalho...

— Não! — Cerro os dentes. — Não, eu estava vendendo, a preço baixo, a minha humanidade e a sua. Deveria ter largado a câmera e ajudado. Deveria ter feito algo além de tirar aquelas fotos e permitir que fossem expostas.

— Todos nós fizemos coisas das quais lamentamos — diz Jax. — Eu só quero que você e todos os outros saibam que eu não tenho nada contra você. Estou tranquilo quanto a vir trabalhar conosco.

Deus. Não mereço a calma aceitação dele.

— Fique. — O rosto de Whip está pálido, mas ele se inclina para a frente e acena como se estivesse tomando uma decisão. — Jax tem razão. E você obviamente é boa no que faz, se não Brenna não a teria trazido aqui.

— Sim — diz Rye. — Vai ser bom para todos nós. E para você também. Libertador, sabe?

Quem são estes caras? De verdade. Eu esperava ser desafiada neste momento.

— Olha, está tudo bem para mim. — Rye se levanta. — Espero que se junte a nós. Qualquer coisa que traga mudanças não pode ser ruim.

Whip também está em pé.

— Killian está vindo aí. Jax vai falar com ele.

Os dois vêm apertar a minha mão.

— Desculpe pelo drama — diz Whip com uma piscadela. — Mas é meio difícil escapar por aqui.

Jax vem em minha direção assim que Whip e Rye saem. Ele coloca a mão quente no meu ombro.

— Estou feliz por ter falado com você. Sempre quis te encontrar para pedir desculpa. Foi uma merda te usar daquela forma.

GERENCIADO

— Fico feliz por você ter conseguido — digo, depressa. — Por você estar aqui saudável.

O sorriso dele é tenso, porém amigável.

— Independentemente do que você decidir, saia conosco esta noite. Vamos nos divertir, Soph. Confie em mim.

Ele me dá um beijo na bochecha e olha de forma indecifrável para Brenna, antes de ir embora.

— Isso é um erro — diz Gabriel, assim que a porta se fecha.

Eu hesito, e ele encontra o meu olhar. Tudo aquilo que vi nele antes, desapareceu. Agora ele está frio – tão firme e polido que fico surpresa por não enxergar o meu reflexo em sua pele. A sua voz é estrondosa, mas monótona, como se fosse apenas mais um dia no escritório.

— Você se arrepende das suas ações. Jax assume a responsabilidade pela parte dele. Nada disso importa quando se trata desta turnê.

— Eu não estou conseguindo te acompanhar, Scottie — diz Brenna. Na maior parte do tempo, ela ficou calada para deixar todos falarem. Mas agora, é pura determinação.

Ele se senta na cadeira, colocando um tornozelo sobre o joelho dobrado. Um repouso muito tranquilo para quem está me empurrando para fora, quando prometeu que não iria interferir.

— A banda acabou de voltar a ser uma unidade totalmente funcional. Finalmente estão curando as velhas feridas. Você mistura um elemento de desconfiança e arrisca todo o resto.

— Eu sou uma pessoa, não um elemento. — Não deveria demonstrar para ele que estou chateada, mas estou. Pensei que tínhamos, pelo menos, um pequeno vislumbre de respeito mútuo. Segurei a mão dele no seu momento mais difícil, e agora sou a porra de um elemento? — E se os caras estão bem com isso, por que você deveria protestar?

— Porque, quando eles não podem ou não querem, pensar racionalmente é o meu trabalho. — Ele me olha como se eu não fosse nada além de uma peça de mobiliário no quarto. — É uma questão de negócios, Srta. Darling. Nada pessoal.

— Besteira. Tudo é pessoal. Especialmente nos negócios. Você julga uma pessoa, e decide se confia o suficiente para trabalhar com ela ou não. — Um arrepio de raiva e mágoa me atravessa. — O senhor tomou a sua decisão, Sr. Scott. Não a enfraqueça fingindo que não é nada pessoal.

Deus, ele não vacila, nem pisca. Apenas continua sentado lá, de frente para mim, com aqueles olhos imparciais da cor de gelo.

kristen callihan

— Sinto muito, Srta. Darling.

— Sim — eu digo. — Aposto que sente.

Se eu não estivesse olhando para ele, teria perdido o tremor do canto da sua boca. Com uma elegância relaxada, ele se levanta e abotoa o paletó. Em seguida, me dá um breve aceno e sai da sala sem olhar para trás.

— Merda — diz Brenna quando ele se vai. — Isso correu bem.

Eu olho para a porta.

— Sinto muito por desperdiçar o seu…

— Você foi contratada, Sophie.

A minha cabeça está girando e tenho a certeza de que a minha boca está aberta.

Brenna me lança um olhar longo e severo.

— Esta é a oportunidade de uma vida. Você sabe disso. Eu sei. Não se atreva a desistir por causa de uma pequena adversidade. Acredite em mim, falo por experiência própria quando digo que ele vai se arrepender.

Eu poderia responder com uma dúzia de maneiras diferentes, de raiva a autopiedade. Fora desta sala que lembra uma caixa de joias, os famosos e poderosos tomam café e tramam as suas vidas. Estou em Londres, tendo a oportunidade de fazer uma turnê pela Europa com uma das minhas bandas favoritas. Vai ser estranho, e enfrentar Gabriel outra vez, definitivamente, será um tipo especial de tortura.

A vida em Nova York seria mais fácil. Familiar.

Não é pessoal, o caralho.

— Foda-se — eu digo. — Estou dentro.

CAPÍTULO CINCO

gabriel

Levo dois minutos e trinta e seis segundos para deixar a sala de conferências, sair do hotel e andar até o fim do quarteirão. Sei, porque conto cada segundo. Caminho com constância e propósito.

E, se a minha mão treme um pouco, ninguém consegue ver, porque ela está enfiada dentro do meu bolso. Problema resolvido.

Lição número um no mundo dos negócios: para cada problema existe uma solução.

Lição número dois: nunca se deixe levar pelas emoções.

Nunca se deixe levar pelas emoções.

No instante em que viro a esquina, o meu controle começa a desmoronar. Eu dou um tropeção, uma névoa vermelha cai sobre meus olhos. Mais um passo e fico ofegante. Vejo uma banca de jornal e, de repente, começo a chutá-la.

— Caralho de merda! — Também dou uma forte pancada na estrutura metálica, antes de começar a andar de um lado para o outro.

— Eu tive a mesma reação, cara.

O som da voz de Killian me faz paralisar. De forma relaxada, ele bebe um café em uma loja especializada de queijos.

— Chutei pra caralho aquela bosta de lixeira ali.

Ao lado da banca de jornal há uma lata amassada. Eu bufo, apesar de não conseguir encontrar humor em nada.

— Com tantas lixeiras e bancas de jornal…

— Você veio atrás de mim — aponta Killian.

Olho pela rua abaixo.

— Onde está a Libby?

— Me dando um tempo para esfriar a cabeça. — Killian ri sem nenhum traço de diversão. — Não tenho permissão para voltar ao hotel, até estar pronto para me desculpar com a *paparazzo*.

— O nome dela é Sophie. — *Não pense nela. Não faça isso, porra.* Mas é impossível apagar o que eu disse a ela. Raiva me invade outra vez. Cerro os dentes e conto até dez. Vagarosamente.

Lição número três: Escolha o que for benéfico para o seu cliente, não para você. Eu cuidei da situação como de costume – decidi o que era melhor para a banda. A prioridade é protegê-los, colocando de lado os meus interesses pessoais.

Besteira. Tudo é pessoal.

Oh, como eu sei disso agora, madame tagarela.

Lidar com essa questão deveria ter sido simples. Mal conheço a mulher. Os níveis de risco são claros. Ela poderia, com facilidade, perturbar o equilíbrio que lutamos para restaurar.

Isso não explica por que cada palavra que saía da minha boca direcionada a ela era como ácido na minha língua. Ou a forma como a mágoa que vi nos olhos dela quase me deixou mal fisicamente. Quase não consegui passar por aquela entrevista do inferno sem esmurrar uma parede.

E então eu simplesmente a deixei. Eu me afastei sem olhar para trás, e ela ficou se sentindo uma escória, como se não fosse digna de qualquer um de nós.

— Cretino deplorável — murmuro, lutando com o desejo de chutar alguma coisa, outra vez.

— Você tem que encontrar uma maneira de perdoar Jax. — Killian toma um gole de café. — Foi o que Libby me disse. Eu pensei que já o tinha perdoado. Mas ele continua encontrando formas de me irritar.

Com as mãos na cintura, observo o desgaste do meu sapato. Não me preocupo em corrigir a suposição de Killian. Não estou com raiva de Jax, por ter dado um jeito de Sophie entrar em cena. Eu o entendo. Ele queria uma prova do que tinha feito. Ou talvez realmente não quisesse morrer, mas que alguém o encontrasse antes que fosse tarde demais.

Não tenho como saber ao certo, mas não vou criticá-lo por ser humano. Um suspiro me escapa e passo a mão pelo rosto. Há semanas que não durmo bem, e estou próximo da exaustão. Ao nosso redor, os londrinos descem a rua em direção à estação de metrô próxima. Já está nublado e frio.

Uma mãe empurra o seu filho em um carrinho de bebê cinza e para na vitrine de uma livraria. Havia uma foto da minha mãe ajoelhada ao lado do meu carrinho. Eu tinha uns dois anos e, mesmo naquela época, a minha expressão era carrancuda. Mas a minha mãe sorria para mim como se eu fosse o mundo dela.

Esfrego uma mão no meu peito dolorido.

Jax, Killian, Whip e Rye me deram amizade quando eu não tinha nenhuma, e uma família quando a minha se foi. Eles me ofereceram um propósito de vida – um trabalho que eu amo e experiências que poucas pessoas na terra já tiveram. Em troca, jurei que sempre protegeria os interesses deles. Estou fazendo um trabalho de merda nos últimos anos. Posso fazer melhor. Eu *devo* fazer melhor.

Não quero pensar em Sophie Darling. Mas ela infectou o meu cérebro. O som da sua risada provocante me assombra. O brilho de dor que vi em seus olhos castanhos quando eu me referi a ela como "um erro" está me destruindo.

Ela foi a responsável por expor o momento mais privado de Jax e o ponto mais baixo da sua vida. Inúmeras vezes amaldiçoei a escória oportunista que tirou aquelas fotos. Perceber que foi Sophie – a mulher que deixei me abraçar e aliviar os meus medos, de uma maneira que eu não permitia desde a morte da minha mãe – é mais do que decepcionante. Ela acabou comigo naquela entrevista.

Começo a andar de um lado para o outro, incapaz de ficar parado.

Killian me observa, movimentando a cabeça para frente e para trás enquanto acompanha os meus movimentos.

— Você não vai precisar que a gente organize uma luta, não é?

Lanço um olhar cortante para ele.

— Eu não estou tão mal assim.

Ele levanta a mão.

— Eu só estava perguntando.

Quando a Kill John começou, paguei os meus ternos vencendo lutas clandestinas. É um pouco contraditório, eu assumo, ser um lutador para se vestir como um cavalheiro. À medida que os anos se passavam, eu lutava quando estava muito tenso, porque apenas o doce alívio encontrado no sexo ou em espancar alguém resolveria. Na verdade, o sexo nunca me ajudou tanto quanto a dor intensa.

— Estou bem — eu digo, acenando para ele.

— Brenna vai contratá-la? — Killian me pergunta.

— Claro que sim. Ela colocou a Srta. Darling na primeira classe. Brenna não teria se incomodado se não planejasse trabalhar com ela.

kristen callihan

Com isso, Killian sorri.

— Aposto que ser obrigado a se sentar ao lado de alguém te irritou pra caramba.

Eu solto um grunhido, incapaz de lhe dizer a verdade. O melhor voo da minha vida.

Ele começa a rir.

— Porra, Brenna é má.

Penso no tanto que Sophie me importunou. A minha boca se abre em um sorriso, que morre imediatamente quando eu me lembro de que acabei com qualquer esperança de ela querer estar perto de mim outra vez.

— Inferno do caralho. — Encaro Killian com um olhar penetrante. — Ela foi contratada. Nós dois sabemos disso. Independentemente do passado, vi o seu portfólio e o trabalho nas redes sociais. Ela é boa. E os outros rapazes também a querem.

— Merda. — Killian desvia o olhar.

— Vocês vão trabalhar em parceria com ela. — Pensar que vou ver Sophie todos os dias, causa uma agitação dentro do meu peito. Eu ignoro completamente. — O que significa que você vai tratá-la com o respeito que um profissional qualificado merece.

— Sim, Senhor. — Killian me presta uma continência.

Já estou voltando para o hotel.

— Temos uma reunião no FaceTime às quatro, com um novo patrocinador.

— Qual patrocinador? — ele responde.

— Alguma empresa de palhetas — digo por cima do ombro.

— Droga, Scottie, dez anos e você ainda não consegue lembrar quais são as minhas palhetas preferidas? Detalhes, mano.

Eu sei quais são, mas é muito fácil irritar Killian.

— Um patrocinador é um patrocinador. Não se atrase.

Na metade do caminho de volta para o hotel, eu envio uma mensagem para Brenna.

> GS: Presumo que a Sra. Darling vai continuar?

Ela responde rápido o suficiente:

> Brenna: Sim. Não graças a você. Da próxima vez, discuta as suas preocupações com relação à minha equipe, em particular.

GERENCIADO

Eu ignoro um homem com dois poodles, que cheiram os meus tornozelos.

> GS: Entendido. Onde ela está agora?

> Brenna: Por quê?

Os músculos da minha mandíbula pulsam.

> GS: Eu quero desejar boas-vindas, mostrar que não há ressentimentos.

> Brenna: você pode enviar uma mensagem para ela.

Eu realmente detesto quando Brenna está chateada comigo. A vida fica muito mais difícil, e ela é especialista em me fazer trabalhar duro para corrigir os meus erros.

> GS: por acaso comentei que vou encontrar com o Ned esta noite?

Ned é um promotor local e um sujeitinho desprezível que tem a tendência de flertar com Brenna. Infelizmente, o homem também é responsável pelos melhores locais, e tenho que negociar com ele sempre que fazemos uma turnê em Londres. Brenna não.

> GS: eu estava pensando em convidá-lo para sair conosco.

Eu quase sorrio imaginando Brenna furiosa, nesse momento. Pequenos pontos aparecem e, em seguida, a sua resposta.

> Brenna: Idiota. Jules a levou para almoçar naquele gastrobar aqui da rua.

> GS: um pouco cedo para o almoço, não é?

> Brenna: Sério? Tradução: Ela a levou para tomar uma bebida muito necessária, porque você e Killian agiram como idiotas.

kristen callihan

Ah, culpa. Eu não tinha me familiarizado com esse sentimento ao longo da última década. Experimentando agora, não posso dizer que gosto da sensação. De forma alguma. Colocando o meu telefone no bolso, giro e volto pela rua.

Não é difícil localizar Sophie e Jules no pub. São pontos de cor vibrante em um mar de painéis de madeira antiga. Escondidas em uma mesa no canto, as duas mulheres estão com as cabeças juntas. O cabelo loiro branco de Sophie brilha como raios de luar, ao lado dos cachos fúcsia intenso de Jules.

Estão de costas para mim enquanto se deleitam com os seus copos de Guinness – o café da manhã dos campeões, como Rye amorosamente se refere à rica stout.

— Não vou mentir — diz Jules. — Se você espera elogios ou palavras gentis, isso nunca vai acontecer. Ele não é esse tipo de chefe.

— De qualquer modo, ele não vai ser meu chefe — murmura Sophie, tomando um longo gole. Um pouco da espuma branca e cremosa permanece na curva suave do seu lábio superior. Ela limpa com a língua e o meu pau endurece.

Inferno.

— Não se engane — diz Jules. — Ele é o chefe de todo mundo. Até dos rapazes. O que Scottie diz é o que vale. Mas não se preocupe. Ele não é um tirano. Ele é apenas...

Não posso evitar e me inclino um pouco, imaginando o que ela vai dizer. Ainda não me viram, e não estou prestes a denunciar a minha presença *agora*.

— Exigente — Jules decide.

Sophie bufa de maneira deselegante.

— Ele é um babaca arrogante.

Adorável.

— E por que diabos todo mundo o chama de Scottie? De qualquer modo, o apelido não combina com ele. Belzebu daria muito mais certo. — Exasperada, Sophie gesticula com as mãos, e eu luto para não bufar.

Jules ri com a caneca na boca.

— Menina, eu pensava a mesma coisa. De acordo com a lenda dos *roadies*, Killian e Jax inventaram o nome quando todos estavam começando. É algum tipo de piada a respeito de *Jornada nas Estrelas*.

— Eu estava me preparando para estudar engenharia — digo, assustando as duas.

Elas giram em seus assentos, com as bocas abertas.

— Scotty era o engenheiro da nave — eu continuo, dando a volta na mesa para me sentar. — Estava passando Jornada nas Estrelas e Rye comentou que eu e Scotty compartilhávamos o sobrenome. Foi isso. Os filhos da mãe começaram a me chamar de Scottie, acrescentaram *ie* para que as pessoas pudessem nos distinguir.

Lanço um olhar áspero para as mulheres, como se toda aquela história fosse cansativa, mas a verdade obscura é que nunca tentei acabar com o apelido. Ele consolidou a minha inclusão no grupo deles, e eu nunca tinha feito parte de um antes. Foi a primeira vez que alguém pensou em me chamar de algo que não fosse um insulto.

A segunda vez que recebi um apelido foi em um avião com uma linda menina conversadeira, que nesse momento está sentada e me olha como se eu tivesse cuspido em sua cerveja.

— Sophie. Jules. — Cumprimento cada uma com um movimento de cabeça.

As sardas das bochechas de Jules começam a se destacar, conforme sua pele marrom-clara se torna de um tom acinzentado.

— Eu… ah… é que… eu estava explicando para Sophie que…

Eu acabo com o sofrimento dela.

— Tudo bem se quiser fugir. Não vou usar isso contra você.

Jules dá um salto, agarrando a enorme bolsa *hobo* verde que ela usa constantemente.

Sophie se endireita na cadeira, erguendo as sobrancelhas.

— Ei! Ela não precisa ir a lugar nenhum. Na verdade, você que deveria. — Ela me aponta o dedo, como se fosse uma arma.

— Não, não — diz Jules, já se afastando da mesa. — Ele tem razão. Estou louca para escapar.

E ela sai, quase fazendo fumacinha no piso. Sophie se recosta com um bufo, cruzando os braços sobre o farto peito.

— Deus, é como se você fosse Darth Vader ou algo assim.

Senti a sua falta. O pensamento indesejado nem sequer faz sentido, eu a vi há menos de uma hora. Mas isso não muda a sensação de que recebi clemência apenas por estar sentado aqui com ela.

— Já estabelecemos que sou o engenheiro desta produção — digo, com suavidade. — E você está misturando dramas espaciais.

Ela enruga o nariz, desvia o olhar e fica de perfil para mim. Aproveito o momento para roubar a Guinness e tomar um gole. Está em temperatura ambiente, grossa, escura e perfeita. O verdadeiro café da manhã dos campeões.

kristen callihan

— Ei! — ela arranca a caneca da minha mão. — Pegue uma para você.

Ela faz questão de limpar a borda com um guardanapo úmido.

— Você tem medo de eu te passar germes?

— Estou surpresa por você conhecer essa palavra.

— Conheço muitas.

Discutir com ela foi o que mais senti falta. Sophie é… divertida. Quando foi a última vez que me diverti?

— O que me lembra… — Eu me inclino para perto. — Que apesar de gostar de brincadeiras anais com uma mulher de vez em quando, nunca comi uma bunda.

Sophie engasga com a cerveja, espalhando gotas pela mesa desgastada, enquanto as suas bochechas ficam vermelhas. Tentando não sorrir com a vitória, entrego outro guardanapo para ela.

Ela me encara enquanto esfrega o queixo.

— Se você está aqui para tentar me convencer a ir para casa, não se preocupe. Vou ficar, e você não pode fazer nada a respeito. — Ela levanta o queixo como se dissesse, *É isso!*

Eu me recosto na cadeira.

— Você estava certa, sabe. — Quando ela enruga a testa, eu continuo: — Em negócios tudo é pessoal. Eu simplesmente não tinha pensado dessa forma até você comentar.

A sua expressão escurece. Eu afasto a caneca de cerveja do seu alcance. Ela revira os olhos, mas há um sorriso relutante nos seus lábios. O meu dia parece ter ficado melhor apenas por vê-la. *Fraqueza.* Eu não quero nem um pouco. Mas algumas coisas são mais fortes.

Honra. Honestidade. Necessidade.

— Eu odiei aquelas fotos e o que elas representam, tanto quanto detesto o que aconteceu com Jax — digo a ela, calmamente.

A raiva se desfaz do seu rosto, e ela me encara com olhos arregalados e angustiados.

— Não — corrijo. — Eu as odiei bem *mais*. Eles criaram um monumento para aquele horror. Aquela… — A minha garganta se fecha e eu preciso afastá-la na marra. — Dor.

— Sinto muito — ela sussurra. — Você nunca vai entender o quanto estou arrependida.

— Eu acredito em você. Sei o que é se perder em um trabalho. Estávamos todos perdendo o controle antes de Jax. Havia dias em que eu acordava e não me lembrava em que país estávamos. Porque tudo era uma mistura de diversão e crença no que as pessoas nos contavam. Entendo as mentiras que dizemos a nós mesmos para vencermos o dia.

— Eu não consigo imaginar isso de você.

— Madame tagarela, você cria castelos nas redes sociais. Eu os crio para o ramo da música. Os ternos, os maneirismos, toda a fachada de merda fazem parte do conjunto. Naquela sala, você viu isso com força total. — Coloco o dedo em uma gota de cerveja. — Eu reagi por causa de uma raiva antiga.

A resposta dela é suave e hesitante:

— Você tem certeza de que é raiva antiga, e não recente?

Quando os nossos olhares se encontram, sinto novamente aquela sensação estranha logo abaixo das minhas costelas – dor, ressentimento, remorso, ternura, tudo se confunde, tornando difícil definir uma emoção. Quero dizer que lamento porque a magoei. Quero mandá-la embora para não sentir este desconforto.

É perigosa porque não tenho controle dela. E é absolutamente linda, como vidro derretido que te provoca a tocá-lo, mesmo sabendo que ele vai te queimar.

Mas, apesar de tudo isso, há uma emoção que não sinto.

— Não estou com raiva de você.

Quando ela assente, com um movimento desajeitado de seu pequeno queixo, eu pego a minha carteira e tiro algumas libras. Os meus dedos estão instáveis quando deixo o dinheiro na mesa.

— Faça a turnê — eu digo a ela. — Não vou me opor, apenas darei as boas-vindas para você como uma adição valiosa para a banda.

Então fujo, tão desesperadamente quanto Jules fez, minutos antes. Porque acabei de me entregar a meses de tentação irresistível.

sophie

kristen callihan

Ficaremos em Londres por uma semana. Estou trabalhando com os rapazes, vasculhando as suas redes sociais e fazendo ajustes. Em outras palavras: me adicionando como administradora em todas as suas contas, e assumindo o papel deles de vez em quando.

E tirando fotos. O tempo todo. O que não é difícil, quando se trata da Kill John. Todos os caras são extremamente fotogênicos. Sempre me perguntei sobre a fama. É raro encontrar pessoas famosas que não sejam fotogênicas, mesmo aquelas que não tenham uma beleza clássica. Por que isso acontece? É o brilho da fama que os torna mais atraentes? Ou é algo dentro deles que chama a atenção e atrai a fama?

Seja qual for o caso, capturar momentos com a Kill John é um prazer. Mesmo que isso aconteça com um pouquinho de dificuldade.

Killian ainda está bastante irritado comigo. Ele me lança um olhar de reprovação quando tiro uma foto dele rindo com Jax, ao trabalharem em uma série de acordes no estúdio que alugaram para a semana.

— Você pode dar licença?

— Não. — Eu tiro outra. — Na verdade, se você quiser caprichar e me dar um grande sorriso, vai ser ainda melhor.

— Jesus. Você é implacável. Vá embora.

— Kills — diz Jax, com um suspiro. — Apenas deixe isso para lá, porra. — Ele vira para mim e mostra a língua, cruzando os olhos verdes.

Eu, obedientemente, tiro a foto.

— Excelente. — Abaixando a câmera, me sento no chão do estúdio. — Olhe, nenhum de nós pode mudar o passado. Tudo o que temos é o presente. Gostem ou não, vocês dois são os líderes da banda e isso significa que servem de exemplo. As pessoas estão loucas para ver você e Jax juntos e felizes de novo. Elas precisam dessa garantia.

— E você acha que tirar algumas fotos nossas fazendo uma coisa qualquer vai resolver tudo? — Killian pergunta. O tom dele não é sarcástico, mas é claramente duvidoso.

— Me diga você — eu argumento. — Está neste negócio há mais tempo do que eu. Acha que a imagem pública é importante?

Por um segundo, ele apenas me encara. Mas então solta uma gargalhada e me dá um sorriso. E quando ele sorri, é de tirar o fôlego. Killian James é extremamente sexy. Felizmente, eu sou imune a homens gostosos. Bem, à maioria deles.

— Tudo bem — diz Killian, invadindo os meus pensamentos sobre gerentes exigentes. — Estou sendo um idiota. Importa, mesmo que eu não goste.

— Pronto, foi muito difícil? — pergunto.

Ele se aproxima, inclinando a cabeça como se fosse me contar um segredo.

— Sabe, na verdade não me sinto confortável em ser um idiota com as mulheres.

— Sério? — digo, mordendo o canto do lábio para não sorrir. — Mas você faz isso muito bem.

Jax ri tanto, que se inclina para trás segurando a sua guitarra *Telecaster* contra o estômago. Com o canto do olho, vejo Gabriel levantar a cabeça e olhar na nossa direção. Ele está em um estúdio adjacente, conversando com Whip, enquanto ele pratica a sua bateria.

Todos os estúdios são interligados por paredes de vidro que circundam a cabine de produção. Estive ciente da presença dele o tempo todo, mas não pensei que ele estivesse ciente da minha. Ele, com certeza, não pode nos ouvir, e ainda assim notou que Jax está rindo. Por outro lado, está se tornando cada vez mais evidente que Gabriel acompanha tudo e todos de perto.

Killian também ri e cutuca o meu pé com a ponta da bota.

— É difícil ficar bravo com uma mulher como você, Sophie.

— Lembre-se disso quando eu estiver atrás de você como um carrapato na bunda de um cachorro.

Ele ri de novo, em um som estrondoso e profundo.

— Você fala como Libby.

— Uh-oh — diz Jax, pegando a sua cerveja. — Ele acabou de fazer o seu maior elogio. Cuidado, em breve você estará sujeita a brincadeiras e pegadinhas como todos nós.

Eu finjo horror, mas um calor suave toma conta de mim. Tenho muitos amigos e conhecidos. Interagir com novas pessoas nunca foi o meu problema; não é difícil quando você é um falador nato. Mas nunca fiz parte de uma família unida de amigos. Talvez eu também não seja aceita por esses caras, de verdade. O tempo vai dizer. Mas eu quero ser.

É estranho descobrir que sou solitária, apesar de nunca estar realmente sozinha. Mas eu sou. Quero que alguém conheça o meu eu verdadeiro, não a concha brilhante que mostro ao mundo.

Deixo Killian e Jax ensaiando, passo para Rye e vou para Whip. Depois de terminar as fotos, eu subo os arquivos no meu computador e escolho aquelas que quero usar nas redes sociais de hoje.

O tempo passa rápido, e então partimos para conferir o local do show de abertura na noite de terça-feira. Os caras estão inquietos, cheios de energia. Juro que eles devem ser movidos pela música, porque quanto mais falam a respeito, quanto mais tocam, mais alimentados parecem estar.

Eu, por outro lado? Ainda estou sentindo os efeitos do *jet lag* – não tive uma noite de sono inteira desde que cheguei aqui – e a falta do almoço. Quando foi que deixamos de almoçar, afinal? Como é que perdi isso?

O meu estômago ronca em protesto, e tento ignorar porque ninguém parece pronto para sair. Sentada no palco, encostada em um conjunto de amplificadores desligados, faço uma pausa. A minha cabeça está doendo e eu adoraria tirar uma soneca. Ainda que um cochilo só não vá adiantar muita coisa. Eu simplesmente não consigo me acalmar quando volto para o quarto.

O meu estômago ronca outra vez, e juro que começou a se alimentar dele mesmo, porque o meu interior se contrai de dor. Eu me atrapalho com a trava do estojo da câmera e praguejo baixinho. A fome já está me causando mau humor. Logo estarei uma desordem enervante. E estes rapazes parecem não se importar que já se passaram horas desde a última vez que...

— Aqui. — Um embrulho de sanduíche da Pret A Manger é enfiado debaixo do meu nariz. Um segundo depois, Gabriel se senta ao meu lado no palco.

Fico presa entre pegar o sanduíche e admirar a maneira tranquila de ele se mover. *O que é simplesmente ridículo*, eu resmungo silenciosamente, afundando os dentes no pão de trigo com mel. Cobiçar a maneira de um homem se movimentar. O que vem depois? Escrever poesia sobre a barba por fazer ao longo da sua mandíbula?

Infelizmente, eu poderia fazer isso. De verdade.

O primeiro pedaço do sanduíche atinge a minha boca, e eu suspiro de alívio.

— Obrigada — murmuro entre as mordidas.

— Não foi nada. — Ele dá de ombros levemente, enquanto observa o estádio.

Ele me trouxe de salada de ovo com rúcula. O meu favorito. Aperto o sanduíche em minhas mãos como se fosse um presente precioso, antes de dar outra mordida. E outra. Droga, eu estava com fome.

— É alguma coisa.

— Não converse com a boca cheia. — Ele tira uma garrafa de água de um saco, abre a tampa e me entrega. — Que Deus te livre de engasgar com a comida e não conseguir mais falar.

A água está bem gelada. Sinto-a descer e se espalhar pelo meu corpo. Doce hidratação.

— Como você sabia qual era meu sanduíche favorito?

Ele mantém o olhar distante, mas o seu queixo dá uma leve abaixada.

— É a minha obrigação saber tudo sobre o meu pessoal.

O pessoal dele. O seu rebanho.

— Eu não vejo você distribuindo comida para mais ninguém.

Ele finalmente vira em minha direção. Os brilhantes olhos azuis se enrugam nos cantos com um humor sardônico, e as extremidades dos seus lábios se curvam levemente. Como sempre, fico sem fôlego. As rugas se aprofundam.

— Ninguém fica tão irritado quando está com *fome* como você, Darling. Manter você alimentada faz bem a todos.

Eu suspeito que ele me chame pelo sobrenome como uma provocação, mas o jeito que ele fala, sempre parece uma carícia. Eu afasto a sensação com um movimento de ombros.

— Se for um insulto, eu nem me importo. É verdade. Estava prestes a comer a minha própria mão.

— Não gostaríamos que isso acontecesse. — O braço dele quase toca o meu. — Precisamos que você trabalhe.

O celular toca.

— Espere um momento — eu digo enquanto atendo ao telefone — Yellow?

— Yellow? É assim que atende o telefone? A propósito, é a sua mãe.

Reviro os olhos.

— Sim, mãe, estou familiarizada com a sua voz.

— Bem, nunca se sabe — ela responde com um longo suspiro. — Faz tanto tempo que você ligou, que já pode ter esquecido.

Sorrindo, baixo o meu sanduíche.

— Mãe, você poderia fazer da culpa um esporte olímpico.

— Eu tento, docinho. Agora, me fale tudo sobre o seu novo emprego. Eles são legais com você? Você está gostando?

Esta não é a conversa que eu gostaria de ter tão perto de Gabriel, com a sua audição aguçada de super-herói, e os seus olhos claramente divertidos voltados para mim. Mas não posso dizer precisamente isso.

— É claro que eles são legais comigo. Eu não ficaria se não fossem.

Não é a verdade exata. Tive alguns empregos ruins com chefes ainda piores ao longo dos anos, mas já virei essa página: não aceito nada além do que me trouxer alegria, de agora em diante.

— E eu estou adorando, mãe. De verdade.

— Bem, isso é ótimo. E aqueles rapazes da banda? — Ela baixa a voz. — Eles são tão sensuais quanto parecem na TV?

Eu disse a ela o que estava fazendo por mensagem de texto. Mas eu não esperava que ela conhecesse a Kill John. Eu faço um barulho de engasgo no telefone.

— Sério? Você está tentando me traumatizar para o resto da vida, não é? Você não precisa me fazer perguntas sobre roqueiros gostosos.

Ao meu lado, Gabriel bufa e dá uma mordida no meu sanduíche. Eu o pego de volta, olhando para ele de soslaio, enquanto a minha mãe continua a falar.

— Por favooor — ela diz arrastando as palavras. — Se eu não gostasse de sexo, você nunca teria…

— La, la, la… não estou te ouvindo!

Gabriel ri, tão baixo que só eu posso ouvi-lo. Mas isso me causa consequências ilícitas, enviando formigamentos para onde eu não preciso deles.

— Nascido! — A minha mãe termina enfaticamente.

— Mãe.

— Não reclame, Sophie. Não é lisonjeiro.

Um clique soa, e ouço a voz do meu pai.

— A minha garotinha não reclama.

— Está vendo? Papai sabe — comento, sorrindo. É uma brincadeira antiga que faço com eles, e eu não me importo se tenho vinte e cinco anos. É gostoso agir como criança. Isso me faz sentir segura e protegida.

Aqui estou eu sentada em um palco, prestes a fazer uma turnê europeia com a maior banda do mundo. Mas por alguns minutos, posso ser apenas Sophie Darling, filha única de Jack e Margaret Darling.

— Você a estraga, Jack — a minha mãe diz. — Eu tenho que contrabalancear os efeitos negativos com doses de realismo duro.

Basicamente, eu sou como a minha mãe – apenas mais jovem e com a cor de cabelo em variação constante. Eu preciso interromper os meus pais antes que eles comecem. A troca deles pode durar para sempre, e eu tenho que almoçar com um chefe curioso e um pouco intrometido – algo que, de repente, me enche de euforia antecipada.

GERENCIADO

— Olha, minha pausa para o almoço está prestes a terminar. Eu ligo pra vocês quando encerrarmos o dia.

— Tudo bem, querida — diz o meu pai. — Apenas se lembre que os homens adoram mulheres que se fazem difíceis de serem conquistadas. Extremamente difíceis.

Não preciso olhar para saber que Gabriel está revirando os olhos.

— E, no entanto, você e a minha mãe começaram como um caso de uma noite...

— Caramba, Margaret. Você fala demais com essa criança.

Nós nos despedimos ainda rindo e, no momento que desligo, Gabriel volta a falar.

— E agora os seus ataques verbais, ligeiramente desequilibrados, tornam-se claros.

— Espionar é indelicado, sabia...

— Eu teria que tampar os meus ouvidos para evitar ouvir essa confusão. — Ele me olha com diversão evidente. — Eles falam tão alto quanto você.

— Não deveria ser o contrário?

— Detalhes.

Eu sorrio, mesmo contra a minha vontade, e empurro o ombro dele com o meu. É como tentar mover uma parede de tijolos.

Gabriel pega o meu sanduíche outra vez e, como me sinto generosa, deixo-o para ele e pego a outra metade. Ele termina o seu pedaço com duas mordidas e depois limpa a boca com um guardanapo.

— Os seus pais são adoráveis, madame tagarela.

Calor toma conta do meu peito.

— Obrigada. Sinto falta deles.

Ele concorda com a cabeça, em empatia.

— Você não os vê com frequência? Antes você falou sobre viver de macarrão instantâneo...

— Eu amo os meus pais — eu o interrompo. — E os vejo sempre que posso. Mas também há um limite para o que consigo aguentar. Ele são... meio sufocantes nas suas tentativas de tomar conta de mim.

Levanto o meu telefone e percorro as fotos até encontrar a que quero. É uma foto antiga minha com um sorriso largo e aflito enquanto estou sentada no sofá entre os meus pais. Entrego o celular para Gabriel.

Ele observa a imagem por um longo momento.

— Você se parece um pouco com os dois.

— Sim. — Eu sei disso muito bem. Tenho os olhos castanho-escuros, o sorriso atrevido e o nariz empinado da minha mãe. A estrutura óssea e o cabelo ondulado, louro escuro do meu pai. Olho para a minha mãe, com as suas madeixas cor de caramelo, bem lisas. Sempre quis ter o cabelo dela também. — Esta foto é da minha festa de formatura da faculdade.

Ele franze a testa, esperando por mais explicações.

Eu balanço a cabeça, franzindo os lábios.

— Foi uma *chopada*. Eles foram os únicos pais presentes.

Antes de conseguir segurar, ele solta uma pequena risada de admiração.

— Isso explica a sua cara de poucos amigos.

— Rá. Essa era a minha expressão enquanto eu planejava as suas mortes prematuras de forma lenta e torturante.

Ele faz um som de diversão.

— Eles sempre foram assim, muito, muito envolvidos. A minha mãe é metade filipina e metade norueguesa americana. Ela costumava me trazer mimos: grandes bandejas de lumpia e lox.

— Lumpia?

— Basicamente, rolinhos primavera filipinos. E eles são deliciosos. Combinados com peixe defumado? Nem tanto. — Faço uma careta. — E então há o meu pai. Um professor de sociologia grandalhão e divertido, meio escocês americano e meio armênio. Ele costumava me provocar, me chamando de bebê da ONU, enquanto explicava detalhes complexos da minha etnia, para amigos entediados. — Eu suspiro. — Então, é melhor lidar com eles em pequenas doses.

— Você é amada — ele fala, de forma gentil. — O que é maravilhoso.

— É. — Eu olho para o estádio enorme, observando os *roadies* embalarem os instrumentos, enquanto a Kill John encerra as atividades do dia. — E isso também foi um problema. Eu não queria que eles soubessem que eu estava fracassando. Nem o que fazia para ganhar a vida. Não menti quando disse que tinha vergonha do meu trabalho. Foi só no ano passado que voltei a querer vê-los, sabe?

Ele balança a cabeça lentamente, e uma careta curva sua boca.

— Estou orgulhosa agora — digo a ele calmamente. — Eu adoro que a minha mãe seja uma fã secreta da Kill John.

— Devo enviar uma foto autografada da banda para a sua mãe? — Um brilho ilumina os olhos de Gabriel.

— Deus, *não* a encoraje. Ela vai estar aqui antes de você perceber e eu vou perder a cabeça.

GERENCIADO

— Parece quase valer a pena.

— Vou empurrá-la para cima de você — eu aviso. — Você é muito mais bonito do que qualquer um dos caras. Ela vai te seguir, te alimentar e beliscar a sua bunda quando você não estiver olhando.

— Ela é casada — ele diz, como se isso importasse.

— E tem uma fraqueza por homens bonitos. Vai entender — replico, inexpressiva.

Ele faz uma careta.

— Os homens não são bonitos.

— Existem muitos tipos de beleza, Raio de Sol. — Eu conto nos meus dedos. — Meninas bonitas, que são fofas e meigas. Mulheres bonitas, que raramente são prostitutas com corações de ouro, apesar do que dizem os filmes. Meninos bonitos, que são atraentes, mas você só quer beliscar as suas bochechas. E homens bonitos. — Olho intensamente para ele. — Sabe, o tipo que muitas vezes é confundido com modelos de renome internacional...

O canalha desgraçado enfia o sanduíche na minha boca.

— Seja uma boa madame tagarela e coma.

Eu dou uma forte mordida e mastigo lentamente, prometendo uma vingança implacável com o olhar. Mas por dentro, o sangue em minhas veias parece champanhe, borbulha e borbulha de felicidade. Estou me divertindo. Demais, porque não quero que acabe.

Talvez ele também esteja, porque a sua expressão de satisfação intensifica. Ele fica sentado comigo, em silêncio, enquanto devoro o resto do sanduíche e bebo a minha água. Quando termino, ele me entrega um guardanapo e embala o lixo no saco que ele trouxe. Ele faz tudo de forma simples, organizada e silenciosa. Não há nada que chame atenção para o ato. É como se ele sempre cuidasse de mim – não é grande coisa, é apenas parte do seu trabalho.

E, no entanto, é tudo mentira. Gabriel Scott pode saber tudo sobre todos que estão sob sua gestão, mas para eles, ele é a sombra inacessível no canto da sala. E ele gosta assim. O cuidado dele espalha calor pelo meu peito.

Antes que ele possa fugir, eu me inclino e pressiono um beijo suave em sua bochecha. Ele se encolhe, mas me olha através das pálpebras semicerradas enquanto eu me afasto.

— Obrigada pelo almoço, Gabriel. Me sinto muito melhor agora.

Ele olha para a minha boca e os meus lábios ficam inchados e entreabertos, como se ele os tivesse lambido. Ele respira fundo, solta o ar

kristen callihan

lentamente, e toca a ponta do polegar no canto do meu lábio. O contato provoca uma sensação eletrizante que vai direto para o meu sexo. Tudo por lá está tenso, quente e aprazível.

— Tem um pedaço de ovo no seu rosto. — A sua voz rouca se mistura com humor seco. Ele me lança um sorriso rápido e pervertido, mantém o polegar por um momento, depois recua e pula do palco com habilidade. — Volte ao trabalho, Darling.

Sorrio com uma leveza forçada, embora o meu corpo tenha sido reduzido a um estado de completo descontrole, tremendo de nervosismo.

— Sim, querido.

Alguns ajudantes de palco levantam a cabeça ao me ouvirem chamar o grande Scottie de *querido*, e me olham espantados. O que significa que sou a única a observar que Gabriel hesita ao caminhar. Ele disfarça com rapidez, mas é o suficiente para me fazer sorrir pelo resto do dia.

CAPÍTULO SEIS

gabriel

Existe um jogo que eu jogo comigo mesmo: gratificação adiada. Se tem alguma coisa que eu realmente deseje, eu adio a sua realização. Esperei um ano para comprar um carro bom. Disse a mim mesmo que, independentemente de tê-lo ou não, a minha vida não seria melhor. Para satisfazer a minha necessidade, eu me permitia olhar para fotos do Aston Martin DB9 de vez em quando. Eu me consenti escolher uma cor – cinza ardósia com pastilhas de freio vermelhas – e, finalmente, finalmente, quando o ano acabou, comprei o carro. A essa altura a emoção havia diminuído e a minha necessidade pelo carro também. Eu conquistei o meu desejo.

Fiz o mesmo com todas as necessidades não essenciais da minha vida: carros, casas, um pequeno quadro de Singer Sargent que eu cobiçava. E isso está me fazendo bem. Quando você não almeja coisa nenhuma, nada pode decepcioná-lo. E eu tenho plena consciência de que isso tem a ver com a perda precoce da minha mãe. Não preciso me deitar em um divã para saber que uso o controle como forma de proteção. E não dou a mínima para o que isso diz sobre mim. Funciona, fim da história.

Digo isso para mim outra vez, enquanto perambulo pela minha sala de estar. A casa está silenciosa ao meu redor. Silenciosa demais. Eu consigo ouvir os meus pensamentos. E quem quer ouvir a si mesmo à uma da manhã?

Deveria ir para a cama, mas não consigo dormir. Literalmente não consigo dormir. Tem sido assim desde que cheguei em Londres. Acordado durante a noite, exausto pela manhã. Resumindo: estou num inferno privado de sono.

Dou mais uma volta pelo quarto, praguejando como uma espécie de personagem perturbado de um romance de Austen. Apenas estou sozinho.

Estou na primeira casa que comprei. Oito milhões de libras para garantir um santuário privado em Chelsea. Adoro cada centímetro do lugar, cada tábua do piso e cada parede velha de gesso. E, no entanto, parado no meio de uma sala que paguei a um decorador para mobiliar, me sinto como se estivesse em uma tumba.

Deveria ligar para um dos caras. Algum deles deve estar acordado, são todos notívagos. Mas não quero falar com eles. Eu quero alguém completamente diferente.

— Inferno. — Eu puxo o meu colarinho. A caxemira é leve e morna na minha pele, mas me sinto sufocado.

Ela estará acordada. Eu sei. Sinto nos meus ossos.

O ambiente é tão silencioso que o som dos meus passos ecoa pelo chão. Eu pego o meu telefone antes que possa me impedir. *Não faça isso. Nada de bom pode resultar quando se envolve. Ela é uma funcionária.*

Largo o telefone e dou a volta pela sala mais três vezes antes dos meus pés me levarem de volta ao aparador onde ele se encontra. A minha mão paira sobre o aparelho maldito. *Apenas deixe para lá. Ela vai dar mais importância do que deveria.*

— Imbecil. Imbecil. Imbecil. — Eu aperto a minha nuca, onde os músculos ficam tensos em um protesto furioso.

Na minha cabeça, ouço a leve risada dela. Vejo o seu rosto e a forma como o dorso do seu nariz enruga um pouco quando ela sorri. O meu olhar vagueia pela sala, pelos móveis confortáveis e fotos minhas e dos caras na parede. Apesar do decorador, participei de todas as decisões de *design* tomadas aqui. Esta casa é um reflexo do meu lado mais pessoal. Qual seria a opinião dela? Será que ela acharia fria ou acolhedora?

E por que eu me importo?

— Porque, finalmente, você está pirado. E falando sozinho. Perfeito. Simplesmente perfeito.

sophie

O meu quarto é tão bonito que ainda estou meio convencida de que estou sonhando. Paredes cor de marfim com painéis brancos, tapetes de sisal terrosos e uma cama de dossel com quatro colunas. Há até uma banheira vitoriana com pés em garra em frente à cama. É muito romântico, na verdade. O tipo de cenário onde eu poderia tomar banho de maneira sedutora, enquanto o meu homem se reclinava na cama para assistir, até não aguentar mais a tortura e se juntar a mim. Nós faríamos bagunça no chão, derramando água e rindo durante a transa.

Uma bela visão.

Só que estou sozinha no escuro, debaixo de uma roupa de cama limpa, totalmente acordada, observando no teto as luzes dos carros que passam. Eu deveria estar dormindo, mas o *jet lag* se abateu sobre mim como uma terrível vingança. Estou tão desperta que o meu corpo zumbe com a necessidade de levantar. Péssima ideia. O sono é necessário.

Estou tão concentrada tentando pegar no sono, que me assusto com o toque do meu telefone. Em uma tentativa desajeitada, o alcanço na mesinha de cabeceira. Eu nem imagino de quem poderia receber mensagens de texto às duas da manhã. Mas eu certamente não consideraria *ele*.

> **Raio de Sol:** se você não dormir agora, o seu jet lag será ainda pior.

Na mesma hora eu reprimo um sorriso ridículo, como se ele pudesse me ver através do telefone.

> **Eu:** Se você está tão preocupado com o meu sono, não deveria me enviar uma mensagem no meio da noite.

Ele envia uma resposta.

> **Raio de Sol:** a chance de te acordar era mínima. Eu sabia que estaria acordada.

> **Eu:** Oh? Você é vidente?

> **Raio de Sol:** Não. Só estou acordado, também. E me lembrei da sua incapacidade de se acalmar.

> Eu: Falso! Eu consigo ficar calma!!!!!

> Raio de Sol: Consigo perceber pela quantidade sutil de pontos de exclamação.

Eu rio na escuridão do quarto, puxando os joelhos até o peito. O meu batimento cardíaco está acelerado. Estou tão animada quanto uma colegial. E isso não é uma merda?

Ele me inseriu completamente na zona dos empregados, e depois me trouxe o almoço. Nem sei se confia em mim, mas aqui está ele, me enviando mensagens de texto no meio da noite. Talvez esteja solitário. Ou quem sabe, deseje um encontro casual. Ele não é nem um pouco parecido com os homens com quem já estive, e por isso não tenho a certeza. Mas não posso fingir que não gosto de flertar com ele, mesmo que isso acabe não levando a lugar nenhum.

> Eu: O seu sarcasmo cheira a sangue de estagiários mortos e a almas de executivos desaparecidos.

> Raio de Sol: Falso. Isso é o que como no café da manhã. Continue, Darling.

Eu rio, embora ele não possa me ouvir. Quase consigo ver a sua expressão, sempre inexpressiva, mas com um franzir suave nos cantos dos olhos e nos lábios carnudos. Aquele leve tremor de um sorriso, que a maioria das pessoas claramente não percebe. O mundo fascina Gabriel Scott, mas ele faz um esforço infernal para fingir que não. Isso já sei.

> Eu: Ah… Já estamos usando termos carinhosos?

> Raio de Sol: é o seu nome.

> Eu: uma desculpa conveniente.

> Raio de Sol: uma resposta verdadeira.

> Eu: ninguém nunca me chamou pelo sobrenome. Devo te chamar pelo seu? Ou de Scottie como os outros?

GERENCIADO

> Raio de Sol: Não.

Só estou provocando um pouco, porque não quero chamá-lo de Scottie. Esse não é o nome dele para mim. É o nome de um estranho. Mas a veemência da sua resposta me faz questionar o motivo de ele não querer que eu use o seu apelido, quando todos em seu círculo o chamam assim. O meu polegar treme um pouquinho enquanto digito uma resposta, adotando um tom mais sério, porque, na verdade, que merda estou fazendo ao flertar com o chefão?

> Eu: bem, você me pegou. Não consigo dormir de jeito nenhum. Vou ter que viver com as consequências.

Pequenos pontos se formam na parte inferior da tela do meu telefone. Eles desaparecem, e aparecem outra vez. Eu me pergunto que raios ele está tentando escrever, e se ele está apagando o texto.

Eu quase envio uma mensagem para instigá-lo a me dizer de uma vez o que quer que seja, quando finalmente a sua mensagem chega. E me deixa abismada. E boquiaberta. O meu coração para e volta a bater forte. Eu não estou vendo coisas; está lá, claro como o dia:

> Raio de Sol: Você gostaria de vir aqui?

Que. Porra. É. Essa?

Estou claramente presa no modo de choque por muito tempo, porque ele me manda uma enxurrada de explicações tensas.

> Raio de Sol: Para tomar um chá.

> Raio de Sol: Que vai te ajudar a dormir.

> Raio de Sol: Eu faço um bom chá.

Ele faz chá? Gabriel eu-não-tenho-tempo-para-reles-mortais Scott realmente faz chá? E toma? Me belisque que eu estou sonhando.

Ele ainda está escrevendo.

> Raio de Sol: Inferno. Estou claramente privado de sono.

kristen callihan

> **Raio de Sol:** ignore o convite.

Digito rápido, tirando o pobre rapaz do sofrimento.

> **Eu:** Onde você está?

> **Eu:** Onde fica a sua casa, quero dizer. Qual é o endereço?

Ele faz uma pausa. Sei que está franzindo a testa para o telefone. Provavelmente já faz algum tempo. Eu reprimo outro sorriso.

> **Raio de Sol:** a poucos quarteirões de distância. Posso mandar um carro.

> **Eu:** Não. Vou a pé.

> **Raio de Sol:** Não venha. Eu vou te encontrar.

O meu sorriso faz as minhas bochechas doerem, de verdade. Eu já estou fora da cama e luto para vestir a minha calça jeans.

> **Eu:** Okay. Onde?

> **Raio de Sol:** em frente ao seu hotel. Em dez minutos.

— Isto é uma loucura. Isso é uma loucura — murmuro enquanto visto a calça jeans e reviro a mala procurando por um sutiã e uma blusa. Eu nem me preocupo em acender a luz, como se isso pudesse ativar o meu bom senso e me fazer mandar uma mensagem de volta, dizendo para o Gabriel esquecer. Porque, na verdade, que porra estou fazendo?

Ele quer mesmo fazer um chá para mim?

Sim. Eu sei que sim. Gabriel diz o que tem vontade. Ele vai fazer um chá para mim. Mas será que ele quer mais? Por que me convidar para ir lá?

— Pare de pensar. — Falar sozinha não pode ser bom. Eu visto uma blusa creme solta e de manga comprida, e calço os meus *All Stars*.

Chego no saguão antes mesmo de perceber que esqueci de me maquiar ou escovar o cabelo.

— Merda!

O concierge da noite me olha como se eu estivesse louca, e eu dou a ele um sorriso tenso antes de passar correndo. Não tenho tempo para voltar ao meu quarto e, de qualquer forma, posso perder Gabriel. Ele pode se acovardar, se tiver que esperar.

Eu adoro o clima de Londres. Não me interessa se sou a única no mundo. Está fresco e agradável, com umidade suficiente para deixar o meu cabelo com frizz. E não deixa de ter uma camada de neblina se arrastando pelo pavimento. Às duas da manhã de um dia de semana, as ruas estão abandonadas e tudo está muito calmo.

As minhas mãos coçam pela minha câmera. Essa necessidade aumenta quando Gabriel sai das sombras, com as mãos enfiadas nos bolsos da calça escura. Um suéter de caxemira cinza abraça os ombros largos e os grandes bíceps dele. Este homem poderia vender barcos aos habitantes do deserto apenas parado ali, bonito daquele jeito.

Ele caminha em minha direção, com o queixo ligeiramente abaixado, me olhando sob as sobrancelhas arrebatadoras.

Quase engulo a minha língua.

— Olá, Raio de Sol.

— Madame tagarela.

Ele para a menos de um metro de distância e nos encaramos. O meu coração está batendo como um metrônomo. O olhar dele passa por mim rapidamente, depois se estabiliza no meu rosto. Não sei o que dizer. *Me pegue agora*, provavelmente não seria apropriado. Nem inteligente.

A voz é dele é grave e baixa.

— Não sei por que estou aqui.

Eu deveria me ofender. Mas como ele está, basicamente, espelhando os meus pensamentos, não posso atirar pedras. Em vez disso, luto com um sorriso; ele está muito descontente.

— Você me enviou uma mensagem, me convidou para tomar chá às duas da manhã e depois se ofereceu para me buscar.

Ele franze os lábios.

— Eu não… eu não socializo.

Não me diga.

— No entanto, aqui estamos.

Uma faísca de interesse brilha nos seus olhos.

— Aparentemente sim. — Ele não se mexe. Outro grunhido de irritação sai da sua garganta. — Não consigo dormir, porra.

kristen callihan

O fato de ele ter me procurado por esse motivo envia uma onda de calor para o meu peito.

— Então, vamos fazer alguma coisa.

É obvio que ele não quer gostar disso. Ele encolhe os ombros sob o suéter.

— Não se trata de sexo.

Eu rio.

— É o que eu espero. Seria embaraçoso ter que dizer não para você.

Mentirosa, mentirosa, a sua calcinha está pegando fogo.

Ele comprime os lábios.

— Me desculpe. Sou uma merda nisso.

— Afirmando o óbvio, Raio de Sol.

Ele bufa e vira a cabeça, mas antes que possa esconder, eu vejo um sorriso passar rapidamente pelo seu rosto. Então balança a cabeça com força, como se estivesse chegando a alguma decisão.

— Vamos? — Ele aponta o queixo para a direção de onde veio.

Caminhamos juntos em silêncio, perto o suficiente para os nossos ombros se esbarrarem de tempos em tempos. Não me importo com o silêncio. Isso me dá a oportunidade de ocultar os meus pensamentos acelerados.

— Fica logo ao virar a esquina — ele me diz com uma voz baixa e rouca.

— Você vai mesmo fazer chá para mim?

— Não te disse que faria? — O seu olhar encontra com o meu. — O que há de errado com o chá?

— Nada. É só que — procuro a palavra certa —... é coisa de avó.

Com isso, ele solta um riso breve e abafado.

— Eu sou inglês. Chá é o remédio para todos os nossos problemas. Teve um dia ruim? Tome uma xícara de chá. A cabeça dói? Chá. O chefe é um idiota? Chá.

— Ah — digo, triunfante. — Então eu realmente tenho um motivo para beber chá.

O passo de Gabriel vacila, e ele me observa com atenção.

— Concordamos que eu sou seu chefe? Ou a sua cabeça dói?

— Não sei. Concorda comigo que você pode ser um idiota? — Dou um sorriso tão largo e falso que sinto dor nas bochechas.

— Um idiota que leva o almoço, e vai fazer chá para você — aponta levemente antes de me cutucar com o cotovelo.

Estou prestes a cutucá-lo de volta quando um estrondo agudo rasga o ar.

É tão alto que eu solto um grito, quase pulando fora dos meus sapatos. A mão de Gabriel toca a minha em um movimento breve. Não sei se ele tinha a intenção de me segurar ou se apenas se assustou também. Os nossos dedos roçam enquanto a luz brilha no céu. E então ele se abre. A chuva cai tão depressa e tão gelada que perco o fôlego.

Ficamos ali, de boca aberta um para o outro, enquanto somos inundados pelo dilúvio. E então eu começo a rir. Com força. Porque, o que mais posso fazer? A chuva cai nos meus olhos, na minha boca. Eu poderia me afogar. Tenho a certeza de que estou encharcada.

Gabriel parece uma estátua, absolutamente linda quando molhada. O cabelo preto adere à sua cabeça e a água da chuva escorre pelos ângulos marcantes do seu rosto, que brilham com a luz da rua. Ele pisca, e os seus longos cílios agora estão espetados.

— Claro — diz ele, com um suspiro abrupto.

— Você não vai me culpar por isso, não é? — grito por cima do barulho da chuva, ainda rindo.

— Tudo o que aconteceu desde a viagem de avião foi por sua causa, Sophie Darling. — Ele agarra a minha mão. — Venha, madame tagarela, antes de nos afogarmos.

Nós corremos, escorregando pelos bloquetes lisos que formam as calçadas de Londres. Estou rindo, sem fôlego. Ele me olha por cima do ombro. Tudo é um borrão, exceto os traços dele, que de alguma forma estão nítidos no momento, e fazem o meu coração saltar dentro da caixa torácica ao ver a alegria ali presente.

Ele puxa a minha mão outra vez, e os meus dedos ficam calorosamente envoltos na mão dele. Nós viramos uma esquina, e então tudo vai por água abaixo. Gabriel desliza, os sapatos escorregam no molhado. Um dos seus braços gira como um moinho de vento, e o aperto dele em mim se intensifica. A minha boca forma a palavra *não!*, mas ela sai como um grito.

Ele está caindo, toda aquela massa corporal rígida desabando, e me levando junto. Na minha opinião, acontece em câmara lenta. Na realidade, é tão rápido que somos apenas membros agitados e corpos desabando.

Eu caio por cima e o meu quadril bate contra o dele. Ele expele um forte *Opa!* antes que braços fortes me envolvam, me prendendo em cima dele.

A chuva cai à nossa volta e ele pisca para mim.

Estou ofegante, tentando recuperar o fôlego.

— Porra.

kristen callihan

O meu fôlego me abandona por completo quando ele abre um sorriso, mostrando todos os dentes brancos e a sua beleza masculina deslumbrante.

— Está vendo? — ele murmura. — Sua culpa.

— Minha? *Você* caiu. Você e esses sapatos sofisticados.

— Sofisticados — ele zomba. O mundo se desestabiliza conforme ele gira. Os meus ombros encontram o pavimento molhado, a chuva cai nos meus olhos. Então ele está em cima de mim. Eu abro de leve as minhas coxas sem pensar, e os quadris dele se movem entre elas. Sou presenteada com aquele corpo longo e duro pressionando o meu de forma firme, quente, pesada. Os meus pensamentos se dispersam.

— Você me distraiu — diz ele, com um brilho intenso nos olhos.

Ele está perto o suficiente para eu sentir o calor suave da sua respiração, e o cheiro da sua pele.

Ele ajusta a posição do quadril e, por um segundo intenso, o seu pau está contra o meu sexo, pressionando um ponto sensível que faz o meu corpo entrar em alta rotação. Com a energia do momento, abro ainda mais as coxas e suspiro. Deus, ele é grosso e juro que está mais do que semiereto. Ou talvez seja coisa da minha cabeça, porque ele já está saltando daquela maneira ágil de quem está muito em forma.

Continuo no chão atordoada, com os seios pesados, os mamilos rígidos e o sexo pegando fogo.

A expressão de Gabriel voltou a ser branda, mas há uma presunção no jeito que ele olha para mim. *Filho da puta*. Ele estende a mão e me puxa para cima, antes que eu sequer possa pensar.

— Agora pare de brincadeiras. — Sim, ele, definitivamente, é um presunçoso e está rindo de mim. — O chá não se produz sozinho.

Ele me puxa o resto do caminho em um estado de torpor.

A casa de Gabriel é maravilhosa. Não é nenhuma surpresa, porque esta área de Londres é linda. A dele é bastante modesta em tamanho, comparada às outras, e está encaixada ao longo de uma praça tranquila, onde todas as casas cercam um pequeno parque com lâmpadas de gás vitorianas tremeluzentes. Mais uma vez, anseio pela minha câmera. Eu poderia passar horas muito felizes capturando pequenos pedaços de Londres.

Ele passa por um portão de ferro na altura da cintura, e sobe pela entrada principal. O piso interior é formado por tábuas de madeira desgastada e macia, que claramente resistiram à passagem dos séculos, e eu tenho medo de pingar água sobre elas. Ele não parece se importar. Talvez porque também esteja pingando horrores.

Depois de tirarmos os sapatos, caminhamos por paredes brancas brilhantes, uma mistura eclética de obras de arte emolduradas – sendo a maioria delas fotos em preto e branco dos caras nos bastidores e na estrada. Espero encontrar fotos de outras pessoas famosas que Gabriel, sem dúvida, conhece, mas não encontro nenhuma. Apenas os seus garotos e Brenna. Tudo isso, misturado com imagens de outras cidades e vastas paisagens rurais. Tem até um pequeno cartão postal emoldurado, de Brighton. Eu ficaria mais tempo aqui, mas Gabriel não diminui o ritmo.

Subimos diretamente uma escada estreita que range sob o nosso peso. Este piso é claramente o nível principal da casa. Vejo uma sala de estar, uma sala de jantar que foi convertida em uma biblioteca, embora ainda tenha uma mesa, e outro salão – tudo feito com mobiliário confortável, mas levemente descolado. E então subimos de novo.

O meu batimento cardíaco se torna irregular quando percebo que seguimos em direção aos quartos. *Ridículo*. É óbvio, estamos molhados e precisamos de toalhas. Meus pés descalços ressoam nos pisos de madeira macia. Gabriel não fala uma palavra, e eu olho para suas costas largas e a sua bunda firme, e para as roupas agarradas e cobertas de sujeira da rua. Isso não estraga a imagem nem um pouco. Eu intitularia a foto: Sujo quando molhado.

Rindo baixinho para mim mesma, quase não percebo que o piso de madeira deu lugar a um espesso carpete, bege-claro. Chegamos ao quarto dele.

Paro no limiar. Não posso evitar; entrar no espaço de Gabriel é como encontrar o caminho para El Dorado ou descobrir Atlântida. Quando ele para e levanta uma sobrancelha em minha direção, digo isso a ele.

Ele me olha de esguelha, como se não tivesse certeza do que fazer comigo.

— Você tem a imaginação mais selvagem do que qualquer pessoa que eu já conheci.

kristen callihan

— Imaginação. Certo. Aposto que você é o único que já esteve aqui — eu retruco. — Me diga que estou errada.

Ele me oferece um sorriso sorrateiro.

— Errada. Tem as decoradoras. E a empregada.

— Engraçadinho. — Eu rio baixinho enquanto dou um passo para dentro.

Acredito que decoradores estiveram aqui. Em vez de brancas, as paredes do quarto são de um castanho-chocolate escuro. Cortinas xadrez suaves e cremosas cobrem as janelas, e uma cama de couro volumosa e robusta domina a parede distante. Tudo isso grita *caverna do homem rico*. Posso facilmente imaginá-lo aqui, sentado junto à lareira de mármore cor de marfim, bebendo um copo de uísque.

— É perfeito.

— Perfeito? — A sua testa se enruga como se ele estivesse confuso.

— Este quarto. — Eu gesticulo ao redor. — Eu não imaginaria um quarto mais perfeito para você se eu tentasse. É intrinsecamente você.

Ele fecha ainda mais a cara.

— Não consigo decidir se é um elogio ou não.

— Você está buscando por um?

— Não.

— Hmmm...

Ele ironiza, aborrecido, e segue em direção à outra porta.

Os meus dedos afundam no tapete enquanto eu o sigo.

— Eu amo o seu quarto, Gabriel.

Ele solta um grunhido, enquanto entramos em um closet com painéis de nogueira. Tem cheiro de madeira, lã e colônia picante. Cheira como ele. Resisto ao desejo de respirar fundo e, em vez disso, arrasto o meu olhar pelas intermináveis fileiras de ternos, sapatos de couro brilhantes e um arco-íris de gravatas de seda.

— É como a versão masculina de um armário Kardashian. — Toco na manga de um terno cor de carvão.

— Eu gostaria de pensar que tenho um gosto melhor — diz ele, abrindo uma gaveta. Ele tira duas calças cinza-claro e depois duas camisetas. Ele me entrega uma calça e a camiseta branca, e fica com a camiseta preta. — Você pode se trocar aqui. Sinta-se à vontade para usar o chuveiro.

Estou coberta de sujeira, assim como ele. A minha pele está fria e úmida, e tomar um banho seria como estar no paraíso.

Ele aponta para o banheiro, que fica logo depois da outra porta.

— Vou usar o banheiro de visitas.

Ele não espera que eu proteste dizendo que eu deveria usar o banheiro de hóspedes — afinal, *eu* sou a hóspede — e sai pela porta com as suas roupas limpas na mão.

Então vou até o banheiro ultramoderno de Gabriel, me lavo no enorme chuveiro com paredes de vidro e uso o gel de banho sofisticado que tem o cheiro dele. Tudo isso parece um sonho. Um sonho muito estranho. Talvez seja mesmo. Não consigo entender o fato de estar aqui, de que ele me trouxe aqui.

Eu seco o meu cabelo com uma de suas toalhas grossas e fofas e visto as roupas dele.

Sabe aqueles livros e filmes, onde a garota usa a calça de um cara e ela fica larga em seu corpo pequeno? Bem, não sei que tipo de duendes povoam a ficção, mas isso não funciona muito para mim. As pernas são compridas demais e preciso enrolar. Mas a calça estica tanto na minha bunda e nas minhas pernas que é até meio vexaminoso.

A camiseta se encaixa melhor, mas basicamente parece um saco. Sexy, não sou. Eu também não estou usando sutiã porque o meu está encharcado. Não creio que o fato de os meus seios estarem livres contribui muito para a causa. Estou simplesmente desleixada, com o cabelo úmido sem vida, e sem maquiagem.

Mas eu rio porque, será que a minha aparência importa? O jeito de Gabriel me olhar não parece mudar por causa das minhas roupas. E ele deixou claro que não se trata de sexo.

Um lampejo de nós dois na rua passa pela minha mente, o seu corpo firme e o seu pau grosso me pressionando por um momento inebriante. Foi real. Mas foi uma reação a mim? Ou apenas ao fato de estar entre as pernas de uma mulher?

— Você pensa demais — murmuro para o meu reflexo, e depois volto para o quarto dele.

Ele não está lá. Eu absolutamente *não* o imagino tomando banho. Terei que enfrentá-lo em breve, e não preciso *dessa* imagem na minha cabeça no momento.

O quarto está bastante escuro. Há apenas uma lâmpada acesa ao lado da cama e o tremeluzir das brasas morrendo na lareira. O frio provocado pela chuva já se foi e o meu corpo está quente e relaxado.

De forma distraída, vou para a cama dele. É enorme e luxuosa. O edredom de linho está levemente amarrotado, como se Gabriel tivesse se recostado sobre as cobertas, tentando se acomodar, antes de se levantar. Estranhamente, não consigo imaginar que ele se permita relaxar o suficiente para dormir de verdade. O que é ridículo; até os deuses precisam dormir em algum momento.

Eu me sento na cama dele. Parece pecado, um comportamento impróprio. Não posso deixar de sorrir com o pensamento dele franzindo a testa por eu invadir o seu domínio pessoal. Passo a palma da mão sobre as cobertas, alisando as dobras. Elas são macias e frescas, e cedem sob a minha mão. E, de repente, é muito fácil me abaixar na cama dele, e deixar que os seus travesseiros fofos acolham a minha cabeça. Porque agora tudo está pesado demais: o meu corpo, os meus membros, as minhas pálpebras.

A sua cama cheira a roupa de cama limpa. É tão macia. A chuva tamborila contra o telhado, o fogo moribundo crepita. Os meus olhos se fecham. Respiro fundo e tento abri-los novamente. Mas estou muito confortável. Tudo está calmo aqui. E o Gabriel está logo ali, no fim do corredor. Independentemente do que ele pensa de mim, vai se certificar de que eu esteja segura, protegida. Ele é um porto seguro.

Eu endireito as minhas pernas, trazendo-as mais para a cama. Com um suspiro, eu me acomodo. Vou apenas descansar os olhos até ele voltar.

CAPÍTULO SETE

gabriel

Há apenas um determinado número de vezes que se pode perguntar "Que merda está fazendo?", antes que a pergunta se torne inútil. Sendo um bastardo teimoso, eu só desisto depois da centésima. Que se dane. Quero Sophie aqui. Negar é estupidez. Assim que ela concordou em vir, a compressão intensa, quase constante no meu peito diminuiu. Ficou ainda mais leve quando a vi parada naquela rua enevoada, com os cabelos platinados se enrolando por causa da umidade. O tom melodioso de sua voz e a honestidade inabalável agiram como um bálsamo.

A sensação quase desapareceu completamente quando rolei por cima dela e pressionei o meu pau entre as suas pernas. Com o choque, os lábios dela se entreabriram e aqueles olhos castanhos suaves se arregalaram. Eu não estava mentindo quando disse que não procurava por sexo. Envolver-me com essa mulher seria o cúmulo da estupidez. Mas há um prazer perverso em conseguir surpreender Sophie Darling.

Eu me encontro querendo isso o tempo todo.

Pelo amor de Deus, estou fazendo chá. Para a louca menina conversadeira que conheci em um avião. Se ainda não caí do penhasco, com certeza estou à beira dele.

Termino de arrumar a bandeja e a levo para o meu quarto. Eu deveria chamar Sophie aqui, para tomar o chá na relativa formalidade da minha sala de estar. Mas não vou mentir para mim mesmo. Eu desejo que ela fique no meu quarto, onde o seu perfume vai durar muito depois que ela se for. Talvez eu seja capaz de respirar um pouco mais fácil por mais um tempo.

Em algum lugar sobre o Atlântico, a trinta e cinco mil pés, ela se enrolou ao meu redor, e o meu cérebro decidiu associar o seu cheiro, o som da sua voz, o toque da sua pele, com conforto.

kristen callihan

Não faço ideia de como vou me livrar deste conceito, e ainda não estou pronto para tentar. Então, tomaremos chá na área de estar do meu quarto. E depois vou levá-la de volta para o hotel, com ou sem vontade.

As xícaras chacoalham um pouco quando viro para entrar no quarto. Está muito quieto. Imaginei que ela fosse conversar assim que eu entrasse. O motivo do silêncio logo fica óbvio: ela está dormindo na minha cama, com o cabelo claro formando uma auréola no meu travesseiro. Uma proverbial Cachinhos Dourados se sentindo confortável em um lugar desconhecido.

Eu deixo a bandeja de lado e me aproximo. Ela dorme como uma criança, esparramada e completamente entregue ao ato. Ela segura um dos meus travesseiros contra o peito, meio de bruços. Está com a bunda rechonchuda virada para cima, e as pernas abertas.

— Sophie — murmuro, sem entusiasmo. Eu realmente não quero acordá-la. Parece cruel, considerando as olheiras sob os seus olhos.

Ela não se mexe. Nem sequer hesita.

Com cautela, me sento na lateral da cama. A sua expressão está meio perplexa, durante o sono, e me pergunto se está sonhando. Como seriam os sonhos dessa mulher? Eu imagino algo ao estilo *Seussian*, com árvores cor-de-rosa, *whohoopers* e *trumtookas*, e mal consigo conter um sorriso ao pensar nos livros de Dr. Seuss.

Do lado de fora, a chuva continua batendo nas janelas. Os sons suaves de Sophie dormindo preenchem o vazio. Ela respira pela boca e, a cada expiração, uma mecha de cabelo cai em cima do seu lábio.

Afasto a madeixa com a ponta do dedo, e faço mais uma fraca tentativa.

— Madame tagarela?

Recebo um bufo abafado em resposta, o joelho dela se dobra como se estivesse com frio. Com um suspiro resignado, eu puxo o edredom que está embaixo dos seus pés e a cubro. Ela imediatamente se acomoda e as suas feições suavizam.

Eu pego a minha xícara, fico ao lado dela e bebo o chá. Ela está perto o suficiente para o calor do seu corpo aquecer a minha pele, e o cheiro do meu sabonete fazer cócegas no meu nariz. No entanto, ela não ficou com o meu cheiro. De alguma forma, ela conseguiu transformá-lo em uma fragrância inteiramente sua.

Ela se mexe de novo e a sua coxa pressiona nas minhas costas. Através das cobertas, o contato é quente e sólido.

A letargia toma conta de mim, se assenta nos meus ombros como se

GERENCIADO

fosse uma mão pesada. Estou tão cansado neste momento que tudo dói. Mas, sentado aqui com Sophie, a velha resistência ao sono começa a desmoronar. Mal consigo levantar a xícara até os meus lábios.

Colocando-a de lado, me inclino e descanso a cabeça nas mãos. Pela primeira vez em dias, eu quero dormir. Deveria me levantar e ir para o quarto de hóspedes.

Sophie solta mais um pequeno resmungo, e os lençóis farfalham quando ela vira dramaticamente. Eu olho por cima do meu ombro e descubro que ela rolou para o meio da cama, quase como se estivesse me dando espaço para me deitar.

Eu solto um bufo. Estou inventando desculpas. Pouco me importo. Um doce alívio toma conta de mim, quando me deito na cama e deslizo para baixo da coberta. Nem sequer tento me convencer a não apagar o abajur.

Ao meu lado, Sophie se mexe mais uma vez, virando para o meu lado. O meu corpo enrijece e a minha respiração fica ofegante. Não faço ideia do que vou dizer. *Desculpa, amor, não vi que você estava na minha cama? Você está imaginando coisas, volte a dormir?*

Mas ela não acorda. Não. Ela se aconchega em mim como se dormíssemos assim todas as noites. E dane-se que o meu corpo cede imediatamente ao dela — o meu braço se levanta para ela apoiar a cabeça no meu ombro, antes de envolvê-la e trazê-la para mais perto.

Tudo dentro de mim relaxa. Isso. Era disso que eu precisava. Ela é macia e perfumada, calorosa e acolhedora. Eu sei que se ela acordasse, apenas riria com a suavidade de sempre, me diria para seguir em frente e aproveitar o momento. E é isso que eu faço.

Fecho os olhos e me permito adormecer.

s o p h i e

A caminhada da vergonha é muito mais divertida quando se sai da casa do chefão. O meu cabelo, que não estava completamente seco quando eu dormi, sendo gentil, parece um ninho de ratos. Não estou maquiada, e os meus olhos sem camuflagem, estão inchados e sem vida. Pelo menos estou usando as minhas próprias roupas. Gabriel as deixou no pé da cama, cuidadosamente lavadas e dobradas.

Ah, a cama. Acordei na cama dele, bem descansada, confortavelmente quente e sozinha. E, no entanto, sei que ele dormiu comigo. Virei em algum momento durante a noite, e me vi envolvida em braços gloriosamente fortes, com a minha bochecha pressionada contra um peito firme. E parecia o paraíso. Estava tão bom que, na minha névoa sonolenta, eu nem ao menos questionei, apenas me aconcheguei, suspirando de contentamento quando ele me segurou com mais força, como se também se deleitasse com o contato.

Mas isso aconteceu na escuridão da noite, quando o meu cérebro tira férias e os desejos do meu corpo predominam. Agora? Agora, estou acordada, entrecerrando os olhos sob a rara luz do sol de Londres, enquanto tento não ser vista, entrando furtivamente no saguão do meu hotel. É muito cedo para eu dizer que já dei umas voltas por aí, e ainda há o meu cabelo, a merda do meu cabelo. Ninguém vai ignorar esta efêmera beleza que ostento.

Felizmente, a recepção está deserta. Apenas a concierge está de plantão e ela não me dá a mínima. Solto um suspiro de alívio enquanto subo pelo elevador. Quero ficar irritada com Gabriel por não estar lá quando acordei, mas pelo menos ele me deixou o café da manhã – um ovo cozido, um bolinho de gengibre e um pote de chá em uma bandeja, tudo coberto por um tecido térmico. O bilhete fixado nele tinha instruções para eu comer tudo, considerando que o café da manhã é a refeição mais importante do dia.

Gabriel Scott é uma mãe-galinha escondida em um terno de dez mil dólares.

Estou contendo o riso quando as portas do elevador se abrem, e me deparo com Rye. *Merda.*

A sua sobrancelha se curva enquanto ele me olha de cima a baixo.

— Sophie Darling — diz ele. — Será que os meus olhos estão me enganando ou você está fazendo a longa caminhada da vergonha?

Passo por ele.

— Eu não sei do que você está falando. Eu estou sempre assim.

— Usada até o limite e deixada de lado, molhada?

Eu interrompo os meus passos e encaro o seu rosto presunçosamente sorridente.

— Isso não é algo que você queira dizer a uma mulher que pode te nocautear em dois segundos.

Ele estremece, mas não aparenta estar muito arrependido.

— Brenna vive me dizendo que eu preciso aprender melhores maneiras.

— Você deveria ouvi-la.

— Onde estaria a diversão? — Ele me segue pelo corredor enquanto caminho para o meu quarto. — De qualquer forma, sou totalmente a favor de você se divertir. As viagens são exaustivas. Deve fazer isso enquanto pode, sabe?

O grandalhão parece falar sério, e eu dou um tapinha no seu braço musculoso.

— Obrigada pelo conselho.

— Então... — Ele sacode as sobrancelhas. — Quem é o sortudo? Ou foi uma garota? Por favor, diga garota. Essa fantasia vai me satisfazer por semanas.

— Qual fantasia? — A voz de Whip vem de trás, e nós dois nos sobressaltamos.

Credo, eles todos são pessoas matutinas?

— De qual inferno você saiu? — Rye pergunta, segurando o peito.

— É o meu quarto. — Whip acena para a porta mais próxima de nós. O *dã* está fortemente implícito. — E vocês dois estão fazendo barulho suficiente para ressuscitar os mortos.

Outra porta é aberta e a cabeça de Brenna aparece.

— Que porra é essa? Uma convenção de salão?

— Whip está certo — diz Rye. — Os mortos estão ressuscitando.

Brenna sibila para ele, mostrando os dentes como uma vampira.

Aproveito o momento para me afastar de todos eles. Estou muito perto da minha porta.

— Aonde pensa que vai? — Os olhos azuis de Whip me prendem. — Você não respondeu à pergunta.

— Que pergunta? — Brenna se intromete.

— Qual é a fantasia de Rye com Sophie — diz Whip, com um sorriso maligno. O fodido. Agora sei quem é o instigador do grupo.

Rye franze o cenho para ele, enquanto o rosto feliz de Brenna perde o brilho.

       kristen callihan

Rye dá um soco não muito suave no ombro de Whip.

— Estávamos falando sobre Sophie ficar com uma garota. Duvido que eu seja o único a achar essa fantasia excitante. — O olhar dele pousa em Brenna.

Um rubor atinge as suas bochechas, mas ela dá de ombros.

— Sophie, definitivamente, é digna de fantasia.

Bem, okay então.

Todos olham para mim, e Brenna me dá um sorriso amável.

— Mas a vida sexual dela não é da nossa conta.

— Como se isso nos impedisse — diz Whip com uma risada. Ele me cutuca. — Estou brincando, Soph. Corra enquanto pode.

— De jeito nenhum — diz Rye. — Pode jogar na roda. Ou vamos fazer suposições.

Outra porta é aberta no corredor. Jax olha para eles, depois me dá uma olhada nivelada.

— Sophie foi comprar um muffin para mim. Mas ela esqueceu o dinheiro. — Ele segura um maço de libras. — Me desculpe por isso.

Eu suspiro.

— Ah, pelo amor de Deus! Eu não preciso que você me encubra, Jax. Tenho insônia, okay? — Volto para o meu quarto. — Eu fiquei andando a noite toda.

— Na chuva? — Rye entrecerra os olhos como se quisesse ver melhor através das minhas mentiras.

— Sim. — Eu, *finalmente*, chego à minha porta. — Na chuva. A noite inteira.

Whip olha para Jax.

— Você foi a última pessoa que eu pensei que fosse tomar uma atitude, mano.

Jax franze a testa.

— Por quê? A Sophie é gata. — Ele sorri para mim. — E eu te respeito totalmente nesta bela manhã, Sophie. Nunca duvide disso. — Ele pisca.

Eu gemo, batendo a cabeça contra a minha porta.

— Estou em um pesadelo. Um pesadelo muito ruim.

— Não se preocupe com isso, Sophie — diz Rye. — Todo mundo comete erros sexuais lamentáveis.

— Sim — diz Jax. — Basta perguntar a Rye. Ele deixa toneladas de mulheres lamentando os seus.

Rye mostra o dedo do meio para ele.

Whip sorri para mim.

— Está vendo? Não há mal nenhum em admitir.

— Tudo bem — respondo, abruptamente. — Eu estava com Jax. E a experiência foi tão emocionante que eu tive que dar uma volta no quarteirão para colocar tudo para fora! — Entro no meu quarto e bato a porta antes que eles possam dizer qualquer outra coisa.

A voz de Jax passa pela madeira.

— Sempre que você quiser repetir, me avise, coração. Eu e o meu pau emocionante atendemos em domicílio.

CAPÍTULO OITO

gabriel

Preparar a banda para começar uma turnê é como guiar gatos selvagens. Tem muito barulho, disputa, e ninguém está onde deveria. Desisti de supervisionar os pormenores há muito tempo. Agora tenho subordinados para executar essa tarefa ingrata. E eu os pago bem. Mas as verificações finais ainda cabem a mim.

Observo os assistentes de palco se deslocarem para lá e para cá, carregando caixotes e rindo pelo caminho. Para eles, esta é a experiência da vida – uma oportunidade de ficarem próximos da banda que idolatram. Invejo a alegria deles. O meu bom humor acabou por volta das seis da manhã, quando acordei e percebi que estava, mais uma vez, abraçado à mulher que eu pretendia odiar, como se minha vida dependesse disso. E foi uma realização terrivelmente desconfortável.

Foi muito difícil afastar o meu pau inchado e dolorido da protuberância da sua bunda e me rolar para fora daquela cama quente e perfumada, quando tudo o que eu realmente queria era chafurdar lá, me acalmar entre as coxas macias e empurrar...

— Onde vamos colocar Sophie? — pergunto a Brenna, que está ao meu lado enquanto os ônibus são carregados.

— Por que você se importa? — Ela toma um longo gole do seu café.

Não sei. Ultrapassei o limite para a loucura. Eu lanço um olhar para Brenna.

— Ela é uma nova funcionária. Isso altera a dinâmica. As acomodações deverão ser reorganizadas.

— Temos cinco novos funcionários — retruca Brenna. — Sabe o nome de mais algum? — Uma sobrancelha ruiva se ergue por trás dos óculos roxos, modelo gatinho. — Ou a função de trabalho?

Inferno. Manobras evasivas serão necessárias.

— Que bicho te mordeu? — pergunto. Antes que ela possa responder, Rye passa. Eles se ignoram como de costume, e o nariz empinado de Brenna se eleva um pouco mais. Eu reprimo um revirar de olhos. — Vocês dois realmente deveriam transar e acabar com isso.

Quase consigo ouvir o ranger dos dentes dela. No entanto, quando finalmente fala, a sua voz é tranquila.

— Já tem muita transa rolando no meio desse bando de intrometidos, muito obrigada.

— Com quem?

O olhar da Brenna desliza para o meu.

— Sophie e Jax, por exemplo.

Foi como se ela me desse uma rasteira. A sensação de queda é tão intensa, e a dor repentina no meu peito é tão afiada, que consigo me imaginar no chão com dois saltos agulha cravados no peito – um de Brenna e outro de Sophie.

— O quê? — A pergunta ressoa como um chicote, e a hesitação de Brenna é visível.

Lentamente, ela afasta a xícara da boca e dá um passo para trás.

— Ah, sim, sabe de uma coisa? É apenas especulação.

— Baseada em quê, exatamente? — Eu me forço a sondar.

Brenna observa ao redor como se tentasse encontrar uma via de fuga. Não existe a mínima chance.

Eu dou um passo em direção ao espaço dela.

— Diga logo.

— Esta manhã, Jax disse que tinha ficado com Sophie, e ela confirmou — diz Brenna. — Na verdade, ela pareceu muito sarcástica ao descrever o sexo como "emocionante", então é provável que tenha sido uma piada...

As palavras se dissipam enquanto o zumbido nos meus ouvidos fica mais intenso. O meu coração bate com tanta força nas costelas, que sinto a pulsação na minha garganta. Jax? Ela está com o Jax? Ela dormiu na *minha cama* enquanto está fodendo com Jax?

Eu giro nos calcanhares sem ter a menor ideia de para onde ir exatamente, quando o meu olhar pousa em cima do homem em questão, que está prestes a embarcar no ônibus.

— John! — grito alto o suficiente para a minha voz ecoar por todo o estacionamento.

kristen callihan

Quando me ouve usar o seu nome verdadeiro, ele pausa e olha por cima do ombro

— O quê?

O que quer que ele veja na minha expressão, o leva a se aproximar de mim. Cerro os dentes.

— O que está acontecendo entre você e Sophie?

O sujeito me dá um sorriso idiota.

— Oh, sim, apenas um pouco de diversão. — Ele olha para Brenna, balança a cabeça lentamente. — Certo, Bren?

Não espero a resposta dela.

— Não foi você que deu um sermão no Killian sobre não se envolver com funcionários quando a Libby chegou?

Ele esfrega o queixo, e eu tenho vontade de lhe dar um soco.

Jax estala os dedos.

— Certo. — Ele claramente ouviu bem.

Imbecil.

— Seria um ótimo conselho para você também, não é?

Jax concorda com a cabeça, ainda com aquele sorriso presunçoso de merda.

— Seria.

Eu respiro fundo para me acalmar, mas o ar explode dos meus pulmões quando Jax abre um sorriso largo e diz:

— Mas não se preocupe, não teve muito sono envolvido.

A minha respiração fica descontrolada.

— Cuidado — sussurra Brenna no meu ouvido. — Você está fazendo tempestade em um copo d'água.

Eu viro a cabeça bruscamente na sua direção, e ela fica pálida.

— Putz, comentário errado, comentário errado — Brenna lamenta, agitando as mãos. — Fuja. Fuja.

Jax a observa ir, com um sorriso nos lábios.

— O que aconteceu com ela? Ei, mano. — Ele levanta as mãos. — Pega leve com esse olhar. É só a Sophie.

Coisa errada a dizer.

— O que tem eu? — Sophie pergunta, aparecendo ao meu lado.

Viro rapidamente na direção dela.

— Você.

— Eu. — Ela aponta para seu peito e depois para Jax. — Jax. Todos nós falamos bem agora.

Jax ri, mas quando eu o encaro com firmeza, ele subitamente se apressa em se aproximar de Killian e Libby.

Sophie franze a testa.

— O que foi isso?

— Você está fodendo Jax?

Os seus olhos se arregalam em choque. Culpa? Não sei dizer. Isso me irrita ainda mais.

Um rubor corre pelas suas bochechas.

— Você está falando sério?

Sim. Não. Não sei, porra.

— Responda à pergunta, Sophie.

Ela observa os arredores antes de me agarrar pelo braço. Eu permito que ela me leve porque quero uma resposta. Ela para no estreito espaço entre o meu ônibus e o da banda.

— Olha só! — ela sibila, cutucando o meu ombro. — Eu não preciso te dizer nada sobre a minha vida pessoal.

— Você deixa de ter uma, se começar a foder os membros da banda.

— Membros? — ela diz, em um tom agudo. — Então, o quê? Estou fodendo com todos eles agora? É isso?

O pensamento é tão repulsivo que o meu estômago se enche de bile. Cerro os punhos.

— Jax. Vamos nos concentrar no Jax por enquanto. Você dormiu com ele?

— Eu não posso acreditar que você está me perguntando isso — ela responde de imediato. — Que realmente está bufando como uma espécie de touro enfurecido e esperando que eu responda.

— Eu não bufei. Apenas fiz uma pergunta. Para a qual eu quero uma resposta. Agora.

O rubor corre para o topo de seus seios.

— Vá se foder, *Scottie*. Não sei quem você pensa que é, mas eu vou te dizer que não sou uma mulher fútil, de cabeça oca para quem você possa latir. Estou farta desta conversa.

Ela se vira para ir embora, com uma expressão completamente séria pela primeira vez desde que a conheci. Mas eu consegui ver a humilhação e a mágoa que causei, antes que ela se fechasse. Sinto um vazio no meu estômago.

— Sophie. — Eu a seguro e a giro ao redor.

O ombro dela se encosta na lateral do ônibus e eu a encurralo. Ela se contorce, mesmo enquanto me aproximo. A minha bochecha toca a dela, e ela fica imóvel. Por um longo e doloroso momento, nós dois apenas respiramos, de forma pesada e agitada.

— Você está certa — sussurro contra o seu cabelo: — Eu não deveria perguntar. — Fecho os olhos e, mais uma vez, inalo o doce aroma dela. — E não acho que você seja fútil. Eu só queria… é que… — Me engasgo com um palavrão. — Não fique com nenhum dos rapazes, está bem? Com eles não. Por favor.

Um suspiro escapa dela, e eu o sinto ao longo do meu pescoço. As minhas costas enrijecem, a minha pele formiga. Tudo o que consigo fazer é permanecer imóvel, resistindo à tentação de me inclinar na direção da suavidade dela. Sei que ela está se perguntando o motivo do meu pedido. Eu não poderia dizer que ela vai me arrancar as entranhas, e que não serei capaz de me concentrar em merda nenhuma se ela ficar com um dos caras. Se ela esteve com o Jax…

Um tremor percorre o meu corpo enquanto luto para ficar parado.

A sua respiração falha novamente. Se ela me tocar, eu posso desmoronar. Mas ela não encosta em mim. Apenas suspira.

— Você é um idiota.

— Aceito.

— Um burro reacionário — fala com amargura. — Que aparentemente não se deu ao trabalho de perceber que eu não poderia ter ficado com Jax ontem à noite, porque estava com *você*.

A minha cabeça atinge a lateral do ônibus com um baque, enquanto o meu corpo cede contra o dela. Alívio e constrangimento são um coquetel quente e pegajoso que nada pelo meu sangue.

— Merda.

— Sim, merda — ela repete com um leve sarcasmo. — Ele me cobriu quando todos me pegaram fazendo a caminhada da vergonha de volta para o meu quarto, embora ele não saiba com quem eu estava de verdade. — Ela cutuca as minhas costelas com o seu pequeno punho. — Agora saia de cima de mim antes que alguém nos veja e eles realmente comecem a fofocar.

Com um grunhido, eu me afasto do ônibus e dou um passo para trás. As bochechas dela estão coradas com um tom lindo de rosa, e os seus olhos brilham de raiva. Eu me sinto com meio metro de altura. Não sou este homem – descontrolado, possessivo, tolo.

Passo a mão na minha gravata.

— Eu me excedi.

Ela franze os lábios carnudos e estreita o olhar, exigindo mais.

Engulo em seco.

— Eu deveria ter te perguntado...

— Não — fala de imediato. — Você deveria se preocupar com o que é da sua conta.

Uma onda de calor atinge as minhas bochechas.

— Srta. Darling, não posso voltar atrás no que disse antes. Se envolver com um membro da turnê é uma decisão ruim, que pode afetar a todos. E isso será sempre da minha conta.

Pura verdade. *E parece a fala de um completo idiota. Que se dane.*

— Você fala como um duque outra vez. — Ela se endireita e afasta o cabelo do seu rosto. — E isso *quer dizer* que se sente culpado.

— Já me conhece tão bem, madame tagarela?

— Sim, eu conheço. — Ela se move para passar por mim, mas faz uma pausa. — Você não está enganando ninguém. E quando quiser admitir que estava com ciúmes, estarei esperando.

Com isso, ela se afasta rebolando os quadris arredondados. Eu aprecio a vista, mesmo me repreendendo mentalmente.

— Será uma longa espera! — eu grito.

Ela me mostra o dedo do meio sem parar de andar.

Inferno, eu gosto dessa garota. Demais da conta.

sophie

Os homens podem lidar com isso, especialmente aqueles que são atraentes, usam terno, são autoritários, ciumentos e gostam de se exibir. Ele estava com ciúmes. Gabriel pode negar o quanto quiser, mas todo esse chilique não tem nada a ver com cuidar dos seus "meninos".

Talvez seja fraqueza da minha parte admitir que eu acharia a situação toda excitante se ele tivesse agido fisicamente com relação ao seu ciúme — se tivesse me pegado no colo, me proclamado como dele, antes de me levar

kristen callihan

para a cama de forma intensa. Sim, isso teria sido excitante. Mas não, foi mais um "fique longe dos meus amigos e eu ficarei longe de você." Não foi legal.

E constrangedor, porque assim que o levei para terminarmos a discussão em particular, vi que as pessoas nos observavam. Você não dá uma bronca no seu guitarrista principal em público e espera que as pessoas não comentem. Especialmente quando ele foge às pressas, como se estivesse correndo da morte; muito obrigada, Jax, seu imbecil.

Ainda estou furiosa quando Brenna me procura.

— Sinto muito por isso — murmura ela, caminhando comigo para o meu quarto.

— Você vai me designar um ônibus? — pergunto, fechando a minha bolsa. — Ou apenas me jogar embaixo de um?

Ela faz uma careta, enrugando o nariz.

— Eu sei, eu sei. Sou uma bruxa fofoqueira. Estava com baixa de cafeína e de mau humor. — O olhar dela percorre o meu corpo como se procurasse cicatrizes de batalha. — Eu não imaginei que o Scottie fosse surtar daquele jeito. Ele normalmente não tem temperamento forte, mas anda meio desligado nos últimos dias.

— Desligado? — pergunto, apesar de não querer falar sobre o incidente.

— Distraído. Irritadiço. — Ela sacode a cabeça, e o seu rabo de cavalo balança sobre os ombros. — Ele sempre é bastante impassível e tranquilo, completamente frio.

Gabriel se inclinando em cima de mim, respirando na minha bochecha, e sussurrando *por favor* passa pela minha mente. Aquele homem não era frio nem imperturbável. Mas eu não quero pensar nessa versão de Gabriel. Minha atração por ele é inconveniente e irritante. Eu tenho um trabalho – um que outros fotógrafos matariam para ter.

Mas Brenna continua me olhando com remorso e preocupação.

— Eu sinto muito, Sophie. Eu não tive a intenção de jogá-lo em cima de você desse jeito. Quer que eu converse com ele?

E cutuque a onça com vara curta? Posso imaginar como seria.

— Não, está tudo bem. Nós já resolvemos.

Ela parece duvidar, mas concorda com a cabeça.

— Tudo certo, então. Você vai viajar com os rapazes.

— Sério? — Eu não sabia onde esperava ser colocada em nossa caravana, mas não pensei que fosse ficar junto com a banda.

— Eles gostam de viajar no mesmo ônibus pelo espírito de camaradagem, e como o seu trabalho é capturar esses momentos, faz todo sentido.

— E eles estão bem com isso?

Brenna pega uma das minhas malas e saímos do quarto em direção aos carros, que nos aguardam para nos levar aos ônibus.

— Sim. Eles são bastante abertos, considerando todas as coisas. E confiam em mim quando digo que você não vai postar sem permissão.

Tradução: Não estrague essa confiança para mim.

— Quero te agradecer de novo por esta oportunidade — digo a ela. — Eu não vou decepcionar você nem os caras.

Brenna sorri.

— Eu sei. Sou uma boa avaliadora de caráter.

O comentário dela me faz rir.

— Eu também sou. Mas parece que sempre ignoro o meu bom senso quando mais preciso dele.

— Merda, se estamos falando sobre nossas vidas amorosas, eu sei que você venceu. Eu sou um desastre ambulante prestes a explodir.

Antes de entrarmos no ônibus, Brenna me entrega uma pequena chave para futura utilização. Por enquanto estamos sozinhas e ela me mostra os arredores. Não há muito para ver. Há um espaço lounge na frente e uma cozinha-bar *galley* na lateral. É escuro e elegante, com três televisões em paredes diferentes.

— Os caras guardam instrumentos e alguns amplificadores pequenos nos compartimentos — ela diz, apontando para os armários de madeira de ébano acima. — E depois têm os beliches.

O espaço central do ônibus é reservado para beliches que ocupam ambas as paredes, deixando um corredor estreito. Quatro camas e, na sequência, um quarto principal pequeno na parte de trás, com um banheiro ainda menor entre eles.

— O quarto é de Killian e Libby — Brenna me diz. — Você fica com este beliche superior. Junto com os rapazes. — Ela estreita os olhos ambarinos, com preocupação. — Está tudo bem para você? Porque se não estiver, não tem problema. Posso te transferir para um dos ônibus dos *roadies*.

— Todos eles também têm beliches, não é? — pergunto.

— Sim, infelizmente nos apertamos durante as viagens da turnê. Menos Scottie que tem um ônibus só para ele.

— Não me surpreendo nem um pouco.

— E já te dou um aviso: não tente fazer uma visita. Ele é capaz de rosnar, se encontrar alguém perto dos seus espaços privados.

kristen callihan

Ele me deixou sozinha na casa dele hoje. Então me mantém à distância no instante seguinte. Estou começando a pensar que o homem simplesmente não sabe como deixar as pessoas entrarem na sua vida.

— Vou ficar bem com os meninos.

— Você vai — Brenna me garante. — Eles podem agir como porcos de vez em quando. Mas são bons rapazes. Os melhores. Eles vão te deixar confortável, eu prometo.

— Quem promete o quê? — Rye diz enquanto conduz o seu corpo musculoso para dentro do ônibus.

— Que vocês serão legais com Sophie — diz Brenna com um olhar severo.

O grandalhão tem um daqueles rostos acolhedores, que são fáceis de demonstrar as emoções. Ele me lembra um filhote, fofo e exuberante.

— Claro. — Ele abre um sorriso largo, enquadrado por covinhas. — Bem-vinda a bordo, querida Sophie.

Whip aparece atrás dele, os olhos azuis brilhando com humor travesso.

— Você falou para ela sobre os ritos de iniciação?

— Se envolver qualquer coisa sexual — digo, de forma séria —, vou oferecer sessões gratuitas de pancadas, com garantia de 100% de incapacitação masculina por, pelo menos, uma hora.

Whip ri.

— Aposto que sim. Não, você só precisa beber bastante e fazer papel de boba, pelo menos uma vez. — Ele passa a mão pelo cabelo preto, que chega até o colarinho. Roqueiro em um estilo descolado e natural. — Mas prometo assumir a liderança.

Jax se enfia atrás dele e o empurra para seguir em frente.

— Saia do caminho, menino bonito.

Killian e Libby o seguem, e logo estamos todos apertados lá dentro.

Brenna nos deixa quando o ônibus está pronto para partir. Mas ela está certa; todos eles me fazem sentir confortável e bem-vinda. Se é para ficar espremida em um ônibus com o mínimo de privacidade e espaço, a companhia dos caras não é uma opção ruim.

Eu me lembro disso e me recuso a pensar em Gabriel Scott em seu próprio ônibus, ou em quanto espaço ele deve ter para se movimentar.

Depois de me instalar, me junto aos rapazes e a Libby na área de estar. Ela está colocando biscoitos em uma bandeja, mas faz uma pausa para me oferecer um, antes que eu me sente.

— Pegue um agora — ela me diz em seu suave sotaque sulista. — Porque esses chacais irão devorá-los em um minuto.

GERENCIADO

Eu pego um guardanapo e um biscoito quente e crocante.

— Você assou?

Ela dá um sorriso sutil e os seus olhos cinzentos se iluminam.

— Fiz a massa antes e congelei. Não há muito espaço para mais nada.

A mão de Killian se estende entre nós duas, e ele pega dois.

— A melhor padeira de sempre. — Ele dá um beijo rápido na bochecha de Libby. — Amo você, Elly May.

Ela revira os olhos e coloca a bandeja perto dos rapazes.

— Acho que, nesse momento, você está amando mais os meus biscoitos, vagabundo do gramado.

— Jamais.

Eles sorriem um para o outro, e eu tiro uma foto antes de me sentar. Killian tem razão; ela é uma excelente padeira. E Libby tem razão; os biscoitos são devorados em um piscar de olhos. Eu encontro um assento e simplesmente observo a interação deles. Há algo de reconfortante em testemunhar velhos amigos desfrutarem da companhia um do outro.

Mas eles não me deixam de fora. Logo, Whip volta a atenção para mim.

— Então, Bren te jogou na cova dos leões, não foi?

— Vocês parecem muito mansos.

Ele ri, e eu observo a semelhança impressionante entre ele e Killian. A única diferença são os olhos, azuis em vez de escuros.

— Infelizmente, agora estamos.

— Você sente falta de ser selvagem? — pergunto, tirando uma foto porque ele está simplesmente maravilhoso, esparramado em uma poltrona de couro preta. O corpo tonificado realça a camiseta vintage do *Def Leppard* que ele está usando.

— Não — diz ele. — Estou começando a gostar dessa fase mais tranquila. É, no mínimo, mais produtiva.

— É só porque ele está ficando velho — diz Rye, abrindo uma pequena geladeira e puxando algumas garrafas de cerveja.

— Você é seis meses mais velho do que eu — aponta Whip.

— Eu envelheço melhor.

— Como queijo mofado — diz Whip.

Rye se joga ao meu lado na pequena poltrona.

— Estou surpreso por Scottie ter concordado com a ideia de você dormir neste ônibus.

Killian me passa uma cerveja.

kristen callihan

— Por que ele não concordaria? O trabalho dela é nos gravar.

— É muito fofo você descrever o meu trabalho com aspas de dedos — eu digo a ele, revirando os olhos.

Ele sorri, exibindo os dentes de maneira muito falsa, e eu capturo uma foto antes que ele possa evitar. Com isso, ele fecha a cara, mas é totalmente superficial.

— Pirralha. Não estou dizendo que gosto de ter cada movimento meu registrado. E poste essa bobagem por sua conta e risco, eu estou admitindo que é só por ser benéfico para a turnê, certo?

Eu pisco rapidamente enquanto seguro o meu peito.

— Não. posso. Responder. O. Choque. É. Muito. Grande.

Libby ri.

— Está vendo? Você vai se encaixar perfeitamente.

— Obrigada. — Brindamos com as nossas garrafas de cerveja.

— Ainda não entendi por que Scottie reclamaria de Sophie estar no ônibus — diz Killian. — Ele insistiu que a tratássemos com — a voz dele se torna firme e cortante, imitando o sotaque de Gabriel com perfeição: —... a porra do respeito que um profissional qualificado merece.

Ele disse isso? A minha raiva dele diminui um pouco. Só um pouco.

Rye solta um longo suspiro.

— Porque o idiota do Jax fez parecer que tinha fodido com ela.

Killian abre a boca e encara Jax como se tivessem crescido chifres nele.

— Você falou para Scottie que dormiu com Sophie? — ele quase grita, o que é impressionante considerando a sua voz naturalmente baixa.

— Foi uma brincadeira — diz Jax, estirado no sofá. — Se acalme.

Killian balança a cabeça.

— Oh, meu. Isso não é algo para brincadeira. Você está morto.

— Scottie precisa relaxar um pouco. E você também.

— Ele tem todo o direito de te dar uma surra. — Killian joga uma tampa de garrafa em Jax. — Você violou a primeira lei do código dos homens, Sr. Morto Ambulante.

Jax franze a testa.

— De jeito nenhum.

— Violou sim — Whip acrescenta com uma risada.

Até Rye balança a cabeça.

— Você não sabia? Quem te incentivou a contar essa história para o Scottie?

Jax se endireita no assento.

— Brenna que levantou o assunto.

Rye faz um ruído de horror.

— Isso é simplesmente cruel. Até mesmo para a Brenna.

— Eh — diz Jax, esfregando a nuca. — Acho que ele a estava irritando.

— O homem estava, claramente, brincando com fogo — diz Rye, com indiferença.

— Verdade.

— Qual é a primeira lei do Código do homem? — eu os interrompo.

Killian toma um gole da sua cerveja antes de responder:

— Nunca invada o território do seu amigo.

— Território — eu repito. — Vocês falam como se fôssemos cães.

— Soph — diz Whip, solenemente. — Quando se trata de homens e sexo, somos todos cães.

— É verdade — acrescenta Rye.

— Eu não sou o território de Gabriel para ele mijar. — Não que alguém pareça acreditar em mim.

Os olhos escuros de Killian se enchem de diversão.

— Você é a única pessoa que ele permite que o chame de Gabriel.

— Merda — diz Jax, com uma careta. — Você está certo. Não notei esse detalhe.

— Então você é cego. — Whip dá um tapa na barriga reta de Jax. — Cara, ele a viu primeiro. É como se fosse uma...

— Se você disser "reivindicação" — Libby interrompe. — Eu vou engasgar.

Killian ri e coloca um braço ao redor dela.

— Ah, meu bem, nada de engasgos sem a minha ajuda.

Com isso, todos nós engasgamos.

— Mas ainda assim — diz Jax, quando os caras se acalmam. — Como eu deveria saber? Estamos falando do Scottie, pelo amor de Deus.

— O que há de tão estranho nisso? — eu me sinto obrigada a perguntar.

— Ele não é conhecido por... eh... participar — diz Rye, com um encolher de ombros.

— Participar? — Eu olho para os rapazes.

— Foder — Killian esclarece. — Ele é como um monge.

Whip concorda com a cabeça.

— Quando foi a última vez que alguém o viu com uma mulher?

— Porra, foi há muito tempo. — Com esse pensamento, Rye estremece como se estivesse aterrorizado. — Se ele fica com alguém, é às escondidas.

kristen callihan

Uma sensação ruim faz o meu estômago embrulhar. Não quero pensar em Gabriel com mulheres. E realmente não gosto da ideia dos caras discutindo a sua vida sexual, ou a falta dela. Gabriel é um homem orgulhoso; ele odiaria essa conversa.

— Não devemos falar dele desta forma.

— Você está certa — diz Killian. — Sem dúvida, o Sensor de Scottie dele deve estar apitando.

— Não devemos falar dele — diz Libby, com uma voz mais forte. — Porque é indelicado e não é da nossa conta.

Sabia que gostava daquela mulher.

Killian beija a bochecha dela.

— Tem razão, Libs. — Ele lança a Jax um olhar cheio de advertência. — Durma com um olho aberto, cara.

— Ele está em outro ônibus — resmunga Jax.

— Você parece preocupado — eu comento. Admito que isso traz um pouco de satisfação para a minha criança interior.

O sorriso de Jax é autodepreciativo.

— Um fato pouco conhecido, querida, é que o garoto Scottie é agressivo. Já o vi fazer homens com o dobro do seu tamanho chorarem pela mãe com uma combinação bem colocada de chutes e socos. Lenda dos dedos nus do caralho...

Killian pigarreia ruidosamente e balança a cabeça de leve.

Mas agora estou determinada.

— Espere, ele é o quê?

— Um valentão cruel — diz Rye — Mas você não ouviu isso de nós. Sério, ele realmente pode acabar com todos nós, então... sim, chega de falar do Scottie, okay?

Ele ri enquanto fala, mas eu tenho a sensação de que realmente não quer que Gabriel descubra que eu sei sobre as lutas. Posso respeitar isso. Não me impede de pensar no seu corpo duro, e nos músculos que esticam as suas camisas feitas sob medida. Foi assim que ele os desenvolveu? Como um lutador? Não consigo imaginá-lo entrando em uma briga por raiva, mas uma luta controlada? Assim eu consigo enxergar, e isso me deixa estranhamente triste.

Eles passam para outro tópico, mas não consigo deixar de olhar pela janela com película. Não há nada além de escuridão e o brilho ocasional dos faróis. Em algum lugar atrás de nós, Gabriel está sozinho em um ônibus.

Eu sei muito bem que ele quer que seja assim, mas eu sinto por ele do mesmo jeito. Isolado dos seus amigos, e por quê? Por que ele se esconde? Por que fica sozinho?

Detesto esse destino para ele. A vontade de estar com ele é tão grande que me imagino pulando a janela e, de alguma forma, pousando em seu ônibus, no estilo Super Girl. Não, Mulher Maravilha. Dessa forma, eu poderia amarrá-lo com o meu laço quando ele protestasse contra a minha invasão ao seu Forte da Solidão.

Estou no meio de uma fantasia com Clark Kent e Diana Prince quando do Jax destrói o meu sonho ao declarar em voz alta:

— "*Son of a Preacher Man*" é uma música que nunca poderá ser igualada.

Rye se recosta em uma poltrona e dedilha preguiçosamente um ukulele que desenterrou de algum lugar.

— Okay, vou te dar esse crédito.

— Basta tocar essa música — diz Jax. — E as mulheres derretem, cara.

— Alguém me salve de ouvir mais sobre a rotina de sedução de Jax. — Rye olha em volta, de forma desesperada.

— Tome notas, filho, e aprenda alguma coisa — diz Jax.

— Etta James cantando "At Last" — Killian entra na conversa. — Atemporal pra caralho.

— Beyoncé fez uma versão muito boa — diz Libby.

— Muito boa — repete Killian. — Mas não superou a original. Etta ainda domina essa música.

Whip bate nos joelhos como se não conseguisse ficar parado.

— Não deixe que o Bee Hive ouça isso. Eles vão te machucar muito, irmão.

Killian estremece.

— Você está certo. Sinto muito, Bees — ele grita para o ar. — Não me matem! Adoro a rainha Bey!

— Mano, eu continuo esperando que ela termine com Jay Z. E então eu estou dentro.

— Cara, esse seu sonho já foi por água abaixo — diz Jax. — Você não tem a mínima chance com ela.

— Você vai comer as suas palavras — promete Whip. — O nosso amor está destinado. Com certeza ela piscou para mim naquele show beneficente que todos nós fizemos no mês passado.

— Estava ventando — diz Killian, com um bufo. — Ela tinha poeira nos olhos.

kristen callihan

— Ela me tinha nos olhos.

Rye balança a cabeça, e então os seus olhos azuis me encontram.

— E você, Sophie? Tem uma canção?

Todos eles olham para mim. Eu deveria brincar? *Porra*. Adoro música, mas o meu conhecimento não é enciclopédico como o destes caras. Penso por um minuto.

— "Sabotage".

— Beastie Boys? — Rye me saúda com um toque de mãos. — Excelente.

— Ninguém consegue se igualar aos Beastie Boys — Jax concorda, batendo a garrafa de cerveja na minha. Ele está relaxado, e os seus lindos olhos verdes sonolentos. Eu sei que os caras se preocupam, e não os culpo, mas ele parece levar as coisas com calma agora — Inferno, preciso fazer o meu sangue bombear ou vou adormecer. — Ele olha para Killian. — Você tem "sabotagem" no seu telefone?

— Precisa perguntar? — Killian dá um pulo e conecta o seu aparelho na entrada da parede. — Preparem-se.

O familiar riff de baixo pesado ecoa pelos alto-falantes, seguido por arranhões discordantes no disco e um grito raivoso de desafio. Killian imediatamente começa a dançar, agarrando Libby para se juntar a ele. Ela ri e eles batem os quadris.

Jax chama a minha atenção.

— Correndo o risco de Scottie me entregar as minhas bolas mais tarde... — Ele estende a mão.

Jax é o que tem mais motivos para ter ressentimentos. Eu deveria me sentir culpada até mesmo por estar no mesmo lugar que ele. Mas a sua presença me faz sentir confortável. Ele me olha como se soubesse exatamente o quanto o meu trabalho era terrível naquela época, exatamente como eu tinha perdido a minha essência, e lamentasse por isso. É isso, mais do que tudo, que me faz segurar a mão dele.

Eu danço com tudo, balançando a cabeça, pulando como uma mulher louca – não há outra maneira de apreciar a música senão enlouquecendo. E os caras me cercam, pulam e se debatem, e provavelmente fazem o ônibus inteiro balançar ao descer a rodovia. Nós não nos importamos. Somos jovens e livres. É maravilhoso. E dançamos muitas outras músicas.

Quase me esqueço do homem no outro ônibus. E é só quando os caras finalmente dormem, enquanto estou enfiada em meu pequeno beliche perto do banheiro sem conseguir dormir, é que olho para a escuridão e penso em Gabriel.

GERENCIADO

CAPÍTULO NOVE

gabriel

— Tudo para a França está praticamente definido. Mas Chrissy ligou, falando sobre os valores finais das camisetas de Roma. Os vendedores esperam altas vendas e... Scottie? Scottie? Sr. Scott?

A voz de Jules vibra como uma mosca no meu ouvido e me tira da névoa que fixou residência na minha cabeça. Eu pisco, me obrigando a me concentrar. Ela me olha com uma carranca.

— Por que você parou de falar? — É quase instantâneo, mas não gosto do que vejo na expressão dela. O chefe não pode se dar ao luxo de se preocupar. Sou eu quem está no controle. Em todos os momentos.

Jules se encolhe e sinto nas minhas entranhas. Perfeito. Magoei a garota sem um motivo válido.

— Desculpe, senhor. Eu pensei... — Ela faz uma careta.

— Você pensou o quê? — Eu tenho que me forçar a não inclinar mais para o aconchego da minha cadeira macia. Não deveria ter me sentado. A tentação para me relaxar é muito grande, e eu geralmente fico em pé quando ouço um relatório de progresso. Fico mais concentrado.

As sardas de Jules se destacam como manchas de canela nas suas bochechas redondas.

— Eu pensei que você... — Ela engole em seco. — Bem, eu pensei que você não estivesse ouvindo.

Não estava. Não atentamente como de costume. A minha cabeça está latejando como se o meu cérebro tentasse abrir caminho para sair do meu crânio. O chão está inclinado e com defeito, ou estou imaginando coisas. Considerando que ninguém mais comentou sobre isso, acho que sou eu quem está com defeito.

— Você falava sobre vendedores. — Sei que ouvi alguma coisa a respeito de camisetas. Inferno. Quero esfregar a minha cara na almofada mais próxima. Mas não vai funcionar. Não consigo dormir. Não consigo dormir, caralho. E eu tenho tentado. Cada porra de noite eu tento. Mas nada funcionou, exceto por uma noite em Londres. Estamos na Escócia agora.

Nesta altura do campeonato, está tão ruim que estou quase em prantos às três da manhã, enquanto mais uma vez encaro o teto, incapaz de desligar a minha mente.

— Sim, os vendedores — diz Jules, alegremente. Ela continua falando sem parar, e eu tento manter os olhos abertos.

Não faria diferença nenhuma se eu os fechasse. De qualquer maneira, o meu corpo não se desligaria. Há um peso no meu peito que faz do ato de respirar uma tarefa muito árdua. *Fraqueza*. Eu odeio isso. Mas a cada dia fico mais fraco e não sei o que fazer.

A Brenna me diria para procurar um médico. Só a simples ideia me causa um calafrio de pavor na coluna. Um protesto violento grita em minha mente. Médicos não. Nunca. Eu me cansei deles quando era jovem. E nada além da morte me fará procurar um.

Melhor bater na madeira, uma voz desagradável sussurra na minha mente.

A dor na minha cabeça irradia para fora, descendo pelo pescoço, e aprofundando na parte superior dos meus ombros.

Jules continua falando sobre contratos e datas.

O meu queixo lateja.

Respire. Se livre disso. Depois você vai poder rastejar para o seu quarto e tomar um banho quente. Neste ponto, o desejo de tomar um comprimido para dormir é tão forte que as minhas mãos se fecham com força. Jax quase morreu quando tomou um frasco daquelas malditas pílulas, misturadas com heroína. Quando penso nesse acontecimento – e tento ao máximo *não* pensar – a náusea agita as minhas entranhas e a bile sobe.

Eu engulo em seco e pego a garrafa de água. A minha mão treme enquanto a levo aos meus lábios. A única maneira de esconder é beber logo e abaixar o braço o mais rápido possível. Os tremores estão piorando.

— O que eu deveria dizer a ele?

Com um sobressalto, olho para Jules, que espera com expectativa. *Porra*.

— O que você acha que deveria dizer a ele? — Momento de reflexão. Isso funciona.

Confusa, ela fecha a cara e franze a testa.

GERENCIADO

Ou não.

— Você vai precisar tomar essas decisões um dia, certo? — incito. *Estúpido. Você está estragando tudo. Volte a se concentrar no jogo.*

Ela abre e fecha a boca, depois fala de forma hesitante.

— Eu… uh… eu não acho que Jax vá me perguntar se eu quero jogar pôquer com ele. Pensei que para vocês isso fosse… ah…coisa de homem.

Que se dane.

— Bem, nunca se sabe. — Eu pigarreio. — E, na verdade, ele deveria me perguntar diretamente sobre coisas pessoais, essa é a sua resposta.

Eu me levanto da cadeira, ignorando o jeito que a sala balança.

— Você é a minha assistente, não o meu calendário pessoal. Diga ao Jax.

— Certo. — É provável que ela esteja me dizendo, mentalmente, para me ferrar.

Isso também pesa sobre mim. Nunca dei ao meu trabalho ou à minha equipe nada menos do que cem por cento. Tenho vergonha de mim mesmo. Se eu pudesse apenas descansar um pouco.

— Ah, e enviarei esses arquivos pessoais para você até o final do dia — Jules grita para mim, em retirada.

— Muito bom. — Não faço a mínima ideia do que ela está falando. Uma vaga lembrança surge nos cantos da minha mente, mas estou distraído.

Um aroma de torta de limão e um leve perfume feminino flutuam pelo ar. O meu pau reage como se fosse puxado. Irritado comigo mesmo, eu olho para cima, sabendo exatamente quem eu irei encontrar.

Em algum momento, Sophie saiu e pintou o cabelo. Agora está em um tom rosê claro, brilhando como uma aura ao redor do seu rosto sorridente. A cor realça o tom escuro e caloroso dos seus olhos e o rosa dos seus lábios. Inferno.

— Olá, Raio de Sol — diz ela, com a alegria de sempre.

Os seios saltitantes dela mal são contidos por algum tipo de top preto de malha, que deixa os ombros à mostra. Isso significa que o único suporte para os seios é o tecido. Bastaria um puxão…

— Olhos aqui em cima, querido.

Imediatamente, o meu queixo se levanta. Ela está sorrindo como o Gato de Cheshire.

— Esse traje é apropriado? — *Cale a boca. Apenas cale-se, idiota.*

Parece que ela pensa da mesma forma. A sua mão pousa no quadril bem arredondado.

— Em oposição a quê? Ao desfile de peitos que todos vemos diariamente por aqui? Pelo menos estou usando uma blusa.

É um bom argumento. Droga.

— Ou talvez eu devesse trocar essa calça jeans por uma micro minissaia? Parece que os homens adoram.

Não vai acontecer. A calça *skinny* pode abraçar as suas pernas e destacar a bunda em um grau alarmante, mas ela, no mínimo, fornece alguma cobertura.

E por que cargas d'água eu estou comentando a respeito das roupas dela?

— Peço desculpas — digo, irritado. — Eu daria um corretivo em qualquer pessoa que falasse assim com uma mulher.

Boquiaberta, ela arregala os olhos.

Conto os segundos até conseguir escapar em segurança.

Tarde demais. Sophie se levanta na ponta dos pés enquanto coloca as costas da mão na minha testa. Quero acabar com isso e dizer para ela parar. Mas agora ela está mais perto, os seios macios quase tocam o meu peito, o seu cheiro me envolve. Os dedos dela são frios, calmantes.

— Você está se sentindo bem? — ela pergunta, claramente zombando.

— Vá embora — murmuro. Uma mentira. Quero abaixar a cabeça e descansar nos travesseiros fantásticos que são os seios dela. Enterrar-me neles e morrer feliz.

De qualquer maneira, ela me ignora.

— Quero dizer, eu ouvi aquele pedido de desculpas, não ouvi? Não estou sonhando?

— Se fosse um sonho, seria um pesadelo.

Os seus lábios cor-de-rosa se abrem em um sorriso.

— Aqui está o Raio de Sol que eu conheço.

Quero calar a boca dela com a minha. Tomar. E tomar. E tomar. Lamber as palavras e beber o riso dela. Não posso. Não vou.

— Hoje não estou como de costume. —*Verdade.* — Eu acho que um dos rapazes batizou a minha bebida. Eles adorariam descobrir se realmente estou com os nervos à flor da pele.

A risada dela é rouca. Mais uma vez, quero tomar a boca dela. Os seus lábios são macios, ativos – sempre com uma resposta pronta para mim.

— Não estamos todos? — Dedos finos puxam a cintura da minha calça e o meu pau se agita. — Vamos lá — murmura ela, com um brilho perverso nos olhos. — Deixa eu dar uma espiada. Prometo que só vou dizer… para todo mundo.

GERENCIADO

Eu me pergunto o que ela faria se eu puxasse sua mão, a deixasse sentir o meu pau grosso, e ordenasse que ela desse um bom aperto.

Com certeza, nada que eu gostaria que ela fizesse.

Sophie é uma provocação. Não de uma forma maliciosa, mas porque fazer piada da vida é da sua natureza. Invejo essa capacidade de rir do mundo. Mas eu não vou confundir as insinuações sexuais dela com nada além do prazer que sente em me provocar.

Abotoo o meu paletó, cobrindo o meu crescente interesse.

— E arruinar o mistério? Acho que não.

— Um dia eu vou descobrir — ela grita enquanto eu me afasto.

Vamos esperar para ver. Eu não me viro, então ela não pode reparar no meu sorriso. Mas, à medida que sua risada leve desaparece, me ocorre que passei alguns minutos sem pensar em dor ou exaustão. Os meus passos diminuem à medida que o meu ritmo cardíaco aumenta.

Sophie.

A última vez que dormi bem foi com ela roncando na minha cama. *Minha* cama. *Ela* faz tudo ficar melhor.

Um pensamento forte e exigente passa pela minha cabeça. Eu o ignoro porque além de bobagem é uma loucura. Mas o desespero leva os homens a tomarem atitudes estúpidas. E mesmo que eu diga a mim mesmo que eu não posso considerar, de jeito nenhum o que o meu corpo está me implorando para fazer, eu sei que vou.

— Foda-se — murmuro. Vou levar mais uma noite para me convencer do contrário. Mas eu sou um homem no limite da esperança. Farei qualquer coisa para voltar àquela situação, até mesmo me rebaixar da pior maneira que posso imaginar.

sophie

Na manhã seguinte, estou embalando minha câmera quando vejo Gabriel se aproximar. Ele está tão tenso que a sua coluna poderia quebrar se uma rajada forte de vento atravessasse o nosso caminho. O que diz alguma coisa. Não o vejo apreensivo assim, desde o avião.

— O que aconteceu, Raio de Sol? — Eu olho para ele. — Alguém pisou no seu calo?

— Que adorável. — Ele me observa por um segundo, e a ruga entre as suas sobrancelhas se aprofunda, a ponto de se transformar em uma careta.

— Sério, você parece mal-humorado demais até para os seus padrões. Quem te irritou? — Sorrio para ele. — Eu vou precisar quebrar algumas cabeças?

Ele finalmente solta uma risadinha e os seus ombros relaxam um pouco.

— Eu já consigo imaginar, você mordiscando o tornozelo de alguém como um Lulu da Pomerânia enfurecido.

— Então você está familiarizado com os meus métodos.

Uma risada baixa ressoa em seu peito, e ele se agacha, me entregando o meu flash. Rapidamente, a expressão relaxada desaparece e ele volta a ficar sério. Não que isso me importe, o homem é uma obra de arte do caralho quando está carrancudo. Tão sexy que eu contenho o desejo de me abanar. Eu me ocupo embalando.

— Eu queria falar com você — finalmente diz, em voz baixa.

A ansiedade no seu olhar causa a impressão de que ele teme o que tem a dizer, e o meu coração dispara. Deus, ele vai me despedir? Mas ele não pode. Brenna é a minha chefe. *Tente manter a calma.*

— Diga.

Os seus dedos tremem e ele se levanta junto comigo.

— Aqui não. Você está livre agora?

Eu paro e realmente olho para ele. Está nervoso. Eu não acreditaria se não estivesse bem aqui na sua frente, observando a cor se espalhando pela pele bronzeada e as mãos nervosas ao lado do corpo. O fato de querer conversar agora me deixa ainda mais assustada.

— Claro — eu digo a ele apesar do nó na garganta. — O que houve?

Ele comprime os lábios.

— Prefiro falar em particular. Pode vir até o meu ônibus?

Estou tão chocada por ele querer ficar sozinho comigo, que não consigo nem fazer uma piada, só emito um pequeno e agudo *okay*.

A caminhada de volta parece o corredor da morte. Quando eu colocar um pé no ônibus de Gabriel – aquele que só o motorista e, ocasionalmente, a arrumadeira têm permissão para entrar – um machado vai cair e cortar a minha cabeça. E, de repente, eu fico irritada. Não fiz nada de errado. Por que conversar em particular?

Com os dentes cerrados, marcho ao lado de um Gabriel quieto e solícito, que carrega a bolsa da minha câmera em uma mão. A outra paira na minha lombar. Não chega a me tocar, mas está perto o suficiente para eu sentir o calor dele. Ele está me guiando.

Provavelmente temendo que eu fuja, penso sombriamente. Mas não, eu vou pegar pesado com ele. Pensei que éramos... bem, não exatamente amigos. Eu não sei se ele permitiria que alguém, além de Brenna e dos rapazes, fosse amigo dele. Mas nós éramos alguma coisa.

Fico horrorizada ao perceber que estou à beira das lágrimas. Pensar no que ele vai fazer em breve, me machuca. *Pode ser que ele me demita. Talvez devesse relaxar.*

Quando o ônibus aparece, olho para ele, mas não digo nada. Bem, até ele abrir a porta. Paro, incapaz de dar mais um passo.

— Você vai me demitir? — *Isso saiu embaraçosamente estridente.*

Ele também para, e franze a testa para mim.

— O quê? — Um sorriso ilumina os seus olhos. O fodido. — Lá vem você com suas imaginações selvagens, outra vez.

— Não me venha com essa. Você está me trazendo para uma conversa privada. O que eu deveria pensar?

— Que eu quero falar em particular — ele sugere, como se eu fosse louca. — Além disso, quem te contratou foi a Brenna.

— É bom não se esquecer disso.

Ele revira os olhos e a sua mão finalmente toca as minhas costas, me empurrando para a frente.

— Poderia entrar e se acalmar?

— Você está agindo de forma estranha — argumento, mas entro. — Nossa.

Eu esperava couro preto e paredes cinzas – padrão de luxo típico em ônibus. Em vez disso, sou recebida por painéis de madeira polida brilhante, arandelas de vidro fosco e cadeiras de veludo fumê. É como um vagão de trem dos anos 1930.

— Sente-se. — Gabriel faz um gesto para a pequena área de estar na parte da frente. Eu afundo em uma poltrona estilo Art Déco e aperto o braço dela. Perto de mim, há uma pequena mesa com um *laptop* ao lado de uma pilha de papéis.

kristen callihan

Ele se move para arrumá-la, mas o telefone toca. Ele olha para o aparelho e faz uma careta.

— Um momento. Estava esperando essa ligação.

Concordo silenciosamente com a cabeça, e o observo caminhar para o fundo. O som baixo da voz dele é calmante, mas não o suficiente para me impedir de ficar nervosa. Os meus olhos vagueiam por todo o lado. Além do seu trabalho, e de duas revistas de carros enfiadas em um painel lateral, não há nada pessoal aqui.

Não sei se é curiosidade ou simples nervosismo que me leva a ler um dos papéis da mesa. Mas na mesma hora os meus olhos perdem o foco, por causa da linguagem contratual monótona. E então eu vejo a pasta abaixo dele. O meu nome aparece como um sinal de neon. Eu jogo o contrato de lado e pego o que, claramente, é um arquivo sobre mim.

Gabriel está voltando para a sala, mas diminui os passos quando vê o que está na minha mão. Entretanto, não diz uma palavra.

Eu quero dizer, no entanto.

— Você tem um arquivo sobre mim?

— Claro que sim. Tenho arquivos sobre todos os nossos funcionários. — Ele faz um gesto em direção à mesa. — Jules me enviou as novas contratações para revisar.

— Por que você?

— Porque, como dizem na América, a responsabilidade final recai sobre mim.

Eu folheio a pasta, apesar de saber a maior parte do que estará lá. Afinal de contas, fui eu que preenchi os numerosos formulários.

— Jesus, você tem o meu relatório de saúde. Você o leu?

As suas sobrancelhas grossas se unem.

— Por que eu não leria?

— Porque é uma invasão de privacidade — respondo de forma brusca. Não me importei de dar a informação à Brenna, mas ele leu até o meu último exame de Papanicolau.

— Sophie, por que você está chateada? Este é um procedimento normal. — Ele inclina o pescoço como se eu fosse um quebra-cabeças peculiar. — Você está envergonhada por eu saber que você é saudável e nunca foi condenada por um crime?

— Me desculpe se me sinto um pouco desconfortável por você saber de tudo, inclusive o fato de eu usar uma injeção anticoncepcional, pelo amor de Deus. — Eu nem sequer menciono que ele agora sabe a minha altura e peso exatos também. Merda do caralho.

Ele solta um bufo de aborrecimento.

— Tudo bem. — Ele caminha rapidamente em minha direção, e eu me enrijeço, mas ele se vira, liga o laptop e, com alguns cliques, abre um arquivo. — Aqui — diz ele, virando a tela em minha direção. — O meu relatório de saúde. Ou você pensou que eu não precisava?

— Honestamente, eu pensei. — Não consigo evitar. Eu leio. Pode me processar, está bem na minha frente, e ele viu o meu. Agora sei que ele mede um metro e noventa e um, tinha 84 quilos quando pesou pela última vez e está em perfeita saúde. — Por que você faz isso?

— Seguros, em alguns casos. E é uma medida de segurança. Se vai trabalhar para a maior banda do mundo, vamos saber tudo o que pudermos sobre você. — Ele olha para mim. — Eu não vou pedir desculpas por isso, se é o que você quer.

— Não. — Fecho o laptop. — Eu só fiquei um pouco assustada, okay? Foi por isso que me trouxe aqui? Você pode ver que eu não sou uma criminosa, e não estou endividada. — *Cale a boca, Soph. Está balbuciando como uma louca.* — E sem nenhum problema significativo.

Gabriel baixa as pálpebras e me olha de forma calculista.

— Nenhum problema mesmo — ele concorda.

Eu fico corada, ao pensar em como poderíamos foder com força e rápido, sem temer quaisquer consequências. E pode ser que ele pense a mesma coisa.

Só que ele se levanta de forma abrupta e caminha até um bar em frente à porta.

— Quer uma bebida?

— Não tem chá? — Agora que sei que ele não vai me despedir, fico nervosa.

Ele me olha por cima do ombro.

— Você gostaria de um pouco?

— Não. — Preciso de algo mais forte. — Uísque?

Com um aceno de aprovação, ele nos serve uma boa dose. Não me passa despercebido o tremor da sua mão, que ocorre apenas uma vez quando me passa o copo. Ele me dá um sorriso contido e se senta à minha frente.

O ambiente está completamente silencioso enquanto tomamos o nosso uísque e nos observamos com cautela. Ele ainda não me falou nada e tenho quase certeza de que fiz papel de boba. Então, é isso.

kristen callihan

Gabriel suspira de forma suave e, com gentileza, coloca o seu copo em uma pequena mesa cromada. O clique do vidro no metal é como um tiro nos meus nervos sobrecarregados.

— Eu não consigo dormir — ele me diz com um pequeno e autodepreciativo balanço de cabeça. Eu o observo, incapaz de responder, e ele encontra os meus olhos. — Nem um minuto.

— Eu sinto muito — sussurro. Sou empática. Também não consigo dormir. Eu me transformei mentalmente em A princesa e a ervilha mental. A minha cama é muito dura, o travesseiro muito mole. Eu viro e reviro, com os olhos bem abertos. Uma hora estou com muito frio, outra com muito calor. É um pesadelo. Penso demais em determinado homem rabugento que está sentado à minha frente, parecendo ter ressuscitado dos mortos por causa da privação de sono.

O sorriso dele é breve e fraco.

— Aquela noite eu dormi. — Olhos azuis encontram os meus. — Quando choveu.

Uma sensação quente e intensa corre pelos meus membros. Eu também dormi. Muito bem. Toda quente e confortável, envolvida em braços fortes. Algumas vezes, quando estou muito fraca, fecho os meus olhos e tento lembrar da sensação exata do corpo forte de Gabriel por trás do meu. Tento me lembrar do cheiro exato dele. Se tiver sorte, consigo dormir ao pensar naquela noite.

Ele também pensa naquela noite. Eu poderia me derreter de emoção. No entanto, consigo permanecer quieta.

Gabriel se inclina para a frente, apoiando os antebraços nos joelhos dobrados.

— Quero contratar você.

A minha sensação piegas se solidifica um pouco. Não era isso que eu esperava. Eu tomo um gole apressado do uísque e passo a língua nos meus lábios ressecados.

— Eu estou... okay, eu não estou compreendendo.

Um rubor sem vida se espalha pelas altas saliências das suas bochechas.

— Eu quero que você durma comigo.

— Uh... o quê? — Não consigo formar palavras melhores.

— Apenas dormir — ele esclarece rapidamente. — Eu... inferno... durmo quando você está comigo. Eu preciso dormir. — Por um segundo, ele parece muito fraco, com os círculos sob os olhos mais profundos e

GERENCIADO

arroxeados. Totalmente exausto. — Você pode ficar aqui, viajar comigo. A remuneração será...

— Raio de Sol — eu o interrompo. — É sério que você está tentando me pagar para dormir em uma cama com você, todas as noites?

E, puta merda, se a sua linguagem corporal tensa e forçada indica alguma coisa, ele deseja muito isso. Estou tão chocada que preciso tomar outro gole da minha bebida. Deus, a ideia é tentadora. Mas perigosa. Ele não disse: "Sophie, eu te quero e não posso viver mais uma noite sem você." Ele está tentando me contratar, pelo amor de Deus.

Ele se senta com a postura ereta, e o maxilar cerrado.

— Olha, eu sei que é ridículo.

— É mesmo — eu concordo com sinceridade.

A expressão dele fica em branco.

— Você está certa.

Ele faz um movimento para se levantar, eu estendo a mão e toco o seu antebraço rígido.

— É ridículo porque você não tem que me pagar por isso.

Se posso dizer alguma coisa, acho que ele fica mais chateado.

— Sim, eu tenho. Isso não é... se eu não pagar... — Ele balança a cabeça com um hálito exasperado. — Não é correto não pagar.

Enrolo os dedos no músculo rígido do braço dele.

— Você tem necessidade disso?

Ele puxa o punho da camisa.

— O fato de eu estar me humilhando deveria dizer isso a você.

Sorrio fracamente para ele.

— Só estou tentando dizer que, mesmo que você não me considere uma amiga, para mim você é um. Eu ajudo os meus amigos. E não seria correto receber dinheiro. Além disso, você me convidou para ficar aqui. O que seria um luxo, comparando com estar apertada junto de outras cinco pessoas.

A expressão dele é tão perplexa que faz o meu coração doer.

— Você vai fazer isso? — ele pergunta.

Foi o que acabei de dizer, não foi? Nem sequer pensei, apenas deixei escapar a minha resposta. Deveria ter refletido. Como eu poderia viver com esse homem? Dizer que estou atraída por ele seria eufemismo total. E ele espera que eu durma ao lado dele todas as noites? Tortura. E ainda assim muito atraente. Eu quero isso. Por razões que é melhor ignorar. Devo me concentrar no momento. Sempre confiei no meu instinto. Ele nunca falhou comigo. E os meus instintos me fizeram concordar desde o início. Não vou voltar atrás.

kristen callihan

Gabriel fica sentado em silêncio, mexendo nos punhos, embora claramente esteja tentando não fazê-lo. O homem está com a carranca mais feroz de todas, e nunca vi um mal-humorado tão sexy. Visões inadequadas de uma estudante travessa e de um diretor sádico enchem a minha cabeça. *Menos, garota.*

Ele faz um barulho de impaciência misturada com auto aversão.

— Peço desculpas por ter te colocado em uma situação delicada. Foi inadequado. Me deixe te levar de volta…

— Me mostre o quarto.

Ele pisca para mim como se eu tivesse falado em uma língua que ele não consegue entender.

Caminho até a parte de trás do ônibus, chutando de leve o carpete no processo. Ele me observa como alguém que acompanha um guaxinim perdido que acabou aqui dentro. Mas percebo que ele também se levantou, e me segue lentamente.

O quarto é tão lindo quanto a área de estar. Com um revestimento suave de madeira brilhante, o ambiente é quente e acolhedor. A cama dele é *king* e ocupa a maior parte do espaço. Eu me arrasto para cima dela, afundando nas cobertas de cetim creme.

Gabriel fica parado na soleira, e alterna o olhar entre mim e o espaço ao meu redor. Eu me deito de lado, descansando a cabeça na minha mão. Não vai ser fácil. Estar esticada na cama dele, sob o seu olhar, faz parecer que é algo mais.

É como se fosse sedução. Também nunca fui boa em mentir para mim mesma. Quero o peso dele em cima de mim, a força sólida dos seus músculos em movimento e contração, enquanto ele se mexe entre as minhas pernas. Eu quero esse calor, quero sentir o pau grande e grosso deslizando no meu sexo vazio e dolorido.

Mas ele não pediu por isso. E o fato de ele precisar de mim por um motivo não sexual significa muito. Eu não sou só bunda e peitos, onde ele possa gozar. Isso ele pode conseguir em qualquer lugar. Nós dois sabemos disso. Ele precisa de *mim*.

Repouso a cabeça nos travesseiros.

— Não me deixe na mão, Raio de Sol.

— É que — ele olha para o relógio —… são dez e quinze da manhã.

— E eu estou cansada. Preciso de um cochilo.

De verdade. Eu não tinha percebido o quanto estou exausta até dizer em voz alta.

GERENCIADO

Um brilho calculista surge nos olhos dele. Os meus mamilos pulsam em resposta. *Maldição.*

Ele tira o paletó devagar, em um gesto de pura sedução. Ele o pendura com calma, remove os sapatos e desabotoa os punhos da camisa. Os músculos se destacam sob a camisa branca e fina. Eu o observo com uma atenção meio sonolenta. A intimidade da ação me acalma de maneira estranha, e as minhas pálpebras pesam.

Ele para na beira da cama.

— Todas as noites? — É um sussurro rouco, com mais anseio do que ele pode imaginar.

O calor suave floresce no meu coração.

— Cochilos também, se você quiser.

O seu olhar é puro calor.

— Eu quero.

Ele se arrasta para a cama. O homem cauteloso e hesitante desapareceu. Gabriel se move com a graça de um predador, me olhando de forma ardente, enquanto se aproxima do meu corpo. Começo a ofegar quando ele me rola com habilidade, me deixa de frente para a parede e se enrola ao meu redor, pressionando a sua frente contra as minhas costas. Ele age como se tivesse tudo planejado há algum tempo, como se tivesse pensado em cada detalhe do que poderia fazer comigo nessa cama.

Ele envolve o braço na minha cintura e o desliza entre os meus peitos, antes que eu possa, ao menos, piscar. Ele segura o meu ombro, me aproximando – me *aconchegando.*

Eu tremo, como se um enxame de abelhas se movesse dentro da minha barriga. É bom demais. A minha pele arde, o meu coração dispara. Com certeza ele percebe. Sinto nos meus ombros as batidas rápidas do seu coração, e noto que ele também está agitado.

Por alguns segundos, lutamos com a novidade da situação. Depois ele suspira e o hálito quente sopra em meu cabelo, enquanto o corpo rígido se acalma. O som é tão pacífico que eu me afundo no seu abraço. Estamos em cima das cobertas, mas estou tão segura e aquecida que não me importo.

Gabriel pressiona os lábios no topo da minha cabeça.

— Todas as noites, madame tagarela.

A posse em sua voz é absoluta. Estou com um problema do caralho.

CAPÍTULO DEZ

gabriel

— Então, o que diremos às pessoas? — Os grandes olhos castanhos de Sophie me observam com preocupação enquanto seguimos em direção à sala de ensaio, montada no estúdio de gravação local.

A Kill John vai fazer a passagem de uma nova música antes de partirmos outra vez, e quero ver se está dentro dos padrões. Sophie, claro, estará presente para fotografar.

Depois de conseguir duas horas de sono – um verdadeiro milagre, pelo meu próprio julgamento – me sinto tão disposto e tranquilo que quase cantarolo uma das músicas deles. Posso até estar enlouquecendo, mas não me importo.

— A respeito de quê?

— Sobre eu ficar no ônibus com você. — Exasperada, agita o braço.

Ela é mesmo adorável. E tão fantasticamente macia, curvilínea e calorosa. Deus, ela é aconchegante quando dorme, o seu aroma de torta de limão é mais intenso e, de alguma forma, mais terroso. Estou tentado a dar meia-volta e exigir mais um tempo de cochilo.

Tenho de me obrigar a prestar atenção.

— Você não quer que eles saibam?

— Bem — ela hesita. — Não sei. É só que...— Os olhos castanhos se estreitam em minha direção. — Quer que eles saibam que você precisa de mim para conseguir adormecer?

— Não particularmente.

Ela para no limiar da sala. Ninguém nos notou ainda, por isso temos um pouco de privacidade.

— Eles vão pensar que estamos juntos.

Um rubor adorável cobre as suas bochechas redondas. O meu dedo coça para acariciá-las.

— E isso seria um problema? — eu me pego perguntando.

Os lábios carnudos se abrem, depois se fecham antes que ela responda.

— Será problema se for uma mentira. E, não, não gosto da ideia de pessoas com quem trabalho fofocando sobre nós dois.

— Compreendo. — Com um aceno de cabeça, viro em direção à sala. — Oi, escutem aqui. Sophie vai viajar comigo no meu ônibus. E o motivo não é da conta de vocês, então é melhor eu não ouvir nem uma palavra sobre o assunto. Entendido?

Ao meu lado, Sophie emite um guincho estrangulado que parece o som de um esquilo se afogando.

No entanto, os meus meninos apenas piscam e sorriem para mim.

— Bem, tudo certo então, Scottie — diz Rye. — Fico feliz em te ver tomando as rédeas da sua vida pessoal.

Ele balança a cabeça.

— Eu sabia, porra!

— Você não sabe de nada — Sophie sibila para ele.

Jax e Rye dão um toque de mãos.

— Você deve cinquenta dólares para cada um de nós, Killian.

— Merda, e eu tinha muita certeza de que ele iria aguentar mais. Muito obrigado, Scottie. — Killian me encara.

Esse cuzão.

— O que eu falei sobre especulação? — aviso. — Mais uma palavra e eu farei vocês todos gravarem um vídeo musical com dança sincronizada, mais rápido do que conseguem dizer *Backstreet Boys*.

Whip levanta uma mão.

— Nossa! Okay, entendi. Vocês dois são uma parede impenetrável que ninguém deve contemplar. Não precisa dar uma de Simon Cowell com a gente.

Não tenho tempo para ver a reação dos outros. Sophie belisca minhas costelas.

— Ai! Você se importaria de me soltar? É uma mistura de seda e lã. Você vai amassá-la.

— Eu vou é acabar com ela. — Furiosa, me encara com os olhos faiscando como brasas. — Você acabou de nos expor completamente.

— Eu disse para eles não falarem sobre isso.

Ela enruga o nariz.

kristen callihan

— O que significa que eles vão falar ainda *mais*.

— Não, eles não vão.

— Sim, nós vamos! — grita Rye.

Aponto para ele.

— Comece a praticar seu Running Man.

— Alguém mais ficou impressionado por ele conhecer movimentos de dança?

Sophie me cutuca com o dedo, pontuando cada palavra.

— Isso é tudo culpa sua.

Brenna toma a própria decisão de caminhar até lá. O seu sorriso é largo e presunçoso.

— O que foi que eu te disse, garoto Scottie? Contrato as melhores pessoas.

A pobre Sophie agora está vermelha como uma beterraba. Sinto uma pitada de arrependimento por tê-la colocado em uma posição embaraçosa. Mas eu conheço estas pessoas. Elas são a minha família. São mais que família. Provocações à parte, eles farão o que eu pedir, até porque eu nunca pedi nada pessoal.

Gostaria de dizer isso à Sophie agora, mas acho que a envergonharia ainda mais. Por isso, me contento em olhar para ela e colocar toda a minha terna gratidão na voz.

— Sim, Brenna, você contrata.

A minha recompensa é a expressão de Sophie que suaviza e se ilumina. Alguma coisa se rompe dentro do meu peito. Eu não sei o que é, mas de uma coisa eu sei: a minha madame tagarela não tem ideia de onde se meteu. Porque não vou deixar que ela vá embora.

s o p h i e

— Você está animada com a turnê? — Jules pergunta enquanto nos esparramamos na grama do parque *West Princes Street* em Edimburgo.

Acima de nós tem um céu azul raro e sem nuvens. Se eu levantar a cabeça, verei a imponente formação rochosa do *Castle Rock* erguendo--se quase verticalmente da terra, com o majestoso e estendido Castelo de Edimburgo situado no seu topo.

Ontem à noite, a Kill John tocou na Esplanada do castelo, que é um estádio aberto em forma de U no topo do *Castle Rock* com a fortaleza como pano de fundo. Nunca assisti a um show assim, com as luzes cintilantes da cidade abaixo de nós, e o castelo de aparência medieval criando uma atmosfera de atemporalidade, enquanto a Kill John levava os fãs ao delírio. A minha pele ficou toda arrepiada.

Depois de tirar algumas fotos dos caras ensaiando no estúdio de gravação esta manhã, ganhei o resto do dia de folga. Como Jules também tinha tempo livre e eu estava muito preocupada com a perspectiva de morar com Gabriel, eu a convenci a fugir comigo e passear pela cidade até partirmos, mais tarde esta noite. E assim aproveitamos ao máximo, absorvendo os raios do sol que brilha neste lindo dia.

— Totalmente — respondo, abrindo um olho para conseguir vê-la. — Mas esta não é sua primeira turnê. Ainda te causa alguma emoção?

— Claro que sim. É para isso que vivo. — Ela vira em minha direção. Sob a luz do sol, observo que os seus olhos castanhos também têm uns traços verdes. — É mais do que uma carreira; é um sonho realizado. E um dia, serei responsável pelas minhas próprias bandas.

— Eu te invejo. Não tenho um sonho assim.

Jules rola de lado para me encarar, e apoia a cabeça na grande bolsa hobo verde, que sempre carrega.

— O que você quer dizer?

Enquanto penso em como explicar, um mímico trajando um smoking para no largo caminho e coloca um rádio portátil que começa a tocar "Thriller" de Michael Jackson. Eu observo a dança dele e luto contra um sorriso. No final do parque, perto da fonte Ross, um cara de kilt toca gaita de foles. A música deles se mistura em um choque de sons desarticulados. É maravilhosamente horrível, e eu nunca teria experimentado se não tivesse arriscado e entrado naquele avião com poucas informações para seguir.

— Eu nunca tive um emprego dos sonhos — digo a Jules, assistindo a dança da mímica. — Nunca tive uma grande ambição. E, às vezes, me pergunto se é um defeito meu.

— Não é um defeito seu — diz Jules, de forma sentimental. — Talvez você apenas não tenha encontrado o que gosta de fazer.

kristen callihan

Eu balanço a cabeça e sorrio.

— Não, não é isso. Eu simplesmente não me importo com o que faço, desde que possa viver a vida, ser feliz e desfrutar de novas experiências. Ganhar dinheiro é ótimo porque me ajuda a viajar, coloca um teto sobre a minha cabeça. Mas no fim das contas? Não sou, nem nunca serei ambiciosa. — Dou de ombros e puxo uma folha de grama verde brilhante do chão. — Sabe o que é pior? No futuro, quero ter um lar para dividir com alguém que me entenda completamente, alguém de quem eu não consiga tirar as mãos. Quero bebês e decorar a minha varanda no Halloween e no Natal.

Jules franze a testa.

— Por que isso é tão ruim?

— Tudo bem, não é *ruim* em si, mas todos os meus colegas parecem ter essa vontade de deixar a sua marca no mundo. E aqui estou eu pensando que uma coisa simples como esta... — Estico o braço em direção à imponente encosta da colina, que parece uma pintura vitoriana. — É algo pelo qual vale a pena viver.

Jules observa a cena diante de nós, e um sorriso suave ilumina o seu rosto.

— Bem, então, eu te invejo mais. Porque eu deveria viver o momento. Me preocupar com o que poderia dar errado no futuro me dá azia pra caralho. — Ela ri, e os cachos fúcsia saltam ao redor do seu rosto. — E eu realmente preciso parar de me preocupar em decepcionar o Scottie.

— Isso é fácil — eu digo. — Basta lembrar que ele só late.

Meu Deus, adoro quando ele late, e me deixa toda arrepiada e excitada. O que deveria me mostrar que estou completamente louca.

Jules certamente me olha como se eu fosse.

— Garota, eu já senti a mordida dele. Acredite em mim, é real e assustadora. — Mas então ela estremece. — Merda, eu esqueci que você está com ele agora.

— Relacionando com o inimigo, você quer dizer? — provoco.

— Tipo isso. — No entanto, não parece se sentir incomodada de verdade.

Apoio o antebraço sobre a testa.

— Em primeiro lugar, eu não estou com ele. Estamos... bem, é complicado.

— Não me diga.

Eu rio.

— Okay, muito complicado. Mas mesmo que estivesse com ele, não tomaria partido nem discutiria nada do que disséssemos.

GERENCIADO

— Merda, sinto muito — diz Jules, com um suspiro. — Eu não quis dizer isso, sabe. Estou apenas... bem, estamos todos admirados por você e o Scottie serem... complicados.

Eu sabia que haveria conversas paralelas, apesar da noção insana de Gabriel de que se ele decretasse silêncio, eles obedeceriam. Homem iludido. A confusão de Jules não me surpreende. Por mais estranho que pareça, eu realmente não me importo se todos eles especulam ou não entendem. Porque em contrapartida, esta noite vou dormir na cama de Gabriel.

Uma ansiedade quase vertiginosa faz cócegas em minha pele e causa um aperto na minha barriga com a ideia de ficar agarrada com Gabriel; deitar com ele é uma experiência que envolve o corpo inteiro. Ele é grande o suficiente para me fazer sentir pequena e delicada. No entanto, a necessidade que ele tem da minha presença me faz sentir forte e digna.

Encostar-me naquele corpo rígido será uma tortura. Os meus lábios se aproximam muito da sua pele lisa, firme e levemente quente. Adoro o cheiro dele e o ritmo constante da sua respiração. Esses momentos já estão marcados de forma permanente na minha memória e na minha pele.

Acima de tudo, adoro ver um lado dele que ninguém nunca viu. Desejo conhecer este homem. Acabei de dizer a Jules que quero viver o momento, mas, pela primeira vez em anos, olho para o futuro com uma pitada de melancolia e um pouco de medo.

Fecho os olhos quando *"Thriller"* começa mais uma vez.

— Não sou muito boa em coisas complicadas — falo para Jules. — Mas, por Gabriel, estou disposta a tentar.

— Pelo bem dele, espero que você seja bem-sucedida. — O carinho que ouço na voz dela me faz pensar que gosta mais do Gabriel do que está disposta a admitir. — Porque esse homem precisa de uma vida social mais do que qualquer pessoa que eu já conheci.

kristen callihan

CAPÍTULO ONZE

s o p h i e

Eu espero até o último segundo para entrar no ônibus de Gabriel. O crepúsculo se instalou sobre o estacionamento onde os carros já estão ligados, uma caravana sinuosa que abriga a turnê da Kill John. O de Gabriel está no final, um tubo preto brilhante em contraste com o céu alaranjado.

O seu motorista, um senhor mais velho muito simpático chamado Daniel, me cumprimenta com um aceno e um sorriso.

— Conseguiu por um triz.

Acho que ele sabe que eu estava protelando.

— Obrigada por nos conduzir — falo da porta. — Você precisa de alguma coisa? Café? Jantar?

— Não, senhorita. Estou muito bem instalado lá na frente. O Scottie se certifica disso.

Assim como ele deveria, já que ele conta com o Daniel para nos manter vivos e seguros enquanto dirige a noite toda. Perguntei à Brenna sobre os motoristas. Eles dormem durante o dia em qualquer hotel onde fizermos uma parada e dirigem a noite toda quando voltamos para a estrada. A maioria deles esteve em várias turnês com a banda.

Então, novamente, Gabriel realmente garante que todos os pequenos detalhes da turnê sejam cuidados. Hoje mais cedo, ele pediu à Sara, uma das estagiárias, para arrumar as minhas coisas enquanto eu me divertia com Jules, e as guardasse no ônibus dele. Você poderia pensar que eu acharia uma invasão, mas, na verdade, carrego a minha vida dentro da mala e, não ter que passar pela difícil tarefa de desembalar, perguntando onde deveria colocar isso ou aquilo enquanto ele olha, é um alívio.

Em vez disso, recebi uma mensagem da Sara me dizendo onde colocou cada coisa. Eu a agradeci abundantemente e enviei um Cartão-Presente

Virtual da *Starbucks*. O prazer dela em ter um *frap* gratuito me faz pensar em enviar cartões-presente para toda a equipe do Gabriel. Parece que todos eles, constantemente, giram como engrenagens na máquina bem ajustada da Kill John, com Gabriel no comando. E embora ele não seja cruel, também não distribui elogios pelos esforços deles. É claro que ele espera que os trabalhos – inclusive os dele – sejam bem-feitos na primeira vez.

Os outros ônibus fecham as portas, e todos estão preparados para a viagem.

Não posso mais protelar, então, depois de desejar boa-noite a Daniel, subo para o relativo frescor e silêncio do ônibus e fecho a porta atrás de mim com um estrondo definitivo. O interior intocado está vazio e Gabriel não está à vista. Admito, estou desagradavelmente chocada. Eu esperava encontrá-lo relaxando numa cadeira, com sua graça felina e uma expressão vagamente repreensiva. Ele está atrasado?

Eu olho em volta enquanto o ônibus se move para frente. Apoiando as pernas, espero até me acostumar com o balanço suave. Estou prestes a chamar, ou quem sabe ligar para Daniel e dizer que o seu chefe ficou para trás, quando ouço a voz profunda de Gabriel vindo do quarto.

— Já não era sem tempo. Estava tentando perder o ônibus, Darling?

O alívio me inunda com tanta força que preciso me apoiar na bancada da cozinha.

— Eu gosto de estar elegantemente atrasada! — grito de volta.

— Lembre-se — ele retruca, ainda falando das profundezas do quarto. — A caravana não espera por ninguém.

— Ela acabou de esperar por mim. — Eu caminho em direção ao quarto, mas paro bruscamente no limiar. Por um segundo, apenas fico de boca aberta com a visão que me saúda. É tão chocante que eu viro para procurar as câmeras escondidas, pensando que poderia ser uma pegadinha.

— Por que você está olhando desse jeito? — diz Gabriel lentamente, sem tirar os olhos da televisão.

— Apenas me certificando de que eu não entrei em uma realidade alternativa.

— Divertida como sempre, Darling.

Quem pode me culpar por ser desconfiada? Gabriel Scott tirou o seu terno e usa uma camiseta térmica leve, de mangas compridas e uma calça de moletom preta. É bastante surpreendente, mas pelo menos eu já vi antes. O fato de ele estar deitado na cama, enquanto come algum tipo de sobremesa de uma tigela, é o que me deixa abismada.

kristen callihan

— Você está me encarando — diz, secamente, enquanto ele...

— Você está assistindo Buffy? — A minha voz sai como um leve guincho.

Ele revira os olhos.

— Vai ter que conviver com isso.

— Só estou muito... — bato a mão no meu peito. — Você tem certeza de que não é uma pegadinha?

Ele solta um bufo.

— Você não é famosa, então não. Eu, por outro lado, me pergunto se não está aqui para me pregar uma peça.

Estou tão feliz que mal consigo deixar de sorrir como uma louca enquanto tiro os sapatos e me arrasto até o final da cama.

— Se fosse pregar uma peça em você, eu trocaria todos os seus ternos por poliéster.

Com isso, os olhos dele finalmente encontram os meus, e a sua pele fica pálida.

— Isso é cruel, Darling.

— Pare de me chamar assim. — Eu roubo a colher da mão dele.

— É o seu nome.

— Tem certeza de que é por isso que você está me chamando dessa forma? — pergunto com desconfiança, enquanto ele afasta a tigela do meu alcance.

— O que mais poderia ser? — Há um brilho nos olhos dele que me leva a responder com uma voz cantada.

— Um apelido carinhoso? Declarando o seu eterno *amorzin* por mim. Ele enruga o nariz.

— Você vai me fazer perder a vontade de comer o meu pudim.

— Pudim? É isso que está comendo? — Eu avanço na tigela, mas ele é rápido demais, e acabo esparramada em cima do seu peito.

Nós dois congelamos: eu seguro a colher com uma mão, enquanto a outra está pressionada contra o seu peitoral musculoso, e ele continua com um braço esticado e o outro fica preso embaixo de mim.

Sua respiração é forte e profunda enquanto ele olha para mim. A minha atenção se volta para os lábios dele, lindamente desenhados e levemente entreabertos. Como seria o seu beijo? Será que ele começaria devagar, dando umas mordidinhas para testar as águas? Ou seria do tipo que vai fundo e toma posse da minha boca com a dele?

Um calor intenso invade o meu corpo, fazendo o meu estômago se agitar.

GERENCIADO

As pálpebras de Gabriel se fecham e ele prende a respiração.

Ao fundo, alguém grita o nome de Buffy. É o suficiente para me tirar de qualquer nevoeiro para onde o toque de Gabriel tenha me puxado.

— Você tem cheiro de torta de maçã — eu sussurro de forma incoerente.

O olhar dele vai da minha boca até os meus olhos.

— É *crumble*. *Crumble* de maçã.

— Por que você falou que era pudim?

— É como os britânicos dizem sobremesa. — Ele ainda está encarando a minha boca. Sobremesa mesmo.

Meus lábios se abrem, ficando inchados por pura luxúria.

— Eu quero um pouco.

Engolindo de forma audível, lentamente toma a colher da minha mão. Eu não tiro a atenção dos seus olhos quando ele pega um pouco de *crumble*.

A colher treme um pouco. O metal fresco desliza pelo meu lábio inferior e o *crumble* quente enche a minha boca. Eu mal seguro um gemido, fechando os meus lábios ao redor do talher enquanto ele lentamente o puxa de volta. Ele grunhe em resposta, um som curto e desamparado que é abafado rapidamente.

— Delicioso — digo, lambendo o canto dos meus lábios.

A parede baixa mais uma vez e ele volta ao seu estado implacável. Com mãos gentis, ele me move para o lado.

— Chegue para lá — diz, suavemente. — Você está me fazendo sentir falta de Buffy.

Levo um momento para me acalmar. Eu afasto o cabelo do meu rosto e volto a me aconchegar na pilha de travesseiros apoiados na cabeceira da cama.

— Eu não posso acreditar que você está assistindo isso. Com orgulho, inclusive.

Ele encolhe o grande ombro e volta a comer o seu *crumble*.

— Você está morando aqui agora; eu não teria como esconder as minhas preferências. E não estou prestes a renunciar aos pequenos prazeres que posso desfrutar.

— Se empolgar com séries de ficção científica e saborear sobremesas? — Faço um som de diversão. — Tente se conter, cara festeiro.

Ele me lança um olhar.

— Nos primeiros anos de existência da Kill John, eu fodi, bebi e festejei pelo mundo. Posso dizer com segurança que estou cansado e completamente entediado dessa vida.

A minha mente falha ao ouvir o verbo *foder* saindo dos lábios dele, com esse sotaque nítido. Ele já usou a palavra antes, mas foi em um momento de discussão. Agora estou prestando atenção. Estou tão tentada a pedir para ele repetir, que preciso morder o interior da minha bochecha.

— O que significa esse olhar? — ele pergunta, percebendo o meu esforço. — Eu conheço muitas das suas formas de olhar. Mas essa não.

— Você conhece os meus olhares? Acho que não.

Gabriel me cutuca com o cotovelo.

— Você está corando.

— De jeito nenhum! — As minhas bochechas estão queimando.

O leve grunhido do seu divertimento faz os pelinhos dos meus braços se eriçarem, e os meus mamilos enrijecerem. Droga. Ele não tem permissão para me afetar assim.

— Os caras estavam me enchendo o saco — solto, com o meu bom senso enfraquecido pela proximidade dele. — Por sua causa. Eles insinuaram que, quando se trata de sexo, você é frio como um peixe. Que você não… eh… pratica mais.

Meu Deus, não consigo olhar para ele. Eu me preparo para a sua ira, mas ele ri. Não de uma forma longa ou muito alta, mas o seu peito treme e ele passa a mão sobre o rosto enquanto tenta se controlar.

— E você, pensou o quê? — pergunta, com os olhos brilhando de alegria. — Pensou que eu fosse virgem?

— Não. — Eu chuto seu pé com suavidade. — Não. Eu só…Gah! Você falou sobre *foder*, e me lembrei.

— De foder? — ele pergunta, com um sorriso grande o suficiente para mostrar os seus dentes brancos.

Desvio o olhar para não me encantar mais.

— Eu te odeio.

— Não, não odeia — provoca em um tom tão diferente dele, e tão parecido *comigo*, que encontro o seu olhar.

— Não, eu não odeio — concordo baixinho.

E é a vez de ele se contorcer. Ele ataca o seu *crumble* com a colher, mas não pega nem um pouco.

— É verdade? — Não consigo evitar a pergunta. — Você está… se abstendo?

— Jesus — diz ele, deixando a colher bater na lateral da tigela. — Por favor, pelo amor do meu apetite, pare de tentar se expressar de forma delicada, madame tagarela. É doloroso de testemunhar.

Ele ficaria muito bem usando essa sobremesa nesse momento.

— Então responda à pergunta, Raio de Sol.

Por um segundo, acho que vai recusar, mas ele suspira em derrota e recosta na cabeceira da cama.

— Sexo para mim sempre foi — ele franze a testa como se tentasse pensar em uma explicação, depois dá de ombros —... uma libertação, eu acho. Satisfação mútua, intensa e rápida, mas impessoal.

Na verdade, não deveria ser atraente, mas é – pelo menos quando eu o imagino na prática. Ele é forte o suficiente para ser brutal, da melhor maneira possível. Eu também me sento, cruzando as pernas à minha frente.

Gabriel continua em um tom indiferente.

— Vivendo nesse meio e tendo a minha aparência, fica fácil gozar quando e como eu quiser. Não vou mentir. Eu sempre aproveitei disso. Mas então veio a história de Jax. — Ele encara as próprias mãos, enquanto elas apertam ao redor da tigela. — Tudo parecia errado, repulsivo. Como se aqueles ao nosso redor fossem mentirosos e todos estivéssemos contaminados com mentiras. A quantidade de supostos amigos íntimos que saltaram do navio e viraram as costas para Jax foi impressionante.

Ele olha em minha direção e vejo a borda avermelhada dos seus olhos.

— Não me entenda mal, eu já esperava por isso. Eu simplesmente não imaginava que fosse me incomodar.

— Claro que sim. Eles são a sua família. Qualquer pessoa consegue ver o amor que você sente por eles.

Ele para como se estivesse absorvendo as minhas palavras.

— A maioria das pessoas acredita que sou incapaz de ter qualquer sentimento.

A indignação atravessa o meu peito como um punho em chamas. Nesse momento, seria capaz de ir à guerra por este homem. Mesmo se ele odiasse cada segundo. Nenhuma pessoa deveria ter que enfrentar o mundo sem alguém ao seu lado. Especialmente alguém tão dedicado como Gabriel.

— Idiotas — resmungo.

Ele balança a cabeça, lentamente.

— Não, amor, é o que eu quero que eles vejam.

— Isso não te incomoda?

— Ajuda. Nunca fui particularmente afetuoso. Mas depois do que aconteceu com Jax, não suporto que ninguém me toque. Especialmente estranhos. Me causa arrepios, me sinto sufocado.

Com um gemido, caio nos travesseiros.

— E lá estava eu no avião, me envolvendo como filme plástico ao seu redor.

Ele curva a boca e me olha por baixo dos cílios grossos.

— Sim, bem, estou totalmente curado de você. Chame isso de prova de fogo. Ou terapia de aversão.

— Adorável. Agora me sinto toda quente e aconchegada. Não. — Eu levanto uma mão. — Não esconda os seus verdadeiros sentimentos.

Ele bufa e agarra a minha mão, envolvendo os seus dedos longos nos meus muito menores. Ele me dá um aperto e, gentilmente, coloca a minha mão na minha coxa e afasta a sua.

— Não considerando a nossa situação, o contato casual me irrita e, sendo assim, o sexo sem compromisso não me interessa mais. Na verdade, agora eu o acho repulsivo.

Provavelmente não é certo estar aliviada. Mas se eu testemunhasse encontros dele durante a turnê, não sei como lidaria com isso. Além de não haver diversão em sentir ciúmes, também é difícil de controlar. Ainda assim, também me incomoda pensar nele se resignando a ficar sozinho.

— Qual a sua opinião sobre ter um relacionamento? — pergunto.

— A maioria das pessoas consegue me aborrecer.

Eu rio, mas o meu coração dói.

— Isso você deixa muito claro.

Uma careta franze as sobrancelhas grossas dele.

— Nunca fui carinhoso ou normal, Sophie.

Ele fala como uma advertência, ou talvez um distintivo de honra. E, no entanto, sinto a preocupação ao fundo, como se temesse ser defeituoso. Particularmente, conheço esse medo muito bem.

— Ei, o que é normal, afinal? Todos somos meio malucos.

— Uns mais do que outros — ele não consegue deixar de murmurar, com um sorrisinho provocante nos lábios. — E eu não tenho o hábito de comer sobremesa. *Crumble* é especial.

Isso chama a minha atenção.

— Como assim?

Antes de responder, ele mexe em sua sobremesa com um sorriso misterioso.

— Mary fez para mim.

— Mary. — O nome deixa um gosto amargo na minha boca.

Ele me olha com as sobrancelhas se unindo, antes que a alegria suavize a sua expressão.

— Mulher gloriosa. Excelente confeiteira. A melhor, na verdade.

— Eu prefiro torta de maçã.

O filho da mãe passa, preguiçosamente, a língua na colher. Ignoro aquela língua. E aqueles lábios firmes meio brilhantes por causa do recheio de maçã e canela.

— Típico de americanos. Não se preocupe, amor. Tenho certeza de que Mary também sabe fazer uma torta deliciosa.

— Talvez devesse pedir a *ela* para dormir com você à noite. Então você vai poder comer a sua torta também.

— Boa sugestão, Maria Antonieta. Só acho que ela me recusaria. Vive me dizendo que sou muito jovem para ela. — Ele encolhe os ombros. — As mulheres de oitenta anos são assim, meio espinhosas.

Irritada, tomo a colher da mão dele e pego um pouco do seu amado *crumble* enquanto ele ri, enrugando os cantos dos olhos. Não acredito que caí na sua provocação.

— Imbecil — falo com a boca cheia.

— O ciúme cai bem em você, Srta. Darling. Te deixa toda corada e ofegante.

— Imbecil iludido — eu rebato. Quando ele não para de sorrir, cutuco o seu peito. — Então, por que *crumble* é tão especial?

Toda a felicidade presunçosa desaparece do rosto dele, e o meu peito aperta de arrependimento. Ele desvia o olhar quando fala.

— A minha mãe costumava fazer para me agradar. O único que encontrei que tem um gosto parecido com o dela foi o da Mary, que é dona de uma padaria aqui. Eu sempre peço um lote quando venho para a cidade.

Sinto vontade de perguntar sobre a sua família e porque a mãe não faz *crumble* para ele. Mas a agitação o envolveu como um pesado cobertor do qual ele está tentando se livrar. Não posso me forçar a cutucar essa ferida.

Com uma tranquilidade fingida, eu pego a tigela da mão dele, sem resistência, e me sirvo de mais um pouco do *crumble*. O sabor é intenso, amanteigado, picante e crocante.

Meio que como o próprio Gabriel.

— Bem, então — comento, com a boca cheia. — Você perdeu todos os pontos por ser Team Jacob.

Ele bufa.

— Nesse caso, vai ter que se redimir. — Aceno a colher de forma ameaçadora. — Quem foi melhor para Buffy? Angel ou Spike?

Gabriel pega a colher e a tigela de volta.

— Angel é o sonho de toda adolescente, cheio de suspiros tristes e angústia mental. Spike é para quando ela crescer e perceber que a satisfação está ao alcance dela.

O meu sorriso se abre lentamente.

— Você, senhor, é um romântico.

Ele me olha com afronta.

— Acabei de dizer que toda aquela baboseira romântica é infantil.

— Só um romântico pensaria tanto nessa resposta.

— Você me irrita — ele resmunga, sem calor. — E para o registro, eu menti a respeito de Jacob. Acho que ambos são idiotas.

Eu rio sem parar, amando a maneira como ele eventualmente me cutuca com o cotovelo. Pego uma tigela de *crumble* para mim, sirvo mais um pouco para ele, depois me acomodo ao seu lado para assistir Buffy.

Eu me sinto com dezesseis anos de novo, no porão dos meus pais, com o cara mais bonito da escola. Só que estou sob lençóis de mil dólares em um ônibus de um milhão de dólares, viajando pela Europa. E Gabriel não é um adolescente.

O seu corpo longo e esbelto se espalha na cama em completo repouso. Preciso ignorar para não me precipitar, deslizar a mão pelo abdômen rígido e colocá-la dentro do moletom folgado.

Quando ele estende o braço, pega o controle remoto e desliga a TV, eu estou completamente desnorteada. A minha boca seca, e o meu coração tenta saltar de dentro do meu peito.

— Você pode se lavar primeiro — ele oferece, com a voz contida e sem me encarar completamente.

Se Gabriel não estivesse esperando a sua vez, eu ficaria enrolando no banheiro por muito mais tempo. Como ele está, eu lavo o rosto, escovo os dentes e visto a camiseta e o short mais folgados que consigo encontrar.

Com o rosto queimando, me apresso para debaixo das cobertas. Toda desajeitada e atrapalhada, deixo um travesseiro cair no chão, na tentativa desastrada de puxar o lençol até o nariz.

Espero em total silêncio enquanto ele usa o banheiro. E quando ele sai, não consigo reunir coragem para observá-lo se aproximar da cama. É muito íntimo, real demais.

Gabriel é muito mais gracioso em deslizar para a cama. Eu me encolho, imaginando que, ao contrário de mim, ele provavelmente não está perturbado. Por que deveria estar? Ele deixou claro que não sou nada além de uma companheira de aconchego. Provavelmente estou classificada entre um bichinho de pelúcia e travesseiro de grandes dimensões.

O quarto mergulha no escuro. Consigo ouvir a minha respiração – muito rápida e alta demais. Consigo ouvir a dele – muito estável e controlada demais.

Porra. O que eu estava pensando? Não posso fazer isso.

O silêncio é tão denso que me sinto sufocada.

Gabriel vira em minha direção, e eu imediatamente rolo para o outro lado, dando as costas para ele. É uma questão básica de autopreservação. Se ficarmos cara a cara agora, não sei o que vou fazer. Mas tenho quase certeza de que eu acabaria ficando completamente envergonhada.

Ele não parece se importar. Não, ele chega mais perto. Arrepios percorrem a minha pele quando o corpo dele entra em contato com o meu. Um braço pesado e musculoso se posiciona ao redor da minha cintura. E eu esqueço de respirar.

O que diabos está errado comigo? Cochilei com ele mais cedo e correu tudo bem. Bem, não foi *ótimo*. Eu queria ficar nos braços dele para sempre. Mas eu não estava tão confusa.

Eu não lutava contra um arrepio como agora.

Seu hálito quente acaricia o topo da minha cabeça.

— Relaxe, Sophie.

Eu solto um suspiro.

— Estou tentando.

A voz dele é um sussurro no escuro.

— Você está desconfortável?

Desconfortável? Ele pressiona a sua mão enorme na minha barriga, sentindo a leve saliência, o que é um saco. Mas a forma como a mantém lá, me faz pensar que ele não percebe, ou gosta do que sente. Pensamento positivo.

E depois há o fato de ele estar tão perto. Basta eu me virar, para ficar enrolada nele como um papel de presente.

— Não. — Minha voz sai como um chiado. — Estou bem.

Posso senti-lo acenar com a cabeça. A cama range quando ele se aproxima. E então eu o sinto.

Oh, inferno do caralho. Apenas não. Ele não pode fazer isto comigo.

É grande, duro, e está cutucando a minha bunda.

Nós dois congelamos. Bem, Gabriel congela. O pau dele? Ele me cutuca outra vez e aquela cabeça chata empurra a minha lombar, como se quisesse dizer olá.

— Reação involuntária — diz Gabriel, com a voz sufocada. — Ignore.

O membro ereto diz o contrário.

Engulo em seco.

— O seu pau duro está cutucando a minha bunda. Eu não poderia ignorar mais se batesse com ele na minha cara.

Ele fica imóvel, e um som borbulha na sua garganta. Quando estou prestes a pedir desculpas por ter sido tão grosseira, ele começa a rir.

Oh, e como ele ri. Ele gargalha com todo o corpo, sacudindo a cama enquanto se joga de costas e simplesmente ri. A risada solta, profunda e contagiante é tão diferente de seu comportamento reservado de sempre, que me pego sorrindo.

Sob a luz fraca, o seu corpo é pouco mais do que uma silhueta, e os seus dentes causam um brilho branco no rosto. Ele limpa os olhos, dando risadinhas, resmungos e gargalhadas como um garoto animado. E eu adoro cada segundo.

Gabriel deveria ser sempre assim, desinibido e livre. E se eu tiver que sofrer com o seu pau cutucando a minha bunda todas as noites para ele ser assim, estou mais do que disposta a fazer o sacrifício.

gabriel

Fazia tanto tempo que eu não ria assim, que os meus abdominais ficaram doloridos. Aparentemente, os exercícios matinais não trabalham os músculos do riso. Essa dor é diferente. Agradável e plena, como se a exaustão provocada pela alegria me trouxesse de volta algo que eu havia perdido. Descanso a mão no meu estômago e olho para o teto, esperando a sensação se acomodar.

Sophie deixa a cabeça repousar nos travesseiros ao meu lado, chamando a minha atenção. O seu jeito radiante de me olhar causa a impressão de que eu fiz a sua noite. A beleza dela é tão incrível que eu fico sem ar.

Esta garota. Eu seria capaz de me perder por ela. Quem poderia imaginar?

O meu sorriso desaparece no momento que a realidade se instala, dura e desconfortável.

— Madame tagarela, o que estamos fazendo?

A luz em seus olhos diminui.

— O que você quer dizer?

— Isso. — Eu aponto para os nossos corpos e suspiro. — Te pedir para ser a minha companheira de sono. Foi um erro.

— O quê? — Ela se apoia nos cotovelos, movendo-se em direção à luz que entra pelas janelas. — Por quê? O que está acontecendo, Raio de Sol?

Eu odeio ver a aflição que obscurece o seu rosto meigo, mas estou fazendo um favor para nós dois. Aperto os cantos dos meus olhos para evitar uma dor de cabeça que se aproxima.

— A falta de sono alterou o meu julgamento. Foi injusto pedir que dormisse comigo como a porra de um cobertor de segurança, noite após noite.

— Gabriel...

Não suporto a suavidade quase piedosa que ouço em sua voz, e a interrompo.

— Somos adultos, não crianças. Dormir juntos todas as noites criará expectativas. Erros.

O silêncio paira. Não quero ver a expressão dela.

— Estou atraído por você — eu deixo escapar. O calor toma conta das minhas bochechas enquanto a frustração me consome por dentro.

Sophie engole em seco e eu me arrisco a olhar. Os olhos arregalados me percorrem, mas um sorriso curva os seus lábios. Detesto esse sorriso. É esperançoso demais.

— Sophie, eu não estou pronto para relacionamentos. Nunca estive, nem nunca quis estar.

Ela enruga o nariz.

— Na minha opinião, parece bem solitário.

Estou começando a concordar com isso.

— Sou muito ocupado para me sentir sozinho. — Também é verdade. Os meses podem passar num piscar de olhos, e eu nem vou perceber.

A cama range quando ela se aproxima. O doce aroma de limão me envolve. Eu conheço a delicadeza da sua pele e a suavidade do seu corpo. Permaneço imóvel, recusando a me agarrar a ela.

O seu rosto paira sobre mim.

kristen callihan

Não faça isso. Não se balance na minha frente como se fosse uma cenoura. Estou me segurando por um fio aqui.

Fecho os olhos. Os seus dedos delicados tocam o meu ombro.

— Quer saber a verdade, Gabriel? Eu também me sinto atraída por você. Mas acho que já sabe disso.

Claro que eu sei. E isso só aumenta a tentação. Seria fácil demais usá-la. Sophie merece mais do que isso.

— Este trabalho é a minha vida e tem todo o meu foco — digo. — A turnê é longa e apertada. Não tenho como me preocupar com mágoas e arrependimentos. E não posso ser casual com você, Sophie. Você merece muito mais.

Sua voz é gentil e atenciosa.

— Eu entendo. Eu também não quero ser casual. Estou farta de ser a diversão de alguém. Eu quero mais.

Fico orgulhoso por exigir uma coisa melhor. Ainda não consigo olhar para ela.

— Por isso eu falei que tinha sido um erro da minha parte, te pedir algo assim.

Ela murmura em concordância. E mesmo que eu tenha esclarecido tudo, odeio esse som. Não quero que ela vá embora. Visualizo noites solitárias, frias e insones à frente. Posso não sobreviver a elas. Estou mais relaxado do que há mais de um ano e ainda não tive o prazer de dormir ao lado dela.

— A questão é que...— diz ela. — Eu não quero voltar para o outro ônibus.

Eu me viro bruscamente em direção a ela, sentindo uma contração interior.

Ela me encara sem hesitação.

— Eu gosto de estar aqui com você. E quem sabe... bem, pode ser que eu também precise disso. Talvez necessitemos um do outro para o que quer que haja entre nós. — Um rubor tinge as suas bochechas arredondadas. — Então, talvez possamos não analisar nem criar expectativas. Vamos apenas...não sei... curtir.

— Curtir — repito como um papagaio atordoado.

— Sim — ela sussurra com um sorriso encorajador. — Assistir programas cafonas na televisão, comer sobremesas...

— Na verdade, sobremesa foi uma coisa única.

— Está na lista, amigo. Esses quadris não crescem sozinhos.

— Eu não gostaria de ser responsável pela sua morte — murmuro. *Não, não flerte. Não pense na bunda espetacular dela.*

Ela sacode as sobrancelhas. O que é adorável e ridículo ao mesmo tempo.

— E nós nos abraçamos.

Eu quero esses abraços. Eu não me importo de parecer vulnerável ou tolo. Eu os quero o suficiente para ignorar o quanto eu adoraria rolar e me afundar profundamente no seu corpo. Por enquanto, consigo aguentar. Acho que posso suportar quase qualquer coisa, se puder descansar e tiver a companhia dela.

— Tudo bem. — A minha voz sai rouca, instável. Eu pigarreio de leve. — Então, suponho que só resta uma pergunta a fazer.

A tensão sai visivelmente do corpo dela com um suspiro, e ela descansa a cabeça na mão, me olhando com olhos inquisitivos.

— E qual seria?

— Você prefere o lado esquerdo ou direito da cama?

CAPÍTULO DOZE

gabriel

Não é difícil encontrar Liberty Bell James. Basta ir até Killian e a encontrará por perto. O local atual é o Estádio Charles Ehrmann em Nice, na França – sede do show desta semana – e onde a Kill John está realizando o teste de som.

No centro do corredor, Liberty descansa confortavelmente em um dos últimos assentos da fileira, aparentemente entretida com o *Candy Crush* em seu telefone.

Eu me encosto no assento à sua frente.

— Uma rede de televisão a cabo entrou em contato comigo esta manhã. Eles querem usar "*Reflecting Pool*" para a abertura de um dos seus programas nesta temporada.

Um leve rubor preenche as suas bochechas. A mulher não está totalmente confortável com o sucesso, mas vai chegar lá.

— Isso parece muito… comercial.

Sem dúvida.

— Na verdade, uma montadora de carros também quer usar "*Lemon Drop*". Penso que deveríamos dizer sim a ambos.

— Ugh. E corro o risco de me ouvir toda vez que ligar a televisão? — Ela enruga o nariz.

Cruzo os braços sobre o peito, mantendo os pés bem afastados. Eu vou ficar aqui por um tempo.

— Negociaremos uma cláusula para determinar quantas vezes o comercial poderá ser exibido e evitarmos a superexposição.

— Está perdendo o foco, Scottie.

— Eu acredito que seja você quem está perdendo o foco, Sra. James.

— Pela última vez, me chame de Libby ou Liberty, Scottie.

— Mas você é a Sra. James agora. Estou te tratando com o devido respeito.

Ela me dá um leve soco no braço.

— A sua formalidade está me matando, Sr. Scott.

— Por favor, mantenha-se no assunto em questão. Nesse momento da sua carreira, precisamos de exposição. Os comerciais de carros lançaram muitos artistas simplesmente porque as pessoas ouvem a música e querem comprá-los. Devo te lembrar da Sia?

— Como se eu pudesse te impedir — ela murmura.

— A série *A sete palmos* tocou "*Breathe Me*" em um episódio do caralho e a lançou nos EUA.

O queixo de Liberty se ergue em um resmungo teimoso, mas vejo a resignação em seus olhos.

— Eu entendo que você queira manter a discrição — eu digo. — É uma boa maneira de conduzir. Sem aparições em programas de entrevistas, reuniões da imprensa e coisas do gênero. Você simplesmente deixa outra grande fonte de mídia fazer o trabalho que seria seu.

Eu não menciono que planejo organizar uma pequena turnê quando o público começar a exigir isso dela. Com Liberty, passos de bebê são necessários. Mas, apesar dos seus protestos, ela realmente ama o palco. Killian está ciente dessa situação, e é por isso que eles vão se apresentar juntos em algumas músicas durante esta turnê.

— Tudo bem. Diga a eles que eu concordo.

— Entusiasmo, Sra. James. É isso que faz o meu dia.

Ela ri.

— Sim, aposto que sim. — Liberty se levanta e me lança um olhar prolongado. — E as suas noites? Como elas estão, agora que você tem uma colega de quarto?

Espertinha. Quero dizer para ela se preocupar com a sua vida. Mas agora estou pensando em Sophie. Como estão as coisas? Acordo com as mãos cheias de uma mulher gostosa e calorosa. Sinto o cheiro dela nas minhas roupas durante o dia inteiro. Mal tenho um momento de privacidade quando estou no meu ônibus ou em um quarto de hotel, e aguardo ansiosamente por isso. Estou começando a odiar o silêncio, porque ele é um sinal de que ela não está lá.

E estou rodeado de tudo o que é da Sophie. Os seus tênis surrados.

O equipamento da câmera. Maquiagens, escovas, loções e produtos para o cabelo.

De repente, sinto o colarinho me apertar.

— Diga-me, Sra. James — me pego dizendo. — Existe alguma razão para vocês, mulheres, sentirem a necessidade de lavar as roupas íntimas na pia e pendurar sobre o boxe do chuveiro como se fossem decorações natalinas profanas?

Mais cedo, fui confrontado com essa forma particular de tortura visual. Encontrei sutiãs de renda e calcinhas delicadas espalhadas por todo o lugar, quando tomei o meu banho matinal. O que eu deveria fazer? Jogar tudo no chão? Seria preciso tocar nelas.

Se vou colocar minhas mãos na calcinha de Sophie, com toda certeza será quando estiver no corpo dela. O colarinho aperta a minha garganta outra vez.

Liberty ri.

— É porque você não pode, simplesmente, jogar sutiãs e calcinhas de qualidade na máquina de lavar. Eles devem ser lavados à mão.

— Mas você precisa pendurá-las à mostra? — Inferno, agora sei exatamente o tamanho dos sutiãs de Sophie. Sou um mero humano. Eu olhei. Como poderia não olhar? Especialmente quando ela deixou aquela linda calcinha de renda branca com detalhes em fita escarlate. Era tão bem-feita que parecia manter a sua forma mesmo quando estava fora do corpo dela.

— Você desarrumou totalmente a sua gravata — diz Liberty, me trazendo de volta ao presente.

Eu baixo o olhar para ela, tentando afastar da mente a ideia de Sophie preferir calcinhas de cetim com detalhes em renda, que abraçam as suas belas nádegas.

Liberty abre um pequeno sorriso.

— Aqui, eu vou consertar. Sei o quanto detesta estar amarrotado.

Ela se move para endireitar a minha gravata, mas eu dispenso.

— Deixe isso.

Eu odeio receber muita atenção. Mas também não me preocupo em arrumar a gravata. Quero tirar essa merda e jogar na lixeira mais próxima antes que ela me estrangule. Liberty me olha como se eu estivesse maluco.

— Bem — ela fala, claramente lutando para não caçoar. — Você tem a opção de pedir a Sophie para enviar as suas roupas para a lavanderia.

E perder o espetáculo pós-lavagem?

GERENCIADO

— Isso seria rude — murmuro.

A expressão de Liberty é neutra demais para ser verdadeira.

— Provavelmente é uma boa ideia não irritar a sua nova companheira de quarto.

Eu dou de ombros, puxando a gravata de novo, e deixando de lado em seguida, porque foda-se tudo, eu não vou ficar me contorcendo.

— Está tudo bem. Eu só não tinha pensado que haveria tantos... acessórios. Eu nunca morei com uma mulher antes.

O ambiente fica muito silencioso. Eu olho para Liberty e a encontro sorrindo. O seu sorriso cresce quando a encaro.

— É fofo te ver com uma namorada — diz ela.

— O que somos, adolescentes? — zombo — Ela não é minha namorada.

— Tudo bem, a sua amante.

— Cristo. Somos amigos. É só isso.

— Certo. — Ela revira os olhos.

— Eu disse a muitos de vocês para cuidarem das suas vidas.

Liberty ri.

— Ah, qual é, Scottie. Você levou uma mulher para o seu Forte da Solidão. Você realmente pensou que não iríamos comentar?

— E qual é o seu papel aqui? — pergunto. — Você foi a escolhida para checar os fatos?

Um sorriso se espalha pelo rosto dela.

— Eu me voluntariei. Todos os outros são medrosos demais para perguntar.

— Adorável. Pode voltar e dizer ao resto dos fofoqueiros boçais que eu e a Sophie somos amigos e nada mais.

— Ei — diz Jax, se aproximando devagar. — Isso rima.

Ele dá um beijo na bochecha de Liberty.

— Killian está te procurando. Você está incomodando Scottie em nosso nome?

— Ele está de mau humor agora.

— Não estou mal-humorado. — É uma mentira, e todos sabemos disso. Tensão enrijece a minha mandíbula e vai descendo pelo pescoço.

— A gravata dele está torta — diz Jax, franzindo a testa. — Está praticamente despido.

Liberty concorda com a cabeça, olhando a minha gravata repuxada.

— Ele não vai me deixar consertar.

Mostro o dedo do meio para os dois, que acham muito engraçado, e vou embora. A vontade de arrumar minha gravata é forte agora, mas eu a deixo por uma questão de opinião.

Não sei para onde estou indo. Deveria encontrar a Jules e pedir uma atualização do progresso. Eu poderia ligar para ela, mas esqueci o celular. É irritante para mim, o fato de realmente ter saído do ônibus sem o meu telefone – sem ao menos pensar nisso. A minha cabeça estava cheia de… outras coisas.

Como se convocada pelos meus pensamentos, Sophie aparece no topo do corredor, com um sorriso amplo e fresco, o estojo da câmera no ombro, e uma xícara de café para viagem na mão.

— Ei! Eu estava te procurando.

Eu não paro até estar perto o suficiente para o meu corpo bloquear a visão dos outros. Não quero que a vejam ainda.

— Estava? — pergunto, olhando para ela.

Ela usa All Stars vermelhos brilhantes, calça jeans desgastada com a bainha dobrada até os tornozelos, e uma regata branca bem justa nos seios. Não poderíamos estar mais discordantes se tentássemos. Eu a absorvo com o olhar, de repente tão sedento que a minha boca fica ressecada.

— Aqui — diz ela, levantando o copo em minha direção. — Trouxe um pouco de chá pra você. Com um cubo de açúcar e pouco leite.

Eu pisco, em estado de choque. Ela sabe como tomo o meu chá. Ela *trouxe* o meu chá. Mesmo que seja em um copo de papel, que o deixará com gosto de merda.

Como se conseguisse ler a minha mente, ela bufa e contorce os lábios.

— É de cerâmica, e foi projetado para parecer um copo para viagem.

— Por que cargas d'água alguém projetaria um copo para parecer o que não é…

— Apenas pegue o chá, Raio de Sol. — Ela empurra o copo na minha direção, e eu não tenho escolha a não ser obedecer. Enquanto inspeciono, ela suspira. — Antes que comece a reclamar de novo, a tampa é de borracha. Você poderia tomar por aquela pequena abertura, mas eu sei que não vai. É só tirá-la e beber.

Temendo desapontá-la, faço o que ela pede. O chá está quente e um pouco fraco, mas acalma o nó repentino que apareceu na minha garganta. Bebo mais dois goles e ainda com o copo na mão, encaro o chá turvo. O vapor que sai dele desfoca a minha visão.

— Obrigado.

— Não há de quê. Oh, ei, a sua gravata está toda desalinhada.

Ela coloca a bolsa da câmera no chão, e estende a mão para a minha gravata. Para ela não precisar ficar na ponta dos pés, eu me inclino e não me mexo. Ou tento. Eu me aproximo, sentindo seu aroma doce de limão encher os meus pulmões, enquanto o calor do seu corpo toca a minha pele.

— Como você fez isso? — ela murmura enquanto puxa a gravata e a arruma mais para dentro do meu colete. — Você nunca fica desarrumado.

— Não me lembro — digo, lutando contra o desejo de apoiar a testa na dela.

— Dia difícil?

Penso na situação que estamos e sinto um frio na barriga.

— Já tive melhores.

— Bem, beba o seu chá. — Ela passa uma mão pelo meu peito e sobre os meus ombros. — Permita que a magia seja feita na sua alma britânica.

Acaricie-me mais. Para sempre.

Mas ela para e me lança outro olhar feliz.

— Ah, eu encontrei o seu telefone na cômoda.

Ela o tira do bolso e me entrega.

Eu fico ali, com o celular em uma mão e o chá na outra, incapaz de formar uma palavra.

Sophie me dá um tapinha no ombro.

— Não posso acreditar que você o deixou para trás.

Eu já não acredito em mais nada sobre mim. Não sei se devo correr dela ou me agarrar e nunca mais soltar.

— Vem caminhar comigo? — pergunto, colocando o meu telefone no bolso.

— Onde?

Qualquer lugar.

— Lá para fora. Preciso de ar.

Nenhum de nós menciona que estamos em um ambiente aberto. Ela simplesmente pega a minha mão livre.

— Lidere o caminho, Raio de Sol.

sophie

O exterior do estádio não é exatamente propício para uma boa caminhada, porque é uma área bastante industrial. É óbvio que Gabriel, sendo Gabriel, enviou uma mensagem para o seu motorista nos buscar e levar até um porto próximo.

É um lugar lindo: a Riviera brilha ao sol, e as palmeiras farfalham acima de nós. Gabriel se encaixa perfeitamente com um terno cinza claro feito sob medida, óculos de sol cobrindo os olhos, e o seu cabelo escuro penteado para trás. Imagens de *Cary Grant* surgem na minha mente.

Eu não sou Grace Kelly, de calça jeans e *All Stars*. Embora ele nunca tenha me feito sentir descuidada ou malvestida. Mesmo agora, ele anda ao meu lado, tocando suavemente a minha lombar, enquanto desviamos de um casal mais velho que caminha de mãos dadas.

Assim que passamos por eles, Gabriel enfia as mãos nos bolsos e olha para o mar. Ele está tão bonito contra este pano de fundo, que olhar para ele é quase doloroso.

Mas também está distraído e inquieto.

— Está tudo bem, Raio de Sol?

Por um momento, ele não diz nada.

— Durante a minha infância, não tivemos muito dinheiro. O meu pai era mecânico. Ele nasceu no País de Gales, mas se estabeleceu em Birmingham.

Não faço ideia do motivo de ele estar falando sobre o pai, mas não vou impedi-lo. Eu sei, sem sombra de dúvida, que o livro de Gabriel não é aberto com muita frequência, se é que foi alguma vez.

— Era? Ele se aposentou?

Ele bufa.

— Se aposentar, implicaria que ele trabalhou de forma constante. Ele nunca manteve um emprego por muito tempo, preferia viver de benefícios sociais. — Gabriel contrai a mandíbula. — Na verdade, eu não sei se está vivo. Ele saiu da minha vida quando eu tinha dezesseis anos.

— Oh. — Não digo mais nada, sentindo que ele precisa falar mais do que eu preciso perguntar.

Ele continua a andar em seu ritmo lento e constante, olhando para o mar.

— A minha mãe era Francesa. A família dela emigrou para Birmingham depois que o seu pai assumiu um cargo de gerência na fábrica da

GERENCIADO

Jaguar. Por um tempo, ela trabalhou como contadora. Conheceu o meu pai quando fez a contabilidade para uma das lojas onde ele trabalhava.

— Você herdou dela o seu amor por números? — pergunto baixinho, porque ele está distante, com o semblante tenso.

— Suponho que sim. — Ele olha para mim. Eu não consigo ver os seus olhos por trás das lentes escuras. — A minha mãe morreu quando eu tinha quinze anos.

— Oh, Gabriel. — Quero pegar na sua mão, mas ele continua com as duas nos bolsos. Ao invés disso, eu envolvo os dedos no seu antebraço grosso, me inclinando levemente para perto dele. — Sinto muito.

Ele encolhe os ombros.

— Câncer no pulmão. — Uma respiração profunda o faz tremer. — Na verdade, ela foi diagnosticada com câncer de pulmão em estágio quatro, do tipo células não pequenas. — Entretanto… ela, ah, decidiu seguir o próprio caminho.

Eu paro abruptamente, e ele também, já que ainda estou segurando-o. Um caroço surge na minha garganta.

— Você quer dizer ela…

— Tirou a própria vida — responde de maneira sucinta. — Sim.

— Oh, inferno.

— Eu não… posso culpá-la — ele diz, por entre os dentes cerrados. — Eu só… Ah, droga, eu me ressenti dela pra caralho, por tirar o pouco tempo que nos restava juntos. O que é egoísta, eu sei, mas é isso. — Ele estica as mãos como se quisesse abranger a sua dor.

Um pensamento me ocorre, e a minha pele arrepia de horror.

— E então Jax…

— Sim. — A palavra sai como uma bala, o rosto dele fica vermelho de raiva e empalidece em seguida.

Eu me movo para abraçá-lo, mas ele vira e começa a andar de novo. Os passos ainda são controlados, mas agora têm um ritmo mais rápido.

— Como eu disse, não tínhamos muito dinheiro. Mas a minha mãe sempre teve vontade de voltar para a França. Os seus pais tinham morrido, e eu acho que ela se sentia meio perdida, com saudades do seu país. Uma vez, o meu pai nos amontoou no carro e viemos até aqui, para passarmos férias em Nice. — Ele para e olha para o mar. — Eu tinha dez anos. Foi a última vez que saímos em família.

Ele permite que eu segure sua mão, e entrelaça os dedos frios nos meus.

Eu o seguro com mais firmeza.

— Sinto muito, Gabriel.

Ele concorda com a cabeça, evitando o meu olhar.

— Eu tenho lembranças felizes daqui. Mas também tenho algumas que quero esquecer.

— Claro.

Ficamos um tempo em silêncio, apenas caminhando.

— Eu me sinto uma merda agora — confesso. Quando ele me lança um olhar de questionamento, eu continuo falando: — Eu fiquei reclamando sem parar sobre a possibilidade de a minha mãe aparecer e o quanto os meus pais são inconvenientes...

— E eu adorei ouvir sobre isso — ele corta. — Não se atreva a pensar o contrário. E não ouse ter pena de mim. Eu não vou aceitar.

— Não é pena — digo baixinho, apertando a mão dele. — Eu apenas — *Sinto a sua dor.* — Inferno, eu não sei. Eu me sinto um lixo, só isso, tá?

Ele solta uma risada meio contida.

— Bem, okay. E eu tenho uma família.

— Os rapazes e Brenna?

— Sim. — A sua mão escorrega da minha, e ele pigarreia. — Depois do que aconteceu com a minha mãe, bem, o meu pai ficou ainda mais distante. Mas sempre me saí bem na escola. Eu recebi uma bolsa de estudos para uma escola particular. Suponho que você deva conhecer como escola preparatória ou internato.

— Eu conheço a de Harry Potter — eu menciono.

Ele quase sorri.

— Acho que todos nós teríamos preferido Hogwarts.

— Foi ruim?

— Não foi bom — diz ele, com um toque de aspereza. — Não sei o quanto você sabe sobre a Grã-Bretanha, mas quer admitamos ou não, a discriminação de classes é muito comum. Bastava eu abrir a boca para falar, e os outros estudantes logo percebiam que eu vinha da classe trabalhadora.

— Você? — Tenho de rir. — Na minha opinião, você fala como o príncipe William.

O seu sorriso quase imperceptível é amargo.

— Mimetismo. Você aprende a se adaptar para sobreviver. E em alguns dias odeio o som que sai da minha boca, porque eu deveria ter permanecido fiel a mim mesmo. Porém, naquela época eu só queria me encaixar. Embora não tenha funcionado.

GERENCIADO

— Eles causaram problemas para você?

— Uma bolsa de estudos para o Scott, com o pai desempregado? É claro. E eu era pouco desenvolvido até chegar aos vinte. Magro como um palito e cerca de quinze centímetros mais baixo.

Não consigo conter o sorriso ao imaginar Gabriel na sua adolescência, cheio de ângulos desajeitados e uma beleza masculina florescente.

— Eu estava levando uma surra quando conheci o Jax — ele diz de forma quase carinhosa. — Ele pulou direto no meio, valente como um cachorro. Logo depois Killian, Rye e Whip apareceram, batendo em qualquer um que ainda estivesse de pé.

Ele olha para cima, ri, e é o primeiro som de diversão genuína que ouço dele, desde que começamos a caminhar.

— Eu fiquei atordoado. Quem eram aqueles audaciosos? Eles não me conheciam. Por que ajudaram?

Sinto um aperto na garganta.

— Você nunca teve alguém que o ajudasse apenas porque era a coisa certa a se fazer?

Olhos da cor do mar encontram os meus.

— Não. De qualquer forma, eu disse para saírem.

— Mas não o obedeceram.

— Claro que não. Para começar, eles tinham ouvido dizer que eu poderia conseguir drogas…

Os meus passos vacilam.

— Você? Fumando maconha? Não.

— Como você parece escandalizada, Darling — ele diz, lutando para segurar um pequeno sorriso. — Eu era um adolescente preso em um internato com um bando de idiotas elitistas. Passar por algumas dessas longas horas entorpecido fazia parte da sobrevivência.

— Agora estou te imaginando sentado em um sofá, dando tragadas em um *bong*. — Eu sorrio com o pensamento. — Você teve vontades de comer petiscos como o Scooby-Doo?

Ele me olha, inexpressivo.

— Sim, mas só depois de andar na Máquina Mistério, à procura de vilões. Trabalho duro, aquele.

Dando risadas, eu começo a andar de novo.

— Então depois você se tornou o fornecedor dos caras?

— Hilária — murmura. — E não se tratava de drogas. Na verdade, não.

De certa forma, eles também eram excluídos. Eles vinham de família com dinheiro, mas todos eram meio americanos ou tinham morado nos Estados Unidos pela maior parte de suas vidas.

— Dá para perceber. A pronúncia deles é totalmente americana. Especialmente de Killian e Rye. Quero dizer, às vezes ouço um leve sotaque inglês na fala de Jax — eu digo, lembrando das nossas conversas. — E Whip tem um leve sotaque irlandês.

— Jax e Whip, ou John e William como eram conhecidos naquela época, passaram mais tempo no Reino Unido do que Killian e Rye, o que não é surpreendente. De qualquer forma, eles decidiram que valia a pena me adotar, e que eles não iriam embora. Eu fui condenado.

— Pobre bebê.

Gabriel para e vira na direção da brisa que vem da água.

— É... difícil deixar as pessoas entrarem. O meu pai era um bêbado que quase nunca estava em casa. A minha mãe tinha morrido. E lá estavam aqueles quatro garotos ricos tentando me adotar como se eu fosse a porra do Oliver Twist.

— E, no entanto, aqui estamos nós — digo baixinho.

Ele concorda com a cabeça, quase ausente.

— Algumas coisas são difíceis de resistir, independentemente do quanto você tenta manter distância. — Ele começa a andar de novo, voltando para o carro executivo que nos espera. — Eu passei verões na casa de Jax, viajei de férias com a família de Killian, Rye ou Whip. E vi como a vida poderia ser.

Nós chegamos perto do carro, e ele olha para mim.

— E quando começaram a banda, o talento deles era brilhante, mesmo naquela época. Mas a organização deles era uma merda. Então eu interferi e prometi aos pais que cuidaria bem dos meus companheiros. Sempre.

Paro abruptamente.

— Gabriel.

Ele para também, e arqueia a sobrancelha. Diante da Riviera Francesa, com iates enormes e elegantes veleiros descansando em águas cristalinas, o seu terno claro cortado à perfeição realça a pele morena. Cada centímetro dele grita *playboy* internacional. Não consigo sequer imaginá-lo pobre e em dificuldades. Até encontrar o seu olhar.

Que olhos maravilhosos. Mas as linhas finas ao redor deles e o cansaço que parece sempre estar presente naquelas profundezas, agora me contam uma nova história. Tudo que ele sabe é lutar e proteger, a si mesmo e àqueles que lhe são leais.

— Não foi culpa sua.

Ele pisca, com um lento movimento dos longos cílios, e a sua expressão se torna vazia.

— Estou falando sério. — Eu me aproximo um pouco. — Nada disso. Nem a sua mãe. Nem Jax.

Parece que eu o atingi em cheio. Ele inclina a cabeça para trás e comprime os lábios. Por um segundo, penso que ele vai gritar comigo. Mas então ele me lança um daqueles olhares falsamente polidos, que guarda para patrocinadores e executivos de gravadoras.

— Esta conversa saiu do meu controle. Eu não pretendia lamentar sobre o passado.

— Pare. — Toco no seu rosto e o encontro tão tenso que imagino que ele possa quebrar. — Não precisamos falar sobre isso de novo. Mas não retiro o que disse. Não podemos controlar as ações dos outros. Isso nunca vai acontecer. Só podemos controlar as nossas. A Kill John não seria o que é sem você. E aqueles caras não te amariam tanto se você não merecesse.

Os seus ombros não relaxam. Na verdade, ele parece endurecer por completo, e a sua armadura se forma bem diante dos meus olhos. Mas então o canto de sua boca se levanta.

— É assim que vai ser? — ele pergunta com uma voz ligeiramente rouca. — Você me defendendo, quer eu queira ou não?

— Alguém tem que fazer isso, Raio de Sol. — Eu dou um tapinha de leve na sua bochecha, e entro no carro antes que ele possa dizer mais uma palavra.

CAPÍTULO TREZE

gabriel

— Por que... caralhos... eu concordei... em fazer essa corrida mortal com você? — O gemido fraco de Jax revela a sua vulnerabilidade quando atravessamos o Parque El Retiro em Madrid.

— Você pediu para vir — eu digo, sem perder o passo. O suor escorre pela minha pele; as batidas do meu coração são firmes e seguras. — Disse que precisava se exercitar. — Eu observo Jax tropeçando ao meu lado, com o peito brilhando de suor. — Você não estava errado.

Ele me mostra o dedo do meio, aparentemente sem vontade de falar, e eu fico com pena dele e diminuo o ritmo.

— Aprecie a paisagem. — Movimento a cabeça na direção do lago artificial que reflete o monumento a Afonso XII. Os casais passeiam ao redor dele, rindo, se beijando ou relaxando ao sol.

Eu me pergunto se Sophie já esteve aqui. Ela, provavelmente, iria direto para o barco, exigindo que eu remasse, enquanto ela tirava fotos de tudo.

Balanço a cabeça. Eu não tenho o hábito de remar em barcos para mulheres, como algum tipo de clichê romântico.

Mas, por ela eu seria capaz. Minta para si mesmo o quanto quiser. Você faria e amaria cada segundo.

Digo a mim mesmo para calar a boca.

— Não consigo apreciar a paisagem — resmunga Jax. — Quando as minhas pernas estão pegando fogo e os meus pulmões agitando a bandeira branca. Quero dizer, que merda? Eu me apresento todas as noites no palco. Durante horas.

Jax não tem um grama de gordura no corpo, mas ele se fechou tanto nos últimos dezoito meses, que ficou mais fraco do que era antes.

— Outra espécie de resistência, companheiro.

Ele resmunga, e ficamos em silêncio. Apesar das queixas, fico contente por ele ter escolhido vir. Embora nunca tenha corrido comigo antes, costumávamos levantar pesos juntos, ajudando um ao outro porque a nossa força era semelhante na época. Era uma das poucas coisas que fazíamos como amigos, sem que os negócios tomassem o centro das atenções.

Não tinha pensado nisso até agora, mas sinto falta desse tempo com ele. Eu corro mais alguns passos.

— Talvez seja melhor encontrar uma forma alternativa de exercício.

Embora eu não esteja olhando para ele, ouço o seu escárnio alto e claro.

— Não se atreva a pegar leve comigo, garoto Scottie. Conto com você para me empurrar para fora do comodismo.

É uma luta manter uma expressão séria.

— Muito bem, então, deixe de ser morto de preguiça e pare de reclamar.

Retomamos o ritmo mais uma vez. Ou eu retomo. Jax geme e segue em frente com um preparo terrível.

O hotel surge à nossa frente.

— Estou te avisando agora — eu digo a ele, enquanto passamos por pessoas que caminham lentamente. — Vou subir as escadas para o meu quarto.

— Ah, não porra. Vou parar no saguão. — Ele abre um raro e largo sorriso. — Vou andar de um lado para o outro arquejando e bebendo água. É provável que em menos de um minuto eu encontre alguém para massagear as minhas costas.

Claro que vai. Eu teria que fechar os olhos de propósito para não perceber a atenção que nós dois recebemos, mesmo agora, enquanto suamos sob o sol quente da Espanha. Aonde quer que vamos, olhares nos seguem.

Eu poderia fazer o mesmo que Jax. Conseguir alívio sexual seria tão fácil como estalar os dedos. Atualmente, o meu corpo anseia por isso, as minhas bolas estão doloridas pela falta de satisfação. E, contudo, a perspectiva de encontrar uma mulher interessada no saguão do hotel, embrulha o meu estômago. A necessidade de sexo não é exatamente o problema; é mais uma questão de ser constantemente tentado por uma determinada mulher.

Assim que entramos no hotel, deixo Jax seguir com a sua busca e escolho as escadas, me desafiando a subir mais rápido, com mais intensidade. As minhas coxas gritam de protesto, e os pulmões queimam com o vigor dos movimentos. Eu não paro. Quero a dor. Quero ficar exausto o suficiente para o meu corpo parar de pedir o que não pode ter, e eu possa passar o dia com os meus músculos, e não o meu pau doendo.

kristen callihan

Quando chego ao quarto, estou tão cansado que mal consigo andar direito. No frescor do cômodo, é um alívio não ter Sophie por perto. Com o peito arfando, pego uma garrafa de água da pequena geladeira, e ando de um lado para o outro. O sangue lateja nos meus ouvidos e a minha visão se turva enquanto tropeço até o banheiro, me hidratando pelo caminho.

Empurro o short para baixo, tiro os tênis com os pés, me viro para alcançar as torneiras e acabo derrubando uma pequena cesta de roupa que estava sobre a pia.

Eu enxugo o suor dos olhos e me vejo diante de mais um monte de calcinhas da Sophie, agora espalhadas pelo chão, formando um arco-íris de seda.

Porra do caralho. Uma calcinha branca com estampa de cerejas vermelhas repousa sobre o meu pé. Eu fecho a mão em torno da seda fria, e o meu pau sobe de forma rápida e intensa me fazendo gemer de verdade.

Não estou preparado, estou muito fraco desta vez. Fraco demais para me impedir de levantar a calcinha até o nariz e inspirar fundo. Uma onda de luxúria me atinge com tanta força que os meus joelhos quase cedem.

Porque estas são as calcinhas sujas da Sophie. E eu sou o sacana pervertido que está sentindo o cheiro almiscarado da boceta dela.

Outro gemido me escapa, quando desabo contra a parede fria de azulejos. Fecho os olhos com força, lutando contra o desejo de inspirar novamente. *Não faça isso, amigo. Jogue essa coisa longe e corra para o chuveiro.*

Mas eu não posso. O meu pau está tão duro, que lateja em sincronia com o meu batimento cardíaco frenético. Meu Deus, o cheiro dela — o aroma cítrico adocicado do seu perfume persiste, conjurando o tom dourado da sua pele na minha mente. Só que desta vez, eu a imagino na cama, usando apenas a calcinha de cerejas, com os seios erguidos e as coxas bem abertas. Apenas me esperando aninhar entre elas.

Sem permissão, a minha mão desliza pelo meu peito, esfregando a calcinha usada na minha pele, como se eu pudesse absorver o cheiro e torná-lo parte de mim.

Quando a arrasto para baixo, o meu corpo treme e a respiração fica profunda e entrecortada. Seda suave envolve o meu pau. Eu cerro os punhos e fecho os olhos com força enquanto me dou um puxão firme.

Suor escorre pelo meu estômago, o pulso martela no meu pescoço. Empurro o meu pau necessitado e os meus músculos doloridos se contraem a cada movimento. É gostoso pra caralho, mas passa longe de ser bom o suficiente. Quase tenho ódio dela nesse momento. Raiva por me deixar tão carente. Só que não. Nem um pouco.

Eu a quero. Eu a quero. Eu a quero.

É um refrão em minha mente, enquanto fodo a calcinha dela como um estudante pervertido. Se ela soubesse o que eu estou fazendo... Calor desce pela minha coluna, e passa pelas coxas trêmulas.

— Gabriel? — O som da voz dela e a batida na porta interrompem o meu fervor.

Por um instante tenso, todos os meus músculos enrijecem. Apavorado, olho para a porta. Eu a tranquei. Não tranquei?

— Você está aí?

Porra, não tente virar a fechadura.

— Sim! — Um grito gutural de desespero. — Cristo. Use o outro banheiro.

Se ela abrir esta porta, estou perdido. Em segundos ela estará de costas, com o meu pau enterrado profundamente no seu calor. Eu estou quase *querendo* que a abra.

A sua voz abafada está meio contrariada e levemente divertida.

— Mal-humorado. Eu só ia dizer que deixei as minhas roupas aí dentro...

Quando olho para a seda branca apertada no meu punho, a cabeça inchada do meu pau aparece. Eu estremeço, empurro lentamente e os meus olhos tremulam com o prazer torturante.

— Vá embora, Sophie.

— Mas...

— Estou tomando banho. — Tateio com a mão livre em busca da torneira e a abro.

— Você acabou de ligar a água.

Deus, a voz dela. Isto é errado. Muito errado. Com os olhos fechados, continuo a atormentar o meu pau, negando a ele a satisfação completa.

— Posso apenas entrar e pegá-las antes de você começar?

Já comecei, amor. Por que você não entra e termina para mim?

A imagem dos lábios dela ao redor da cabeça pulsante é tão vívida que uma onda de líquido pré-ejaculatório vaza da calcinha para a minha mão. O meu gozo na calcinha de Sophie. Eu respiro fundo.

— Se você não sair dessa porta, vou assistir a toda a minha coleção de *Jornada nas Estrelas* na próxima etapa da viagem. Todos os treze.

Ouço um suspiro.

— Isso é simplesmente cruel.

Cruel é essa porra de seda quando poderia ser a coisa real. Quente, apertada, lubrificada. Os meus dentes rangem.

— Haverá um teste no final — digo com a voz estrangulada.

Eu prenderia Sophie, perguntaria quais são os seus desejos sexuais e realizaria cada um deles. Sem conseguir me conter, eu me masturbo forte e rápido, mordendo o lábio para ela não me ouvir.

— Tudo bem — ela diz, alheia aos tremores que me assolam enquanto minhas bolas se contraem e a luxúria me suga. — Eu não sei por que você tem que ser tão arrogante.

Sua voz me segue mesmo quando estou perdido em pensamentos. Jatos fortes de sêmen respingam no meu abdômen e no meu peito, enquanto ordenho cada gota de prazer profano e furtivo que consigo. Posso jurar que solto um choramingo.

O silêncio ressoa do outro lado da porta. Caio de joelhos e tento recuperar o fôlego. Ouço o barulho do chuveiro atrás de mim, e o vapor preenche o ambiente.

Rastejo para dentro do boxe e deixo a água quente lavar os meus pecados. Só depois de pegar o sabonete, eu percebo que ainda estou segurando a calcinha dela, como se nunca mais fosse soltar. Juro que esta mulher vai me matar.

s o p h i e

Coisas para amar em Madrid: a arquitetura. Deslumbrante, ornamentada, atemporal. A comida. Saborosa, bem temperada, rica, picante. O *café con leche*. Não me peça para começar. Tão rico e cremoso, que é como chocolate quente com sabor de café. Bebi três xícaras em um dia e quando fui pegar mais uma, Gabriel comentou secamente que eu estava agindo como um coelho hiperativo.

Mas sabe o que a Espanha tem de melhor? *Siestas*. Que Deus abençoe qualquer país que tenha declarado *sim, vamos fechar as empresas e tirar uma longa soneca no meio do dia*. Como poderia não os amar por uma atitude dessa?

Isso significa que tenho uma desculpa oficial do governo para dormir aconchegada com Gabriel durante a maior parte da tarde. Ontem, quando eu mencionei isso, ele resmungou uma vez, e de uma forma não muito convincente. Não quando ele tirava o casaco com rapidez, e entrava no banheiro para se trocar para a camiseta e moletom.

A pervertida que existe em mim quer sugerir que ele pare de se retirar discretamente para trocar de roupa, e simplesmente se dispa na minha frente. Inferno, eu adoraria ajudá-lo. Desabotoar as camisas impecáveis e lentamente abrir o zíper das calças elegantes. Mas isso perturbaria o status quo, e não faço ideia de como as coisas se desenrolariam.

É estranho não saber. Normalmente sou excelente em decifrar os homens. Afinal de contas, são criaturas muito simples. A maioria é, pelo menos. Se eles te querem, deixam claro.

Gabriel? Não faz parte dessa estatística. A verdade é que um homem tão deslumbrante quanto ele nunca vai precisar se esforçar para conquistar uma mulher. Ele pode atrair convites apenas com sua presença. Já vi isso acontecer. Muitas vezes. As mulheres batem o olho nele e pronto.

No entanto, ele nunca se entrega. Nem se dá ao trabalho de olhar direito para quem está flertando com ele. Sempre mantém uma expressão neutra, com um leve toque de tédio enquanto as dispensa de forma delicada e casual. É realmente uma forma de arte, a eficácia com que ele se livra dos avanços indesejados. Eu tomei notas.

Nesse ponto eu poderia pensar que ele seria assexuado, só que não é. Nem perto disso. Considerando a quantidade de vezes que nossos olhares se cruzam, e a sua expressão calorosa que me tira o fôlego. Deus, a maneira como ele me observa é avassaladora. É gananciosa e possessiva.

Ele olha como se me despisse mentalmente, com os dentes. Ele me observa, e sinto um frio na barriga. O meu coração vai parar na boca, e os meus mamilos enrijecem tão rápido, que é quase doloroso. Quase, porque é uma emoção muito gostosa – uma pulsação forte, consciente de que apenas a boca dele, úmida e quente, poderia aliviar.

Esses pensamentos sujos – Gabriel de joelhos, com as bochechas côncavas pela força das suas chupadas, as mãos nos meus quadris, me segurando com força para eu não fazer movimentos na tentativa de aliviar a pressão entre as minhas pernas – me deixam meio tonta.

kristen callihan

E ele deve saber. Ele tem de perceber o que causa em mim. Sou loira e ruborizo como tal. Fico toda rosada e suada. Eu já vi aquele seu olhar azul intenso vagar para baixo muitas vezes, e permanecer nos meus mamilos eriçados. Droga, eles não têm o menor pudor em se mostrar.

As narinas de Gabriel sempre se dilatam um pouquinho, e ele respira de forma profunda e abrupta, como se estivesse se preparando. Mas, inevitavelmente termina exatamente nesse ponto. Porque não quer ir mais longe.

E ainda assim aquele pau grosso e duro cutuca a minha bunda toda vez que rastejamos para a cama. Ele nunca se afasta para esconder a ereção, nem se esfrega em mim para levar adiante. Não, ele simplesmente o deixa lá, aconchegado na minha bunda, ajusta a mão na minha barriga com suavidade, e coloca o queixo no topo da minha cabeça. Ele me segura como um amante faria, com ternura e persistência. Mas me trata como uma amiga, com respeito, gentileza, sem nunca tirar vantagem.

E eu deixo. Deito, dia após dia, noite após noite, entregando o meu corpo, absorvendo o calor dele, me deleitando em seu abraço possessivo. Seria muito fácil me virar em seus braços, pressionar os lábios nos dele, passar as mãos na sua cintura e deslizar por baixo de suas calças de moletom. Eu me imagino agarrando o seu pau grande – e, nesse ponto, eu já sei que ele é enorme – tantas vezes, que as minhas palmas formigam com lembranças vívidas.

Hoje, porém, não haverá cochilo. Em vez disso, Gabriel saiu para correr. É estranho, porque ele correu esta manhã.

Deus, esta manhã... a memória faz as minhas bochechas queimarem. Okay, eu interrompi o seu "momento masculino" ao bater na porta do banheiro. Eu não deveria; Deus sabe como ficaria irritada se ele tivesse feito o mesmo comigo. Mas eu não esperava que ele voltasse tão cedo e fui buscar o sabão. Imagine o meu desespero ao chegar e perceber que ele estava trancado com as minhas roupas íntimas sujas.

É claro que ele as encontrou. Ele não tem conseguido me olhar nos olhos desde que, enfim, saiu do banho, praticamente grunhindo respostas sempre que eu tento falar com ele.

Tão embaraçoso. Nem sei o que me fez pensar que lavá-las no banheiro seria uma boa ideia. Eu nem me dei ao trabalho de concluir o serviço depois que Gabriel saiu do quarto, apenas coloquei todas em uma sacola e as mandei lá para baixo com o serviço de limpeza. Só que eles perderam a minha favorita – a calcinha boxer fofinha com cerejas. E nenhum dos funcionários conseguiu encontrá-la. Então, hoje o meu dia foi só de alegria.

Neste momento, estou tão nervosa que quase saltei com o toque do meu telefone. É triste que eu torça para ser *ele*. Mas é a minha amiga Kati, de Nova York.

— Ei, você — atendo com um sorriso. — Não é um pouco cedo para me ligar?

São duas da tarde aqui, o que significa que são oito da manhã em Nova York, e sei que a Kati dorme tarde como eu.

— Seria — ela responde. — Se eu estivesse em Nova York.

Eu caio de volta na cama. A estúpida cama vazia que não será usada para cochilar.

— Onde você está?

— Estou em Londres neste momento. Há uma certa estrela pop que terminou com o namorado famoso, e todo mundo quer o furo.

Kati é uma repórter que cobre a indústria da música. Foi ela quem me introduziu no ramo de fotografia de celebridades e a primeira a me apoiar quando decidi deixá-lo, ao perceber o quanto eu estava esgotada.

— Vida dura, não é? — eu digo.

— A pior — ela concorda com uma risada. — E te digo mais, fiquei surpresa ao saber que você está de volta.

— Em uma posição muito melhor desta vez, felizmente. — Eu fico de barriga para baixo, com a cabeça elevada sobre a cama. Um pequeno brilho vermelho se destaca entre o colchão e o estrado, e chama a minha atenção. Franzindo a testa, eu me aproximo. — E como você soube que eu estava trabalhando com músicos outra vez? — pergunto, meio distraída.

— É um mundo pequeno. As pessoas falam…

Ouvindo-a, eu me abaixo e toco o pedaço de tecido vermelho que brinca de esconde-esconde com o colchão. É seda, e não é apenas vermelho. É vermelho e branco.

A voz de Kati ecoa no meu ouvido.

— E não são quaisquer músicos. Kill John? Como foi que isso aconteceu? Eles sabem sobre… bem, as suas fotografias?

— Sabem. Falamos sobre isso e está tudo bem. — Mordendo o lábio, puxo o tecido. Após um pouco de resistência, consigo tirá-lo. Por um momento, eu apenas olho para a calcinha pendurada na minha mão. Branca com pequenas cerejas vermelhas. *Minha* calcinha.

Está ligeiramente úmida, e completamente amarrotada por ficar embolada sob o colchão. Do lado de Gabriel da cama. Incapaz de resistir, eu

kristen callihan

a aproximo do nariz e dou uma cheirada cautelosa. Tem o aroma do gel de banho dele.

Gabriel lavou a minha calcinha? Por quê?

Um pensamento perverso passa pela minha cabeça: Gabriel pegando a minha calcinha suja e o que ele poderia ter feito com ela para justificar a lavagem.

Oh, sim, por favor, e eu posso assistir da próxima vez?

Mas, não, ele não teria feito isso. Não o Gabriel Scott, sempre frio e calculista. Teria?

Deve tê-la encontrado no chão do banheiro e resolveu lavar para mim.

Mas a manteve. E a escondeu como se fosse... o quê? Ele quer usá-la de novo?

Ruborizando, pressiono a seda fresca e úmida na minha bochecha. E, no mesmo instante, ruborizo novamente.

— Sophie? Olá? Você está aí?

— Merda — suspiro, voltando à realidade. — Me desculpe. Eu... ah... deixei o telefone cair no decote da minha blusa. Detesto quando isso acontece, e você?

Kati ri.

— Palerma.

— Me desculpe. — Maravilhada, encaro a calcinha contrabandeada. — O que você estava dizendo?

— Eu disse que Martin comentou sobre você estar na turnê da Kill John.

Todos os pensamentos sobre a calcinha evaporam, e eu endireito a postura, com o coração disparado.

— O quê?

— Sim. Outro dia, ele entrou no meu escritório e começou a falar sobre o quanto se orgulhava por você estar participando da turnê. Que não havia percebido o quanto você ainda era oportunista. Palavras dele. — O tom dela é seco e enojado.

— Aquele idiota. Não estou tentando me aproveitar da banda. Sou responsável pelas redes sociais deles, pelo amor de Deus. — Só o fato de precisar dizer isso já me magoa. Será que uma pessoa consegue realmente se livrar do seu passado? Ou ele sempre será motivo de julgamento?

— Se tivesse um cérebro, ele saberia disso — diz Kati, deixando clara a tentativa de me tranquilizar. — Eu só comentei porque você já o conhece. Agora que ficou interessado, vai farejar uma história. Não sei se ele vai tentar entrar em contato. Mas achei melhor te avisar.

GERENCIADO

— Obrigada, K.

Assim que posso, encerro a ligação porque tenho plena certeza de que vou ficar enjoada. A minha história com Martin ficou no passado há muito tempo. Ele não vai conseguir me machucar. Eu sei disso. Apenas pensar nele me traz de volta a pessoa horrível que eu fui.

Agora eu sou uma pessoa melhor, alguém que se responsabiliza pelos seus atos. Eu não vivo mais como uma Scarlett contemporânea, que deixa para pensar nas consequências amanhã, ao invés de hoje.

Mas será que mudei mesmo? Eu ainda não tenho um objetivo definido na vida, além de aproveitá-la. A minha inclinação natural é rir e provocar primeiro, a seriedade vem depois.

De repente, não me importo mais com calcinhas roubadas ou necessidades sexuais reprimidas; eu quero que Gabriel esteja em casa. Desejo me aconchegar e pedir para ele me abraçar. E, no entanto, uma parte de mim não quer olhar nos olhos dele.

Gabriel não é de confiar facilmente por natureza. Neste ramo, ele não poderia ser mesmo. E, no entanto, eu me senti insultada e fiquei magoada quando ele não me queria na turnê.

Ao encarar o meu passado de frente, entendo completamente a atitude de Gabriel ao me receber na banda — e em sua vida. Ele me deixou entrar, apesar dos meus erros, e nunca tentou me usar para nada além de conforto e companhia.

Ele se *preocupa* comigo. Ele *confia* em mim.

O peso dessa declaração se assenta sobre os meus ombros como um cobertor felpudo. Eu o provoquei mais cedo sobre ser a sua defensora, com a intenção de aliviar o momento e fazê-lo sorrir. Mas a verdade é que Gabriel Scott se tornou a prioridade máxima da minha vida. Independentemente do que somos e do que tornaremos, isso jamais vai mudar.

kristen callihan

CAPÍTULO QUATORZE

gabriel

— Qual desses é melhor? — Sophie pergunta, com a voz suave no silêncio do quarto. — Guerra nas Estrelas ou Jornada nas Estrelas?

Estamos deitados frente a frente na cama da nossa suíte. Além das portas abertas do terraço, há Barcelona e o porto. Risadas de festeiros noturnos e o ocasional grito das gaivotas flutuam com o aroma salgado do mar.

No entanto, o ambiente aqui é calmo, pacífico. A luz da rua abaixo pinta as curvas de Sophie com uma paleta de tons suaves de azul e cinza. Há um brilho de felicidade relaxada em seus olhos, que apenas eu tenho o privilégio de testemunhar. Porque este é o nosso tempo, de mais ninguém.

— Qual desses é melhor? — eu ironizo, mesmo adorando secretamente a sua forma de perguntar. — Em primeiro lugar, Guerra nas Estrelas é uma ópera espacial. Jornada nas estrelas é uma odisseia no espaço. São abordagens completamente diferentes.

Já passam das três da manhã, e estou acordado desde às cinco. A ironia de Sophie estar aqui porque eu preciso dela para dormir não me escapa. Mas a melhor parte de cada dia é quando estou na cama com ela, e eu me recuso a desperdiçá-la dormindo mais do que o necessário. Especialmente agora que ela está de bom humor.

Nas últimas 36 horas, Sophie tem estado contida e um pouco abatida. Desde que tenho evitado contato visual direto depois de ter pegado a calcinha dela, a culpa pesa no meu estômago. Mas talvez o humor dela não tenha nada a ver comigo. Ela parece feliz agora, contente mesmo. Então eu resisto ao sono, e absorvo a cena da minha madame tagarela se aquecendo no conforto da nossa cama.

— Você é um verdadeiro idiota — diz ela sorrindo. — Os dois são sobre espaço e armas a laser.

— Você está tirando uma com a minha cara — digo para ela, rindo. — Eu me recuso a acreditar que você não percebe a diferença entre os dois.

— Eu não estou — ela faz aspas com as mãos —... tirando uma com a sua cara. Eu simplesmente não vejo qual é a grande questão. Escolha um favorito, já.

— Não. É como aquele antigo dilema de tentar escolher entre os Beatles e os Rolling Stones. Não tem como.

O seu nariz arrebitado se enruga, e eu sinto uma vontade irresistível de beijá-lo.

— É claro que tem — diz ela, alheia aos meus pensamentos. — Os Beatles por alegria ou nostalgia. Os Stones por bebida ou sexo.

Com a palavra *sexo*, o meu pau dá um salto, como se quisesse me lembrar de que foi ignorado e não está satisfeito. Eu inclino o quadril em direção à cama e pressiono o meu irritado pau no colchão. O bastardo libertino se sacode em protesto. Eu me solidarizo com o meu membro necessitado. De verdade. Mas algumas coisas têm mais valor.

Continue te dizendo isso, companheiro.

— Por que não os Beatles pelo sexo? — Não consigo evitar a pergunta. Erro. Mudar o tema de qualquer conversa para sexo é como brincar com fogo. Mas, aparentemente, gosto da doce dor de ser lentamente queimado.

Sophie dá de ombros, fazendo o lençol branco deslizar ainda mais ao longo da curva do seu ombro.

— Cite uma música dos Beatles que seja mais sexy do que uma dos Stones.

Eu olho para o ombro dela. A porra do ombro dela me encanta. E nem ao menos está nu. Toda noite, ela usa uma camiseta *oversized* e uma calcinha *boy-short* para dormir. Estou completamente ciente de que ela acredita que essa é a roupa menos sensual que pode usar para dormir – eu já tentei o mesmo, geralmente usando calças largas e uma camiseta –, mas ela está enganada.

Não usa sutiã e os seus seios são macios e redondos. É impossível não notar como eles balançam e pulsam sob o algodão fino, que se ajusta de forma adorável ao corpo dela. Todas as noites, eu me imagino rolando-a de costas e deslizando a camisa sobre os seus peitos fantásticos.

Muitas vezes já me imaginei segurando as mãos dela sobre a cabeça,

kristen callihan

fazendo as suas costas se arquearem e aqueles montes arredondados se erguerem. Eu me fartaria só por olhar, e fazê-la se contorcer, na espera do primeiro contato. Não me apressaria, salpicando beijos rápidos centímetro por centímetro, deixando os mamilos por último, até ela choramingar para eu chupá-los.

A ideia de provar os seios de Sophie faz a minha língua pressionar no céu da boca. Merda. Eu limpo a garganta, tento me concentrar na pergunta dela. Qual foi a pergunta mesmo?

— Não consigo pensar em uma resposta — falo com sinceridade.

Ela faz um som de triunfo.

— Está vendo? Estou sempre certa.

— Continue repetindo isso, madame tagarela. Não vai fazer com que seja verdade.

Nossas mãos se aproximam tanto que os dedos quase se esbarram. Eu fico imóvel. E é uma atitude de determinação, um exercício que suporto todas as noites. Existem regras: por mais que eu possa abraçá-la, não posso ir além. Não posso acariciar a sua pele, não posso deixar as minhas mãos vagarem. Posso me aninhar ao seu lado, ou encostar a barriga nas costas dela, mas não posso permitir que o meu pau duro friccione aquela bunda redonda.

E quando ficamos juntos assim, conversando até tarde da noite, nunca, jamais me concentro na boca dela. Aquela boca, macia e rosada, que está sempre em movimento – falando, franzindo, sorrindo. Eu quero arrastar a língua no seu sorriso, sugar as suas palavras e a sua risada.

E ainda assim, são o sorriso e a risada dela que me impedem de tomar o que quero. Porque não se trata apenas de sexo; se fosse, eu já a teria fodido. Isso vai *além* do desconfortável.

Nunca experimentei intimidade. Eu não sabia como era bom estar com alguém e deixar todos os problemas desaparecerem. O mundo pode explodir enquanto estou com Sophie Darling. Somos apenas nós. Não preciso ser ninguém além do Gabriel.

Se eu ceder aos meus desejos mais básicos, tudo vai se complicar. Eu não faço a mínima ideia de como ser um namorado. Inferno, eu odeio essa palavra de merda. Parece juvenil e inadequada. Se eu reivindicasse Sophie, ela seria minha. Eu seria dela. E eu estragaria tudo.

A Kill John é a minha vida. Onde isso deixaria Sophie? Com um sujeito frio, insensível e distante?

— Eu amo a Espanha — sussurra, me tirando dos devaneios.

GERENCIADO

Eu a observo no escuro.

— Por que você ama a Espanha?

— Não sei. Tem alguma coisa no ar. Quero sair para dançar, comer tapas e me embebedar com sangria.

— Uma lista pequena — murmuro. — Dançar, não é?

Ela me olha, com os olhos piscando sob a luz fraca.

— Eu sei que parece estereotipado pra caramba, mas quando penso na Espanha, me imagino dançando flamenco com uma flor no cabelo e uma saia frufru.

Eu solto uma risada baixa.

— Você sabe dançar flamenco?

— Na minha mente eu sei. E sou fabulosa.

— Você sempre teve uma imaginação fértil, madame tagarela.

Ela concorda com um murmúrio feliz e vira o seu travesseiro para o outro lado; isso que indica que está pronta para dormir. É um travesseiro de gel frio que ela comprou depois de cair na conversa de Libby e Killian sobre este "artefato mágico", e como ele poderia proporcionar o melhor sono da sua vida.

Ela comprou um para mim também, porque queria que eu desfrutasse dos mesmos confortos. Mal sabia que o seu pequeno gesto de carinho arrancou o meu coração do peito e o colocou em uma bandeja, à sua disposição.

— Você teria que dançar comigo — murmura ela.

— Em seus sonhos, amor.

Eu recebo uma risada feliz em resposta.

Sem saber que me desfaço pouco a pouco, ela se aconchega, colocando a cabeça na curva do meu ombro. Esse é o lugar dela agora: encaixada ao meu lado, com a mão suave descansando em cima do meu coração. Quando traça pequenos padrões no meu peito com o dedo, eu fecho os olhos.

Agora sinto uma dor real, física – nos testículos, no abdômen, no peito. Uma dor persistente e latejante toma conta do meu corpo inteiro, por consequência da abnegação. Quero esta mulher mais do que tudo nessa vida. Mas eu desejo mantê-la ao meu lado. Não faço ideia de como conservar alguém perto de mim. Porque não sei como abrir o meu coração.

Sophie continua deixando a sua marca em mim, e o meu coração fechado bate mais rápido, mais forte. Eu preciso que ela pare. Eu preciso que pegue mais leve. Eu mordo o lábio com força e foco na respiração que entra e sai dos meus pulmões.

— O que você pensa em fazer depois da turnê? — me encontro perguntando, apenas procurando uma distração.

Sua voz está ligeiramente rouca por causa do sono.

— Não tenho certeza. Ainda vou ajudar a banda com as redes sociais. Mas não estarei por perto para tirar fotografias, obviamente. — Ela encolhe o ombro esguio. — Brenna tem conversado com o publicitário de Harley Andrews. Aparentemente, ele está à procura de um especialista em redes sociais.

Eu arregalo os olhos.

— Harley Andrews, o astro do cinema? — O "homem mais sexy do mundo", segundo a revista People? Vou matar Brenna. Jogar os Loboutins dela no porto.

— Esse mesmo. Dá para acreditar? — Enquanto luto para não ter um ataque, Sophie parece muito feliz. — Ele vai lançar um filme daqui a alguns meses, ambientado no interior da Austrália. Então, a ideia é que ele faça um evento de imprensa antes. Sempre quis ir para a Austrália.

O som dos seus suspiros sonhadores faz os meus dentes baterem. Considerando que o tempo médio de voo para a Austrália é de mais de vinte horas, minhas chances de visitá-la são nulas. E Sophie quer viajar pelo país com Harley "Miserável" Andrews e o seu suposto charme irresistível.

Com o pretexto de procurar uma posição mais confortável, eu a puxo mais para perto de mim e limpo a garganta.

— Parece uma boa oportunidade. De qualquer maneira, apenas para que você tenha suas opções abertas, eu sei que a Maliah também está procurando alguém.

Pretensioso. Safado, oportunista.

Sophie levanta a cabeça.

— Sério? Eu amo as músicas dela.

— É mesmo? — Eu só a ouvi escutando músicas dela umas mil vezes até agora. — Bem, eu poderia interceder por você.

— Ah, Raio de Sol, você é o melhor.

De jeito nenhum. Apenas um idiota ciumento.

Ela se inclina para me dar um beijo rápido e amigável na bochecha. O meu corpo reage antes que minha mente possa detê-lo. Em um piscar de olhos, as minhas mãos atravessam o seu cabelo e seguram as laterais da cabeça dela, impedindo que recue. E ela fica imóvel, com os olhos arregalados de surpresa e os lábios a poucos centímetros dos meus.

Eu não consigo me mexer: apenas a mantenho presa, a encarando com a mesma expressão de surpresa.

Solte-a, seu imbecil.

Eu tento obrigar os meus dedos a se abrirem, mas o meu corpo está bloqueado, em protesto. O calor suave das suas respirações ofegantes acaricia a minha pele. Ela está tão perto, que quase sinto os seus lábios, aquela boca exuberante e carnuda que eu quero em mim. Em qualquer lugar, eu não sou exigente. Não, primeiro quero beijar, lamber e sugar as suas curvas carnudas. Quero sentir a suavidade da língua dela contra a minha.

O meu abdômen se contrai, e eu reprimo um gemido, com o peito arfando. Um tremor começa no fundo do meu intestino, e sinto o meu pau pulsar. Ele quer entrar, de forma profunda e confortável.

Solte-a. Beije-a. Solte-a. Beije-a.

A raiva me domina por estar tão confuso e ser incapaz de agir como um homem normal.

Não sei o que ela vê nos meus olhos, mas os seus lábios se separam, deixando escapar um pequeno suspiro, que quase posso saborear. *Cristo todo-poderoso, dai-me forças para deixá-la ir, ou me permita agir da maneira correta.*

A escolha é literalmente arrancada das minhas mãos quando ela recua, escapando do meu abraço congelado.

— Preciso fazer xixi — ela diz, sem rodeios. Eu me arrepio ao sentir na pele, o pânico da sua voz. Mas ela já está em pé, fugindo para o banheiro.

Quando a porta se fecha, eu caio de costas e solto um suspiro dolorido. *Que merda eu fiz?*

Do exterior das janelas abertas, o riso de uma mulher ecoa. Eu estremeço e descanso um antebraço sobre os olhos. Queria saber como Sophie reagiria se eu tomasse a iniciativa. Correr para o banheiro parece ser a resposta.

O meu estômago embrulha.

Ouço o barulho da água que vem do banheiro e sei que ela logo estará aqui. Uma parte de mim quer que ela não esteja. Mas preciso me desculpar.

Ela fica quieta ao se deitar na cama, entrando timidamente debaixo das cobertas.

As palavras se acumulam na minha garganta.

Pela primeira vez desde que começamos a dormir juntos, ela não se aproxima. Sinto a falta dela como um toque frio que percorre a minha pele. Eu me viro para falar alguma coisa, mas ela se antecipa.

— Boa noite, Gabriel.

kristen callihan

A certeza em sua voz, e o claro aviso de que ela não quer falar, se instala como uma pedra no meu coração.

Eu engulo em seco.

— Boa noite, Sophie.

No lado oposto, eu fico em silêncio, ouvindo os sons suaves da sua respiração lentamente se transformarem no ritmo constante do sono, enquanto o temor me invade.

Não posso mais fazer isso. Não dá para continuar me negando, e está claro que não consigo manter as mãos longe dela. No entanto, a ideia de nunca mais dormir ao seu lado me enche de um medo inexplicável.

Sophie se vira com um suspiro profundo enquanto dorme, e estende a mão em minha direção. Não mexo um músculo, mas todo o meu ser se concentra nos dedos dela encostando no meu antebraço. O toque dela é um gesto muito sutil, mal chega a ser um contato verdadeiro, e mesmo assim não consigo me afastar de jeito nenhum.

Ser amigo dela. Posso fazer isso. Vai ser uma tortura, mas a falta dela vai me destruir. Então, vou reprimir as minhas necessidades, escondê-las bem fundo, e concentrar os esforços em fazer Sophie se sentir feliz e segura.

CAPÍTULO QUINZE

sophie

— Está tudo bem, querida? — Jules grita no meu ouvido. Ela não pode ser ouvida de outra forma neste momento. A Kill John está a todo vapor, e a música pulsa à nossa volta.

Se ela me faz a pergunta em um momento como esse, a minha expressão deve estar miserável. Abro um grande sorriso, que parece dolorido.

— Apenas um pouco cansada — eu grito de volta.

Ela concorda com a cabeça e não diz mais nada, mas percebo o seu olhar rápido e preocupado.

Sou uma péssima mentirosa. Mas o que eu poderia dizer? *Ei, acho que Gabriel se insinuou para mim outra noite.* Só que, como posso ser tão tola? Eu não tenho certeza.

Deus, eu devo estar ficando louca, se eu nem mesmo sei se um cara está dando em cima de mim.

Estou arrasada. Minha mente se prendeu à noite de ontem, repassando cada momento em detalhes.

Eu fui beijar a bochecha de Gabriel, e ele me agarrou, segurando firme como se também não conseguisse se controlar. Inicialmente, o meu coração pulou para a garganta, e uma euforia ardente tomou conta de mim. Eu queria um beijo dele, mais do que a minha próxima respiração.

Mas ele não me beijou. Ele me encarou como se isso o magoasse, como se estivesse irritado. Aquele olhar mudou completamente a situação.

Será que fui longe demais ao querer beijar a bochecha dele? Ele estava me dizendo para parar? Entrei em pânico, tão envergonhada que poderia chorar.

E me chame de covarde, mas simplesmente não consegui perguntar a ele o que significava aquele olhar. Não naquele momento.

kristen callihan

Eu poderia ter cedido esta manhã, mas a essa altura, Gabriel já tinha voltado ao seu jeito meio rabugento, mas sempre atencioso.

Agora estou perdida. Ele insiste que não se trata de sexo. Talvez para ele realmente não seja. E não há a menor chance de eu dizer que quero mais agora. Não com o Gabriel "Homem de Gelo" Scott de volta ao controle.

Pode chamar de orgulho, autopreservação, seja lá o que quiser, mas não vou me render. Não importa o quanto eu queira.

Então agora, estou concentrada no trabalho. O que não é propriamente um castigo.

O show desta noite está intenso, frenético e cheio de energia. Os rapazes tocam com entusiasmo renovado e energia vibrante. Juro que há magia no ar. Eu me agacho e me movo rapidamente ao redor dos corpos em ação, capturando fotos impressionantes: Killian no ar, segurando sua guitarra com uma mão, as pernas estendidas para fora. Jax curvado sobre a sua Gibson, com os músculos dos antebraços flexionados, o peito nu reluzindo sob o brilho vermelho das luzes do palco. Rye em pé sobre um amplificador maciço, com os quadris projetados para a frente e o lábio inferior preso entre os dentes. E Whip, com os braços no ar, cabelo suado grudado em seu rosto enquanto ele bate forte em sua bateria.

Eu capturo o máximo que consigo, pequenos pedaços de vida preservados para sempre em uma imagem. Puros, honestos e bons momentos, que nunca mais voltarão a acontecer. Eternizá-los me enche de orgulho.

E quando Killian canta *"Hombre Al Agua"* do *Soda Stereo*, uma banda de rock espanhol dos anos 90, a multidão fica completamente enlouquecida.

É impressionante o poder de fascinar milhares de pessoas que a Kill John tem nesse momento. É lindo de se ver. Eu fico tão envolvida que deixo a minha lente baixar e apenas sorrio, dançando ao som da música. Sinto o olhar de Gabriel, como sempre, e olho para cima.

Os olhos dele se encontram com os meus, como um golpe direto no coração e no estômago. Ele nunca sorri nem demonstra qualquer emoção quando está trabalhando. Mas esta noite eu quase perco o equilíbrio, porque ele também parece perdê-lo. Então ele *sorri*.

Os dentes brancos brilham no rosto perfeito e bronzeado, a pequena covinha aparece em uma lateral. Puta merda, não consigo respirar.

Ele está nas sombras, tão lindamente esculpido que parece intocável. Uma rocha. Mas aquele sorriso é a minha ruína. Contém toda a alegria da multidão. Reflete a minha admiração e entusiasmo. Ele sabe o que estou sentindo. Ele sabe, porque por mais que seja inacreditável, ele também sente.

GERENCIADO

Eu percebo que ele ama esta parte da vida; apenas nunca mostrou. Agora ele permite que eu veja. Este é o homem por detrás da cortina.

Todos o interpretam de forma errada. Ele não é frio ou insensível. Ele apenas se esconde. Eu quero que libere toda essa força e emoção fervilhante que guarda debaixo da superfície.

Um dia vou conseguir. O orgulho que se dane, eu vou provocar e instigar. É a única forma de derrubar as paredes que eu conheço. E se, no fim das contas, ele não me quiser, encontrarei uma maneira de viver com a perda.

Um assistente de palco passa entre nós dois, enquanto se apressa para preparar a próxima guitarra de Jax. Quando o cara passa, Gabriel já se distanciou, caminhando pelas extremidades dos bastidores, seus olhos analisando em busca de possíveis problemas. Um executivo de gravadora o intercepta, e eles param para conversar.

Killian toca um riff intenso, e eu saio do meu torpor, voltando a atenção para o show. O tempo voa em um turbilhão de sons e cores. Faço o possível para pegar cada detalhe, pequenos fragmentos da vida que ficam imortalizados em uma foto. Como antes, são momentos puros, sinceros e agradáveis, que nunca mais se repetirão. Conservar esses momentos me deixa muito honrada.

Ao final do show, uma energia intensa percorre todo o meu corpo. Normalmente eu me canso, mas não esta noite. Os caras falam sobre ir a boates, e eu sou totalmente a favor. Depois de um banho refrescante muito necessário, estou pronta e cheia de energia. Passo um batom vermelho nos lábios, saio do banheiro, e encontro Gabriel à minha espera.

Nunca vou me acostumar com a visão dele. Ele está bonito demais, apoiado na entrada do quarto, com as mãos enfiadas nos bolsos dos jeans desgastados. Uma camiseta branca justa estica-se sobre os ombros largos e delineia o volume dos seus bíceps.

Se houvesse justiça no mundo, ele pareceria estranho. Se houvesse justiça no mundo, ele ficaria esquisito sem o terno. O canto de sua boca se curva quando ele me olha.

— Eu pensei que que a encontraria de camisola.

Ele quase parece desapontado.

— Você vai definir um toque de recolher pra mim, Raio de Sol? — Pego uma bolsa pequena no armário e coloco o meu batom, o telefone e a chave do quarto.

— Você se manteria fiel a ele?

— O que você acha?

Ele solta uma risada baixa e breve.

— Acho que eu precisaria dormir com um olho aberto.

Meu Deus, não me lembre que dormimos juntos. Não agora, quando só eu tenho a intimidade de vê-lo assim na privacidade do *nosso* quarto. Quando ele me observa me arrumar como se fosse o seu direito.

Está cada vez mais difícil esconder a vontade que tenho de me jogar em cima dele.

Em vez disso, dou uma boa olhada nele, não que seja necessário, mas porque a visão é simplesmente bonita demais.

— Eu jamais imaginaria que você tem uma calça jeans.

— Vivi nelas dos dez aos vinte e um anos — ele responde com tranquilidade.

— Antes de você se tornar O Homem de Terno.

— O Homem de Terno está de folga agora. — Os seus olhos acompanham os meus movimentos. — Aonde você está indo?

— Os caras vão para a balada.

— Eu ouvi dizer.

— Pensei em acompanhar. Você também vai?

— Não. Tenho outros planos. — Ele se afasta do seu apoio próximo à porta, e fica ereto. — Venha comigo.

É como uma ordem emitida com suavidade, e uma ligeira persuasão por trás das palavras exigentes.

— Aonde você está indo? — A pergunta é uma tática de procrastinação porque, a quem estou enganando? Eu vou a qualquer lugar que ele for. Mas não quero que saiba disso.

Ele abre outro sorriso raro e completo, derrubando ainda mais a minha determinação.

— É um segredo. Você vai ter que vir comigo para descobrir.

Coloco a mão sobre o meu coração de forma dramática.

— Que droga, Raio de Sol, você usou a minha única fraqueza contra mim.

— Curiosa ao extremo. Sim, eu sei. O que significa que é incapaz de resistir. — Ele inclina a cabeça em direção à porta. — Venha, madame tagarela. A noite é uma criança.

São duas da manhã, mas Madrid está apenas se aquecendo. Faço um movimento para fechar as pequenas fivelas das minhas sandálias de salto alto, mas pauso.

— Está adequado para onde você vai me levar, oh senhor misterioso?

O olhar dele sobe pelas minhas pernas nuas até onde o vestido azul-celeste brinca com as minhas coxas, e as suas pálpebras abaixam um pouco, deixando a expressão sombria.

— Você está bem.

Oh, essa voz, muito rouca e áspera, profunda e rica como cacau quente e torradas com manteiga. Ele fala e eu tenho vontade de devorá-lo. Eu amo e odeio o que sua voz faz comigo. Um homem não deveria ter tanto poder. Três palavras não deveriam ter a capacidade de fazer as minhas coxas se contraírem e deixar a minha pele hipersensível.

Talvez seja isso que me faz erguer o pé, apontando os dedos para mostrar a minha perna da melhor maneira possível.

— Você tem certeza? — Eu corro uma mão pela minha coxa, levantando a saia para mostrar um pouco mais de pele.

Gabriel alarga as narinas. Os vastos músculos do seu peito se expandem e diminuem lentamente, à medida que ele expira. Perceber que ele está se acalmando me envia uma onda de calor intenso, e os meus joelhos quase cedem.

— Sophie — diz ele, com voz baixa e firme.

— Sim? — Droga, isso saiu muito ofegante.

— Chega de besteira.

Abro um largo sorriso. *Te peguei.* Encolho os ombros e solto a saia ao redor das minhas pernas de novo, e caminho em direção à porta, com um balanço extra em meu passo.

Ele me segue com um grunhido, que tanto pode significar irritação quanto bom humor – é difícil dizer com relação a Gabriel. Mas de uma coisa eu sei: o homem precisa ser provocado e desafiado mais do que qualquer um que eu já conheci. Às vezes, eu me pergunto se ele estava entediado até a alma, esperando por isso.

Ou talvez eu seja a pessoa que estava esperando. Tudo parece estranho agora, e nada é como costumava ser. Antes eu passava pelos movimentos da vida. Agora tenho conhecimento de cada passo que dou. Estou ciente da sua mão pairando logo atrás da minha cintura enquanto ele caminha comigo, e do ritmo constante da sua respiração enquanto descemos no elevador.

Antecipação percorre todo o meu corpo, mas não porque saímos para a noite; é porque estou com ele.

Não falamos ao descermos as escadas em direção ao carro que ele contratou. Mas não tem importância. É um silêncio confortável, do tipo que acontece com pessoas que se conhecem há muito tempo. Suponho que dormir junto o tempo todo faz isso acontecer.

Ele nos leva a um clube com uma longa fila à sua volta. Sem nenhuma surpresa, vamos direto para a porta da frente e alguém nos conduz para dentro, despertando bastante interesse nas pessoas que esperam na fila.

O lugar está lotado. Mulheres bonitas, vestidas com quase nada, ondulam e balançam no ritmo. Rastreiam os movimentos de Gabriel com os olhos, descaradamente interessadas. Algumas estendem as mãos para acariciá-lo, passando-as pelos seus braços e ombros. Uma mulher audaciosa tenta pegar na bunda dele.

Eu nem percebo que rosnei para ela, como um gato possessivo, até Gabriel segurar o meu cotovelo com delicadeza e me afastar.

— Encolha as garras, madame tagarela. A minha honra está segura.

— Tenho certeza de que se referir às mulheres como gatos é sexista — digo, mas não me importo, porque até eu pensei em mim da mesma maneira.

Ele não me poupa um olhar.

— Vou entregar o meu cartão feminista quando chegarmos em casa.

Casa. Não, não vou gostar muito dessa palavra. É temporária. Tudo é temporário. E se eu não me lembrar o suficiente, vou acabar acreditando.

Gabriel vai até o bar, e eu observo o ambiente enquanto faz o pedido. Ele volta com dois coquetéis gelados.

— *Black Mojitos* — ele fala, ao me entregar um. — Especialidade da casa, aparentemente.

É tão raro vê-lo beber que, quando eu o observo com o copo, eu percebo.

— Você não bebe com frequência porque o seu pai...

— Era alcoólatra? — completa secamente. — Em parte. E porque eu não gosto de perder o controle.

— Não, eu não acho que você perderia. — Mas gostaria de presenciar. Não de forma negativa, mas ver Gabriel sem restrições na cama? Toda essa frieza se transformar em um barril de pólvora de calor e desejo?

O seu olhar azul paira sobre o meu rosto naquele momento.

— Por que você está corando?

— Não estou corando. Estou com calor, só isso. — Tomo um grande gole da minha bebida. Meu Deus, isso é bom. E perigoso. Não posso me embebedar perto de Gabriel. A minha boca vai despejar todo o tipo de sugestões obscenas.

GERENCIADO

Ele me lança um olhar duvidoso, mas não diz mais nada.

Enquanto tomamos as nossas bebidas, alguns técnicos se movimentam no palco, preparando-o para um show. Eu me inclino mais perto de Gabriel para ser ouvida acima do barulho da *house music*.

— Você sabe quem vai tocar?

Ele me dá um olhar meio presunçoso.

— Paciência, madame tagarela.

Quando terminamos as nossas bebidas, as luzes estão reduzindo. Gabriel põe os nossos copos no balcão e agarra a minha mão. O seu aperto é quente e firme enquanto ele me leva através da multidão, para mais perto do palco. Não me surpreende, neste momento, que as pessoas saiam do seu caminho.

Ele não para exatamente na frente. Ficamos um pouco mais para trás, cercados por pessoas em todos os lados. As luzes se apagam e voltam a acender em flashes de vermelho e amarelo. A banda sobe no palco e as pessoas aplaudem. A vocalista é uma mulher. Além dela, há três guitarristas, um baterista e um cara com uma mesa de mixagem.

Gabriel se move ligeiramente para trás, como se se posicionasse entre mim e os outros. Sinto o calor do seu corpo ao longo da minha pele.

E então a banda começa a tocar. A música não é o que eu esperava. Não é rock. É um flamenco moderno – com toques de funk, hip-hop, e até um pouco de *Bollywood*, que misturam e se transformam em um som diferente de tudo que já ouvi. A felicidade é como um raio que percorre todo o meu sistema. Eu salto e viro a cabeça.

Os olhos sorridentes de Gabriel olham para mim. Ele não diz uma palavra, não é necessário. Mas ele *realmente* tira um pequeno botão de rosa do bolso de trás da calça jeans. Quando ele pegou isso, eu não sei. Fico chocada, parada ali, de boca aberta, enquanto ele o coloca atrás da minha orelha.

— Aqui está, Darling — ele diz no meu ouvido. — Agora nós dançamos.

Ele coloca as mãos nos meus quadris e se move no ritmo da música, acelerando o passo conforme o meu corpo começa a responder. Estou tão chocada por ele dançar de bom grado, que nem consigo formar um pensamento coerente. Então eu não penso. Deixo a música me levar, permito que as mãos habilidosas de Gabriel e o balanço do seu corpo me guiem.

E ele sabe dançar. Não sei por que estou surpresa. A habilidade dos passos dele é melhor do que a minha, e eu sigo o seu ritmo, rindo e seguindo mais pela empolgação do que pela técnica. Ele não parece se importar.

kristen callihan

Os olhos dele se encontram com os meus, e as pessoas que dançam ao meu redor desaparecem. Há apenas ele, os quadris que se movem junto com os meus, e o meu coração que bate no peito.

Mãos quentes deslizam pelas minhas laterais, no mais simples dos toques. Eu me arrepio, me aproximo e acomodo os braços ao redor do pescoço dele. O seu corpo é quente e firme. As palmas deslizam pelos meus braços e sobem até minhas mãos. Entrelaçando os dedos nos meus, ele levanta as mãos acima da cabeça, e assume o controle total.

Não é uma dança sensual; ele mantém um pouco de distância entre nós, o sempre educado e controlado Gabriel. Mas não importa. Ele está dançando comigo, e eu vivo a alegria do momento.

Com um movimento do pulso, ele me gira para fora, fazendo a minha saia rodopiar ao redor das minhas coxas, e então me traz de volta, me inclina e gira novamente.

Eu rio sem parar. Nunca dancei assim, com movimentos tradicionais e um pouco antiquados. Eu amo isso. Ele se apossou do meu sonho e fez dele uma realidade. Por mim.

Os nossos olhares se encontram e se prendem. Nos olhos dele há um sorriso, e uma pergunta. *Era isto que você queria?*

Como digo a ele que estou olhando para o que quero? Namorados sempre foram fáceis para mim. Eram caras que elogiavam o meu corpo, diziam que eu era divertida, fácil de conviver. O que eles realmente queriam dizer era que eu não era alguém a quem se apegariam. E se for sincera, também não me afeiçoei a eles.

Nesse caso é diferente. Já estou apegada.

Gabriel viu tudo o que tenho a oferecer, e ainda assim não aceita o que estou disposta a dar voluntariamente. Cair de amores por ele seria como me jogar de um penhasco sem fim. Eu iria descer, descer, descer, sem nada para me segurar e sem caminho para voltar à terra firme.

O meu sorriso é brilhante e doloroso, mas não posso deixar que veja o que me incomoda. Não quero responder a essas perguntas. Ele parece satisfeito, o sorriso se move dos seus olhos e ilumina o rosto inteiro.

Nós dançamos até o amanhecer e voltamos para casa rindo, eu um tanto quanto embriagada.

E nunca, nem uma vez, ele tenta algo mais.

O que confirma que eu preciso recuar, aprender com ele, e construir muros ao redor do meu coração. E quando essa turnê acabar, eu tenho que me afastar o máximo possível de Gabriel Scott.

GERENCIADO

CAPÍTULO DEZESSEIS

sophie

Tentando manter a mente ocupada com trabalho e não com pensamentos sobre um certo colega de quarto, saio cedo para o local que temos reservado para a apresentação de hoje à noite. É um espaço pequeno, e eles estão tendo uma sessão de autógrafos altamente divulgada, antes do show propriamente dito.

Ao chegar, encontro o ar úmido e pesado. A multidão do lado de fora dos portões está agitada, e não de uma maneira positiva. Há uma grande probabilidade de as coisas saírem do controle. Mesmo tendo passado apenas um ano como *paparazzo*, consigo identificar os sinais. Há uma certa agitação se espalhando pelas pessoas, um tom de desespero que não me agrada.

Eu escolhi um bom local para pegar os caras saindo das suas limusines e fotografar também os espectadores. Isso vai trazer mais emoção para essa noite e me manter longe de Gabriel. Estou tentando não me arrepender da minha decisão, considerando a atmosfera desagradável que está no ar agora.

Garotas adolescentes disputam posição, se empurrando e lançando cotoveladas de maneira nada sutil. Não chega a ser uma briga, mas se aproxima. Olhares furiosos e empurrões estão aumentando. Os seguranças parecem irritados, e não são exatamente gentis ao tentar manter os fãs afastados, recorrendo também a empurrões.

À minha volta estão colegas fotojornalistas. Muitos deles não conheço, mas alguns são familiares.

Mesmo sem querer, eu procuro o rosto de Martin na multidão, temendo que ele decida nos visitar, a mim e à Kill John. É melhor vê-lo chegar do que ser surpreendida por sua aparição repentina. Fiz isso noite após noite, enquanto o amaldiçoava até a morte. Mas, felizmente, ele não está em lugar algum.

— Como conseguiu um emprego para viajar com a Kill John? — Thompson, um dos meus antigos colegas, pergunta enquanto dá um trago no cigarro. O rosto dele parece inchado, e a pele acinzentada sob as intensas luzes do letreiro. — Você está fodendo com eles?

— Sim, com todos eles. — Não me preocupo em olhar em sua direção. — É uma espécie de efeito dominó. Eu ouvi dizer que eles têm uma vaga para um cargo mais baixo, se você estiver interessado.

— Adorável. — Ele joga a bituca do cigarro no chão, sem se preocupar em apagá-la. A ponta brilhante se aproxima da minha sandália aberta. — Eu deveria divulgar o que você disse, pirralha.

— Porque a sua credibilidade é muito grande — murmuro.

O sujeito esmaga o cigarro, evitando por pouco o meu dedo do pé. Apesar da minha vontade, eu não reajo.

Jamais seja emocional. É um bom mantra, mas não é fácil de seguir. Estou me arrependendo cada vez mais do meu plano, à medida que lembranças ruins de dias desesperadores inundam a minha mente e fazem o meu estômago se revirar. Eu odiava ser um *paparazzo*. Odiava o meu jeito de ser e de sentir – como se estivesse coberta de lama por dentro e por fora.

O meu telefone vibra.

> Brenna: Estamos virando a esquina.

Hora de ir. Estou prestes a guardar o telefone no bolso quando recebo outra mensagem.

> Raio de Sol: Tempo estimado de chegada 30 segundos

A mensagem dele me causa o que a de Brenna não consegue: uma sensação de cuidado e a necessidade de retribuição.

Manter distância dele não vai funcionar, especialmente quando estamos em contato constante, de qualquer forma. Mas não posso me preocupar agora. A comitiva da Kill John está à vista.

A multidão irrompe em um pandemônio. As garotas gritam, e os empurrões se tornam violentos. Estamos tão aglomerados que parecemos ondular como um mar revolto.

GERENCIADO

Eu firmo os pés e começo a fotografar, capturando o caos.

O primeiro SUV para no meio-fio. Os caras estão lá dentro. Gabriel, Jules e Brenna estarão no próximo.

Jax é o primeiro a sair, e é como se ele tivesse ligado a eletricidade na multidão. Tudo se intensifica. A minha visão treme por trás da câmera quando eu sou empurrada. Mas consigo capturar o rosto dele – o sobressalto e a suavização das suas feições em uma neutralidade insípida. Ele sorri, mas não está presente de verdade.

Nenhum dos rapazes está. Desta vez, não. A multidão está muito agitada para eles demorarem. Eles se movem em minha direção a um ritmo constante. Atrás de mim, as pessoas se agitam e empurram. Estou em um bom lugar e claramente isso não está agradando a mais do que algumas garotas.

— Não consigo ver!

— Saia da frente!

— Fora, eu estava aqui primeiro.

— Vá se foder.

Essas duas últimas não foram dirigidas a mim, mas estou no meio da confusão. De repente, braços estão se agitando, mãos batendo. Eu desvio de alguns golpes e me afasto. Mas aquele babaca do Thompson me empurra de volta. Eu estou olhando para ele quando alguém agarra o meu cabelo e puxa. Com força.

Lágrimas surgem atrás das minhas pálpebras, e o meu couro cabeludo arde. Eu abaixo a cabeça, giro o meu corpo, e o meu cotovelo bate no pulso da pessoa que puxou o meu cabelo. A garota solta um grito.

Alguém tenta pegar a minha câmera, e eu afasto a mão com um tapa. Ao meu redor, outras brigas começam.

Na minha periferia, vejo Jax. O seu olhar encontra o meu, e ele franze a testa, diminuindo o passo.

Não, Não, Não. Saia daqui.

Os outros caras também param, ao me ver no meio da confusão. Isso não é bom. A multidão avança novamente, me espremendo entre Thompson e um segurança. Um golpe atinge direto o meu olho, e vejo estrelas. Dói pra caramba, e eu grito. Outro golpe vem. A dor é intensa e os meus olhos se enchem de lágrimas.

Acaba de me ocorrer que Thompson me deu duas cotoveladas. Ele realmente me bateu.

Estou prestes a ir para cima dele, quando um corpo se joga entre nós com tanta força que Thompson cai de bunda. Gabriel aparece na minha frente com uma expressão de raiva tão intensa que faz a minha pele se arrepiar.

Eu só consigo piscar antes de ele me pegar e me erguer em seus braços. Não vou desmaiar.

Mas a minha cabeça cai sobre o ombro dele. E eu me agarro. Porque ele é um escudo contra o mundo. O meu escudo. Ele atravessa a multidão sem hesitar, e as pessoas se afastam, instintivamente sabendo que, caso contrário, ele as derrubará.

Basta um olhar feroz para os seguranças, e eles nos conduzem rapidamente até uma porta que leva a um corredor tranquilo e escuro. Em comparação com o brilho intenso das luzes e o barulho do caos lá fora, é como um bálsamo para o meu corpo tenso. Eu me afundo ainda mais no abraço de Gabriel.

Ele não para, apenas marcha adiante, murmurando baixinho consigo mesmo. É uma torrente de *desgraçados* e *completamente estúpidos* e *filhos da puta*, misturadas com outras palavras do tipo. Deixo os seus rosnados baixos fluírem sobre mim como mãos quentes.

O meu coração ainda está acelerado e estou tremendo. Não quero me sentir assim. Quero ser forte. Mas a adrenalina está passando, e não tenho outro lugar para ir, além de descer.

A lateral do meu rosto lateja como um batimento cardíaco, e a dor se espalha em todas as direções. Eu penso em Thompson me acotovelando e choramingo apesar da minha raiva.

Os braços de Gabriel apertam-se à minha volta.

— Quietinha, agora. Eu estou com você.

Entramos no camarim da Kill John, e os caras imediatamente se levantam e nos cercam.

— Que merda foi aquela? O que aconteceu com a Sophie? — Jax pergunta, olhando para mim. — Você está bem, querida?

— É óbvio que ela não está — Gabriel retruca, enquanto passa por ele e me coloca em uma cadeira.

— Porra. Isso foi um desastre — murmura Killian. — Controle de multidão de merda. Você deveria ter vindo conosco, Sophie.

— Não, não deveria — digo, fracamente, enquanto Gabriel se ajoelha diante de mim, passando o olhar pelo meu rosto. — Vocês teriam sido atacados.

— Eles não *nos machucariam*. — Rye parece estar passando mal, e a sua tez dourada fica pálida, enquanto o seu olhar permanece em mim.

— Você não tem como saber disso.

Gabriel franze o cenho e afasta uma mecha do meu cabelo com o polegar.

— Consegui te pegar, madame tagarela. — A raiva irradia por todo o seu corpo. — Você está sangrando.

— Aqui. — Whip entrega um kit de primeiros socorros para ele e dá um sorriso para mim. — Querida, você fica conosco a partir de agora, certo?

O meu lábio treme.

— Certo.

— Eu quero voltar lá e quebrar algumas caras — resmunga Brenna. Ela perdeu os óculos e o cabelo está desfeito. Eu nem percebi que estava no meio da confusão. Ela me entrega uma compressa fria. — Aqueles idiotas.

Por trás dela, Libby e Jules me observam com os olhos arregalados. Todas estão prestando atenção, me olhando de forma triste. Eu abaixo a cabeça.

— Tudo bem — diz Gabriel, em tom firme. — Vamos dar algum espaço à Sophie. Sigam com os seus afazeres.

Ninguém discute, apesar de Jax me dar um aperto no ombro antes de sair.

Com o corpo de Gabriel bloqueando a visão de todos, é quase como se estivéssemos sozinhos. Ele abre um lenço desinfetante e, franzindo a testa, limpa abaixo do meu olho, de forma delicada. Arde, mas eu fico quieta.

Sua voz é suave quando ele, finalmente, fala:

— Eu poderia matá-lo.

— Ir para a cadeia por causa de um lixo humano seria uma tragédia. E um esforço desperdiçado.

O tecido frio passa pelo meu rosto machucado.

— Não, não seria.

Eu seguro o seu pulso largo e sinto a batida rápida do seu coração, logo abaixo da superfície. E os olhos dele, escuros de raiva, encontram com os meus. Isso amolece o meu coração, embora eu tenha de ser a pessoa racional aqui.

— Sem retaliação, Raio de Sol. Me prometa.

Quando ele não responde, acaricio a pele do seu pulso com o polegar.

— Por favor, Gabriel. Por mim.

Ele comprime os lábios até ficarem brancos, mas assente, voltando a atenção para o meu olho. Com toques cuidadosos, ele me limpa e depois aplica uma camada de vaselina sobre o corte.

— Continue colocando isso até curar. Vai ajudar a evitar cicatrizes.

Ele me entrega o tubo de vaselina e segura a bolsa de gelo no meu rosto.

— Você é um especialista em lidar com contusões? — eu brinco. É brincar ou chorar.

Ele olha de volta para mim, com a expressão solene.

— Sim.

Minha mão se posiciona sobre a dele, pronta para assumir a tarefa de manter a compressa no lugar, mas ele não solta. O seu polegar se estende, acaricia o meu rosto, roçando o canto do meu lábio.

— Whip tem razão. Chega de sair sozinha.

— Eu sou uma adulta. Posso cuidar de mim mesma.

Ele olha fixamente para o meu rosto.

— Um acaso fodido — eu retruco.

Mais uma vez, a ponta do seu polegar acaricia a minha bochecha, e toca os meus lábios. As suas pálpebras baixam um pouco, à medida que ele inala bruscamente.

— Você me pediu um favor. Esse é o meu. Não me faça preocupar que isso aconteça de novo. — Ele segura o meu olhar, e a emoção é impactante. — Por favor. Eu não vou conseguir ser funcional.

Engulo em seco para superar o nó na garganta. As lágrimas se acumulam nos meus olhos. Lágrimas estúpidas. Começo a tremer, tudo desabando de uma vez.

— Eu fiquei com medo.

Ele respira fundo e encosta a testa na minha. A sua mão livre vai para a minha nuca, me segurando ali de forma firme, estável.

— Eu também — ele sussurra, me surpreendendo o suficiente para eu vacilar.

Interpretando a minha surpresa como dor, ele sibila um palavrão. Os seus dedos me dão um aperto suave.

— Você está segura, Sophie. Isso não vai acontecer de novo.

— Eu sei. — Respiro com dificuldade enquanto fecho os olhos e inalo o cheiro dele. — Você mantém o seu pessoal seguro.

— Eu cuido das minhas pessoas. — Os lábios dele roçam suavemente a minha bochecha intacta, o toque é tão leve que poderia ser a minha imaginação. Só que não é. Eu sinto até na ponta dos pés. A minha pele pulsa, mesmo quando ele se afasta ligeiramente para me olhar nos olhos. — Eu protejo o que é meu.

gabriel

Leva um tempo do caralho para eu me afastar. Tempo demais seguran-do a raiva, respirando como um homem normal, falando como uma pessoa calma. Quando saio para o beco dos fundos, as minhas mãos tremem tanto que mal consigo abrir a porta.

O ar quente e abafado bate forte na minha pele. Respiro fundo, sinto o cheiro azedo do lixo e o aroma úmido das pedras molhadas do calçamento. Mas não tem importância. Respiro outra vez, de forma lenta e profunda. Uma tontura se aproxima, e eu me apoio na parede úmida do fundo do teatro.

O meu terno vai estragar. As pessoas vão notar.

Eu não me importo nem um pouco. Não mais.

Olhando para a luz fraca alaranjada que tremula perto da porta, me pergunto quem sou eu agora. O Scottie está desmoronando. As rachaduras da sua venerável armadura aparecem sobre o meu corpo cansado. E Ga-briel? Apenas uma pessoa ainda me chama por esse nome. Apenas aquela que me faz sentir como um homem de carne terna e não como uma má-quina fria. E eu a decepcionei.

A imagem do rosto machucado de Sophie me vem à mente. O jeito que aquele babaca fodido bateu nela com o cotovelo. Duas vezes. Antes que eu pudesse chegar até ela.

O meu coração bate tão forte, que a minha camisa tremula. Mais uma vez, estou sem ar, lutando para encher completamente os meus pulmões apertados. O chão debaixo dos meus pés fica instável. Eu vou passar mal.

Dois passos rápidos me fazem curvar sobre uma lixeira. Vomito até não sobrar nada. Até a minha garganta arder.

Porra, eu odeio que pareça uma eternidade para eu conseguir ficar em pé, e mesmo quando consigo, a minha cabeça lateja, parecendo pesada demais e leve demais ao mesmo tempo. Odeio que a minha mão ainda trema enquanto eu pego o lenço de seda do bolso do paletó, para limpar minha boca.

A umidade quente rola pelo meu lábio. O lenço de seda branco está manchado de vermelho. Outra hemorragia nasal. Os meus dedos esfriam.

 kristen callihan

Penso em quando a minha mãe desmaiava – a tontura, os desmaios, os sangramentos no nariz.

Outra onda de frio passa por mim.

O som suave do riso feminino ecoa pela noite. Pequenos trechos de conversa vêm e vão – como Jax estava gostoso durante o seu solo, como aquela prefere assistir Whip tocando sua bateria, o outra quer ter um filho, fruto do amor de Killian. São as espectadoras do show saindo, se divertindo. Estão dizendo que esta foi a melhor noite da vida delas.

Eu ajudei a proporcionar isso a elas. Essas meninas nunca saberão disso, nem se importarão. Como deveria ser. Mas o orgulho que sinto em saber que lhes trouxe um pouco de felicidade é o mesmo.

Se eu for embora, outra pessoa fará o trabalho. Mas será que farão tão bem? Eles cuidarão dos meus rapazes e se certificarão de que tudo corra dentro dos conformes? Ou pensarão apenas no seu próprio lucro?

O fato de não haver garantias incomoda.

O riso ressoa novamente, uma feminilidade rouca e desinibida. Eu me lembro da risada de Sophie, embora a dela sempre tenha um toque de autodepreciação, como se ela fizesse parte da piada, sem nunca ridicularizar ninguém.

Nunca fui de rir livremente e muitas vezes me irritava com as risadas dos outros. A vida não é uma piada – não para mim. E ainda assim, eu quero me banhar no som da risada de Sophie, deixá-la me purificar e lavar toda a carga pesada da minha vida.

Eu não sei como pedir por isso, ou mesmo como *me permitir pedir*.

Eu a chamei de minha. Ela vai querer uma explicação para isso. Não tenho nada para dizer. Apenas *é*. Não importa se estamos fodendo ou não, ela tem a mim agora. Mesmo que ela não me queira.

Uma mensagem faz o meu telefone vibrar.

> **Brenna: O carro chegou. Onde você está?**

A ideia de estar no carro com Brenna, Jules e Sophie enquanto eu cheiro a vômito e provavelmente tenho manchas de sangue no rosto, deixa a minha boca ainda mais azeda. Eu não tenho imaginação para inventar uma desculpa plausível para minha aparência, e não quero mentir – nem contar a verdade.

Mas eu minto. Meu polegar digita uma mensagem rápida.

> **GS: já saí. Tenho algumas coisas para resolver.**
> **Fique segura**

GERENCIADO

Esta última mensagem é para Sophie, e Brenna vai saber disso.

Sophie. Ela vai sofrer e, provavelmente, está inquieta. Ficou claro que não está acostumada a ser agredida ou tratada com violência e, graças a Deus por essa pequena misericórdia. Eu deveria estar com ela, oferecendo conforto. Nossa cama – porque é, e tem sido de nós dois, desde o momento em que ela deitou nela – estará fresca e macia.

Mas se eu me deitar com ela essa noite, não sei como vou reagir. Já mostrei muito de mim. A exposição nunca foi fácil. Agora, não posso me mostrar mais, sem perder o controle que mantive sobre mim por anos.

Sophie. O arrependimento aperta o meu peito.

Eu envio uma última mensagem para Brenna.

> **GS: Vou demorar um pouco. Certifique-se de que Sophie fique confortável e coloque gelo no olho.**

Pequenos pontos aparecem na minha tela.

> **Brenna: Pode deixar, chefe. Se cuide.**

Eu suspeito que Brenna saiba exatamente o que eu planejo fazer, mesmo que a ideia tenha acabado de surgir na minha cabeça. Mas eu preciso. Necessito desse alívio.

Percorro a minha lista de contatos, e encontro o que quero.

> **GS: O que você tem disponível para hoje à noite?**

Em menos de cinco segundos, recebo a resposta.

> **Carmen: Já faz muito tempo, S. Estava começando a pensar que me esqueceu completamente. Tenho um horário às 4 h.**

E o endereço vem em seguida.

Eu guardo o telefone, me sentindo sujo, indigno. Não deveria. Não tenho motivo para me envergonhar. Mas me sinto constrangido. Sempre fico assim quando cedo à fraqueza.

kristen callihan

CAPÍTULO DEZESSETE

sophie

De alguma forma, parece errado ficar sozinha no ônibus de Gabriel. Ah, ele deixou bem claro que eu deveria considerar este espaço também como meu. Mas não vou. Cada centímetro do lugar é totalmente aquele homem — o que eu realmente aprecio. Já vivi sozinha o bastante nos anos passados. Não preciso sentir que estou no *meu* espaço. Gosto de estar no domínio dele.

Normalmente, entrar aqui é como ser envolvida pela essência de Gabriel; tudo é calmo, tranquilo, organizado. Tem o cheiro dele, uma fragrância fresca e sofisticada. Exala segurança.

No entanto, nesse momento não gosto nem um pouco de estar nesse lugar. Porque não tem a sua presença, e não me importo de admitir que eu o desejo aqui. Eu preciso dele. Por mais que eu odeie a minha fraqueza, o meu corpo ainda não conseguiu superar o incidente. Continuo tremendo e os meus dedos estão gelados. Apesar dos analgésicos e das compressas, sinto dores no rosto.

Preciso da distração de Gabriel. E francamente, eu tinha a esperança de me deitar ao lado dele na cama, como uma recompensa por esta noite tão miserável.

Ele não veio para casa conosco, disse à Brenna que tinha negócios para resolver. A tensão no rosto dela ao ler as mensagens, me fez pensar que sabia mais do que deixou transparecer. Parece que, o que quer que ele estivesse fazendo, não tinha a aprovação dela.

Não mandei mensagem para ele. Pela primeira vez, o orgulho não me permitiu. Fui abandonada quando eu estava assustada e machucada. Pode ser que eu não devesse encarar dessa maneira, mas eliminar esse sentimento tem sido impossível.

E quer saber o que é pior? Ele não voltou para casa.

Agora já amanheceu, e a minha cabeça dói após uma longa noite revirando na cama sem conseguir dormir, tentando desligar a mente e deixar o corpo descansar.

Ele *me* fez prometer todas as noites. Todas as malditas noites.

Isso não implicava o mesmo para ele? Que ele deveria estar aqui a cada. Porra. De. Noite?

Eu bato uma xícara no balcão preto brilhante, e sirvo uma grande dose de café. Sim, isso mesmo, café. Não chá. Ele *não* é a resposta para todos os problemas da vida. Às vezes, o café forte, escuro e amargo como o diabo, no estilo americano, é a solução.

Eu encaro a porta enquanto dou um gole desafiador, e acabo franzindo a testa de dor. Na verdade, não gosto de café preto. Eu sou mais do tipo que prefere café com creme e duas colheres de açúcar.

— Aquele britânico fodido que usa terno sob medida, está me fazendo beber café preto — resmungo, pegando o açúcar e o creme. Uma gota de creme cai no balcão. Eu ignoro. Rá. Consigo imaginar o seu sorriso de escárnio ao ver isso.

Infelizmente, vitórias mesquinhas e patéticas não são muito satisfatórias.

Estou agarrada à minha caneca e encolhida em uma das poltronas quando ele me envia um texto. Pelo visto, perdi toda a vergonha, porque eu pulo para pegar o telefone.

A mensagem dele é como um chute no peito.

> **Raio de Sol: vou ficar fora a trabalho por alguns dias. Já avisei aos outros. Te vejo em Roma. Cuide bem dos meus rapazes.**

Alguns dias? Ele já avisou todo mundo?

É embaraçoso o quanto eu fico decepcionada. O quanto eu fico… magoada.

Isto não é bom. Ele está fazendo o seu trabalho, e estou pronta para bater o pé como uma criança descontente.

Mordendo o lábio, escrevo uma resposta.

> **Eu: Vou dar uma festa no seu ônibus, com a banda, enquanto você estiver fora.**

É visível que, ser mesquinha ainda não está fora de cena.

Não há sequer uma pausa antes da resposta dele.

> **Raio De Sol: Bom. Você não deveria ficar sozinha. Peça a Jules para colocar tudo na minha conta. Ou pegue o cartão black que enfiei na minha gaveta de meias.**

kristen callihan

Isso... isso... Eu ranjo os dentes. Não consigo pensar em uma palavra ruim para chamá-lo. Pagar pela minha festa como se fosse o meu pai ou algo assim. *Vá em frente, Sophie. Comporte-se enquanto eu estiver fora.* Mas ele está sendo *bom*. Puxa vida, ele realmente concordou em deixar as pessoas entrarem no seu ônibus. Ou será que está duvidando de mim?

Eu digito:

> Bem. Mas não vou mexer na sua gaveta de meias. Eu poderia tirar as cores da ordem e então o que você iria fazer?

O idiota implacável responde facilmente.

> Raio de sol: Reorganizar as minhas meias. Faça a festa, madame tagarela. Vai ser bom para você. Te vejo em poucos dias.

Então é isso. E ele vai embora.

Eu preciso acabar com esse sentimento de dependência de uma vez por todas. Coloco o telefone de lado, bebo o restante do café e vou me vestir. Eu não vou mais ficar choramingando por aí. Tenho uma festa para organizar.

gabriel

Recebo uma cotovelada no rosto. A dor é intensa, e dispara como um flash de câmera fotográfica por trás das minhas pálpebras, atravessa o meu corpo, ressoa nos meus ouvidos. Um chute na minha lateral me faz recuar, cambaleando.

Um borrão de rostos me cerca, com vaias e gritos. Isto eu conheço. Essa atração pela violência e ganância, com que me alimentaram desde a infância como algo natural.

Outro soco é desferido. Eu me esquivo e ele não me acerta. Bloqueio um pontapé com o joelho. Recomponha-se. Concentre-se.

O meu oponente é muito resistente, deve lutar todos os dias. Na minha juventude, eu era melhor do que ele, mas agora fui enfraquecido por uma vida confortável. No entanto, sei o quanto posso aguentar. Eu posso desgastá-lo, esperar até ele se cansar. Mas vou ter que aguentar uma surra.

Contusões eu posso esconder. Cortes abertos e lábios partidos são outra questão. Esta é a minha segunda noite de luta. Já estou ferido. Se me machucar ainda mais, vou precisar ficar longe da Sophie por muito tempo.

Sophie. Sophie levou uma cotovelada no rosto. Duas vezes.

Raiva intensa percorre todo o meu ser.

Resista.

Outro soco é lançado, e roça a minha mandíbula. Se fosse uma luta profissional, já estaria nocauteado. Mas somos entretenimento amador, lutando um contra o outro em uma sala de estar imponente e branca – com pisos de mármore, e janelas do chão ao teto, com vista para o porto – enquanto pessoas ricas e entediadas nos observam.

É perverso. Cheira a privilégio. O sangue respinga nas paredes de couro branco.

Eu não dou a mínima para elas. Só preciso da dor.

O homem diante de mim é espanhol, alto, magro e rápido. Modifico a sua aparência na minha mente. Agora ele é um cinegrafista, robusto e inchado, e está batendo na Sophie.

Prometi não retaliar. Ela me fez prometer que não o machucaria.

Não vou. Mas este homem aqui? Ele quer a luta.

Toda a raiva, toda a frustração impotente se acumula e fica mais intensa. A raiva se torna fria e silenciosa.

O meu punho se choca com carne e osso. Esse é outro tipo de dor, uma liberação clara e intensa.

De novo, e de novo. Golpes controlados. Soco no rosto, joelhada nos rins, cotovelada na mandíbula.

Pele suada e quente, sangue metálico. Carne sólida cedendo sob os nós dos meus dedos. Eu me deleito com isso.

Em determinado ponto da luta, você não é mais um homem. Você se torna uma máquina. Reage sem pensar, entregando-se à memória muscular e à técnica.

Lutamos, nos agarramos e soltamos. Ele recua um pouco e depois avança de uma vez.

Um chute circular acerta a sua mandíbula e encerra a luta.

O meu oponente cai para trás e atinge o piso com um baque.

Ele permanece no chão, o peito sobe e desce com esforço, a cabeça pende para trás.

Aplausos irrompem. Eles me tiram do torpor e irritam os meus ouvidos.

Eu fico parado, inspirando e expirando. O meu corpo lateja, queima. É puro e real, tão próximo quanto consigo do alívio que realmente desejo.

Ninguém se aproxima de mim; já me conhecem bem.

Alguém ajuda o meu adversário a se levantar.

O meu olhar se volta para as janelas, onde a noite é um mar de tinta negra pontilhado por estrelas douradas. Sophie não está mais aqui. Ela foi para Roma.

Já sinto a sua ausência na minha alma, como uma ferida que não cicatriza. Estou machucado, sangrando. Terei que ficar afastado por dias. A ferida dentro de mim aumenta. Eu ignoro o sentimento. De qualquer forma, preciso de tempo. Para me recompor e acalmar.

— Scottie, *mi hombre hermoso*, outra vitória para mim, si? — Carmen sorri, os seus lábios são vermelho-sangue, e o cabelo negro está brilhante. — Ah, como eu senti falta de te ver lutar. Eu havia me esquecido o quanto você é calculista. Venha. — Unhas pontiagudas douradas deslizam pelo meu braço. — Tenho um quarto pronto. Vamos?

Luxúria e expectativa fazem os seus olhos semicerrarem enquanto ela examina o meu corpo, e mantêm a atenção no meu peito nu. Subtileza nunca foi o estilo da Carmen.

Eu me afasto do toque dela.

— Só preciso de um táxi.

Ela faz beicinho, estala os dedos e uma mulher aparece.

— Teresa vai te levar para um quarto onde você poderá vestir o seu terno de novo. — Como foi rejeitada, Carmem está totalmente focada nos negócios. Eu aprecio isso nela. — E quanto aos seus ganhos?

— Faça as doações de sempre.

Um sorriso discreto se forma em seus lábios.

— Para abrigos de mulheres agredidas. Você, *mi amigo*, tem um senso de humor perverso.

Sophie acha que sou um idiota. Sinto falta dela. Preciso dela. Não posso voltar a ficar assim.

— É o que me dizem. *Buenas noches*, Carmen. Não voltarei amanhã.

Saio para a escuridão e volto para o meu hotel. Mas não vou dormir.

GERENCIADO

CAPÍTULO DEZOITO

sophie

Fazer uma festa no ônibus de Gabriel é como estar no ensino médio e trazer os amigos para casa quando os pais estão fora da cidade. Pelo menos, essa é a sensação.

Os rapazes, Libby, Jules e Brenna entram com cautela, olhando ao redor como se ele pudesse aparecer a qualquer segundo, e repreendê-los.

— Você é uma garota muito corajosa — Killian me diz, trazendo um cooler cheio de cerveja. — Eu gosto disso.

— Eu tenho a permissão do papai — digo, com um revirar de olhos.

— Vai crendo. — Jax se senta e pega um punhado de batatas fritas. — Você nem sequer tem porta-copos. Vai pagar caro por isso. — O seu sorriso é largo, como se a ideia o agradasse muito.

E então percebo que eles querem ser pegos. Porque querem o Gabriel aqui também. Ah, eles adoram provocá-lo, mas ficam mais felizes quando está por perto. Por que ele não enxerga?

Brenna carrega um aparelho de karaokê, e Rye a ajuda a configurá-lo.

— Não sei por que concordei em trazer essa coisa — ela me diz. — É um campo de jogo completamente desigual.

— Pegaremos leve com vocês, Bren — promete Rye com uma piscadela.

— Pegar leve não vai ajudar — eu digo a ele. Mas estou feliz por estarem aqui. O ônibus está lotado de risos, conversas e o calor humano – bem diferente do ambiente frio e silencioso que se tornou quando eu estava sozinha. No entanto, isso não alivia a dor persistente no meu peito. Sinto falta dele.

Mas eu nem vou mais pronunciar o seu nome na minha cabeça. Longe dos olhos, longe da mente, longe do coração. Tem que dar certo.

kristen callihan

— Eu tenho esse aplicativo — diz Brenna enquanto se encolhe no sofá ao meu lado. — Ele te dá a categoria, e você tem que escolher uma música que se encaixe.

— Tudo bem. — Rye toma longo gole da cerveja. — Estou pronto. Manda ver.

Brenna toca em uma tecla do seu telefone, e todos nós viramos o pescoço para ver. Estou muito longe, mas Brenna começa a rir alto enquanto Jax e Killian gemem. Ela segura o telefone e anuncia:

— *Opa! MTV Raps.*

— Que conveniente — diz Killian, arrastando as palavras, ao lançar um olhar para Brenna que eu não consigo interpretar. Ela o evita com um pequeno resmungo.

— Com toda certeza — Rye diz ao bater no peito. — Eu vou matar todos vocês, filhos da puta.

Jax faz um barulho com a língua enquanto movimenta a mão, simulando uma masturbação.

— Claro que vai.

— Você treme de medo, JJ.

— Não é você, o aspirante a JJ? — E eu contenho uma risada porque Rye realmente se parece um pouco com o *linebacker* JJ Watt.

Rye mostra o dedo do meio para ele e esfrega as mãos.

— Okay, okay, isso vai ser bom. — Ele olha ao redor da sala. — Vou escolher Whip para fazer o acompanhamento musical, e Jax, já que você está incentivando tanto, vai ficar comigo nos vocais.

Jax faz uma expressão de dor.

— Inferno.

Rye concorda com a cabeça.

— Vamos contra Killian e Libby.

Brenna se senta ao meu lado.

— Ele está tramando alguma coisa boa.

— Você me conhece, querida. — Rye pisca para ela.

Brenna se encolhe como se tivesse levado um beliscão, depois volta ao seu comportamento calmo.

— Bem, continue.

— A versão de Run-D.M.C. de "*Walk this Way*".

Todos começam a rir.

Killian agarra a sua guitarra.

— Entendi. Eu e Libby vamos cantar a parte do Aerosmith, certo? Porque tem gente pensando que sabe fazer rap.

— Sabe, Killian. Não pensa, sabe. — Rye pega um microfone e olha para Whip. — Você está bem com o ritmo? Ou vamos usar o karaokê?

— Você está me perguntando isso mesmo? — ele zomba. Está apenas com a sua bateria elétrica pequena, mas já está mexendo nela. — Não me irrite, Ryland.

— Vamos usar os instrumentos.

— Isso vai ser muito bom — diz Libby, com os olhos brilhando. Ela não parece ser o tipo de pessoa que se empolga em tentar imitar o Aerosmith, mas está claramente confiante.

Ela e Killian juntam as cabeças para planejar, enquanto os rapazes fazem o mesmo no canto deles.

— Você sabe que somos as próximas — Brenna me diz.

Eu rio um pouco.

— Fiquei apavorada quando pensei que teria que cantar na frente desses caras. Porque miada de gato é um eufemismo.

Brenna sorri.

— É muito irritante, não é? Quando eles fazem parecer tão fácil.

— Assustador pra caramba — concordo. — Mas fazer rap? Rá. Isso eu posso.

Ela levanta uma sobrancelha perfeitamente delineada, e sinto uma pontada de dor no coração. Esse olhar me faz lembrar de Gabriel. As suas sobrancelhas são grossas e imponentes, mas tanto ele quanto Brenna têm esse jeito elegante de se expressar com um simples olhar.

— A maioria das pessoas teria mais medo de fazer rap — diz ela.

— É uma questão de domínio. Além disso, tive uma babá que adorava hip-hop. Foi literalmente a música da minha infância.

De repente, Brenna abre um sorriso e chega mais perto.

— Eu também adoro hip-hop. Por isso eu manipulei o jogo para essa ser a escolha.

— Sua gênia do mal — digo, com um suspiro.

Antes que ela consiga controlar, o seu sorriso se expande.

— Tenho quase certeza de que Killian desconfia de mim.

Então esse era o significado do olhar. Não menciono que Rye também parece muito satisfeito com a escolha de Brenna, como se ela também tivesse feito um favor a ele.

— Pensei que você iria pirar — Brenna fala, olhando para mim.

— Agora você já sabe. — Empurro o ombro dela com o meu.

Ela me empurra de volta.

— Se Scottie não tivesse te reivindicado primeiro, eu poderia até tentar.

Perco meu bom humor na hora e demonstro pela minha expressão, porque Brenna percebe. Felizmente, não preciso ouvir nenhuma desculpa estranha ou tentativa de acalmar um ego ferido. Whip começa com uma batida.

Killian toca a guitarra, e eles começam.

Brenna e eu gritamos de alegria enquanto Jax e Rye começam a cantar as letras do RUN-D.M.C. Eu esperava que Rye se destacasse, mas Jax não. Não conseguimos parar de rir, mas perdemos o controle quando Libby – não Killian – assume o papel de Steven Tyler, fazendo uma voz estridente e rouca, assim como o lendário cantor do Aerosmith.

O sorriso de Killian é tão grande, que as suas bochechas poderiam doer. Mas a performance dele está impecável.

Eu sempre quis viver uma vida menos comum, ver o mundo de uma maneira que poucos outros viram. E sei que não estou sozinha nesse desejo. Quem não gostaria de escapar da rotina mundana? No entanto, sempre soube que eu era comum. Não de uma maneira ruim, mas eu era apenas a Sophie Darling que geralmente está feliz, gosta de pessoas, tem talento para tirar fotos da vida cotidiana. Sem nada especial. Eu tentei absorver a empolgação da fama sendo jornalista de entretenimento. Mas isso só me deixou contaminada e suja.

Não estou certa de onde está o meu futuro, mas estou aqui agora, vivendo esta vida. E ela é extraordinária. Uma das maiores bandas de rock do mundo está cantando karaokê para mim. E o que é ainda melhor? Essas pessoas engraçadas, talentosas e generosas são minhas amigas. Elas gostam de mim, com erros do passado e tudo.

Eu absorvo o momento, rindo e observando eles dançarem. Ainda assim, há um frio nas minhas costas e no centro do meu peito que não vai embora. Eu anseio pelo homem que não está aqui, aquele que me deixou para trás.

Dói, e eu preciso conter a angústia, mas o meu sorriso é muito fraco.

A música termina, e todos se cumprimentam com entusiasmo, enquanto Brenna e eu assobiamos e torcemos animadamente.

Whip se joga ao meu lado, com a testa brilhando de suor. Ele afasta uma mecha de cabelo escuro do rosto e sorri.

— Vai ser difícil de superar.

— Exibido — eu digo a ele, com os nervos tremulando no meu estômago. Sei a música que Brenna e eu escolhemos de cor. Ainda assim, tenho que apresentar diante desses talentos musicais.

— Sem enrolação — diz Rye, sentando do meu outro lado. — É a vez de vocês agora.

Brenna se levanta, alisa a saia e toma o microfone dele.

— Vamos cantar "*Shoop*".

Todo mundo aplaude, e eu me levanto com pernas instáveis. Libby me entrega o microfone.

Brenna vai ficar com a parte de Pepa e eu com a de Salt. E porque nenhuma de nós, nem por um milagre, poderia tocar um instrumento, vamos usar a o karaokê. Olhamos uma para a outra. Os olhos de Brenna brilham, mas ela ri de nervoso.

— Vamos nessa?

— Vamos — digo, batendo o punho no dela.

A música começa, e eu não consigo mais me preocupar. Brenna cumpre a palavra, cantando a sua parte com ousadia, e movendo os quadris. Ela dá um tapa na própria bunda, e Rye uiva, rindo tanto que lágrimas escorrem pelo seu rosto.

Mas todos olham para Brenna com orgulho e encorajamento.

E depois é a minha vez.

Eu não penso. A música me leva. Eu danço, giro e a Brenna se junta a mim. É muito libertador; eu entendo por que esses caras suam a camisa noite após noite.

— Arrase, Sophie! — Jax grita, aplaudindo.

E é isso que eu faço. Estou rebolando e cantando sobre sonhos bonitos e jeans grandes, quando *ele* entra.

Na verdade, é impressionante como o homem pode entrar em uma sala e fazer tudo parar.

Quero dizer, a música de fundo continua a tocar, mas todos nós paramos como se ele tivesse apertado a tecla pause.

Gabriel também congela, franzindo as sobrancelhas sobre aquele nariz arrogante. Impecavelmente vestido com um terno azul, usando abotoaduras de platina que reluzem na fraca luz, ele é o soberano de tudo ao seu redor. Os caras presentes aqui podem ser os maiores astros do rock mundial, mas se calam diante dele como crianças rebeldes, que foram pegas roubando bebidas do estoque do pai.

kristen callihan

Como que para enfatizar esse pensamento, Rye de repente aponta para mim.

— Ela nos obrigou a fazer isso!

— Nós não tocamos em nada — lamenta Killian dramaticamente, e balança os braços. — A fechadura do armário de bebidas já estava estragada!

Isso rompe a tensão e todos riem. Todos, menos eu e Gabriel.

Porque o olhar dele pousou no meu. E não consigo desviar a atenção. *Por que ele?* Por que um simples olhar deste homem tem o poder de paralisar o meu corpo, tirar o meu fôlego, e fazer toda a minha pele ficar quente e pegajosa?

Não menti aquele dia no avião. Ele é o homem atraente da forma mais devastadora que já conheci. Mas o que eu sinto quando olho para ele, quando nos avaliamos silenciosamente, não tem nada a ver com a sua aparência.

A beleza masculina dele não é o que faz o meu coração doer como um machucado pungente. Não é o que faz meu interior se agitar até os dedos dos pés, e os meus lábios de repente ficarem mais sensíveis. E certamente não é o que me faz querer atravessar a pequena distância entre nós e envolvê-lo com os braços, e trazê-lo para perto.

Porque ele está muito abatido. O seu rosto está mais magro e existem sombras sob os olhos azuis. A expressão é de dor, anseio, necessidade. Eu vejo, mesmo estando bastante convicta de que ele não quer que eu perceba. Sempre vi a sua solidão.

Talvez porque corresponda à minha.

Ambos somos especialistas em esconder o nosso verdadeiro eu, por trás de uma máscara pública. Eu faço piadas e sorrio. Ele interpreta o robô.

O karaokê para com um clique. Ainda não consigo desviar o olhar de Gabriel. Eu senti falta dele. Demais.

Ele não cumprimentou ninguém, nem sequer se moveu da posição ao lado da porta.

— Hora de ir — murmura Jax, e todos se embaralham, agarrando os instrumentos e as suas coisas — Killian pega a tequila.

Eles saem sem mais uma palavra.

A voz de Gabriel está rouca quando ele finalmente a usa.

— Você ficou bem? — Ele desvia a atenção para o microfone ainda em minha mão e um lampejo de humor ilumina os seus olhos, antes que a neutralidade volte ao lugar.

Estou suada e corada, e o meu coração continua a bater rápido por ter parado de dançar abruptamente.

GERENCIADO

— Não pareço bem? — É uma tática barata, mas a parte insegura de mim precisa de algum tipo de sinal. E ele ainda não se afastou da porta.

Ele olha para os meus seios e para a curva dos meus quadris, fazendo todos esses pontos ficarem arrepiados, sensíveis e ansiarem por um toque. Ele volta a me olhar nos olhos.

— Muito bem, na verdade.

Droga, isso não deveria me encher de calor. Abaixo o microfone, tomo um gole da cerveja. Está quente e sem gás.

— Você deveria ter deixado eles ficarem.

— Eu não pedi para eles irem — ele fala, suavemente, com a expressão meio perplexa e um pouco irritada.

— Não precisava. Basta você aparecer e todos se dispersam como baratas na luz.

Suas narinas se alargam em clara irritação. Eu ignoro.

— Por que isso acontece? Por que não deixa ninguém entrar aqui? — Eu me aproximo um pouco. — Por que você não deixa ninguém entrar?

— Você está aqui — ele retruca calorosamente, desviando o olhar, como se a minha visão o incomodasse. — Você entrou.

— Entrei? — Agora o meu coração está acelerado, bombeando o sangue pelas veias com muita força. Isso me deixa nervosa, precisando de conforto.

Gabriel franze a testa para mim.

— Precisa perguntar?

Dou mais um passo, consciente de que ele fica tenso quando eu me aproximo.

— Você estava mesmo ocupado com negócios?

— O que mais poderia ser?

Mais um passo. Perto o suficiente para sentir o seu cheiro. O calor irradia de dentro dele, apesar do exterior parecer frio. Ele me encara por cima do nariz. Bastardo arrogante.

— A sua aparência está péssima — eu digo a ele.

Ele zomba.

— Bem, obrigado, Darling. Sempre posso contar com a sua franqueza.

— Sim, você pode. — Eu olho para ele. — Você perdeu peso. Está pálido…

— Sophie — ele me interrompe com um suspiro. — Viajei o dia todo. Foi um voo difícil. Estou cansado e quero dormir. — Ele inclina a cabeça, o queixo em desafio. — Vamos?

kristen callihan

Por um segundo, só posso piscar.

— Você sinceramente espera que eu durma com você agora?

Aquela mandíbula teimosa e contundente se levanta.

— Você me prometeu todas as noites se eu quisesse. Bem, eu quero.

— Não até você me dizer onde estava.

— O quê?

Eu me inclino para frente, quase roçando o nariz na lapela do seu terno impecável, e respiro fundo. Eu me endireito com um olhar fulminante.

— Você pode ter tomado banho, mas o seu terno fede a cigarros e perfume.

Os olhos dele se estreitam como fendas de laser brilhantes.

— O que você está insinuando?

— Você estava fora, transando com alguém?

Pronto. Falei. E a ideia me deixa nauseada.

— Isso não é da sua conta.

Mesmo que ele diga sem entonação, ainda parece um tapa na cara.

— É, sim, se eu estiver dormindo com você — respondo com rispidez.

Ele dá um passo para perto de mim.

— Eu te falei no início, que não tem nada a ver com sexo.

A cada respiração profunda, os bicos dos meus seios encostam no peito dele.

— Está certo. É mais do que sexo. *Nós* somos mais. E você está cansado de saber disso. — Cutuco o ombro dele com força. — Então deixe de ser covarde e admita.

Com um verdadeiro rosnado, ele me empurra na parede e me prende com os braços. Nossos narizes se encostam quando ele se inclina.

— Aqui está o que eu admito: eu não estava "transando com ninguém" e me irrita saber que essa foi a sua primeira suspeita.

Ele está tão perto que a intensidade da sua raiva parece ser minha. Não consigo me mover nem evitar os olhos dele. E nem tento.

— Por que que eu não deveria pensar isso, quando sinto cheiro de mulher em você?

— Porque só existe você!

Seu grito ressoa, despedaçado e desesperado. Mas é a raiva nele, como se odiasse a verdade, que me faz estremecer.

Mesmo assim, a sua confissão permanece entre nós. Sem conseguir evitar, coloco a mão na cintura. A tensão percorre o corpo dele. Mas ele não se afasta, apenas me encara, respirando com dificuldade.

GERENCIADO

— Gabriel, você acha que é diferente para mim?

Ele recua, com a expressão em branco.

Não permito que isso me impeça. A minha voz permanece suave.

— Por que você acha que eu insisto?

— Porque você não consegue se conter, menina conversadeira e teimosa. — O seu olhar paira sobre o meu rosto. — Nem mesmo quando deveria.

— Por que eu deveria, Gabriel? — Uso o seu nome para impedi-lo de recuar. Eu sei o quanto ele anseia por ouvir. Mesmo agora, quando está bravo, as suas pálpebras tremem cada vez que eu o menciono. — Estou cansada de fingir que não te quero, porque eu quero. Nós circulamos ao redor disso noite após noite. E é uma mentira do caralho. Estou cansada de mentir. Me diga por que você resiste.

Ele comprime os lábios.

— Eu já te falei. Eu vou te decepcionar, Sophie. Cristo, olhe para mim. Eu fui embora quando precisou de mim.

— Você agiu dessa forma para me provar? — insisto, e as lágrimas ameaçam cair. — Foi por isso?

A pergunta claramente não o agrada.

— Não. Eu precisava de tempo, de um momento para mim mesmo.

Ah, isso dói. E, como ele tem sido um homem solitário por muito tempo até hoje, posso culpá-lo por querer espaço?

O cansaço é evidente no seu rosto, enquanto ele me observa com olhos cautelosos.

— Eu não posso ser o homem que você deseja, Sophie.

Um tom amarelo claro de um trauma em sua bochecha chama a minha atenção. Eu levanto a mão para tocá-lo, e ele dá um passo para trás, me evitando.

— Não pode ou não quer?

— Tem importância? — ele responde. — No fim, o resultado é o mesmo.

Eu deveria ir embora, salvar o que resta do meu orgulho. Mas nunca consegui me conter ao interagir com este homem.

— Você vai me dizer onde estava?

— Não.

Jesus, eu quero bater o pé. Nele.

— Por que não?

Agora ele se afasta completamente de mim, e recua até a cozinha para colocar água na chaleira.

kristen callihan

— Porque eu não quero.

— Idiota.

— Já admiti isso, querida.

Eu cerro os dentes, enquanto ele mexe nas folhas de chá.

— Hora do chá, não é? — Eu me esforço. — Está com problema e precisa de um calmante?

— Sim — diz ele sem se virar. — Você.

Antes de conseguir me conter, solto um suspiro de dor.

Ele vira ao ouvir o som, e levanta as sobrancelhas em aparente surpresa.

— Madame tagarela?

Pisco rapidamente.

— Você *é* um idiota. E isso não é motivo para se orgulhar.

Eu pego os meus sapatos e sigo em direção à porta.

— Sophie. — Ele tenta agarrar o meu braço, mas eu escapo do seu alcance.

— Não — digo, abrindo a porta com força. — Eu preciso ficar longe de você por um tempo.

Ele passa a mão pelo cabelo espesso e agarra as pontas como se precisasse segurar alguma coisa.

— Pelo menos me diga aonde vai para eu não me preocupar.

Uma risada amarga sai dos meus lábios.

— Ah, que ironia. — Eu o encaro. — Adivinhe, *Scottie*? Eu não vou dizer. Porque eu não quero, porra!

Eu bato a porta atrás de mim e saio para a noite.

CAPÍTULO DEZENOVE

gabriel

— Se você puxar esses punhos com mais força, vão acabar se rasgando. — Não me dou ao trabalho de olhar para Killian ao meu lado. Isso só o encorajaria. E não tenho capacidade de fingir que estou inabalável nesse momento. Magoei a Sophie ontem à noite. Estraguei a diversão dela e depois fiz com que pensasse que ela era um problema a ser resolvido.

Não percebi o estrago que estava fazendo, até quando ela saiu furiosa. Eu só queria proteger a minha privacidade, como sempre, erguendo um muro e atacando quem tentasse espiar por cima dele.

O método funcionou; ela foi embora. Cortaram as minhas pernas, porra. Estou limitado a andar em tocos e fingir que não é um sofrimento.

Ao nosso redor, assistentes de palco, engenheiros de iluminação e técnicos de som se apressam de um lado para o outro, preparando-se para o show. Do outro lado da enorme tela à nossa frente, a multidão enche o estádio. Os murmúrios e as risadas criam um zumbido constante.

— Você não deveria estar no camarim, deixando o cabelo artisticamente desarrumado? — pergunto a ele.

— Libby resolve para mim de uma maneira especial — ele responde tranquilamente.

Claro que sim. Todas as pessoas da turnê já tiveram o prazer de ouvir os sons que Killian e Libby fazem, quando se preparam para um show e quando celebram no fim de cada um. Não sei como eles acharam que estavam sendo discretos.

— Então vá encontrar a sua esposa — eu digo. — Tenho quase certeza de que ela está te esperando no banheiro.

— Mano, não a deixe notar que você sabe sobre esses nossos encontros, senão ela não vai me dar mais nada lá.

— Seria bom você não me fornecer munição neste momento.

Ele fica em silêncio, parado ao meu lado enquanto observa o trabalho cuidadosamente coordenado dos assistentes de palco. Eu sei o que ele está fazendo. Dando uma de babá. Killian me conhece muito bem. Da mesma forma que eu percebo o seu sofrimento pelo olhar, ele nota o meu. É verdade que já faz mais de dez anos que ele me viu sofrer. Pensar naquele tempo, adiciona mais uma pedra ao poço de cascalho que se formou no meu estômago.

Sophie não voltou para casa ontem à noite. Casa. Faz tanto tempo que não considero nenhum lugar como lar, que me surpreendo por ainda lembrar do conceito. As minhas casas são moradias onde descanso quando estou de folga. Considerando que estou sempre trabalhando, raramente passo tempo em qualquer uma delas. No entanto, desde a primeira noite Sophie arrumou as coisas dela ao lado das minhas, e preencheu os espaços tranquilos e arrumados com sua natureza efusiva. Qualquer lugar que ela esteja pode ser considerado um lar.

Na noite passada, sozinho na minha cama, foi como o inferno. Eu não consegui baixar o meu orgulho o suficiente para perguntar se alguém da equipe sabia onde ela estava. Mas foi por pouco. Fiquei tentado a implorar. Isso também me irrita.

Eventualmente, a turnê vai acabar. Sophie terá outros projetos e a minha vida voltará ao normal. Por que esse pensamento revira o meu estômago, não é um assunto no qual eu queira me aprofundar.

Como conheço bem o Killian, não me surpreendo por ele não conseguir ficar quieto por muito tempo.

Ele faz um barulho de impaciência.

— Sério, cara, que bicho te mordeu? — Pelo canto do meu olho, consigo ver o sorriso largo e presunçoso dele. — Eu tinha certeza de que o seu ônibus iria ficar balançando por algumas horas.

— Não seja inconveniente — respondo de forma abrupta, deixando a porra do punho em paz.

— Fazer um amorzinho travesso nunca vai ser inconveniente. — Ele me cutuca.

— Eu posso ficar emocionalmente abalado para o resto da vida depois de ouvir você dizer *amorzinho travesso*. E vá cuidar da sua vida.

— Ah, por favor. Não é como se você estivesse escondendo algo.

Por fim, o encaro com raiva, e ele mantém aquele sorriso arrogante no rosto.

GERENCIADO

— Você está muito caidinho pela Sophie — ele fala, todo animado. — Desde que você saiu daquele avião.

Sophie estava muito feliz, dançando como se fosse uma arma de sedução e mandando bem nos raps – as letras saíam dos seus lábios em um ritmo sincopado, sem hesitação ou vergonha. Foi inesperado e encantador. Eu tive vontade de rir apenas pela alegria do momento. Eu quis jogá-la por cima do ombro, levar para a minha cama, e fazê-la balançar e empurrar os quadris diretamente sobre a minha boca. O meu pau se agita com o pensamento, e eu me lembro de Killian ali parado, olhando como se nunca tivesse me visto antes.

— Por que você está sorrindo como um tolo? Nem sequer gosta dela.

— Ah. — Ele dá de ombros. — Eu me irritei com problemas antigos. Ela é legal. Só demorei um pouco para me permitir enxergar.

Apesar de querer arrancar a minha pele e me jogar no trânsito por colocar aquela dor em seu lindo rosto, me sinto confortado pela aceitação de Killian. O simples fato de significar tanto para mim, também me enerva.

— Todo mundo gosta dela — acrescenta como se fosse uma tentativa de me tranquilizar.

— É impossível não gostar — murmuro. Um erro. Acabei de dar abertura para Killian.

— Então… — ele sugere com um aceno de mão. — Por que você não está brincando de casinha com Sophie agora? Vocês dois estão claramente morrendo de vontade de foder como coelhos excitados…

— Um golpe certeiro, Killian. Basta isso para te silenciar pelo resto da noite.

— Sensível. Irritável.

Ele está adorando a situação. Me jogar no trânsito parece mais atraente a cada segundo.

— Eu só estou dizendo — ele continua. — Nunca vi ninguém mais necessitado de uma boa e dura foda do que…

— Cale a boca, porra.

— Você — ele conclui de maneira expansiva, se esquivando. — Mas é bom saber que você protege a reputação de Sophie. É sinal de que você se importa.

Fecho a mão em punho. Killian se esquiva mais um pouco para trás, sorrindo de forma atrevida.

— Parei. Não vou mais cutucar a onça. Já estou saindo.

— O seu tempo esteve desajustado nas últimas performances. O riff de abertura ficou atrasado por dois segundos.

kristen callihan

Killian ri.

— Golpe baixo, mano. Mas está certo. Não sei o que aconteceu, mas vou trabalhar nisso. — Ele para com o calcanhar no ar, pronto para virar. — Seja lá o que você tenha aprontado para fazer Sophie invadir o ônibus de Brenna, apenas diga a ela que está arrependido.

O remorso é como uma punhalada no meu coração. Tentar respirar é uma luta. Mas, pelo menos, sei onde ela está agora. Com Brenna, em segurança.

— As mulheres precisam que reconheçamos as suas dores — diz Killian, cravando o punhal mais fundo.

— Você acha que eu não sei disso?

De repente, os seus olhos escuros ficam solenes e sei que ele está prestes a acabar comigo.

— Ela sentiu a sua falta quando você não estava aqui. Por mais que você tente se esconder, Sophie enxerga através disso e ainda se importa. Não foda com isso, mano. Confie em mim.

Eu não faço um movimento de cabeça. Nem tenho nada a dizer. Eu já fodi com tudo.

sophie

— Você vai tirar a noite de folga. — O tom de Brenna não dá abertura para contestação.

Mas não quer dizer que eu não vá tentar.

— Isso é ridículo — digo, aplicando um pouco do corretivo dela nas minhas olheiras. Não vou permitir que Gabriel veja os meus olhos roxos e inchados de jeito nenhum.

Eu não chorei, mas passei boa parte da noite de ontem bebendo vodca com tônica e o amaldiçoando. Enquanto isso, Jules e uma compreensiva Brenna concordavam que ele poderia ir se foder.

— Estou bem.

Brenna aplica um batom roxo-escuro e depois me entrega um tubo vermelho rosado.

— Eu sei. Mas isso não quer dizer que você não pode aproveitar uma noite de folga.

Encaramos os reflexos uma da outra no espelho do banheiro de Brenna, ambas com expressões teimosas.

A cabeça de Jules aparece no reflexo.

— Sim, leia um livro, assista a filmes cafonas.

Filmes bregas só me fazem lembrar de Gabriel e da ameaça de me obrigar a assistir a uma maratona de Guerra nas Estrelas. Menos de vinte e quatro horas, e sinto a falta dele como de um membro amputado.

— Se eu ficar aqui — eu digo. — Vou enlouquecer.

Brenna penteia o cabelo em um rabo de cavalo alto, a sua marca registrada.

— Então vá ao show e divirta-se como fã.

A ideia não me agrada; fui contratada para fazer um trabalho, não para desistir só porque tive os sentimentos feridos.

Infelizmente, se eu quiser trabalhar, preciso voltar no ônibus e buscar o meu equipamento. Isso não vai acontecer. Talvez eu seja sensível demais, por precisar lamber um pouco mais as minhas feridas.

— Eu não tenho nada para vestir.

Brenna usa, pelo menos, três tamanhos a menos do que eu, e Jules é quatro centímetros mais baixa.

— Desculpas, desculpas — diz Jules. — Eu vou encontrar algo pra você. Espere aí.

A sua cabeça brilhante desaparece por um momento, e então ela volta com uma saia verde esvoaçante e uma camiseta regata branca.

— A saia fica no meio da minha panturrilha, então provavelmente estará na altura dos seus joelhos, mas é melhor do que roupas manchadas de sorvete de chocolate. — Ela abre um sorriso largo, expondo as suas covinhas.

— Nem me lembre. — A noite passada terminou com um ataque ao estoque de emergência de sorvete delas. Ainda me sinto meio enjoada.

Visto a saia e a blusa e olho para mim mesma com uma expressão de descontentamento.

— Parece que estou indo para a praia.

— Você ficou gostosa — diz Jules, dando um tapa na minha bunda. — Estou indo. Um certo homem, que não vou dizer o nome, acabou de me mandar uma mensagem dizendo que está no estádio, e ele fica nervoso se os funcionários não chegarem na hora.

Ela balança a cabeça, mas não há irritação de verdade em sua expressão.

Se não me engano, ela parece ansiosa para começar a noite, enquanto se apressa. Eu a invejo.

Eu reprimo um suspiro e passo a mão no cabelo. Ainda é ouro rosê, e cai em ondas até os meus ombros. Uma pequena linha de raízes loiras mais escuras aparece. Logo terei que escolher outra cor, mas no momento, estou apenas cansada.

— Tudo bem, eu vou — digo a Brenna. — Mas é sob protesto.

Ela sorri.

— Anotado. E olha, sobre o Scottie...

— Não se preocupe — eu a interrompo, não gostando da compaixão em seus olhos. — Eu já superei.

— Não, você não superou. — Ela balança a cabeça, sorrindo suavemente. — Mas tudo bem. Ele... bem, sim, ele pode ser um idiota às vezes, mas é uma das melhores pessoas que eu conheço. Por trás daquela rigidez existe um marshmallow por quem qualquer um de nós mataria.

Eu caio contra o balcão.

— Eu sei disso. Infelizmente, muito bem. Só que, nesse momento, a parte idiota está se sobressaindo. Como você se permite importar com alguém que não te deixa entrar?

O rosto bonito de Brenna se fecha, e ela faz um gesto dramático ao guardar rapidamente a maquiagem de volta na sua nécessaire.

— Acho que todos ficaríamos mais felizes se soubéssemos a resposta para essa pergunta.

— Inferno. Vamos apenas voltar a "os homens podem ir se foder" e deixar por isso mesmo, por enquanto.

Brenna ri.

— Sim, o problema é que adoramos foder com os homens.

— Verdade.

Rindo, seguimos juntas para o local do evento. E eu finjo durante todo o caminho que não estou temendo e esperando ver Gabriel novamente, ao mesmo tempo.

Tendo trabalhado em vários shows até agora, eu já conheço os lugares onde ele costuma frequentar nos bastidores e sei como evitá-lo. Isso não me impede de, ocasionalmente, capturar vislumbres do seu perfil austero e firme. E cada vez que isso acontece, o meu estômago se contrai e o coração dá uma batida descompassada.

Tenho vontade de olhar por mais tempo, mas sei que ele vai notar. Eu juro que o sexto sentido desse homem é nesse nível. Mesmo escondida nas sombras, consigo perceber que ele examina a área, com um semblante sombrio no rosto. Procurando por mim? Ou ele está apenas no modo habitual de trabalho? É difícil dizer sem observá-lo por muito tempo.

E eu odeio que minha atenção esteja constantemente nele. Eu mal presto atenção no show enquanto me escondo atrás de uma pilha de caixas do lado oposto ao palco. Encostando-me em uma parede de concreto, fecho os olhos e deixo a música me envolver, a vibração ressoar nos meus ossos.

Se Gabriel me procurar para pedir desculpas, esperando que tudo volte ao normal, não sei se vou suportar. Não posso voltar ao que éramos.

Pode ser porque os meus olhos estão fechados e os outros sentidos mais alertas, ou talvez seja porque estou muito sintonizada com ele, que sinto o momento exato em que Gabriel se posta ao meu lado.

Não preciso olhar para saber quem é; mesmo na umidade abafada dos bastidores, reconheço o cheiro dele. E ninguém além dele faz a minha pele se contrair e o meu coração acelerar só por estar próximo.

Ele está tão perto que a minha escápula roça a manga do seu casaco.

Ainda com os olhos fechados, engulo em seco e tento manter uma postura passiva. O meu corpo me trai, enviando pequenas ondas de prazer pelo meu peito e pela minha pele.

Estou irritada com ele, mas isso não me impede de pensar: *Finalmente, você está aqui. Por que demorou tanto?*

Ficamos ali parados, ouvindo "Apathy", e mesmo com a multidão enlouquecendo, nenhum de nós se mexe. A música termina e Jax e Killian começam a falar sobre uma nova música que vão tocar.

O ambiente dos bastidores está tão silencioso que consigo ouvir cada palavra que Gabriel diz, sua fala parece travada, como se fizesse um esforço para pronunciá-las.

— Sou um homem frio. Qualquer felicidade ou calor que eu sentia morreu quando Jax tentou tirar a própria vida. Até você aparecer. — A respiração irregular sopra na minha bochecha. — Você é o meu calor.

O meu coração para, e a minha respiração pausa e me causa dor.

A voz dele ganha força.

— No mesmo instante que você se afasta das minhas vistas, quero que volte para onde eu possa vê-la.

Quero me virar e dizer que também sinto a falta dele. O tempo todo.

Mas então ele se move. As pontas dos seus dedos passam pela curva do meu ombro, e o choque me faz endurecer. Nós nos aconchegamos noite após noite, sem hesitação nem medo. Mas fora da cama, Gabriel raramente faz contato físico prolongado.

E este toque não é amigável nem passageiro. É uma exploração, terna, mas possessiva. Os meus joelhos ficam fracos, a minha cabeça pende para a frente enquanto ele acaricia o meu pescoço, fazendo uma varredura lenta sobre a minha pele, como se estivesse saboreando o momento.

A sua voz é baixa, mas poderosa ao meu ouvido.

— Se eu puder te ver, saber que você está bem, a minha respiração fica um pouco mais fácil, e eu me sinto um pouco mais humano.

Eu me inclino em seu toque e ele cobre a minha nuca, me segurando firme... Me abraçando. Preciso tanto do toque dele que dói.

— Então, por que você me deixou? — A minha voz não está firme; parece que não consigo encontrar a minha respiração.

Ele coloca um pouco mais de pressão nos dedos. Antes que ele possa responder, outra música começa. A música nos envolve e não existem mais palavras. Eu fico ali, parada no escuro ao lado de Gabriel.

Ele não se move por alguns instantes, e depois desliza os dedos lentamente pelo meu cabelo, como se estivesse me acolhendo. Eu não resisto quando ele se aproxima e me vira em sua direção.

Com um suspiro, eu encosto a cabeça no ombro dele, enquanto ele me massageia com movimentos constantes.

Incapaz de evitar, apoio a mão na sua barriga chapada. Um murmúrio escapa dele, e embora não se mova, parece que todo o seu corpo está se fundindo com o meu.

No escuro, estamos escondidos. A música pulsa à nossa volta – sons altos e rítmicos de angústia, raiva e desafio –, mas aqui há quietude. Eu fecho os olhos e inspiro o cheiro dele. Lã delicada e colônia picante, a essência indefinível do corpo de Gabriel. Ele é o meu vício favorito.

Quando toca a minha bochecha, todos os meus nervos adormecem. Ele é um homem de negócios e deveria ter mãos suaves, mas a sua pele é ligeiramente áspera e muito quente.

As pontas dos dedos pressionam o meu queixo, enquanto ele inclina a minha cabeça para trás. Eu percebo o olhar angustiado no rosto dele, como se estivesse sofrendo, e o arrependimento, como se fosse capaz de tudo para consertar as coisas entre nós novamente. A expressão dele, sutilmente, se altera para uma de determinação.

Não consigo respirar. Porque esse olhar quer me possuir. Acerta o meu coração e toma conta dele.

E então ele se inclina. Os seus lábios roçam a minha bochecha, e depois pressionam beijos suaves pela minha têmpora. Seguro a barra do seu casaco para me firmar. Se não for assim, vou desabar no chão. Porque Gabriel me toca como se esse fosse o seu desejo o tempo inteiro.

Ele mordisca o lóbulo da minha orelha e o meu corpo estremece em resposta, se forçando contra o dele. O hálito quente faz cócegas na minha pele.

— Não consigo te deixar, Darling. Você está sempre aqui. — Gentilmente, ele pega a minha mão e a coloca na sua cabeça.

Com um arrepio, entrelaço os dedos no cabelo dele. É espesso e sedoso, e ele geme em agradecimento, acariciando o meu pescoço com o nariz, enquanto continua a beijar o meu queixo.

— E você está aqui — ele me diz, movendo a minha outra mão para o seu peito, onde o coração bate contra a parede sólida de músculos.

— Raio de Sol — eu sussurro, virando para beijar a sua bochecha.

Um tremor percorre todo o seu corpo, e ele enlaça os braços ao redor da minha cintura. Eu o beijo outra vez, explorando o seu queixo. O aroma fresco e o gostinho salgado da sua pele me fazem querer cada vez mais. Mas ele me segura muito perto, tremendo e respirando cada vez mais fundo.

A ponta do seu polegar encontra o meu lábio inferior, e a minha respiração também falha. Por um longo momento, ele apenas passa o dedo de forma suave no meu lábio, traçando a sua curva, deixando a minha boca um pouco mais aberta. E a cada carícia, o meu corpo se aquece mais, e o meu sangue pulsa nos meus ouvidos.

Os meus lábios estão inchados e secos. Sem pensar, eu passo a língua neles e pego a ponta do seu polegar.

Gabriel resmunga, fechando a mão com força. Mas ele deixa o dedo ali, pressionado contra o meu lábio, entrando ligeiramente na minha boca como se pedisse outra lambida. Eu provo a pele dele, sugo a sua ponta.

Ele solta um gemido baixo e profundo, contraindo o corpo. Os olhos se encontram com os meus, e o calor da sua pele me queima.

Nós nos encaramos, ambos ofegantes, e então o seu olhar desce para minha boca.

— Sophie...

Alguém esbarra em nós. Gabriel fica em alerta, e o encanto é quebrado. Ele se vira para olhar por cima do ombro.

kristen callihan

— Me desculpem! — um cara em um terno branco mal ajustado, grita.

Gabriel se endireita, deslizando a mão para segurar no meu cotovelo. Eu sinto a perda de calor do seu corpo intensamente.

O cara dá uma segunda olhada e se aproxima.

— Scottie! Bem o cara que eu estava procurando.

Estou começando a suspeitar que o cara sabia exatamente com quem estava esbarrando, e pelo semblante sombrio no rosto de Gabriel, imagino que ele também pense assim.

— Andrew — diz ele, com a voz clara sobre a música.

As luzes do palco piscam sobre o rosto de Andrew, e percebo que ele é um dos executivos das gravadoras. Dou um passo para trás, sabendo que o momento passou e Gabriel precisa falar de negócios. Mas ele firma o seu aperto e me olha com o semblante fechado.

— Vá trabalhar — eu digo a ele.

Ele fecha ainda mais a cara, e balança a cabeça em recusa.

Aperto a mão dele.

— Eu não quero que seja aqui. — Porque se ele me beijar agora, não vou conseguir parar, não vou querer que *ele* pare.

Por um segundo, acho que ele não vai me soltar. Mas então a máscara cai no lugar, e ele balança a cabeça com firmeza. Eu começo a me afastar, mas de repente ele me puxa de volta, se inclinando para rosnar no meu ouvido.

— Uma hora. Venha para casa, ou te encontro e te levo de volta.

CAPÍTULO VINTE

Esta noite, estamos em um hotel. Ao entrar na suíte, percebo que as minhas mãos estão tremendo. Sinto nos ossos que ele me espera.

A sala de estar está deserta, a única luz vem de uma luminária lateral, que reflete nas poltronas de couro macio em tons de manteiga e creme, nas mesas de madeira lustrosa e no sofá cinza-claro. Ao longo de uma parede, portas francesas estão dispostas. Uma delas está aberta, e as cortinas brancas e leves tremulam na brisa suave da noite quente.

Ouço o som de uma porta se abrindo, vindo da direção do quarto.

— Madame tagarela? — Um segundo depois, Gabriel sai.

E eu abro a boca e solto um pequeno guincho.

— Puta merda do caralho.

Ele para abruptamente, no meio da caminhada para dentro do quarto.

— Qual é o problema?

Problema? Nenhum. Nem o menor deles. Eu engulo em seco com medo de ter colocado a língua para fora.

Ele está sem os sapatos, as meias, o cinto. O botão da calça fina está aberto, mostrando o cós preto da sua cueca – que não sei se é boxer ou tradicional. Eu *quero* saber. Tanto que os meus dedos tremem de verdade, com a vontade de puxar o zíper dele para baixo, e explorar.

Mas o que me deixa perplexa é o calor que corre pela parte de trás das minhas coxas. Não. Paletó e gravata desapareceram, e a camisa desabotoada está aberta.

Durante todo esse tempo, eu ainda não tinha visto Gabriel sem camisa. Ele esconde o corpo como um vitoriano piedoso, nunca me deixa ver nada, além dele completamente vestido e arrumado. Agora eu sei o motivo.

Se tivesse me dado um vislumbre, talvez eu nunca mais fosse capaz de formar um pensamento coerente a respeito dele.

O peito deste homem é uma obra de arte. É a materialização de todas as minhas fantasias com corpos masculinos. Nem sabia que poderia ser possível, mas não vou me queixar. Deus, ele parece palpável. Pele oliva, mamilos pequenos de um marrom-claro, um pouquinho de pelos escuros no peito, sobre os músculos mais incrivelmente esculpidos...

— Você está encarando. — O tom dele é seco.

— Sim, eu estou. — Ergo o olhar e encontro a sua expressão intrigada.

Ele eleva uma larga sobrancelha. Eu tento imitar, mas falho quando as minhas duas se levantam ao mesmo tempo. Os seus lábios se contorcem em diversão.

Ele ajeita a posição e os músculos se contraem. Bom Deus. Ele não é um adorador de academia supermalhado, é apenas sólido e forte, tem aquele equilíbrio perfeito entre musculatura definida e saúde masculina...

— Você continua encarando, Sophie.

— Acha que é fácil desviar o olhar de todo esse esplendor? — pergunto ao seu umbigo, e lambo os lábios quando ele solta uma risada que revela apenas mais um pouquinho do seu abdômen inferior, estendendo-se em direção à protuberância grossa do seu pau, lamentavelmente escondido por trás da calça.

— Você é impossível — murmura ele, embora haja humor em sua voz. Ele adentra mais no quarto e, em seguida, praticamente me mata ao se sentar em uma das poltronas baixas. Aquele corpo esparramado em exibição, as coxas grossas e longas apoiadas como se quisessem que eu me sentasse no seu colo – é demais para mim.

Eu quero montar nele e lamber todo o caminho da cavidade da sua garganta até a ponta do seu pau.

Ele me olha como se soubesse o que estou pensando, e o ar fica denso. Tantas coisas que deixamos por dizer. Agora estou me lembrando dos lábios dele, surpreendentemente macios, mas firmes e determinados.

Pela forma como as suas pálpebras se abaixam, me pergunto se ele também está recordando. Mas ele não se mexe. Tensão percorre seu corpo e se espalha no ambiente. Eu a sinto na minha garganta e ao longo da coluna. Estamos nos fechando outra vez, recuando.

Devagar, tiro os sapatos e coloco os meus pertences no chão, sem nunca desviar o olhar.

GERENCIADO

— Eu fui completamente honesta — digo a ele. — Vejo você assim e quero olhar para sempre.

Ele resmunga, balançando a cabeça enquanto descansa a têmpora sobre os nós dos dedos.

— O que quer dizer com "assim"?

— Despido.

Ele enrijece. A tensão causa resultados maravilhosos naquele peitoral. Eu me concentro no rosto dele, principalmente para manter alguma aparência de decoro.

— Você acha que estou despido? — ele pergunta baixinho.

— É um começo. — Pego a bolsa da minha câmera. — Vai me deixar te fotografar?

Há uma certa segurança em ter a câmera entre nós. Uma forma de nos esconder até estarmos confortáveis um com o outro.

— Está falando sério?

— Você parece surpreso. — Segurando a câmera, eu me sento no sofá em frente a ele. — Não me diga que ninguém nunca pediu para tirar uma foto sua.

— Pediram. Eu nunca vi sentido nisso. — Ele encolhe os ombros. — Essa não é a minha história.

Você é a minha história. Sempre foi.

— É só para mim — replico, em vez disso. — Mais ninguém.

Ele me prende com aquele olhar perspicaz.

— Por que você quer isso?

Assim eu posso ter um pouco de você para sempre.

— Fotografias capturam momentos que perduram no tempo. Eu quero este, quando finalmente me deixa ver um vislumbre do homem por trás das roupas.

As suas narinas se dilatam com a inspiração, e ele solta o ar lentamente. Quando fala, a sua voz está rouca:

— Faça as fotos.

Então eu tiro, testando os ângulos. O brilho quente da luz da lâmpada destaca os contornos e cavidades do seu corpo. Ele permanece imóvel, um rei repousando em seu trono, me concedendo este pequeno capricho.

Ele não está gostando; os seus músculos se contraem a cada clique do obturador. Mas ele também não me impede, apenas observa enquanto trabalho.

É muito fácil fotografá-lo. A câmera o adora. Mas além disso, tenho uma desculpa válida para olhar para ele o quanto quiser.

kristen callihan

— Me sinto um palerma — ele resmunga.

— Um o quê?

Um rubor intenso colore as suas bochechas.

— Um babaca. Um tolo. Um farsante. Escolha o que preferir.

Tenho de rir.

— Tão sensível.

— Tente estar do outro lado dessa coisa. — Ele faz um gesto com o queixo em direção à câmera.

— Não vou pedir desculpas — digo. — Você é lindo, Gabriel.

A sua expressão se fecha.

— É apenas um verniz. Nada do que eu sou por dentro.

Os meus dedos se apertam ao redor das bordas lisas da câmera.

— Você acha que eu não te vejo?

Ele simplesmente me encara, com os olhos azuis surpreendentes e intensos abaixo da sombra escura das suas sobrancelhas. Nunca vi tanto poder no rosto de um homem; esforço e determinação puros moldam as linhas e curvas dos seus traços.

Levanto a minha câmera e capturo a imagem enquanto falo:

— O seu nariz é grande e aquilino.

Ele se encolhe de forma explícita, e eu sei que toquei em um ponto sensível. Mas não paro.

— Há uma saliência no dorso, e ele é meio torto para o lado. Muitas vezes me perguntei se já o quebrou em algum momento. — Eu tiro mais uma foto, observando como as suas sobrancelhas se levantam em surpresa.

— Eu tinha quinze anos — diz ele. — Três garotos me atacaram quando eu voltava para o meu quarto.

O meu coração dá uma grande batida.

— Nariz teimoso. Você recebe golpe após golpe, mas nunca desiste. Eu apostaria uma boa quantia que você nunca se deixou abater por aqueles garotos.

— Eu não me renderia — ele sussurra. — Foi quando quebraram o meu nariz.

Eu tiro outra foto, estreitando o foco nos olhos dele. Aqueles olhos gloriosos que, dependendo do seu humor, podem parecer com gelo glacial ou o mar do Caribe. Eles queimam como chamas azuis agora.

— Eles também te causaram a pequena cicatriz que atravessa a sobrancelha esquerda?

— Não. Essa foi o meu pai. — Ele encara, como se me desafiasse a sentir pena dele.

Não sinto. Mas eu sofro por ele.

— Você tem duas linhas permanentes entre as sobrancelhas — eu digo a ele, mudando de assunto. — Você franze a testa quando lê no telefone, assiste TV ou escuta os outros falarem. Causa a impressão de que você está sério e vagamente irritado, mas na verdade é porque coloca toda a concentração em cada tarefa.

A respiração dele acelera, o peito largo e musculoso sobe e desce.

— O seu corpo. — Sinto um caroço na garganta, e a minha boca seca. O silêncio domina.

— O meu corpo? — ele pergunta, com a voz baixa e vigorosa. Está reclinado em sua cadeira, esparramado como um verdadeiro banquete, mas a tensão percorre os seus músculos, fazendo com que se contraiam.

— É perfeito. Uma obra de arte. — *De dar água na boca.* Respirando fundo e trêmula, levanto a câmera novamente e tiro uma foto do seu tronco: abdômen definido, peitorais firmes, mamilos pequenos. *Absolutamente delicioso.* — Você se esforça pra caramba para manter esse corpo, e tenho certeza de que alguns poderiam considerar como vaidade.

— Não é? — Sua voz está rouca, agitada e grossa.

— Não. Você usa o corpo como uma arma, uma casca perfeita para ninguém se incomodar em olhar mais de perto e enxergar o seu eu verdadeiro.

Ele se mexe na cadeira como se lutasse contra o desejo de fugir. Eu provoco.

— E você faz isso para ser forte. Porque detesta fraqueza.

Com um suspiro, o ar sai dele abruptamente, e ele afunda na cadeira.

— Sim — diz roucamente. — Tudo que eu acredito é que você é minha maior fraqueza agora, madame tagarela.

Eu abaixo a câmera e olho para ele, sem querer esconder a minha dor.

— Você me odeia?

Ele pisca como se tentasse sair de uma névoa. Um rubor colore as suas bochechas, e a respiração dele acelera outra vez.

— Eu acho que — diz ele — *adoro* seria a palavra mais adequada.

Oh. Inferno.

Aqueles olhos intensos fixam em mim, expondo a sua alma. Está cheia de dor e necessidade.

— É a minha maior fraqueza porque não tenho defesa quando se trata de você.

O calor percorre meu corpo. Pisco rapidamente, e os meus lábios tremem, dividida entre querer abrir um grande sorriso e sentir uma estranha vontade de chorar. Eu estou completamente vulnerável. E eu sei exatamente como ele se sente, porque, de repente, também quero me esconder disso.

O sexo é uma coisa; o que está diante de nós é algo mais. Eu o via como um amigo, um cara que eu queria na cama. Mas, se eu me permitir, vou acabar entregando completamente o meu coração a ele, um homem que se recusa a se comprometer com alguém.

Eu me forço a levantar a câmera, focar nele, e falar com uma voz suave. Provavelmente não consigo, minhas mãos tremem, minha voz sai entrecortada.

— E, no entanto, você não quer me foder.

Era para ser uma provocação. Mas nós dois sabemos que não é. E me arrependo de ter falado, porque sei que ele vai revidar imediatamente. Sinto no ar e o meu coração dispara.

Então, Gabriel sorri. É o sorriso de um predador: uma curva lenta dos lábios, os olhos estreitados em mim. Um estrondo profundo ressoa no peito dele.

— Você acredita nisso, não é? Devo te contar todas as maneiras que eu quero te foder, madame tagarela?

Eu emito um som incoerente, e as minhas entranhas giram de forma descontrolada.

— Me fale.

— Você fala de cicatrizes — diz ele. — Você também tem uma. No lado direito do lábio superior.

— Um momento de Indiana Jones deu errado quando eu tinha seis anos.

Ele enruga os olhos, mas não sorri. A sua expressão beira à dor.

— Eu quis sugar aquela pequena saliência desde o momento em que a notei no avião. Cada vez que você fala, eu sinto o desejo se passar a língua nesse lábio, e provar a sua boca macia.

Eu respiro mais forte, deixando a câmera de lado.

— Isso me deixa distraído — diz ele. — Querer persegui-la a qualquer hora do dia. Só para ouvir a sua voz, observar os movimentos dessa boca.

Não consigo falar agora, e os meus lábios estão entreabertos, corados e desejosos.

Ele não parece se importar com o meu silêncio. O seu olhar se move sobre mim como uma mão quente.

— As noites são mais difíceis. Mas suspeito que saiba disso.

GERENCIADO

— Sim. — Sai como um gemido sufocado.

— Eu me deito ali, te abraçando, e dizendo a mim mesmo que não vou rolar você de costas. Não posso levantar aquelas blusas finas que me provocam com a sua forma, para finalmente descobrir se os seus mamilos são rosa-claros ou marrom-avermelhados.

Ele respira fundo e o seu abdômen se contrai, atraindo os meus olhos para a parte grossa do seu pau, que fica visivelmente mais duro enquanto ele fala.

— Há momentos em que me torturo pensando nesses peitos fantásticos. Em como eu os lamberia como sorvete, provando cada curva deliciosa. Lambidas lentas e longas. — As suas pálpebras abaixam quando ele olha para os meus seios, e os meus mamilos endurecem dolorosamente. — Qual seria o gosto deles? Você preferiria que eu chupasse os mamilos com força? Ou os acariciasse de forma tão suave que você quase não sentisse e precisasse implorar por mais?

Deus. Estou me contorcendo agora, o meu corpo todo se contrai de uma forma deliciosa.

Ele solta um zumbido baixo do fundo da garganta, parecendo gostar do show.

— Algumas noites são tão difíceis que eu não quero nem me preocupar com preliminares. Quero levantar a sua perna, abrir espaço entre as coxas e gozar como um bastardo egoísta e ganancioso. Eu quero foder a umidade da sua caixinha doce, senti-la escorregadia ao meu redor.

A voz rouca está tão descontente que solto uma risada sem fôlego, porque a minha cabeça gira, a minha pele está muito quente, e sinto que vou desmaiar.

— Você acha que eu iria me opor?

Os olhos dele brilham com intensidade.

— Você quer que eu use o seu corpo para o meu prazer?

Claro, porra.

— Tão áspero quanto possível.

Um arrepio percorre o seu corpo, e ele crava os dedos nos braços da cadeira como se tentasse se segurar.

Eu não posso permitir isso. Eu me acomodo no sofá, e abro um pouco as pernas. O ar frio atinge a minha pele aquecida.

O olhar dele vai imediatamente para o espaço sombreado sob a saia, e as minhas coxas se contraem em resposta.

— Mas você não precisa me foder para eu ficar molhada — sussurro com o coração acelerado. — Sempre que estou na cama com você, fico molhada.

Um grunhido baixo e sufocado escapa dele.

— Molhada pra caralho, Gabriel. A cada noite. A noite inteira.

Quando ele tomba a cabeça para trás na cadeira, o seu olhar fica sonolento, e eu lhe dou um sorriso fraco.

— Por que você acha que tenho lavado tantas calcinhas?

Ele me observa de uma forma quase letárgica, mas vejo o brilho calculista em seus olhos.

— Ela está molhada agora?

— Encharcada desde que você entrou por aquela porta.

As narinas dele se dilatam, como se conseguissem sentir o meu cheiro de lá.

— Me mostre.

O meu clitóris aumenta de tamanho, e pressiona firmemente contra a costura da minha calcinha. Estou tão excitada que o meu estômago se agita. Abro as pernas para ele, e o tecido suave da saia desliza pela minha pele. Com mãos trêmulas eu a levanto, e me exponho totalmente para ele.

As bochechas bem definidas ficam coradas, e os lábios se entreabrem. Eu imagino a calcinha branca, escurecida por uma onda de necessidade, delineando o formato grosseiro do meu sexo inchado, e gemo, inclinando os quadris.

— Mais — ele fala com a voz rouca. — Me deixe dar uma olhada nessa doçura que eu tanto desejo.

Oh, merda. Não consigo respirar. A minha mão treme quando enfio um dedo na calcinha e a afasto para o lado, de forma quase tímida. Eu me sinto uma pervertida, uma garota safada proporcionando um vislumbre ilícito, e a minha pele fica vermelha e aquecida.

Ele solta um gemido baixo e dolorido, enquanto tensiona o corpo na cadeira. O olhar continua preso à minha carne exposta, enquanto desliza a mão pelo abdômen, fecha sobre a imensa ereção que pressiona contra a calça, e a aperta de forma impaciente.

— Maravilhosa — diz ele, se agarrando com mais força.

— Coloque para fora — eu digo a ele, tremendo. — Também quero te ver.

Ele nem ao menos hesita, apenas abre o zíper e abaixa a calça e a cueca até as coxas. O seu pau é libertado e se eleva para beijar o seu umbigo.

GERENCIADO

O pau de Gabriel. Por um segundo, não acredito que o estou vendo de verdade. O meu olhar desliza pela curva suave das suas bolas pesadas, até a saliência carnuda do seu pau, tão inchado que pulsa de forma visível. Como se sentisse dor, ele passa a mão pelo seu longo comprimento. Apenas uma vez.

Engulo em seco.

— Eu quero fazer isso.

Ele se acaricia novamente, com um movimento leve e preguiçoso. Uma provocação.

— Se você se aproximar desse pau, ele vai querer foder você.

Eu quero muito que isso aconteça. Quase consigo sentir o calor dele, espesso e vigoroso, se empurrando entre as minhas pernas. De alguma forma, encontro a minha voz.

— Você precisa saber, que eu não posso ser apenas uma aventura. Não com você. Se você me quiser, tem que se envolver totalmente.

Ele franze as sobrancelhas e, quando fala, a voz está rouca:

— Passei a vida inteira me negando o que realmente desejo. E nem assim consigo me afastar de você. Ainda não percebeu? Eu sou seu. E sempre serei, mesmo que não te toque.

Alguma coisa se rompe dentro de mim. Estou cansada de esperar. Atordoada, me levanto do assento. A saia flutua ao redor das minhas pernas, e a pele está tão sensível nesse momento, que o tecido me faz cócegas.

Gabriel observa enquanto eu me aproximo dele. A cada passo lento meu, a sua respiração se aprofunda, como se ele lutasse para inspirar ar suficiente.

Eu monto em seu colo, e esse primeiro contato – as minhas coxas nuas deslizando sobre as dele – me faz choramingar. Deus, ele é muito gostoso. A sua pele está quente, uma camada de suor cobre o peito dele, e o corpo todo vibra de tensão. A base do seu pau, pesada e grossa, fica entre nós, pressionando o meu estômago agitado.

Ele solta um grunhido, desce a mão até a minha bunda e a massageia – como se não conseguisse evitar – e depois me puxa para mais perto. Os meus seios se imprensam ao peito duro dele. A outra mão agarra o meu cabelo, me segurando exatamente onde ele me quer.

A nossa respiração se mistura enquanto olhamos um para o outro. Gabriel estuda a minha boca, e um tremor percorre o seu corpo. Quando o seu olhar volta a encontrar com o meu, está cheio de calor.

— Eu não estava preparado para precisar tanto de alguém. Não sei mais quem sou, se você não estiver comigo.

Ele treme outra vez, tentando controlar a tensão.

— Eu também preciso de você — sussurro, acariciando o seu ombro.
— Tanto, que dói. Me livre dessa dor, Gabriel.

— Sophie. — Ele agarra o meu cabelo com mais força. Mas quando os seus lábios tocam os meus, são suaves, um leve toque. Esperei tanto por esse momento, que sinto o meu pulso disparar. A minha barriga se contrai levemente, e solto uma expiração apressada.

E ele suspira, como se também estivesse esperando. Eu fecho os olhos e me permito apenas sentir a sua forma vagarosa de me explorar – um carinho no lábio inferior, uma sucção lenta e delicada no lábio superior.

Estamos bem aconchegados, com o seu pau pulsando entre nós. Os nossos corações estão tão disparados que consigo sentir a batida de resposta dele, contra o meu peito. E, ainda assim, ele me beija como se quisesse eternizar o momento, fundindo os nossos lábios e depois se afastando.

A minha cabeça gira, o meu corpo fica pesado. Eu o beijo com mais força por necessidade, apenas por necessidade. O seu gosto é muito bom; cada vez que toco nele, o meu interior se alivia e depois se contrai com um desejo ganancioso.

A poltrona range debaixo de nós. A outra mão de Gabriel desliza pelas minhas costas para entrelaçar no meu cabelo. O seu beijo fica mais intenso, mais profundo, mais molhado. Ele geme, e então não é mais tão gentil ou educado.

Qualquer amarração que tinha sobre si mesmo se rompe. Ele se lança para cima de mim com uma intensidade ardente que faz a minha cabeça girar.

Ele solta uns barulhos, como se estivesse com muita fome, morrendo por isso. Não tem fim, nem começo, é apenas o encontro das nossas bocas, confusas e descoordenadas.

Cada vez mais, choramingo de impaciência, carência e desejo. A boca dele desce pelo meu queixo e pelo pescoço, onde encontra um ponto que faz os dedos dos meus pés se curvarem. Mãos ásperas agarram a minha bunda e me arrastam para mais perto.

A ponta do seu pau, grossa e arredondada, encosta no meu sexo e empurra para dentro, mas é bloqueada pela minha calcinha. Mas ele está em mim, com aquela cabeça larga pulsando e esticando a minha abertura. Fico equilibrada ali, incapaz de ter mais, sem vontade de me mover.

Ele roça os dentes no meu ombro nu, e mergulha as mãos dentro da minha camisa para acariciar as minhas laterais.

— Bom.

Puxa a minha blusa por cima da cabeça e a joga do outro lado da sala. Ele não se incomoda em tirar o meu sutiã, apenas puxa a taça para baixo, com um grunhido. O meu peito se liberta e, na mesma hora, a sua boca quente está no meu mamilo, sugando com puxões gananciosos.

— Oh, merda. — Agarro o cabelo dele e balanço os quadris em cima do seu pau. Ele empurra um pouco mais, forçando a minha calcinha. Preciso dela fora de mim. Preciso dele dentro de mim.

Apertando a minha bunda, ele dá um forte impulso como se também estivesse impaciente. E então o mundo se inclina enquanto ele me carrega. As minhas costas encontram a parede fria, e a sua boca cobre o meu pescoço.

Fico presa ali, mantida pelos quadris dele contra os meus. Com um som impaciente, agarra a lateral da minha calcinha. O elástico se estica bastante e depois arrebenta. Mais uma respiração e ele arranca o tecido rasgado do seu caminho.

Ele não espera, não pergunta. Estou tão molhada que a ponta desliza direto. Mas ele é um homem grande, denso e carnudo. A deliciosa circunferência me estica, possuindo cada centímetro que ocupa. E ele se esforça, impulsionando e empurrando, usando a parede para alavancagem. Sem fôlego, abro mais as coxas para dar lugar a ele.

E a cada vez que ele empurra, um resmungo vem do fundo do seu peito, e os seus quadris se encontram com os meus em um golpe duro. Ele me fode com intensidade, e eu amo, como eu amo tudo isso.

Antes mesmo de pensar, estou gozando como nunca, de uma forma insana e crescente que aumenta cada vez mais. É muito forte, um prazer quase doloroso. Eu só consigo me jogar de volta nele, fodendo contra o seu pau, e gritando de necessidade impotente.

E quanto mais me esforço, mais duro ele fica, como se quisesse alimentar o meu desespero. As paredes sacodem com a força dos nossos movimentos. Uma pintura cai com um estrondo.

Gabriel arremete dentro de mim, o seu pau chega tão fundo que o sinto da garganta até os dedos dos pés. Ele solta um gemido longo e sofrido quando goza. O calor me invade e eu desabo, afundando contra a parede, com a respiração ofegante e descompassada.

Soltando um suspiro, ele se inclina em mim, com a boca aberta e trêmula no meu ombro. Eu olho para o teto e passo uma mão instável pelo meu cabelo úmido. O meu coração bate como um tambor.

Suados e trêmulos, permanecemos da mesma forma. Quando ele se mexe, o movimento causa uma pontada no meu sexo dolorido.

kristen callihan

— Sem camisinha — fala com a voz rouca. — Eu não pensei.

Sinto as evidências escorrendo pela minha bunda. Uma risada sufocada me escapa.

— O bom é que nós dois somos saudáveis e eu estou no controle de natalidade.

Ele flexiona os dedos, empurrando a parte superior das minhas coxas como se não conseguisse se conter.

— Você não está chateada?

— Não adianta preocupar em fechar as portas do estábulo depois que o cavalo já fugiu — comento, ainda atordoada. — Ou algo do tipo.

Ele levanta a cabeça e os nossos olhos se encontram. Um estranho sentimento de timidez me envolve. Caramba, nunca fiz sexo assim, como se a minha vida dependesse de montar um pau. Uma transa que me deixasse tão louca de tesão que eu esquecesse o básico da proteção. Merda, para ser sincera, esqueci até o meu nome. O calor que intensifica o seu olhar me diz que ele percebe.

Eu ainda o sinto pulsar, profundamente dentro de mim. Eu me movimento um pouquinho, ele se contorce, e aquele pau longo fica mais duro.

— Ninguém mais — diz ele, com a voz grossa.

Ele não diz se o comentário é para mim ou para ele. Não importa. Está claro que agora somos apenas nós.

Ainda assim, passo a língua nos meus lábios inchados, e respondo:

— Só você.

CAPÍTULO VINTE E UM

gabriel

Está tudo destruído. A minha armadura polida. A minha resistência obstinada. O meu coração endurecido. Ela esmagou os dois primeiros e reivindicou totalmente o terceiro. E eu não sinto vontade de fugir.

Na verdade, mal consigo me mexer. Momentos de aconchego, descanso, troca de olhares e mais aconchego de novo – como demônios gananciosos que transam como se o mundo estivesse prestes a acabar – cobraram o seu preço.

Estou saciado e suado no emaranhado do corpinho curvilíneo de Sophie e dos lençóis que há muito foram puxados da cama. Ela deita a cabeça na curva do meu ombro, que é onde ela pertence, e eu brinco com as mechas ouro rosê do seu cabelo úmido.

Eu poderia tê-la perdido esta noite, me privado desta perfeição, por ser um idiota. A gratidão cresce no meu peito e obstrui a minha garganta. Sophie Darling não me abandonou. Ela me deu uma chance.

— Obrigado por voltar para casa — eu digo a ela, incapaz de conter as palavras.

Casa. Será que ela percebe quantas vezes eu me referi a qualquer lugar onde repousamos as nossas cabeças como meu lar? Eu não pretendia me trair dessa forma, mas parece que não consigo evitar. Eu quero que ela saiba o quanto significa para mim, porém a sensação de expor o meu coração é tão estranha, que fica difícil respirar enquanto ela me encara.

Mas a sua expressão é suave, os seus olhos castanhos brilham. Sinto um alívio refrescante percorrer os meus músculos contraídos, quando ela estende a mão para afastar o cabelo da minha testa.

— Você chegou em casa primeiro.

Não tive um lar até ela entrar na minha vida. Ela me concedeu um sem hesitar, como se me esperasse por todo esse tempo, sabendo que eu deveria ser dela. Toco na sua bochecha, apenas para me lembrar de que ela é real.

A sua voz é um sussurro no meio da escuridão:

— Os hematomas estão começando a desaparecer na sua lateral e por todo o rosto.

Não me mexo. Eu sabia que não estava completamente curado, mas já tinha ficado afastado o máximo que conseguia suportar.

— Eles estão fracos — ela diz, lentamente, como se estivesse medindo as palavras. — Mas eu os vi quando estávamos no chuveiro.

Onde estava claro demais para esconder qualquer coisa.

Ela me acaricia. Apesar de eu não estar mais sensível, o toque dela causa pequenos arrepios na minha pele

— Você vai me dizer onde estava? — O fato de ela não exigir deixa tudo pior.

Quando finalmente falo, a minha voz sai rouca:

— Lutando.

— Lutando? — Ela se apoia em um cotovelo. — Com quem? Onde? E que porra é essa? Por quê?

O pavor nos olhos dela me faz sentir pequeno.

— Eu cresci lutando. Quando eu era mais jovem, lutava por dinheiro e porque libertava em mim algo de que eu precisava me livrar.

O olhar dela percorre o meu rosto.

— E você precisava dessa liberação novamente?

— Sim.

— Por minha causa.

Eu não posso mentir para ela. Nunca mais.

— Sim.

Ela respira fundo e eu seguro a sua nuca, temendo que ela vá embora.

— Porque eu fui um idiota, Sophie, porque não conseguiria voltar para aquele quarto de hotel naquela noite sem me quebrar. Eu não me permitia te contar a verdade naquela época.

Ela não recua, ao invés disso suaviza a sua voz.

— Qual verdade?

As palavras se derramam.

— Que eu te queria tanto, que doía. Que eu precisava de você mais do que tudo.

GERENCIADO

Ela solta um suspiro, e descansa a testa na minha.

— Gabriel, eu também precisava de você. Não é fraqueza admitir isso. Silenciosamente, concordo com a cabeça.

Sophie acaricia o lado onde as minhas contusões estão desaparecendo.

— Não faça isso de novo, por favor. Eu não suporto a ideia de você estar machucado.

— Ajuda saber que eu venci? — É quase uma brincadeira, mas eu odeio a tristeza que coloquei nos olhos dela e quero fazer desaparecer.

— Não. — O seu sorriso é trêmulo e breve. — Sim, um pouco. — Ela corre a ponta do polegar onde fui atingido na bochecha. — Promete, Raio de Sol? Que você vai me procurar quando precisar.

— Darling, estar com você é muito melhor do que qualquer alívio breve que a luta me causaria. — É um trocadilho horrível. Mas foi isso que ela fez comigo: eu me tornei um idiota falador e arrogante.

Ela não parece se importar; a expressão é suave, satisfeita.

— Okay, então.

— Okay — eu sussurro em concordância, libertado pela simples aceitação dela.

Ela me puxa para mais perto e me beija – pequenas pressões dos lábios, doces flechas que vão direto ao meu coração e o fazem palpitar.

Se eu me olhasse de fora, não reconheceria esse homem que admite que o seu coração está disparado, e que sorri contra a boca de Sophie enquanto ela continua com os beijos. Mas eu gosto. Eu amo isso.

— Mais — ela exige, sugando o meu lábio inferior. — Me beije mais.

Eu dou uma risadinha, um sopro de som que ela captura.

— Você que está me beijando — eu aponto.

— Porque você é delicioso. — Ela coloca a língua entre os meus lábios, em um deslizar lento, saboreando sem pressa. — Eu amo a sua boca.

Eu inclino a minha cabeça e a saboreio de volta.

— Eu amo mais a sua.

— Mmm. — Ela se derrete em mim, toma a minha respiração e a devolve. — De novo.

Aprofundo mais a língua, a minha mente fica nebulosa, e a minha boca sensível a cada toque.

— Mais uma vez — diz ela, sorrindo, beijando.

Corro a mão pela sua bochecha suada.

— A minha menina gananciosa e conversadeira.

Com um pequeno e adorável grunhido, ela me empurra de costas, e vai até a minha boca como se eu fosse a sua primeira experiência com chocolate. Eu rio suavemente, e suspiro contra os seus lábios, com o coração ainda acelerado. Não me surpreenderia se coraçõezinhos de desenho animado aparecessem nos meus olhos, mas não estou nem aí.

Nós nos deixamos levar, contentes em apenas nos beijar e nos tocar, como se estivéssemos nos assegurando de que isso é real. O prazer torna o meu corpo aquecido e pesado, deixa os meus movimentos lentos.

— O seu jeito de se desculpar é muito bom — diz ela, depois de um tempo.

Encostamos o nariz um no do outro, e os nossos membros estão tão entrelaçados que é como se ela fosse uma parte de mim.

— Muito bom? — O meu polegar traça a linha elegante da sua clavícula. — Eu sou *muito* bom em várias coisas.

— Excelente, até — ela concorda, beijando o dorso do meu nariz. — Agora, me faça sentir bem.

Com um sorriso perverso, deslizo a mão pela curva da sua coxa e seguro a parte de trás do joelho dela, trazendo-a até o meu quadril. Ela fica exposta, molhada e brilhante, lindamente rosada. O meu pau lateja em aprovação.

— Como quiser — eu digo, me guiando para a acolhedora e molhada fonte do meu vício, e empurrando profundamente.

Ela suspira e geme de forma tão erótica que eu estoco com mais força do que planejei. Mas ela apenas sorri.

— Ele cita *A Princesa Prometida* e tem um pau grande e duro. Acertei na loteria.

Sei que o verdadeiro vencedor sou eu, mas isso não me impede de pegar as suas mãos nas minhas e levantá-las acima da cabeça dela, para ver os seus lindos peitos se empinarem.

— Agora faça silêncio e abra essas lindas coxas como uma menina boa e conversadeira. Tenho trabalho a fazer aqui.

Pela manhã, ao descermos de elevador para o saguão, Sophie se afasta de mim. Eu a trago de volta para onde ela pertence e passo um braço ao redor da sua cintura, para mantê-la ali.

Um leve rubor colore as suas bochechas enquanto ela sorri para mim.

— Nunca imaginei que você poderia ser um cara tão tátil.

Nesse ponto, já coloquei as mãos em cada centímetro dela, uma experiência que quero repetir. Com frequência. Esfrego a deliciosa curva do seu quadril, só porque eu posso.

— Eu não sou. Essa é uma condição exclusiva da Sophie. Te incomoda?

Não sei o que vou fazer se ela não gostar. Provavelmente terei que viver com as mãos enfiadas nos bolsos pela eternidade, para não tocar nela. Mas ela apenas abre um sorriso largo e descansa a cabeça no meu ombro, acariciando o meu peito com a mão. É tão bom que acabo me inclinando ao encontro dela.

— Acho que a noite passada deixou claro o quanto eu amo que você me toque — diz ela.

A noite passada. Calor percorre a minha pele e se instala no meu pau. Nós fodemos até estarmos tremendo e sem fôlego. Eu a beijei até não conseguir mais sentir os lábios. E ainda a beijei um pouco mais.

Quero mais agora. Mas não sei se consigo lidar com isso. Os golpes que levei ao lutar, a insônia quando temi ter perdido a minha chance com a Sophie, e a falta de sono quando finalmente a tive, estão cobrando o preço sobre mim.

Estou fraco, meio tonto, eufórico e simplesmente exausto. No entanto, não mudaria nada. Não quando o resultado for Sophie, realmente, sendo minha.

O elevador chega ao saguão e saímos. Os caras estão reunidos na outra extremidade do lounge, tomando café. Eles atraíram um pouco de atenção, mas não parecem se importar.

Ao meu lado, os passos de Sophie são lentos.

Eu também ando mais devagar.

— O que aconteceu?

Ela mordisca o canto do lábio.

— Como você quer que isso funcione?

— Isso? — eu pergunto, inexpressivo.

Ela olha para os rapazes.

— Imagino que você não seja muito fã de demonstrações públicas de afeto. Se preferir, deixamos apenas entre nós...

Eu invado o seu espaço, seguro as bochechas dela e a beijo. Se eu me importo com demonstrações públicas? Não. Se eu consigo afastar as mãos e a boca da Sophie? Inferno, não.

Quando os lábios dela cedem aos meus, o mundo desaparece. Eu gemo, inclino a cabeça e me aprofundo, deleitando com a sensação da sua boca e o gosto da sua língua na minha.

Eu a beijo até perder o fôlego. E mesmo assim é uma luta parar.

Ela solta um suspiro feliz, e os seus lábios voltam aos meus repetidamente.

Atrás de nós, alguém solta um assobio. Pelo som, acredito que seja Rye. Ele pode ir se foder.

Encerro o beijo com uma última mordiscada no seu lábio inferior.

— Considere-se descoberta — sussurro contra a sua boca.

Ela sorri, com os olhos castanhos atordoados.

— Nossa, você realmente se entrega por completo.

— Para você? Sim.

Ela sorri.

— Enquanto você estiver bem, eu estou bem.

Estou tonto de novo, suando um pouco. Preciso de um chá forte e de um bom café da manhã. Mas as necessidades de Sophie vêm em primeiro lugar. Dou um beijo reconfortante no nariz dela.

— Não se preocupe, madame tagarela. Tudo está bem agora.

Dou dois passos. E o mundo fica escuro.

GERENCIADO

CAPÍTULO VINTE E DOIS

sophie

— Não preciso estar aqui — anuncia Gabriel. — Tirem este acesso intravenoso do meu braço.

Gabriel Scott: o pior paciente de sempre. Eu deveria ter imaginado.

Brenna aparentemente pensa o mesmo.

— Cale a boca e tome o seu remédio, Colosso.

Ele estreita os olhos em advertência.

— Colosso?

Brenna olha para ele de forma atrevida.

— Conhece o Colosso de Rodes? Uma das sete maravilhas do mundo antigo. Dizem que quando caiu, foi um espetáculo.

— Hilário — ele diz, com voz monótona.

Mas eu rio, grata pela emoção. Fiquei apavorada quando ele desmaiou. Gabriel é eterno aos meus olhos. O Superman em um terno sob medida. Ele não pode ser derrubado. Vê-lo dar um passo e, de repente, desabar no chão como se os fios da vida tivessem sido cortados é uma cena que eu nunca mais quero testemunhar.

Nesse momento ele está sentado na nossa cama, tenso e irritado, porque, segundo Brenna, a Kill John e a sua turma têm uma regra rígida de não alertar a imprensa ao procurar um hospital, a menos que alguém esteja realmente morrendo. Uma regra que me deixou furiosa quando o meu homem estava deitado no chão, mas agora, olhando para trás, consigo apreciá-la. Eu tenho certeza de que Gabriel ficaria furioso se acordasse em um quarto de hospital.

Ele está tão nervoso agora, que afastou os rapazes. Apenas Brenna e eu ficamos. Acho que é porque o Gabriel nunca grita com as mulheres.

Depois de uma leve batida na porta, a Dra. Stern entra. Ela é a médica de plantão da banda. Aparentemente, está em turnê com a Kill John há anos. Eu a encontrei uma vez — ela é reservada e voa para todas as cidades em vez de usar um ônibus.

Elegante, mas centrada, ela me lembra das mães da Upper West Side que trabalham em período integral, mas ainda levam os filhos ao Museu de História Natural aos domingos.

— Como está o meu paciente?

— Nervoso. — Gabriel levanta o braço. — Poderia, por favor, remover isto?

A médica é imune ao seu olhar maligno.

— Quando acabar. Você se importa de me dizer como se sentiu antes de desmaiar?

— Como se eu estivesse prestes a desmaiar, mas com esperança de que não acontecesse.

— Teimoso — murmuro baixinho.

Dra. Stern concorda com a cabeça.

— E você já se sentiu assim antes?

Uma expressão desafiadora estraga o rosto de Gabriel. Quando ele não fala, Brenna se levanta.

— Eu vou sair.

Assim que ela sai, a Dra. Stern faz a pergunta novamente.

Com um suspiro, ele responde.

— Sim.

— Quantas vezes, Scottie? — ela persiste. — E há quanto tempo?

Os segundos passam.

— Desde o início da turnê. Indo e vindo, talvez umas dez vezes. Não contei.

— Jesus — eu exclamo, me levanto do assento e ando até a janela antes de olhar para ele. — Que diabos, Gabriel?

Ele não me olha nos olhos.

A Dra. Stern suspira.

— Eu diria que você está extremamente estressado e sobrecarregado. Está dormindo bem?

Um leve rubor atinge as suas bochechas.

— Não ultimamente.

Meu Deus, é a minha vez de corar.

— Você precisa de mais do que uma boa noite de sono, Scottie. Na verdade, eu prescreveria um longo período de descanso.

GERENCIADO

— Vou sair de férias quando a turnê terminar.

A promessa não parece muito convincente.

Aparentemente, a Dra. Stern pensa da mesma forma.

— Você está ignorando a sua saúde, o que nunca é uma coisa boa.

— Eu não ignorei a situação — responde rispidamente. — Cristo, eu me dispus a virar a minha vida de cabeça para baixo para ter uma boa noite de sono.

Ele se cala abruptamente e aperta o dorso do nariz.

— Merda.

— Pedindo para eu ficar com você — concluo para ele.

O olhar dele se volta para mim, e vejo o seu rosto se contorcer.

— Você está chateada? — ele pergunta.

— Por que eu deveria estar? Desde o início você me disse por que me queria lá.

Ele não consegue esconder a reação de surpresa. Mas não diz uma palavra, apenas me observa como se esperasse a minha explosão.

Eu rio.

— Como eu poderia ficar brava com isso? Era de mim que você precisava. Para ser sincera, fico meio derretida.

Ele começa a sorrir.

— Mas estou chateada com você.

— Ah, pelo amor de Deus — ele explode, levantando as mãos em exasperação enquanto se vira para a médica. — Está vendo? *Lei è completamente pazza.*

O que quer que ele tenha dito faz a Dra. Stern rir.

Nervosa, encaro os dois e ando até a lateral da cama dele.

— Não me venha falar besteira em italiano. Não me importo se soa como sexo intenso e sedutor; eu ainda estou com raiva.

Gabriel balança a cabeça.

— Por que você está com raiva? Não compreendo.

— Você nunca me disse o quanto estava sofrendo, seu burro teimoso. Deixou chegar a esse ponto. — Eu me inclino até estarmos nariz com nariz. — Eu *me importo* com você. Não quero te ver desmaiar assim nunca mais.

— Confie em mim, Darling, eu não tenho planos de desmaiar assim nunca mais.

— Isso deveria me tranquilizar, enquanto você se recusa a ver um médico quando está se sentindo mal? Não pode controlar tudo, e você sabe disso.

kristen callihan

Recebo como resposta o seu queixo erguido e os lábios carnudos retesados. Mas vejo o lampejo de medo em seus olhos antes que ele o esconda. Tenho andado tão preocupada que perdi os sinais. Ele está aterrorizado neste momento. Olho para a Dra. Stern.

— Podemos ter um momento?

— Com certeza.

Logo que ela sai, eu me sento ao lado de Gabriel e seguro a sua mão. Está fria e úmida.

— Fale comigo.

O seu polegar corre pelos nós dos meus dedos.

— Não há nada para falar.

— Será que eu preciso fazer um pouco da terapia do aconchego aqui?

Os olhos dele encontram os meus, e vejo o cansaço neles. Ele claramente achou que tinha escondido bem seus sentimentos. Isso me faz sorrir, infelizmente.

— Eu conheço você, Raio de Sol. Poderíamos estar em um avião agora. — Aperto os dedos dele. — Você não está bem.

Com um suspiro, ele se encosta na cabeceira da cama e engole em seco.

— Eu odeio médicos.

— A Dra. Stern é muito simpática.

— Não. — Ele balança a cabeça. — Não dessa forma. Caramba... Eu não me cuidei porque odeio ir ao médico. — Olhos azuis cheios de dor encontram os meus. — A minha mãe... Ela vivia cansada, sempre dormindo. Desmaiando.

Eu gelo.

— Você acha que poderia...

Não digo as palavras. Não posso. Não vou dar esse crédito para elas. Mas eu me deito na cama e me enrolo nele.

Ele se inclina em direção ao meu toque.

— Tenho medo disso. Sempre tive.

Eu vejo o esforço que faz para admitir, e me aconchego mais. Ele passa um braço em volta dos meus ombros e retribui o meu abraço, pressionando os lábios no topo da minha cabeça.

— Faça os exames, Gabriel. — Quando ele enrijece, eu continuo: — Isso te preocupa, e tudo fica pior. Faça e tire o medo do caminho.

Ele não diz uma palavra, apenas respira contra o meu cabelo, enquanto aperta o meu ombro.

Eu balanço a cabeça.

GERENCIADO

— Se fosse comigo, o que você diria?

— Para fazer a porra dos exames — resmunga.

Beijo os lábios dele.

— Eu não vou te deixar. Nunca.

Ele deve ver a determinação nos meus olhos, e concorda levemente com a cabeça.

Quando chamamos a Dra. Stern e contamos as suas preocupações, ela liga para o hospital mais próximo e agenda alguns exames.

Os resultados ficarão prontos em dois dias. Dois dias que Gabriel pisa forte e rosna como um urso para esconder o quanto está aterrorizado. Dois dias que eu o distraio com sexo e o abraço apertado enquanto dorme, para esconder o quanto eu estou aterrorizada.

Apesar de ele insistir para que todos sigam com as suas atividades, ninguém faz nada. Neste momento, ele é a prioridade máxima, querendo ou não.

No dia em que o médico deveria ligar, eu simplesmente desisto de tentar fingir que estou bem. Eu nem me dou ao trabalho de tirar o pijama, apenas me sento em uma cadeira e folheio uma revista, sem ver absolutamente nada.

De alguma forma, Brenna, Rye, Jax, Killian e Libby encontram maneiras de ficar perto dele também. Todos acabaram sentados na suíte. É como se estivéssemos todos à espera, unindo forças. E por incrível que pareça, Gabriel não manda ninguém embora. Ele pode não admitir, mas precisa dos amigos.

O silêncio entre nós é tão denso que sufoca.

Quando o celular de Gabriel finalmente toca, acho que todos saltamos, assustados. Eu paro de respirar completamente por um momento. Não consigo me mexer. Gabriel atende com a voz baixa. E quando não consigo ouvir o que ele diz, me aproximo e seguro a sua mão gelada. O meu coração bate tão alto que eu o ouço reverberar nos meus ouvidos.

Um tremor percorre o seu corpo e ele sacode a mão. Eu prendo a respiração.

kristen callihan

Quando desliga, todos olham para ele. O silêncio cresce, e então ele finalmente fala.

— Tudo limpo.

Eu solto um soluço e me jogo nos braços dele. Ao nosso redor, Brenna e os rapazes estão conversando, rindo – nem mesmo tenho certeza. Neste momento, só existe Gabriel para mim, o som do coração acelerado, a leve umidade da camisa e o aroma de colônia misturada ao suor do seu corpo.

Ele me segura com tanta força que as minhas costelas doem. Mas o abraço acaba logo, e ele me afasta e vai até a janela. Ele não me engana. Vejo o brilho de suor na sua testa e o tremor da sua mão antes dele colocá-la no bolso.

Jax fala primeiro:

— Está resolvido então. Você vai tirar férias.

Gabriel não se preocupa em olhar em nossa direção.

— Não.

— Ah, sim, você vai — Killian responde bruscamente. — E se disser que *não* mais uma vez, juro que vou te acertar. Não me importo se você pode me dar uma surra ou não.

Gabriel resmunga e vira em nossa direção, com a expressão fria firmemente de volta no lugar.

— Eu não preciso...

— Stern explicitamente disse que você precisa de férias, Scottie — Whip o interrompe, parecendo chateado. — Então deixe de brincadeira.

Gabriel mostra todos os sinais de uma explosão iminente: os olhos ficam gélidos, as bochechas coram e as narinas dilatam. Mas a sua voz permanece calma.

— Há muita coisa para fazer.

— Jules consegue lidar com isso. — Brenna balança a cabeça com firmeza. — Você mesmo me disse que ela está se saindo bem. E tudo está pronto, então podemos dizer que ela só precisa conduzir o barco.

Ele estreita os olhos.

— Sim, obrigado por essa observação, Brenna.

— Sempre às ordens.

Ele solta um bufo e puxa os punhos da camisa.

— Sair de férias. É um absurdo. Para onde eu poderia ir?

Rye dá uma risada sem humor.

— Pelo amor de Deus, você está na Itália. Pode descansar, comer boa comida, beber vinho, foder...

GERENCIADO

— Não termine essa frase, Ryland. — O olhar de Gabriel é repressor. Rye dá de ombros.

— Você entendeu o que eu quis dizer.

— Acho uma ótima ideia — eu interponho.

Mas Gabriel me olha como se eu fosse a pior traidora. Eu me aproximo e coloco a mão no antebraço dele. É como uma pedra por baixo do casaco.

— Vamos, Raio de Sol. Você descobriu que está tudo bem. Vamos celebrar a vida, descansar como Rye sugeriu, e — eu sorrio largamente —... comer. Nos isolaremos no quarto, só você e eu.

— Não. — Jax balança a cabeça. — Ele vai encontrar uma maneira de fugir e trabalhar.

Whip concorda com a cabeça.

— Verdade.

— Está vendo? — Gabriel faz um gesto na direção deles. — Está decidido.

— Vá para sua casa de campo — Killian fala, com firmeza.

— Você tem uma casa de campo? — Imagino vinícolas e colinas toscanas.

Gabriel cerra a mandíbula.

— Na costa. Em Positano. — Ele olha para Killian. — Mas está toda fechada.

— Basta uma ligação para você mandar arejar. Vamos lá, cara, pegue mais pesado com os seus protestos.

— Estúpido.

— Deve ser bonita — eu digo. Com o senso de estilo de Gabriel, provavelmente é perfeita.

— Não tem como sabermos — diz Rye, com um suspiro dramático. — Ele nunca nos convida para ir a lugar nenhum.

— Porque eu trabalho, seu cabeça-dura.

Rye balança as sobrancelhas.

— Eu aposto que você levaria Sophie.

·Se os olhares pudessem matar.

— Sophie também precisa trabalhar.

A mágoa faz a minha voz falhar.

— Você não quer que eu conheça a sua casa de campo?

Gabriel levanta as sobrancelhas.

— O quê? Não. A minha casa é sua, Sophie. Pensei que já soubesse disso.

A terna reprovação em sua voz me faz sorrir.

— Então vá com ela para uma de suas outras casas — Jax intervém.

— Quantas casas você tem? — pergunto, porque, sério…?

Gabriel olha para longe.

— Cinco.

Quando penso que finalmente descobri tudo sobre esse homem, ele me surpreende com mais informações.

— Onde?

Com um suspiro sofrido, ele responde:

— O apartamento em Nova York. A casa em Londres. Um apartamento em Paris.

— O chalé em St. Moritz — Brenna acrescenta.

— A casa de campo em Positano — Rye nos lembra.

O olhar fulminante de Gabriel percorre rapidamente os arredores, como se não soubesse como impedir todos de falar, mas quisesse muito.

— E você não comprou um imóvel na Irlanda no ano passado? — Jax pergunta.

— Isso. — Killian estala os dedos. — Aquela pequena casa no Condado de Clare.

— Perto da minha — diz Whip, com um sorriso. — Perto de Cliffs of Insanity, ou Penhascos da Loucura…

— Eles são os penhascos de Moer — diz Gabriel, com uma careta. — Cristo, você é meio Irlandês. Conheça o seu país.

— Cara, de qualquer forma, dizer Penhascos da Loucura dá um ar mais legal.

— Então são seis casas — diz Libby, que esteve em silêncio este tempo todo.

— Caramba — murmuro. A minha casa alugada é literalmente do tamanho de um closet.

A diferença entre nossas posições sociais é impressionante, e ainda assim eu não consigo vê-lo como nada mais do que meu.

Gabriel abaixa a cabeça e dá de ombros.

— Propriedade é um bom investimento.

Jax se aproxima de forma descontraída e coloca um braço no meu ombro.

— Menina Sophie, você não sabe nem da metade. Scottie é um gênio do dinheiro. Nosso garoto aqui é o único responsável por todos nós sermos obscenamente ricos, em vez de apenas ricos. Estou falando sério, fique com ele.

Reviro os olhos.

— Eu ficaria mesmo se ele fosse pobre.

Gabriel olha para cima e um pequeno sorriso ameniza os traços duros da sua expressão. Eu retribuo, com o coração batendo mais rápido. O alívio por ele não estar gravemente doente enfraquece os meus joelhos e traz o nó na garganta de volta.

Eu ficaria ao seu lado na saúde, na doença; o pacote completo. No entanto, estou muito feliz por ele estar bem. Falo com a voz profunda e rouca:

— Considerando que Positano é o único lugar para onde não precisaríamos voar, voto para irmos para lá.

Os seus olhos procuram os meus por um longo momento.

— Você realmente quer ir?

Eu poderia contestá-lo por tentar fazer parecer que está me fazendo um favor, mas há algo a se considerar quando escolhemos as nossas batalhas. Então, eu concordo com a cabeça e dou a ele um olhar de filhote de cachorro.

— Você faz isso por mim? Por favor, Raio de Sol?

Ele suspira e relaxa os ombros da postura defensiva.

— Tudo bem, madame tagarela. Você venceu.

— Incrível — diz Jax, levantando o braço para um toque de mãos.

Gabriel não se mexe.

— Sempre me deixando no vácuo. — Jax balança a cabeça.

— Só mais um detalhe. — Killian se levanta do seu assento para enfrentar Gabriel. — Você vai deixar o seu telefone com Brenna.

— O quê? — Gabriel reclama: — De jeito nenhum.

Killian estende a mão.

— Desista, Scott, e ninguém se machuca.

— Só sobre o meu corpo espancado e ensanguentado.

Os caras todos se levantam, e Rye vira a cabeça, provocando uma dúzia de estalos em seu pescoço.

— Amigos — diz ele, flexionando as mãos. — Vamos fazer isso.

E eles fazem. Na verdade, saltam nele.

A briga é um emaranhado barulhento, cheio de palavrões, de membros se debatendo e homens lutando.

Acaba com um lábio ensanguentado para Rye, um olho machucado para Jax, Killian sem camisa, Whip sem um sapato, e Gabriel no chão, com o terno amarrotado e o seu precioso telefone levado por Brenna, que consegue correr surpreendentemente rápido em seus saltos altos.

— Bastardos — murmura enquanto eles saem pela porta.

— É para o seu próprio bem — diz Killian.

— Nós também te amamos, garoto Scottie — grita Jax.

Eu me ajoelho e beijo uma marca de arranhão na testa de Gabriel.

— Pobre bebê. Vou fazer melhorar. Eu prometo.

Ele não parece convencido, mas o seu lábio se curva.

— Vou cobrar isso de você.

CAPÍTULO VINTE E TRÊS

sophie

Gabriel precisa tomar providências para nossa viagem e, quando eu acordo, ele já saiu. Ele me deixou um bilhete dizendo que deveria estar pronta às nove. Sendo a mãe galinha que é, ele também ajustou o alarme do meu celular para as sete, o que me fez reclamar por uns bons dez minutos, enquanto me arrastava para um banho quente.

Quando são quase oito horas, o serviço de quarto chega com um cappuccino e uma tigela pequena de iogurte extra cremoso e absurdamente espesso, coberto com avelãs torradas e regado com mel dourado. Não é nada que eu pensaria em experimentar, mas raspo cada pedacinho que fica grudado na vasilha de vidro.

A determinação fortalece a minha decisão. Eu deveria cuidar de Gabriel, ajudá-lo a relaxar, e é ele que está me mimando, organizando cada passo da minha manhã sem nem ao menos estar presente. Não posso me esquecer que estou lidando com um administrador profissional de vidas alheias. Preciso intensificar o meu jogo.

Não me surpreendo nem um pouco, quando um mensageiro chega às 8h45 para pegar as minhas malas e me acompanhar. Ele diz que o Sr. Scott está me esperando.

Um divertimento irônico anima os meus passos enquanto atravesso o saguão. Se eu fosse uma pessoa aficionada por alta costura, os meus saltos bateriam no mármore. Mas estou de chinelos brancos e um vestido vermelho de renda de algodão. Gabriel avisou que levaremos cerca de quatro horas para chegar a Positano, e pretendo estar confortável.

O mensageiro me leva até a entrada principal, e eu diminuo os passos ao ver Gabriel à minha espera.

— Ah, caralho — eu deixo escapar.

Ao meu lado, o mensageiro faz um som sufocado de choque. Estou muito ocupada olhando para o meu homem, para me importar.

Vestido com uma camisa polo branca, impecável – que realça o tom dourado profundo da sua pele e se ajusta ao volume dos seus bíceps – e uma calça cinza folgada – que destaca o quadril estreito e cai sobre as coxas grossas –, ele está apoiado em um Ferrari vermelho, com as mãos nos bolsos.

Saia da frente, Jake Ryan.

Quando Gabriel sorri – um sorriso completo, com aquela covinha fofa na bochecha esquerda, e os cantos dos olhos enrugados de alegria –, eu me sinto tentada a olhar ao redor e sussurrar: *"É para mim mesma?"*

Mas não faço isso. Eu corro até ele como uma louca. Ele me pega com um leve *opa* e me envolve em seus braços enquanto eu beijo as suas boche-chas, o canto dos olhos, e a linha da mandíbula. Rindo, ele captura a minha boca e me dá um beijo apropriado.

Ele tem um leve gosto de chá. O seu corpo é quente e sólido, e é meu.

Eu mordisco o lábio dele pela última vez e me afasto.

— Seu animal sexy, um dia você vai me fazer derreter, sabia?

Ele dá um beijo rápido na ponta do meu nariz.

— Se estiver aceitando pedidos, eu prefiro que você derreta na minha boca.

— Lisonjeador. — Agora que já tive o meu momento com Gabriel, eu observo o carro direito. — Puta merda, é um Ferrari 488GTB Spider!

Ele pisca, oscilando um pouco.

— Você acabou de me causar uma ereção.

Ele não está mentindo; eu posso senti-lo aumentar contra a minha barriga. Eu sorrio, me pressionando um pouco mais nele.

— Você vai conseguir dirigir? Ou devemos cuidar disso agora?

Ele franze os lábios, mas há um brilho em seus olhos que promete retaliação. Com um movimento leve do quadril, ele cutuca a minha barriga com aquele pau duro e depois me afasta.

— Entre no carro, madame tagarela, antes que eu cancele essa viagem e leve você para a cama.

— Ainda que seja uma proposta tentadora, o carro está me chamando. — E Gabriel precisa destas férias. Tenho planos para ele. Sujos, na maior parte, mas todos divertidos.

Gabriel abre a porta para mim.

— Trocar tudo por um carro, que encantador.

GERENCIADO

Eu sorrio.

— Não é um carro qualquer.

E oh, que carro é. Os bancos em concha são de couro cinza-escuro, extremamente macio. Eles são projetados para manter a sua bunda no lugar enquanto o carro voa pela estrada, mas isso não é uma reclamação. Eu toco no painel cinza e vermelho enquanto Gabriel fecha a minha porta.

Ele dá uma gorjeta ao carregador depois que a bagagem é colocada no porta-malas frontal, e um momento depois, desliza no seu assento. Com o apertar de um botão, o carro ronrona para a vida.

— Isso que você foi buscar? — eu pergunto, acariciando o couro do assento.

— Sim. — Por um momento, sua expressão é tão satisfeita que parece quase infantil, mas logo se transforma na postura fria que ele adota ao discutir seriamente. — Se vamos dirigir pela costa Amalfitana, vai ser com estilo.

Muito Gabriel.

— Como você colocou as mãos em um desses bebês? Eles não são meio que impossíveis de comprar?

— Não se você estiver em uma lista — diz ele, enquanto pega o trânsito.

Meu Deus, tem alguma coisa sexy em um homem que sabe manejar um carro. Se os executivos da Ferrari vissem Gabriel dirigindo, tenho certeza de que tentariam contratá-lo como garoto-propaganda.

— Claro que você está na lista. Por que eu não estou surpresa?

Ele olha em minha direção.

— Como você sabe sobre este carro, afinal? Pelo que ouvi falar, nem sequer sabe dirigir.

— Ei, muitos nova-iorquinos não sabem.

— Esta situação lamentável deve ser corrigida assim que eu comprar um carro adequado para te ensinar. Agora, responda à pergunta.

— Um dia, quando fiquei entediada, li as suas revistas de carros. — Eu me viro um pouco no assento para encará-lo. — Você percebe que elas são o equivalente masculino da Vogue.

Ele me dá um sorriso malicioso.

— Mas bem mais sexy.

A viagem é muito rápida, em parte porque o carro é veloz e luxuoso, em parte porque a paisagem é deslumbrante, mas principalmente por causa da companhia de Gabriel.

Nunca nos falta assunto para conversar, seja sobre música, filmes ou especulações históricas, enquanto passamos pela área onde escavaram partes

kristen callihan

de Pompeia e Herculano. Gabriel prometeu me levar em passeios para explorar esses locais um dia. E percebo que ninguém mais o vê desta forma, como o homem que tem toneladas de conhecimento armazenado, o homem que sorri com frequência e com facilidade, e que me provoca com piadas tão estúpidas quanto as minhas.

É tarde quando chegamos a Positano, uma cidade tão pitoresca que me dá um nó na garganta. Edifícios coloridos de estuque, que quase lembram a arquitetura mourisca, se agarram às íngremes montanhas verdes que mergulham em direção ao mar turquesa. O ar é fresco, com notas sutis de limão doce e água salgada.

A casa de Gabriel fica um pouco afastada, encaixada entre os rochedos de dois afloramentos de montanha e protegida por um portão alto. Pela estrada, não dá para ver muito, mas por dentro, tudo é formado por paredes de estuque branco nítido, espaços arejados de frente para o mar azul, com portas francesas infinitas abertas para a brisa.

Uma senhora pequena e idosa nos cumprimenta. Gabriel beija as suas bochechas e fala com ela em italiano. Eu nunca tive fetiche por línguas estrangeiras até ouvi-lo falar em uma delas. Ele me apresenta Martina, que é cozinheira e governanta, não fala inglês, mas também não precisa. O seu sorriso de boas-vindas diz o suficiente. Ela nos deixa, e vai apressadamente em direção aos fundos da casa.

— Você sabe falar quantas línguas? — pergunto a ele. Durante a turnê, já o ouvi falar francês e espanhol.

— Inglês, é claro. Italiano, francês, espanhol, um pouco de alemão e um pouco de português. Algumas frases em japonês.

— Você está me matando.

— As línguas sempre vieram naturalmente para mim. — Um sorriso presunçoso se expande. — A sua expressão, Darling... você gosta disso?

— Vou exigir que você fale comigo em italiano na cama.

Ele faz uma expressão pensativa, se inclina, e sussurra no meu ouvido com a voz suave como seda:

— *Sei tutto per me. Baciami.*

Juro que os meus joelhos ficam fracos.

— Jesus, me dê um pequeno aviso. O que você disse?

O seu sorriso se torna mais secreto.

— Eu disse "me beije".

Parecia mais do que isso, mas eu fico na ponta dos pés e dou um beijo suave e demorado nos lábios dele. Ele o retribui, mantendo-o leve e suave.

— Vamos lá — diz ele. — Vamos te alimentar antes que você fique rabugenta de fome.

— Você me conhece tão bem.

Com a mão na curva suave das minhas costas, ele me guia até a varanda. Construída na colina, é enorme e circunda toda a propriedade. Uma parte é um jardim com limoeiros e palmeiras farfalhantes; a outra possui um terraço revestido de ardósias, com uma piscina de borda infinita pairando ao longo de um penhasco, além de uma área de jantar sombreada por uma treliça coberta de buganvílias. A luz do sol que atravessa as flores fúcsia tinge o ar de rosa.

Gabriel me observa absorver tudo, depois vem ficar ao meu lado, enfiando as mãos nos bolsos.

Ele esbarra o ombro no meu.

— O paraíso é um estado de espírito, não um lugar.

— Justo. Você possui o lugar perfeito para evocar o paraíso.

Ao fundo, Martina arruma a mesa. Ela dispensa a minha oferta de ajuda, e logo saboreamos limoncello gelado.

— Tem gosto de verão no copo — digo a Gabriel.

Ele descansa em sua cadeira, esticando as longas pernas à frente.

— Espere até provar a comida de Martina.

Quando ela nos serve duas tigelas de massa, percebo o porquê. Vonngole e mexilhões misturados com linguine, brilhantes por causa do azeite e perfumados por pedacinhos de alho, salsa e raspas de limão. É a melhor coisa que comi na vida, e eu absorvo o molho com pão branco crocante.

Ficamos em silêncio por um tempo, simplesmente apreciando a comida e a brisa do mar que refresca a nossa pele. Quando terminamos de comer, Martina vem recolher os pratos e Gabriel conversa com ela outra vez.

É meio ridículo o quanto eu me derreto quando ele fala; provavelmente está dizendo algo banal como, *ei, obrigado pela refeição*. Mas parece puro sexo saindo da sua boca.

Eu me recosto com um suspiro. Ele parece igualmente satisfeito, com as mãos dobradas sobre a barriga reta, e a expressão serena enquanto contempla o mar.

— Eu não entendo — eu me pego dizendo.

Ele olha em minha direção.

— Não entende o quê?

— Isso. — Eu agito a mão no ar. — Você tem esta casa deslumbrante que raramente visita, e outras que imagino serem igualmente magníficas, e mesmo assim nenhum dos caras esteve em nenhuma delas. Por que você se importa?

Uma ruga de preocupação aparece entre as suas sobrancelhas.

— Em certa ocasião, o pai de Killian me disse que a melhor forma de investir é comprar imóveis. São tangíveis, verdadeiros e eternos. Eu concordo.

— Isso eu até entendo, mas por que ter essas propriedades se você não vai aproveitá-las, e nunca vai se reunir nelas com os seus amigos? — Eu me inclino para a frente. — Por que você não os deixa entrar, Gabriel? Eles te amam, e você os mantém à distância.

Um rubor colore as suas bochechas, e ele se levanta abruptamente da cadeira para andar de um lado para o outro.

— Eu não sou um homem sociável, Sophie. Você sabe disso.

Eu o observo andar.

— Eu não estou falando sobre organizar festas extravagantes. Estou perguntando sobre, sistematicamente, construir uma barreira entre você e as pessoas que lhe são mais importantes. — Ele me olha por cima do ombro, e eu suavizo o meu tom. — E eu acho que você sabe disso.

Nossos olhares se chocam, mas eu não pisco. Ele sussurra um palavrão e aperta a nuca.

— Gabriel, você é um homem encantador, espirituoso e gentil, não revire os olhos para mim, porque você *é*. — Eu me levanto e me aproximo dele. Não muito perto, porque ele está cauteloso agora. — Você é gentil. Os caras e Brenna são a sua família, e você os trata muito bem, cuida deles melhor do que qualquer um que eu já conheci. Por que não permite que cuidem de você também?

Ele solta um suspiro forte e gira para me encarar.

— Eu não sei como — ele responde bruscamente.

— O que você quer dizer?

— Malditos... — Ele passa a mão pelo cabelo e o agarra com força. — A minha mãe e o meu pai... eles... eles me abandonaram, certo? As duas pessoas que mais deveriam me amar. Foram embora. E eu sei que os rapazes e a Brenna me amam. Mas se eu os deixar entrar...

Ele caminha para longe e volta com os olhos arregalados e cheios de dor.

— Se eles estiverem totalmente comprometidos, *eu também estarei*. Vai doer mais, Sophie. Você entende? Vai doer mais se...

Ele olha para longe, franzindo a testa de forma tão intensa que os lábios se comprimem.

GERENCIADO

— Gabriel, eles não irão embora...

— Eu mal consigo deixar você entrar. Me abrir é tão estranho para mim, que eu não faço ideia do que diabos estou fazendo. Mas estou tentando porque você é... — Ele luta para encontrar as palavras, parecendo estar em pânico.

Eu coloco os braços ao redor dele e o abraço forte. Eu imaginei que fosse resistir, mas ele cede, enterra o nariz no meu cabelo e respira fundo, me abraçando como se eu pudesse desaparecer.

— Está tudo bem. — Acaricio o seu pescoço tenso. — Sinto muito. Eu não deveria ter te pressionado.

— Não, você deveria. Eu estou me protegendo e os magoando. Eu vejo isso. Mas não sei como mudar.

Os meus dedos descem pela curva estreita da coluna espinhal, pelas suas costas fortes.

— Apenas faça o que fez comigo.

A mudança de tensão em seu corpo é discreta, mas significativa. Eu quase sinto o seu sorriso, e definitivamente sinto o calor aumentar entre nós dois.

Sua voz se torna mais profunda, intensa.

— Acho que eles não apreciariam essa abordagem, Darling.

Ele desliza a mão e pega na minha bunda.

Eu sorrio.

— Acho que é melhor você manter esse tratamento especificamente para mim.

— Só para você, sempre — promete, baixando a outra mão. Ele agarra a minha bunda, massageando-a com um grunhido de aprovação.

Eu pulo nos braços dele, passando as pernas ao redor da sua cintura.

— Me leve para a cama, Raio de Sol.

Ele começa a andar, mas não entra na casa; me deita na espreguiçadeira larga sob a sombra das buganvílias e se aproxima, colocando os lábios no meu pescoço. Um forte puxão no corpete do meu vestido de verão e o meu seio se liberta.

— Gabriel — eu gemo, enquanto ele suga o meu mamilo em sua boca quente e molhada. — Aqui não.

— Aqui sim — diz ele, contornando o bico eriçado com a língua.

Eu me contorço, mas os meus dedos encontram o caminho até o cabelo dele, segurando-o com força enquanto ele continua a me lamber e chupar. Outro puxão no vestido e o meu outro seio fica exposto.

kristen callihan

Eu olho para a porta aberta que leva à cozinha.

— Não vou conseguir olhar a Martina nos olhos, se ela nos pegar aqui.

Ele trilha um caminho de beijos no meu seio negligenciado e agarra o mamilo rijo com os dentes, puxando apenas o suficiente para eu perder um pouco a sanidade. Eu arqueio o meu corpo, silenciosamente implorando por mais.

Uma risada sombria ressoa no seu peito. Salpicando beijos no meu mamilo, ele desliza a mão por baixo do meu vestido e a coloca entre as minhas pernas, no ponto úmido e dolorido.

— Eu disse a ela para tirar o resto do dia de folga.

Eu me movo ao seu toque com um gemido, baixando a cabeça para beijar a sua têmpora.

— Caralho… eu digo que ela pode ter a semana inteira de folga.

Ele cantarola baixinho e enfia os dedos dentro da minha calcinha.

— Boa ideia.

Depois disso, não falamos durante muito tempo.

— Aonde você vai? Ainda não acabei. — A sua voz é como uma canção de amor, suave e terna, cheia de possessividade e promessa de pecado gostoso. Ela move em mim como um carinho, e me faz arrepiar.

— Eu quero tocar em você — reclamo, embora não seja realmente uma queixa. Mas como seria possível se ele me reduziu a essa massa trêmula e invertebrada de caloroso torpor?

A sua risada maliciosa já é conhecida.

— Mais tarde. Agora é a minha vez.

Mãos grandes e quentes deslizam pelas minhas pernas e agarram a minha bunda. Fecho os olhos e abraço as cobertas amarrotadas enquanto aquelas mãos talentosas mergulham entre as minhas coxas e as abrem ainda mais.

Exposta. Inchada e molhada. Ele já me tomou duas vezes até agora. Uma vez no terraço, e depois na cama, onde ele foi mais lento, mais cuidadoso, demorando, me fazendo implorar por isso. E como eu implorei, supliquei e ofeguei, perdi completamente a cabeça.

Ele me recompensou, me fazendo gozar até chorar, acariciando a minha pele, me dizendo que eu era a sua boa menina com aquela voz baixa e severa que sempre associarei ao sexo e ao prazer.

Ele a usa agora, uma arma por si só.

— Tão linda — diz ele, do seu ponto entre as minhas coxas. — Eu sabia que você seria bonita assim.

A necessidade de dar prazer a ele me invade. Inclino os quadris, levantando mais a bunda, me expondo totalmente para ele. Ele cantarola em aprovação, acariciando a minha lombar, e a parte de trás do meu joelho. A respiração dele faz cócegas no interior da minha coxa, e ele sopra o meu clitóris.

Solto um gemido, lutando contra o desejo de empurrar para baixo e encontrar a sua boca.

Ele sabe. O bastardo imoral *sabe* o que ele está fazendo comigo. Sinto o sorriso nos lábios dele quando ele beija a minha nádega. E eu deveria, de fato, fazê-lo pagar por isso. Mas ele desliza a mão pela minha coxa, e a minha respiração para, enquanto a ponta do seu dedo circula a minha abertura.

— Hmm — diz ele, girando os dedos, me provocando suavemente. — Tão bonita.

Ele mergulha o dedo em mim, só o suficiente para sentir. Em seguida ele tira, reúne a minha umidade e insere de novo, mais fundo desta vez.

Um beijo suave no meu clitóris inchado e sensível me faz tremer. Gentilmente, muito gentilmente. Quase imperceptível, e ainda assim retém toda a minha atenção. Ele movimenta a língua de forma indolente, suga com persistência e enquanto isso, me fode lentamente com o dedo.

Fecho os olhos, me concentro no toque e na forma como ele continua a me provocar, juntando o líquido escorregadio que se acumula na minha abertura e depois mergulhando fundo.

Os meus olhos se abrem repentinamente, e um murmúrio de choque escapa dos meus lábios. Ele está empurrando a sua porra para dentro de mim outra vez.

É tão obsceno, tão ilícito, que o calor e a luxúria me tiram o fôlego. Um gemido trêmulo me escapa. Eu ondulo contra o seu toque, implorando. Mais devagar. Mais fundo. Mais forte. Mais rápido. Não me interessa, contanto que continue.

Sinto um leve sopro de ar contra a minha pele, quase um riso, porém mais suave, como se ele também precisasse de mais. Beijos lentos trilham caminho pelas minhas costas, enquanto ele me pressiona na cama com o

kristen callihan

calor do seu corpo. Ele não me impõe todo o seu peso, apenas o suficiente para eu conseguir senti-lo.

Ele beija o meu pescoço, respirando mais rápido enquanto enfia outro dedo. Dessa vez ele se aprofunda tanto, se pressionando contra mim, que quase dói. Mas não é suficiente.

— Gabriel — eu arfo, abrindo mais as pernas.

— Ssshh… — ele sussurra, beijando a minha bochecha e deslizando os quadris entre as minhas coxas. O pau pesado e quente encosta na minha bunda. Os seus dedos trabalham em mim, em uma imersão lenta, um movimento provocante.

— Agora — digo com a voz rouca. — Agora.

— Darling — ele sussurra. O meu nome, um carinho. Agora são apenas um.

Deitada embaixo dele, ofegando e tremendo, sinto tanto calor que mal consigo respirar. Mas ele está aqui comigo, respirando de forma irregular. Tremores percorrem todo o seu corpo, e depois passam para o meu. Ele levanta o quadril e empurra o pau em mim, o ajuste agora está mais difícil porque ele não tira os dedos.

A distensão queima e eu gozo antes da primeira estocada. Ele me envolve em uma onda lenta e contínua. Eu grito, soluçando.

Gabriel tira os dedos e agarra as minhas mãos.

— Sophie — diz ele quando começa a arremeter, de forma lenta, mas intensa, como se nunca quisesse parar.

— Não — eu digo, incapaz de formar pensamentos coerentes. — Não pare nunca.

Ele estremece e geme, com os lábios na minha bochecha úmida. A sua resposta é uma palavra.

— Minha.

E ela é tudo.

gabriel

— Olha, isso não é um bicho de sete cabeças. Basta levantar a perna e montar...

— Eu acharia melhor enfrentar o bicho de sete cabeças.

— Você está fazendo um alvoroço muito grande por causa disso.

— É uma armadilha mortal sobre duas rodas. *Pequenas* rodas.

— É uma Vespa, Darling. Faremos um passeio pela cidade nela. Tipo *A princesa e o Plebeu*.

— Nós não estamos em Roma.

— Pare de criticar. Venha, entre no espírito. Você ama esse filme.

— Verdade. Você seria um grande Gregory Peck, mas infelizmente não sou a Audrey Hepburn.

— Você, definitivamente, está mais para uma Marilyn.

— Não vejo isso como um elogio, senhor.

— Mas é, acredite em mim. Agora vamos para a scooter, madame tagarela. Quero sentir esses peitos fantásticos pressionados nas minhas costas.

— Estou começando a pensar que você tem uma fixação pelos meus peitos.

— Eu tenho fixação por tudo em você. Deixe de enrolação. O dia está passando, amor.

— Você não vai deixar isso de lado, não é?

— Era para estarmos relaxando...

— Descer uma montanha, descontroladamente, nesse brinquedo não é relaxante.

— Vai ser divertido, e realmente me tranquiliza. Você quer que eu descanse, não quer?

— Aff. Não faça essa carinha de filhotinho triste para mim.

— Eu não sabia que estava fazendo cara nenhuma.

— Controle-se, Raio de Sol. Você está queimando as minhas retinas.

— Só se você subir na scooter.

— Tudo bem. Só não nos deixe cair em um penhasco e morrer.

— Eu pretendo morrer quando estiver muito velho, fodendo com você depois de tomar muito Viagra.

— Você realmente fala as coisas mais doces.

— *Sono pazzo di te.*

— Okay, o que isso significa? Parece sexy pra caramba.

— Vou te dizer se sobrevivermos à viagem para a cidade.

— Gabriel Scott, aiiiiii!

— Agora me escute, eu montei nesse demônio infernal da velocidade aqui…

— É uma scooter. A sua velocidade é limitada.

— A velocidade máxima dela é de 100 Km/h. Eu verifiquei. É muito rápido.

— Dificilmente eu definiria isso como rápido.

— Partindo de alguém que dirige uma Ferrari, acho que não seria diferente.

— Exatamente.

— Parabéns pra você. Ganhou essa discussão, mas não vai ganhar outra. Vamos comer aqui.

— Darling, esse lugar é um buraco. Literalmente tem buracos na parede.

— Talvez sejam buracos de bala da guerra.

— Qual delas?

— Rá. Mas você entende o meu argumento.

— Que é decadente?

— Que está aqui há tempo suficiente para ter uma história. Veja, está cheio de italianos mais velhos comendo.

— Eu não notei. Fiquei distraído com um rato que passou por aqui.

— Não foi um rato. Foi um gato.

— Um rato tão grande quanto um gato.

— Deixe de ser esnobe. Jesus, você não cresceu na pobreza?

— O que significa que tenho conhecimento suficiente para ficar longe de lugares decadentes.

— Argh. Olhe, se você quer comida boa, vá aonde as vovós cozinham. Está vendo? Há uma pequena *nonna* naquela cozinha.

— Bem, suponho que seja…

— Vamos comer aqui.

— Você acabou de beliscar o meu mamilo?

— Foi uma pergunta retórica?

— Cuidado, madame tagarela. Eu posso retaliar.

— Promete? Ooh, eu gosto desse olhar intenso, é muito Flynn Rider.

— Agora você está me comparando com personagens de desenhos animados?

GERENCIADO

— Personagens animados. Enorme diferença. E é fofo você saber quem ele é. Vamos, Raio de Sol.

— Espere...

— Está vendo? Não te disse? Comida deliciosa.

— Sim, você é muito inteligente. Cale-se.

— Outra citação de *A Princesa Prometida*. Você, Gabriel Scott, é o homem perfeito para mim.

— *Você* fala as coisas mais doces, madame tagarela.

— Agora, me fale o que você disse em italiano na scooter da morte.

— *Sono pazzo di te*. Eu sou louco por você.

— Gabriel...

— Coma a sua comida, Darling.

CAPÍTULO VINTE E QUATRO

gabriel

Eu pensei que seria difícil deixar o trabalho de lado e simplesmente viver o momento. Nunca havia feito isso antes, e honestamente, não estava certo de quem eu seria se não estivesse trabalhando o tempo todo.

Sophie torna extremamente fácil desfrutar das coisas simples da vida.

Os dias passam e nós nos entregamos a uma espécie de ritmo preguiçoso. Dormimos até um de nós acordar, fazemos amor e depois adormecemos novamente. Comemos quando sentimos fome. E quando estamos com tesão, transamos de novo, o que acontece o tempo todo e por toda a casa – o meu lugar favorito é o terraço, onde o sol doura a pele fina de Sophie e os seus gritos ecoam nos penhascos.

Se estivermos especialmente motivados, pegamos a Ferrari ou a Vespa – que, apesar do pânico inicial de Sophie, ela agora adora – e vamos explorar a cidade. E nós discutimos. Sobre qualquer assunto: onde comer, onde fazer compras, a velocidade que deveria atingir na Vespa. Os italianos aprovam, porque sabem que são preliminares.

E, na verdade, nada me atrai mais do que os olhos de Sophie brilhando com inteligência e desejo crescente, as bochechas coradas e os seios subindo e descendo a cada troca verbal. Juro que eu vivo por aí mancando, meio ou completamente excitado. Vale muito a pena.

Em algum momento durante cada dia, por um acordo silencioso, cada um resolve as próprias questões.

Apesar de Sophie ser sociável enquanto eu sou reservado, ambos precisamos de tempo sozinhos para recarregar as energias. Mesmo quando viajávamos juntos, confinados em um ônibus, encontrávamos maneiras de dar espaço um ao outro. Mas isso se tornou uma vantagem. Agora os nossos reencontros são muito mais especiais, porque apenas algumas horas de separação parecem semanas.

E nesse momento estou sozinho, esperando. Sophie foi para a cidade com a filha de Martina, Elisa. Como o meu telefone foi confiscado, não tem como Sophie me enviar mensagens, mas sei que ela voltará em breve. Não sei como, eu simplesmente sei.

Minutos depois, ouço o carro de Elisa na entrada.

É fácil rastrear os movimentos de Sophie; a mulher parece um *yeti* invasor, sempre que entra em algum lugar. Ela bate à porta da frente ao abrir, os sapatos fazem barulho no chão. Ela canta *"Ruby Tuesday"* de Key com a voz desafinada e a letra errada.

Eu sufoco uma risada.

— Raio de Sol? — a sua voz alegre ecoa. — Onde *cê tá?*

É muito gratificante saber que, sempre que Sophie chega em casa, a primeira coisa que ela faz é me procurar.

— A sua gramática é terrível! — eu grito de volta, lutando contra um sorriso; sinto uma expectativa ao não revelar por completo a intensidade da minha felicidade. Deixo aumentar enquanto ela sobe os degraus pisando com força.

— Você não me quer por causa da minha gramática — diz ela, perto do topo da escada.

— Os seus peitos e a sua bunda, definitivamente, têm uma classificação mais alta.

— Fique à vontade para mostrar a eles algum apreço. — Ela para na porta do nosso quarto, com o vestido azul amarrotado. A luz rosada do pôr do sol atravessa as janelas largas e ilumina o dourado do seu cabelo.

Fico sem palavras, totalmente sem fôlego.

Nunca fui um homem poético, mas gostaria de ser um agora. Eu quero fazer justiça à sua beleza e à maneira como ela me preenche com uma estranha mistura de paz absoluta e necessidade intensa.

É sempre assim com Sophie. Olho para ela e, ao mesmo tempo, quero abraçar forte, acariciar como se este fosse nosso último dia de vida, deitar na cama e foder até esfolar o meu pau. O que é bastante perverso, suponho.

Mas não tem importância. Não quando ela me olha como se tivesse o mesmo desejo. Mas então o seu rosto doce se contrai em uma careta.

— Você está trabalhando.

É difícil negar quando tenho um contrato na mão.

— Apenas uma leiturinha leve.

Enquanto Sophie estava na cidade, saí para correr. No segundo que cheguei, fiz um shake de proteína, tomei um banho e me recostei na cama com a minha boxer, para ler um contrato. Como estou só passando os olhos, não considero como trabalho.

Sophie parece discordar.

Ela coloca as mãos no quadril.

— Eu deveria ter revistado as suas malas em busca de contrabando. Você deveria estar relaxando.

— O descanso imposto é contraditório. — Volto a ler o contrato porque sei que ela vai ficar agitada. Amo pra caralho quando ela fica assim. O resultado é sempre, pelado, suado e em meu benefício. — Além disso, este é um contrato padrão, nada muito complexo ou detalhado.

Ela solta um suspiro.

— O que eu vou fazer com você?

Pode me foder. Eu tenho necessidades.

— Deitar ao meu lado e ler alguma coisa?

Ela dá um passo em minha direção, mas para.

— Você está usando óculos.

Há uma nota sufocada de desejo em sua voz que leva o meu a um nível mais intenso. Eu não olho para o contrato.

— Como se deve fazer quando óculos de leitura são necessários.

— Espertinho. Já te vi lendo por várias vezes, e nunca estava de óculos.

— Uso lentes de contato. Mas os meus olhos estão irritados hoje.

Suspeito que tenha algo a ver com o que eu e Sophie fizemos na piscina esta manhã. Foi uma espécie de experiência, para descobrir por quanto tempo eu conseguiria segurar a respiração. Nós rimos e nos dedicamos à tarefa com muito entusiasmo.

— Você deveria sempre usar os óculos durante a leitura — diz ela, vindo em minha direção. — E quero dizer, sempre.

Eu sabia que Sophie reagiria positivamente aos meus óculos de leitura? Não. Mas pelos olhos arregalados e ligeiramente sonhadores, estou bastante confiante de que ela os aprecia. Sou homem o suficiente para admitir que quero seduzi-la.

Ela se senta na cama e a sua coxa quente fica ao lado da minha. O meu corpo está em alerta, mas não permito que ela perceba. Ainda não. Não é assim que o nosso jogo funciona.

Que Deus me ajude se eu não tiver mais a Sophie para brincar. É uma das melhores partes do meu dia.

— Você sabe — ela fala, arrastando um dedo pela minha patela. — No Tumblr. Caras gostosos, com óculos...

— Nem pense em tirar uma foto. — Finjo ignorar a maneira como seu toque envia uma onda de luxúria direto para o meu pau. Uma causa perdida. E sei que ela nota o meu interesse crescente. Ela continua subindo pelo caminho.

— E os leitores gostosos? Eles até fizeram um livro. Você definitivamente seria uma boa opção para a capa.

Eu olho para ela por cima das lentes. Ela me olha daquele jeito malicioso, com a cabeça ligeiramente inclinada, e os lábios carnudos meio franzidos. Um desejo ardente desce pelo meu estômago e sinto um aperto repentino. O meu pau sobe imediatamente.

Sophie lambe o lábio inferior, mas nunca perde o contato visual comigo.

— Você não está jogando limpo, Raio de Sol. — A voz dela está rouca. — Eu não consigo suportar essa repreensão silenciosa, ainda mais com esses óculos. Vai me fazer entrar em combustão.

— Hmmm. — Volto o olhar para o contrato, como se não estivesse tenso pra caralho. A recompensa será muito maior se ela tiver que se esforçar. — Não entendo por que isso seria um problema meu.

— Ah, não? — A cama range quando ela se arrasta para mais perto.

O meu pau pulsa em sincronia com o coração, forçando desconfortavelmente contra a minha calça.

— Você é a única afetada — eu digo a ela. — É melhor você fazer algo a respeito.

A sua risada baixa serpenteia sobre a minha pele. o cabelo sedoso faz cócegas no meu peito quando ela passa por baixo dos papéis que estou segurando. *Sim, amor, entre no meu recanto.*

— E essa ereção enorme é por causa dos... — Ela olha para o contrato na minha mão. — Percentuais de licenciamento?

— Eu tenho uma queda por detalhes — murmuro, prendendo a respiração enquanto ela beija suavemente o centro do meu peito.

— Bem... — Ela me beija de novo. — Não quero te atrapalhar.

Finjo estar lendo enquanto ela beija o meu peito de forma lenta e profunda. Cada vez que os lábios se demoram em minha pele, eu me desfaço um pouco mais. É um misto de ternura e calor – como se ela me adorasse e se deleitasse comigo – que deixa o meu coração apertado e faz o meu pau latejar.

Ela passa a língua no meu mamilo, fazendo a minha mão tremer, e a minha respiração falhar.

— Deus, você fica muito gostoso assim — diz. Ela pega o meu mamilo com o dente e puxa.

Eu solto um grunhido e um calor intenso passa pelas minhas coxas. O contrato cai na cama e eu bato a cabeça na parede, causando um baque surdo.

Ela desce mais, percorrendo a linha entre os meus músculos abdominais.

— Sexy. Pra. Caralho. — Cada palavra é pontuada com um beijo. — Quero que você me foda usando esses óculos, Gabriel.

Essa mulher vai me matar.

Engulo em seco, procurando a minha voz.

— Se você for uma boa menina, talvez eu faça isso.

Não me passa despercebido que a sua bunda em forma de pêssego se contrai. Uma sensação primitiva e vital me invade. A minha voz fica rouca.

— Tire o meu pau. Você vai chupá-lo.

Um pequeno som sai da sua garganta e percebo que ela ficou abalada, o que, por sua vez, também me deixa afetado. A minha pele está tão quente que mal consigo respirar.

As mãos de Sophie percorrem o cós da minha cueca boxer, em uma provocação sutil. O meu pau empurra o tecido rudemente, e ela puxa o elástico da cintura. A ponta latejante se prende no cós da calça. Ela me liberta, e estou tão duro que o meu pau bate no meu abdômen.

— Adoro esse som — ela sussurra.

Bom. Ele é só seu.

— Me coloque na sua mão.

Ela posiciona os dedos quentes ao meu redor e dá um aperto. Meus olhos quase reviram para trás da cabeça. Eu reprimo um gemido, levantando o quadril para encontrá-la.

— Mais suave — eu ofego.

— Mais suave? — Ela beija o meu peito outra vez, enquanto alivia o aperto.

É tão bom que eu quase choro.

— Me faça implorar.

Os cílios dela tremulam e uma respiração escapa dos seus lábios entreabertos. Ela desliza as pontas dos dedos pela minha base, me provocando.

Eu me esforço para ficar parado, mas ela segura as minhas bolas com delicadeza e dá um leve puxão. Um resmungo sai da minha garganta. Ele se transforma em um gemido absoluto quando ela se abaixa e coloca a cabeça do meu pau na boca.

Não é o suficiente.

— Sophie...

— Hmmm? — O som vibra contra a minha pele, e sou atingido por uma pontada de dor e prazer.

Eu dou um empurrão para cima, mas ela se afasta. Sinto uma lambida provocante na minha glande.

— Porra...Chupa, Darling. Chupa gostoso.

Recebo um sorriso dos olhos castanhos e ela me obedece, sugando de forma forte e profunda. Eu gemo, arqueando o corpo na cama. Mas ela para e volta a brincar comigo, mal envolvendo os lábios fartos na minha carne.

Calor invade a minha pele, e eu faço o que ela quer.

— Por favor. Por favor...

E ela me satisfaz, me inundando com atenção e despertando o meu prazer como se o dela estivesse conectado a ele. Eu me perco nela, até a minha garganta se estreitar de emoção e as minhas bolas se contraírem com o orgasmo iminente.

Não quero desperdiçar na sua boca. Desta vez não. Eu a puxo para cima, tentando ser gentil, mas as minhas mãos tremem. Ela deixa escapar um som de protesto, e eu o engulo com um beijo enquanto a jogo de costas, tentando levantar a sua saia.

— Eu não terminei — ela ofega, entre beijos.

Deslizo a mão por baixo da sua calcinha cor-de-rosa. Doçura e maciez saúdam os meus dedos.

— Eu preciso estar aqui. — Acaricio o seu sexo macio e inchado antes de empurrar fundo. E ela grita – um apelo adorável que me deixa ansioso por mais.

Beijo a sua boca enquanto os meus dedos trabalham dentro da sua calcinha apertada. Ela se move comigo, empurrando e esfregando os quadris em minhas mãos. As nossas respirações se misturam, tornando desordenadas.

Não há mais espera. Eu arranco a calcinha dela e rolo entre as coxas que estão bem abertas para mim. O primeiro empurrão para dentro é uma agonia e um paraíso, porque nada será tão bom quanto me encaixar dentro de Sophie. Ambos estamos frenéticos, ofegantes. Eu sei que ela espera que seja áspero e rápido.

kristen callihan

Diminuo o ritmo, seguro as bochechas dela e a beijo de forma suave, enquanto lentamente trabalho em sua abertura apertada e molhada.

— Gabriel — ela choraminga na minha boca. — Mais.

Sei que ela quer dizer mais depressa. Penetro o mais fundo que consigo, espero até ela estremecer e saio outra vez.

— Eu vou te dar tudo — sussurro.

Ela devora a minha boca, se contorcendo embaixo de mim enquanto tenta mudar o ritmo. Mas eu a tenho onde quero. Eu me movimento dentro dela, permitindo que sinta cada centímetro. Descontente, ela resmunga uma mistura de riso com reclamação.

— Sophie. — A minha voz é clara e firme, exigindo a sua atenção.

Ela me olha nos olhos e eu exponho tudo para ela – o que significa para mim e o que causa em mim.

Ela fica ofegante, e os olhos brilhantes se arregalam. Sinto o seu corpo ceder, ficando mais suave.

— Gabriel. — Ela toca na minha bochecha com dedos trêmulos.

E, de repente, fico apavorado. Porque ela me enxerga completamente, cada canto escuro e cada imperfeição. Isso acende alguma coisa dentro de nós. Eu não consigo desviar o olhar, nem parar de me mover dentro ela, dizendo com o meu corpo o que tenho medo de dizer em palavras.

Me pegue, me tenha, me ame.

Mas não preciso dizer nada disso, porque sei nesse exato instante que ela já sabe. Em lençóis de linho amarrotados, ela me reivindica de corpo e alma, e depois se oferece de volta. Nesse momento, não sou mais Scottie ou Gabriel, eu sou algo mais. Eu estou em casa. Finalmente. Pelo menos. Para sempre.

sophie

Tudo que é bom dura pouco. Eu sabia que o tempo de Gabriel só para mim seria limitado; ele é viciado demais em trabalho para ficar de férias por um longo período. Mas, apesar de termos passado duas semanas gloriosas sozinhos, parece não ser o suficiente. Ainda assim, não posso negar que fez bem a ele.

Dias de sono até o meio-dia, passando horas preguiçosas na cama fazendo amor, ou relaxando ao sol na piscina, deram a ele um brilho saudável e uma expressão sorridente no olhar.

Dias bebendo vinho tinto encorpado, mergulhando pão crocante no azeite, devorando tomates maduros e queijo cremoso, preencheram as cavidades em suas bochechas.

Quando o conheci, achei Gabriel lindo. Agora eu percebo que não sabia da missa um terço. Está robusto, profundamente bronzeado e tão atraente em seu terno de linho sob medida, que fico meio tonta só de olhar para ele.

Ele me dá um sorriso rápido e alegre enquanto dirige a sua Ferrari pelas curvas sinuosas da costa italiana, e eu agradeço por estar sentada.

— Eu quase consigo ouvir os seus pensamentos — diz ele, reduzindo a marcha com autoridade. Bom Deus, a maneira como a calça marca as coxas dele...

Cruzo as pernas.

— Te juro que todos são obscenos.

O seu sorriso aumenta, mas ele mantém os olhos na estrada.

— Comporte-se madame tagarela. Eu preciso me concentrar.

— É como se eu tivesse caído na capa de *Ternos, Carros e Pornografia*. Uma risada baixa ressoa no seu peito.

— Esta revista não existe, Darling.

— Deveria existir.

Rindo, ele muda a marcha outra vez, e acelera. O carro avança rapidamente e eu sou lançada contra o assento. Gritando, levanto as mãos e deixo o vento bater nos meus cabelos enquanto corremos pela costa.

Chegamos muito cedo ao nosso hotel em Nápoles. A Kill John vai fazer um show esta noite, depois nós iremos para Milão e, finalmente, para Berna na Suíça.

Gabriel pega na minha mão enquanto entramos no saguão. Eu não imaginava, mas ele adora dar as mãos. Sempre que estamos perto um do outro, ele encontra uma maneira de entrelaçar os dedos nos meus, e acariciar as articulações ou as costas da minha mão, como se me tocar o acalmasse.

Durante as nossas férias, sentávamos juntos no terraço e ele ficava

kristen callihan

olhando para baixo e brincando com ela, como se não soubesse como tinha chegado ao ponto de poder me tocar livremente.

Eu sorria, e ele me puxava para o seu colo. Ele fazia melhor uso das mãos depois disso. E eu lambia o vinho na sua pele até ele tremer, grunhir e me exigir coisas sujas daquele jeito autoritário e másculo dele.

Um suspiro melancólico me escapa, e Gabriel me dá um aperto.

— Por que isso tudo, madame tagarela?

— Eu não quero falar.

— O que só me faz querer saber mais. Converse comigo, Darling.

Chegamos aos elevadores e ele aperta o botão de subida. Balanço a cabeça, mas me rendo.

— Só estou sendo ridícula e gananciosa. Já sinto falta de sermos só nós dois.

Ele franze as sobrancelhas, se aproxima um passo e me envolve com o perfume e a força dos seus braços. Dedos quentes acariciam a minha nuca.

— A nossa localização é simplesmente uma questão de Geografia. — Ele toca os lábios macios na minha bochecha e a sua voz ressoa em meu ouvido. — Lembra, madame tagarela? Eu nunca vou me afastar de você, porque você está sempre aqui. — Ele pega a minha mão e a coloca na sua têmpora, como fez aquela noite nos bastidores.

Eu sorrio e apoio a bochecha no peito dele, onde o coração bate firme e constante.

— E aqui.

— Exatamente.

Eu o amo. Eu o amo tanto que não parece real. Eu o amo tanto que fico meio assustada. Nunca me apaixonei antes. Eu não tenho experiência em processar a emoção. Como ela pode deixar uma pessoa tão feliz e, ao mesmo tempo, tão assustada? Não posso perdê-lo. Não posso. O meu coração não vai sobreviver.

Mas ele está comigo, me abraçando como se fosse ficar bem aqui, me confortando pelo tempo que eu precisar.

Ouço o sinal do elevador e dou um passo para trás. É quando o vejo. Ele está meio acabado e com o rosto queimado de sol, mas eu o reconheceria em qualquer lugar.

O meu estômago dá um nó, e eu engulo em seco, sentido ânsia de vômito.

Do outro lado do saguão, ele olha diretamente para mim. O brilho calculista em seus olhos me diz que ele sabe exatamente quem é Gabriel, e está tentando descobrir como usar o conhecimento de que estamos obviamente juntos.

Quando Gabriel coloca a mão nas minhas costas e me guia para dentro do elevador, estou suando frio. A última coisa que vejo antes das portas se fecharem é o sorriso arrogante e a piscada provocativa de Martin, como se me dissesse: "te procuro em breve".

kristen callihan

CAPÍTULO VINTE E CINCO

s o p h i e

Nós precisamos conversar

Eu encaro a mensagem no meu telefone, e a raiva aumenta tanto que a minha visão fica turva. O meu estômago se revira. Aquele filho da puta ainda tem o meu número. Lamento não ter mudado há muito tempo. Mas não faria diferença – Martin sempre encontra um jeito de conseguir o que quer.

O meu estômago se contorce, e eu coloco a mão sobre ele.

Eu deveria avisar Gabriel que Martin está espionando pelo saguão. Mas eu não quero. Falar o nome dele é como invocar o diabo. Não quero lembrar Gabriel do que fiz. Claro que ele sabe, mas ver Martin e fazer uma conexão visual comigo tornará tudo mais real. Mais pungente. Porque é isso que Martin é: um odor desagradável que fica no ar e espalha por todo o espaço. O sacana quer conversar. Não é preciso muita imaginação para perceber do que se trata.

Uma brisa vem do porto. Eu me encolho na espreguiçadeira da varanda, puxando os joelhos para o peito. Aqui fora não está frio, mas eu estou congelando por dentro, enquanto o calor queima a minha pele.

— Sophie. — O rosto de Gabriel está diante de mim, com uma expressão de preocupação estampada na testa.

Atônita, eu pisco e olho ao redor, observando o mar escuro e as luzes ao longo da costa.

— Sim?

Ele se senta na ponta da espreguiçadeira.

— Chamei o seu nome três vezes.

— Me desculpe. Eu... — Sem saber o que dizer, encolho os ombros.

Ele examina o meu rosto, preocupado.

— O que está acontecendo dentro dessa cabeça, madame tagarela?

— Não me sinto bem. — É verdade. Eu quero entrar debaixo das cobertas e chorar. — Acho que é porque viajamos muito por estradas montanhosas.

O toque fresco dos dedos dele na minha testa quase me faz chorar, e eu preciso piscar várias vezes para não desmoronar.

A preocupação no seu rosto se intensifica.

— Você está quente.

— E você está lindo e muito bem. — Dou um sorriso forçado. — Me beije para eu ficar melhor.

Ele se inclina e beija a minha testa. Mas está em uma missão.

— Estou falando sério. Quero que fique aqui esta noite. Vou enviar uma mensagem para a Dra. Stern e pedir para ela vir te examinar.

— Não, não envie — eu digo a Gabriel. — Estou bem. — Vou ficar melhor quando estiver trabalhando.

— Besteira. — Sem aparentar esforço, ele me ergue e me carrega para dentro. Contrariando a mim mesma, uma sensação lasciva percorre o meu corpo. Nunca fui carregada, nem tratada como se fosse preciosa. E apesar de não estar doente de verdade, o cuidado me faz querer me agarrar a ele e chorar para acabar com os meus problemas.

Ele me coloca no sofá.

— Fique aqui.

— Sim, senhor. — Eu faço uma continência, mas ele já está entrando no quarto.

Retorna com um cobertor, e imediatamente coloca ao redor do meu corpo.

— Pronto.

— Você está agindo como uma mãe-galinha. — E eu estou amando.

— Cocorocó, cocorocó — ele fala, inexpressivo, enquanto pega o telefone fixo com uma mão e o controle remoto da televisão com a outra. Fico impressionada com sua habilidade de fazer várias coisas ao mesmo tempo; ele navega pelas opções de filmes e escolhe uma comédia romântica, enquanto simultaneamente pede uma sopa e uma cesta de pães, pelo serviço de quarto.

— E um bule de chá — acrescenta, terminando a chamada.

De vez em quando, o meu pobre e maltratado coração se derrete todo. Ele pediu chá para mim. A minha voz está muito rouca quando eu falo.

kristen callihan

— Os italianos não são conhecidos pelo chá.

— Deve ser uma porcaria — ele concorda. — Mas vai ter que servir.

E apesar de eu estar toda enrolada como um pacote, ele me move mais uma vez, me coloca no colo e nos aconchega debaixo do cobertor. É muito melhor ser amparada. Eu me encosto no seu peito e ele passa os braços ao meu redor.

— Eu não quero te deixar — murmura no meu cabelo.

— Estou bem. De verdade. Posso ir com você...

— Não. — A sua voz é gentil, mas firme. — Mesmo não estando doente, você precisa descansar. Agora, fique calada e obedeça a minha ordem.

— Mandão.

— Você só está lamentando porque é a minha vez de mandar.

Sem conseguir me conter, acaricio o seu peito. Tocar nele é um luxo que nunca vou me acostumar.

— O que você falou sobre o relaxamento forçado ser contraditório?

— Eu realmente não me lembro. A exaustão está te causando delírios.

Eu bufo, e ele me dá um beijo na testa, rindo.

O filme começa e ficamos em silêncio.

— Como você sabe que eu amo *Harry & Sally*? — pergunto baixinho.

Ele se mexe debaixo de mim, e apoia um pé na mesa.

— Você me disse.

— O quê? Quando?

— Na terceira noite no ônibus. Você estava zombando por eu amar tudo relacionado a Jornada nas Estrelas, e eu te perguntei quais eram os seus filmes favoritos. E ainda me ofendo por você pensar que *Spaceballs* está no mesmo nível de *Guerra nas Estrelas*.

O desprezo na voz dele me faz sorrir, mas um suave formigamento percorre o meu corpo, enquanto penso naquela noite.

— Você se lembra de tudo isso?

Ele passa a mão pelo meu cabelo, causando pequenos e deliciosos arrepios na minha espinha.

— Eu me lembro de tudo que você diz, Darling. Você fala, eu escuto.

Nesse ponto, quase digo que o amo. As palavras despertam e se movimentam pela minha língua. Mas a minha boca se recusa a abrir. O medo me impede, como se a revelação fosse o prelúdio do fim. Não faz sentido, mas não consigo me livrar dessa sensação.

Eu beijo a parte de baixo do seu queixo, onde o aroma do perfume mistura com o calor da sua pele, e o abraço forte.

Ele me segura até o serviço de quarto chegar. Considerando a rapidez com que eles aparecem, eu suponho que temos tratamento preferencial. Um privilégio, suponho, pela Kill John ter alugado o andar inteiro.

Gabriel veste o paletó e ajeita os punhos enquanto eu finjo me interessar pela refeição. Mas eu perdi o apetite.

— Não fique revirando a sopa — ele diz. — Coma.

— Estou esperando esfriar.

Aparentemente sou péssima em mentir, porque ele me encara da ponta do sofá, como se pudesse arrancar os pensamentos da minha cabeça por puro capricho.

— Eu deveria ficar — diz ele, finalmente.

Quando tira o telefone do bolso como se fosse começar a escrever uma mensagem, seguro a sua mão.

— Não. Vá. Juro que estou bem. É apenas uma noite ruim. Isso acontece.

Preciso que ele vá, para que eu poder procurar aquele idiota do Martin e dizer para ele morrer e ir para o inferno – ou algo do tipo. Não posso fazer isso com o Gabriel por perto. Estou bastante certa de que a versão dele de mandar Martin para o inferno, provavelmente envolveria dar uma surra de verdade nele.

Seria meio agradável de assistir, mas a ideia de Gabriel se meter em problemas com a lei, ou manchar a sua reputação me horroriza.

Ele deve perceber a minha urgência, porque suspira e se inclina para me beijar. Não é um beijo rápido. É suave e lento, como se sentir o meu gosto fosse um deleite. E eu me derreto sob o toque dele, retribuindo o beijo e entrelaçando as mãos nos seus cabelos espessos.

Quando finalmente nos separamos, ambos respirando mais rápido, as suas bochechas estão bastante coradas. Ele posiciona as nossas testas juntas, enquanto segura a minha nuca.

— Sophie — diz ele. — Minha querida menina.

Lágrimas ameaçam descer. Ele é tão carinhoso. Tão maravilhoso. Fecho os olhos e faço círculos com os polegares nas suas têmporas.

— Eu estarei aqui quando você voltar.

Emitindo um som de concordância, ele me beija uma vez. Depois, mais uma vez. Beijos suaves. Beijos com gosto de amor.

— Sophie, eu… — ele respira fundo, balançando a cabeça. Quando recua, a perda me causa um vazio no peito.

Ele ajeita os punhos mais uma vez e observa o meu rosto. Não sei o que ele vê, mas quando finalmente fala, a sua voz é suave.

kristen callihan

— Fique bem.

— Vou ficar. — Mas a minha promessa é vazia, porque esse mal-estar não vai passar até eu me posicionar contra o Martin.

gabriel

Eu odeio as sessões de autógrafos – as festas insossas no início e no fim de cada show, onde imprensa, fãs, administradores de fã-clubes, outras pessoas famosas e figuras de peso da indústria musical se reúnem em um amontoado enfadonho de quem observa quem. Eles são a ruína da minha existência profissional.

Ao longo dos anos, aperfeiçoei um olhar indiferente que mantém as pessoas à distância durante essas horas tortuosas. Só os muito corajosos ou os muito estúpidos se aproximam de mim. Os muito corajosos têm o meu respeito e geralmente são inteligentes o suficiente para a conversa ser breve. Com os muito estúpidos, é fácil lidar.

De qualquer forma, é inevitável que eu tenha de falar com as pessoas durante toda a noite. E esta noite é extremamente longa. Eu me proíbo de enviar mensagens para Sophie mais de uma vez, para não dar uma de "mãe-coruja" para cima dela. Mas eu quero.

Não gostei da expressão abatida, e ainda agitada que ela tinha mais cedo, ou do jeito que ela tremia em meus braços, mesmo que, claramente, quisesse esconder a sua chateação. Algo está errado. Algo mais do que o enjoo por causa da viagem, que ela afirma.

Seja qual for o problema, eu quero resolvê-lo. É um dever meu. Durante toda a minha vida, eu me dediquei às pessoas que me são importantes, e hoje ela está no topo da lista.

Deveria ter ficado com ela. Estou me sentindo… possessivo – outra emoção que não me é familiar.

Os homens não podem sair por aí apresentando as suas mulheres como: "Ela é minha; toque nela e perca um dedo". Podem? Duvido que

Sophie goste de ser classificada dessa forma. Será que ela iria gostar, se eu lhe dissesse para me rotular da mesma maneira?

— Scottie, cara, você está viajando.

— Como? — Encontro Killian ao meu lado.

— Completamente distraído. — O sorriso dele é irritante. — Acho que as férias deram resultado.

— Estou curado da compulsão de verificar o telefone a cada dois minutos — digo, severamente.

— Uh-huh, era exatamente a isso que eu me referia.

Ignoro o seu olhar presunçoso.

— Foi — *O melhor momento da minha vida* —... eu gostei bastante.

Killian faz um som de satisfação.

— É bom ouvir isso.

Ele não diz mais nada, mas também não se afasta.

Sophie acredita que eu deveria fazer um esforço para me relacionar mais com eles. Eu pigarreio de leve.

— Estou pensando em levar a Sophie para o chalé no Ano-Novo. Você e Liberty gostariam de ir conosco?

Faço uma careta. É provável que tenha soado tão artificial ao sair da minha boca quanto foi na minha cabeça. Pela forma que o lábio de Killian se contrai, eu estou correto. Imbecil.

Mas ele responde antes que eu possa dizer outra palavra:

— Liberty e eu adoraríamos.

— Você não deveria perguntar a ela antes de se comprometer? — Conheço bem as mulheres.

— Não há necessidade. Nossas mentes são sincronizadas. — Ele se inclina. — Além disso, ela está atrás de você.

Surpreso, dou um passo para trás e vejo Liberty sorrindo tanto que as suas bochechas se amontoam.

— Ei, Scottie. — Ela me dá um pequeno soco no braço. — Podemos esquiar, comer fondue e fazer outras coisas ao estilo James Bond?

— Como pular de penhascos e lançar paraquedas com a bandeira britânica? — digo, lentamente.

— Sim. Mas preciso de estrelas e riscas nas minhas. É o meu dever patriótico.

— Vou colocar na minha lista de tarefas.

— Hee! — Antes que eu possa fugir, ela me dá um abraço. — Este vai ser o melhor Ano-Novo de todos!

Killian ri, e depois olha em volta.

— Alguém viu o Jax?

Eu me desvencilho de Liberty e a conduzo na direção de Killian.

— Não, desde o fim do show. Ele estava meio fora de si esta noite.

Killian examina a sala.

— Ele estava com uma péssima aparência. E agora ele sumiu.

Quando Jax desaparece, todos nos preocupamos. É uma reação automática agora, independentemente de quão confiável ele pareça ser. Fico em estado de alerta na mesma hora, e sinto uma contração na lombar.

— Quando você o viu pela última vez?

— Saindo do palco.

— Isso foi — dou uma olhada no meu relógio —... há quarenta e dois minutos.

Killian acena para Whip e Rye.

— Vocês viram o Jax?

A nossa preocupação é contagiosa. Rye franze a testa.

— Não, mano.

— Ele estava entrando no banheiro quando saímos — diz Whip.

Rye corre para procurar no banheiro, enquanto Killian vai falar com Kip, o nosso chefe de segurança.

Eu também sigo naquela direção e os encontro no momento em que Kip diz a Killian que viu Jax subir as escadas, agarrado a uma fã.

— E um cara — acrescenta Kip.

— Um cara? — Killian repete, confuso.

— Parecia meio pilantra. Ele segurava Jax pelo outro braço. Mas Jax me fez um gesto para que eu me afastar. — Kip dá de ombros. — Então, o que eu poderia fazer?

Faça a porra do seu trabalho e me comunique o que está acontecendo, penso com um grunhido silencioso.

O olhar de Killian se volta para o meu.

— Jax não gosta de caras.

— Eu sei — respondo de forma ríspida, e respiro fundo. — Olha, não sabemos o que está acontecendo; vamos apenas ser cautelosos. E é bom nos acalmarmos, eu não quero chamar a atenção para nós.

A mandíbula de Killian se tensiona, mas ele assente com a cabeça.

— Continue com as suas obrigações — digo a Kip. — Venha comigo, Killian.

GERENCIADO

Quando atravessamos o cômodo, Rye nos encontra com um semblante austero.

— Não está no banheiro.

— Aparentemente, ele subiu as escadas — eu digo. — Fique aqui e seja você.

Ele sabe exatamente o que quero dizer, mas não parece ter ficado feliz.

— Alguns dias é uma porcaria ser o palhaço da turma. Me enviem uma mensagem quando o encontrarem, ou eu vou ficar puto. — Ele faz um gesto de saudação, sai correndo e pula no sofá entre duas mulheres. — Senhoras, quem quer fazer *shots*?

Liberty está conosco, e eu toco em seu cotovelo para fazê-la desacelerar.

— Vá dizer ao Whip para ficar aqui embaixo. Se formos todos, as pessoas vão notar.

Killian e eu ficamos em silêncio enquanto esperamos pelo elevador.

— Não temos motivos reais para preocupação — digo.

— Ele deve estar fodendo alguma garota.

— Certo.

Uma fileira de luzes numeradas acompanha a descida do elevador até o nosso quinto andar. Killian e eu observamos.

— Por que eu sinto que é algo mais? — Killian sussurra, olhando para as luzes.

O meu coração bate forte.

— Não sei. Mas eu também sinto.

CAPÍTULO VINTE E SEIS

sophie

Acontece que eu não preciso procurar por Martin. Ele me encontra. É claro que o idiota faz do jeito dele. Me envia uma mensagem dizendo que está indo para o show – onde não posso segui-lo sem que Gabriel veja – e ainda acrescenta, presunçosamente, que vai entrar em contato quando estiver disponível.

Filho da puta. Filho da puta fodido.

Só me resta esperar, aguardar o momento certo, morrendo de ansiedade.

Já desenhei rostos de demônios em metade dos modelos da minha revista, quando ouço o som do elevador no corredor. A risada irritante de uma mulher ecoa, seguida pelos tons mais graves da voz de Jax. O show acabou e ele, com certeza, está no clima para se divertir.

As vozes se afastam, e eu tento me distrair com a televisão. Infelizmente, não há nada interessante, e acabo assistindo *Alvin e os Esquilos* em italiano. Não sei qual é o motivo de passar um desenho infantil no meio da noite, mas o tom agudo das falas em italiano é, definitivamente, uma distração.

Não sei quanto tempo se passa, mas um grito aterrorizante e ensurdecedor vindo do corredor me faz pular e correr em direção à porta.

Uma moça, histérica, corre em direção ao elevador. O seu cabelo castanho está desarrumado, e a maquiagem borrada. Respingos de vômito cobrem um lado do peito. Isso não me impede de puxá-la pelo braço e interrompê-la bruscamente. Ela está fugindo do quarto de Jax.

— O que aconteceu? — eu pergunto, com o coração disparado. Ela tenta se soltar, mas eu a seguro firme. — Me responda.

— Eu não me importo se é famoso. Ele vomitou em mim. Eca... — Ela sacode a mão. — Que merda nojenta!

Ela é americana e, provavelmente, não tem mais do que dezenove anos. Eu a puxo, e corro pelo corredor.

— Mostre onde ele está.

— Me solte.

— Não. Você não vai ter esse luxo agora. — E eu sou mais forte. A preocupação e o medo por Jax causam esse efeito.

— Está com aquele outro cara — ela choraminga. — Ele vai cuidar dele.

Eu não paro, mas os meus passos vacilam.

— Que cara?

— Não sei. Um cara aí. Marty.

Sinto o sangue se esvair do meu rosto. Eu me vejo correndo, puxando a garota atrás de mim.

— Merda, merda.

A garota consegue se soltar. Sem tentar pegá-la, corro até o quarto de Jax e bato na porta.

O meu pior medo se confirma quando o Martin abre a porta, com um sorriso de satisfação.

— Bem, isso foi mais fácil do que o esperado. Olá, linda Sophie.

Eu o empurro para trás com toda a minha força.

— O que você fez, porra?!

Ele tropeça, e depois se estabiliza, rindo.

— Eu não fiz merda nenhuma. Apenas segui o desastre que é Jax Blackwood.

Vindo do banheiro, ouço um gemido lastimável e o som de vômito. Lanço um olhar fulminante para Martin enquanto me apresso para sair. Ele me segue como se não pudesse esperar para testemunhar.

O cheiro me atinge primeiro. É tão desagradável que me faz cambalear. Jax está ao lado do vaso sanitário, com a pele pálida e coberta de suor, entre outras coisas.

— Jax — caio ao lado dele, sem prestar atenção na bagunça. — Querido, o que você tomou?

Ele pende a cabeça e pisca, tentando se concentrar em mim.

— Nada, linda. Eu juro. Não estou me sentindo muito bem.

Ele treme e, em seguida, procura cegamente pelo vaso sanitário, me empurrando para trás na confusão. Eu ouço o disparo característico de uma foto. Martin está com o celular na mão, clicando com alegria.

— Largue essa porra desse telefone ou vou enfiar ele na sua bunda, juro por Deus!

kristen callihan

Eu me jogo em cima dele, mas Jax desaba no chão.

— Jax! Merda. Me dê esse telefone — grito para Martin. — Eu preciso chamar um médico.

Martin tropeça para trás, segurando o telefone no alto.

— Gata, eu pensei que valeria a pena segui-lo, mas não sabia que você me daria essa sorte. Obrigado, Soph. De novo.

As palavras mal saem da boca dele quando Gabriel e Killian aparecem na porta. O alívio toma conta de mim. Gabriel vai saber como ajudar Jax. Mas, algumas coisas acontecem em rápida sucessão e me impedem de falar.

Killian grita de medo e corre para Jax.

O olhar de Gabriel oscila entre mim e Martin. Antes que alguém possa se mexer, ele pega Martin pelo pescoço com uma mão, o arremessa contra a parede, toma o celular dele com a outra, e o guarda no bolso.

— Fique aí. — Agarra Martin, batendo a cabeça dele contra a parede mais uma vez.

— Sai de cima de mim, porra! — diz Martin, tentando se libertar. — Vou te processar.

Gabriel o prende à parede, apenas com a força de um braço. Já está ao telefone.

— Stern, eu preciso de você agora. Traga a sua maleta. — Em seguida, faz outra ligação. — Kip. Suba aqui agora.

Ele não me olha, nenhuma vez.

Killian está com Jax nos braços.

— Você não vai fazer isso de novo, de jeito nenhum — fala com a voz rouca, como se tivesse em pânico.

Jax geme e se mexe.

— O que ele tomou? — a pergunta dura de Gabriel é dirigida a mim.

— Não sei. Ele disse que não tomou nada. Só que se sente mal.

A atenção de Gabriel se volta para o telefone de Martin, enquanto ele rola pelas fotos. Cada centímetro dele parece vibrar com raiva contida. Os cantos dos seus lábios estão brancos, e o aperto em Martin é tão firme que o homem começa a arranhar os dedos de Gabriel.

— Você está sufocando-o. — Eu mesma quero dar uma surra em Martin, mas Gabriel tem muito a perder, se machucar seriamente um fotógrafo.

Os olhos de Gabriel se encontram com os meus. A sua expressão é de uma raiva tão intensa, que eu reajo instintivamente, recuando para dentro de mim mesma.

GERENCIADO

— Bom — ele diz, voltando a atenção para o telefone de Martin. As suas narinas se dilatam enquanto ele olha para o que devem ser dezenas de fotos, a última delas sendo eu curvada sobre Jax.

Com alguns movimentos do polegar, ele apaga todas elas.

— Ei — Martin tenta protestar e leva outro golpe de cabeça.

Dra. Stern e Kip entram correndo em seguida, e tudo se torna um borrão de esforços para ajudar Jax. Eu me vejo empurrada para fora do banheiro e me jogo em uma cadeira, tremendo e suando. Tento não olhar para o vômito em meus joelhos e temo por Jax. Também estou preocupada com o comportamento de Gabriel.

Eu sei que ele está no modo de emergência, mas não gosto da maneira como ele se recusa a me olhar.

Kip arrasta Martin para fora da suíte, com o pequeno canalha protestando por todo o caminho, e eu fico sozinha.

Gabriel ainda está com os outros no banheiro. Eu consigo ouvir a conversa deles.

— Não é uma overdose — diz a Dra. Stern. — Eu acredito que ele está com intoxicação alimentar. Já recebi telefonemas de alguns dos *roadies* que também estão passando mal.

A voz de Killian está abafada.

— Ele saiu para jantar com Ted e Mike mais cedo.

— Esses devem ser os dois que eu vi — diz a Dra. Stern. — Vou mantê-lo hidratado até que tudo saia do seu organismo.

Jax geme.

— Todo mundo pode sair daqui? Ainda tem muita coisa para sair pela porra do meu organismo...

Killian e Gabriel saem do banheiro e fecham a porta atrás deles. Gabriel está ao telefone, dando uma atualização a alguém. Ele se mantém afastado de mim.

Killian dá uma última olhada para a porta e solta um suspiro profundo. O cansaço reveste o seu rosto enquanto o esfrega com a mão. Com um tapinha no ombro de Gabriel, ele sai, sem me cumpirmentar uma única vez.

A sensação de mal-estar e nervosismo no meu estômago se intensifica quando Gabriel finalmente vem em minha direção.

— Raio de Sol...

— Aqui não — responde bruscamente, com a voz baixa e firme. Ele vira e se dirige para a porta.

Não tenho outra escolha além de segui-lo.

Ele espera até chegarmos à nossa suíte para me atacar.

— Tudo bem, que merda está acontecendo?

— Não me ataque como se eu fosse um dos seus lacaios.

— Responda à porra da pergunta — ele ruge.

A sua fúria faz os meus ouvidos zumbirem. É tão súbita e intensa, que me deixa arrepiada. Eu nunca o vi assim, com os lábios brancos e os olhos cravados nos meus. A minha boca treme. Sinto vontade de chorar. Mas nunca fui do tipo de me acovardar. Não vai ser agora, e me encontro gritando com ele.

— Não sei! Só cheguei lá alguns minutos antes de você.

Ele bufa, o som alto e desagradável.

— Ele te enviou a primeira mensagem quando fizemos o check-in no nosso quarto.

Merda.

— Isso não tem nada a ver com Jax.

Gabriel range os dentes.

— Não estava doente, não é? Você mentiu para mim.

O meu estômago embrulha.

— Eu estava passando mal. Preocupada e com vergonha. Apenas saber que aquele verme estava por perto e queria conversar me deixou enjoada.

Para dizer o mínimo, ele parece ainda mais irritado, com uma vermelhidão subindo pelo pescoço.

— Se fosse o caso, você só precisava me dizer. Ao invés disso, me fez ficar preocupado e arrependido por ter te deixado para trás. E o tempo todo você tinha planos de se encontrar com aquele filho da puta.

Ele tem razão, e não há nada que eu possa fazer para mudar os meus erros.

— Sinto muito. Eu só queria lidar com isso sozinha, me livrar dele e seguir com a minha vida. Mas não queria te magoar.

Gabriel acena com a mão como se estivesse tocando uma mosca.

— Tudo bem.

— Não parece que está tudo bem.

Ele me corta com o olhar.

— Porque eu. Não. Estou. Bem. Estou puto pra caralho.

Eu me encolho mais uma vez com a dureza da sua voz, e a maneira que ele a utiliza como um açoite. Eu nunca estive no alvo da sua raiva e, por isso não percebia a intensidade do seu poder. Sinto vergonha por tê-la merecido. E me sinto magoada por ele não querer deixar isso para lá.

Ele anda de um lado para o outro até chegar perto de mim, mas para como se de repente não quisesse se aproximar muito.

— Já é ruim o suficiente eu ter que participar do que parecia uma repetição de um dos piores momentos da minha vida, e eu ainda tenho o distinto privilégio de testemunhar o seu suposto ex-namorado agradecer por ajudá-lo a filmar a porcaria toda!

Sentimento de culpa e vergonha me atingem de novo, mas a minha mente para abruptamente.

— O que você quer dizer com suposto? Ele *é* o meu ex. Como você pode pensar que...

Ele contorce os lábios com insatisfação.

— Você não é burra nem cega. Sabe muito bem o que parece.

— E o que parece, exatamente, para você? — pergunto, com o coração tamborilando em meus ouvidos. — Me diga, Gabriel, o que você acha que aconteceu aqui?

Por um segundo, acho que ele não vai responder. Mas então o desafio brilha em seus olhos, ele enrijece, e aquelas paredes frias e profissionais se fecham ao seu redor. É tão rápido e eficaz que quase consigo ouvir o som fantasma delas.

— Acho que você nos fodeu.

Ele poderia muito bem ter me dado um soco no estômago. Por um segundo não consigo respirar.

— Certo. Tudo isso, tudo o que vivemos juntos, foi apenas uma farsa elaborada para conseguir uma história. Claro, por que não? Posso me fazer de prostituta, não posso?

Não vou chorar. Não vou chorar.

— Não distorça isso, Sophie.

— Não estou distorcendo nada. Você disse claramente. Estou apenas explicando a sua teoria.

kristen callihan

— Eu não precisaria criar uma teoria, se você simplesmente me dissesse a merda que tinha acontecido. — Soca o ar, enquanto as palavras saem de dentro dele.

— Eu não deveria ter que explicar que não sou uma vagabunda de rua — eu grito de volta. — Você deveria confiar em mim o suficiente para não chegar a essa conclusão repugnante.

— E se tivesse sido eu? Se você me encontrasse com alguém que já havia prejudicado a sua família, alguém com quem você sabia que eu tive um relacionamento *enquanto* prejudicava a sua família? Você iria pensar que estava tudo bem, por confiar em mim?

Ele me olha com olhos arregalados e magoados, e sinto um aperto no coração.

— Bem…

— Não, você não iria — ele corta, pegando pesado mais uma vez. — No mínimo, você esperaria uma explicação sem precisar pedir. E eu, com certeza, teria uma para dar — ele grita. — Porque você mereceria essa atenção. Qualquer um mereceria. E, com certeza, da pessoa que você…

Ele fecha a boca e vira, passando a mão pelo cabelo. Curvado e trêmulo, ele parece tão derrotado que eu me movo em direção a ele. Porque, se ele está sofrendo, eu preciso fazer alguma coisa.

Mas ele não me dá chance. Se endireita mais uma vez e olha para mim.

— Estou tentando o meu melhor para te dar uma chance aqui. Porque aquilo que Killian e eu testemunhamos esta noite não pareceu ser nada bom.— Ele abre as mãos em um gesto de desamparo. — Cristo, Sophie, me dê algo para me apegar, uma migalha de explicação para eu levar para Killian.

A queimação do meu rosto está tão forte que faz pulsar.

— Killian? Você acha que eu me importo com o que Killian acredita agora?

— Você deveria estar muito preocupada com o que Killian pensa de você. O bem-estar da banda deveria ser a sua prioridade máxima, porra.

— Obviamente é a sua — respondo imediatamente.

— Claro que é. — Ele corta o ar com a mão. — Eu sou o gerente deles! O que você pensou?

— Eu pensei — eu falo com a voz trêmula. — Que eu significava o suficiente para que você não fizesse suposições erradas. Que você não se preocuparia em acalmar os sentimentos de Killian à minha custa.

Todas as emoções desaparecem do seu rosto e ele se endireita completamente, empurrando os ombros para trás como se estivesse se preparando.

GERENCIADO

— Esta é a vida real, Sophie. Não é um filme. Não pode usar o que aconteceu como um teste para ver quanto eu aceito cegamente, como se isso, de alguma forma, me tornasse digno de você.

Eu permaneço ali, de boca aberta, incapaz de formar uma palavra. Um teste? Ele acha que isto é um teste? Mas uma pequena e obscura parte de mim se pergunta, *eu o estou testando*?

Eu explicaria tudo se ele me desse meia oportunidade de falar.

E, ainda assim, *estou* magoada por ele, imediatamente, ter pensado o pior de mim. Como poderia não estar? Somos melhores do que isso. Eu o entreguei o meu coração, e nunca magoaria a ele, nem ninguém que ama. Se ele ainda não sabe disso, nunca vai saber.

A sua voz é fria e metódica, enquanto continua a insistir, e a sua lógica esmaga o meu coração a cada palavra.

— Acha que eu não entendo o que você está fazendo? Me dê um pouco de crédito. Eu te conheço tão bem quanto você me conhece. Foi muito divertido, acreditar que você poderia me controlar?

Sinto uma dor maçante e vazia, o que de alguma forma faz com que ela fique pior. Fecho os olhos para ele.

— Primeiro eu sou uma conspiradora desprezível, e agora eu sou uma idiota que gosta de te manipular para se divertir? É isso?

— Droga, você não tem o direito de ser a parte ofendida aqui. Desta vez não.

Eu arregalo os olhos. Ele parece exausto e magoado de verdade, e eu não sei o que dizer. Mas eu tenho certeza de que não vou pedir desculpas agora.

— Bem, é uma pena, porque eu estou ofendida. E você não tem o direito de dizer como devo me sentir. — Eu me aproximo um passo, batendo os pulsos nas minhas laterais. — E nesse exato momento, você está tornando muito difícil não te odiar.

Ele se inclina para trás sobre os calcanhares. Um silêncio surge entre nós como algo vivo e sombrio. Quando ele finalmente fala, sua voz é baixa e instável.

— Você sempre me incentivou a me expressar. Eu estou me expressando. Admito que preciso viver mais o presente e aproveitar a vida. Mas, você, Sophie Darling, tem que crescer e assumir a responsabilidade quando as coisas derem errado. E se você não consegue fazer isso, não pertence a esta turnê.

Eu o escuto. Sei que, nesse ponto, ele tem razão. Mas as suas conclusões horríveis e a maneira como ele chegou a elas também são importantes.

kristen callihan

Passando a língua nos lábios secos, falo com a voz mais calma possível:

— No momento, a turnê e a minha presença nela ou não, são as menores das minhas preocupações.

Ele franze a testa, inclinando a cabeça como se não pudesse me entender. Parte de mim quer rir, mas eu sei que vou acabar chorando. Talvez sejamos muito diferentes, as nossas prioridades distantes demais.

Uma batida na porta da suíte nos faz estremecer. Gabriel vira em direção a ela, com a boca apertada e o rosto marcado pelo cansaço. Sob esta luz, ele está quase abatido. Ele passa a mão nos olhos.

— É Jules. Ela veio me dar uma atualização...

— Vou deixar vocês a sós. — Com os membros pesados, sigo para o quarto. Ele não tenta me impedir.

E eu não choro quando fecho a porta atrás de mim. Eu faço as malas.

CAPÍTULO VINTE E SETE

gabriel

— Qual é a informação que você tem? — eu pergunto, de uma das cadeiras da sala de jantar da suíte. A minha cabeça está muito pesada para se sustentar sozinha, então eu a apoio nas mãos.

— A garota que você pegou no elevador é Jennifer Miller. Ela é uma *roadie*, trabalha com iluminação. — A voz de Jules é suave e hesitante.

Lamentável, mas aparentemente sou muito bom em intimidar mulheres. Uma pontada de dor atravessa o meu coração. Eu limpo a garganta, com dificuldade em encontrar a minha voz.

— Continue.

Jules respira de um jeito que soa mais como um suspiro.

— De acordo com a sua declaração, ela queria se encontrar com Jax. Quando o viu tendo dificuldade para chegar no elevador, ofereceu ajuda.

Bem, a garota merece pontos por ser uma oportunista. Eu não deveria me importar, mas estou tão amargurado agora, que é tudo o que posso fazer para não desdenhar.

— E aquele imbecil? Como conseguiu entrar?

Entre os meus dedos, vejo os lábios de Jules se curvarem em um sorriso e depois se apertarem.

— Ele, ah, se aproximou deles no elevador. Disse à Jennifer que era um velho amigo de… — Jules tosse, desviando o olhar.

— De Sophie? — eu sugiro. Droga, até dizer o nome dela é doloroso. Não sei como consigo dizer sem inflexão.

Sophie. Depois que a agredi com palavras da pior forma que já fiz com alguém, ela se recolheu no nosso quarto. Saiu com uma dignidade silenciosa e eu me senti pequeno e muito arrependido. Eu nem consigo me lembrar da última pessoa que me era importante, e com quem eu realmente perdi a paciência. Há uma razão para isso. Eu corto as pessoas com as minhas palavras, de forma tão natural quanto um cirurgião com um bisturi.

Aquele idiota do Martin, no entanto… Cerro as mãos em punhos. É tudo que eu posso fazer para não ir atrás daquele jumento e arregaçar a cara dele. Um arrepio percorre o meu corpo. Sinto como se voltasse à minha juventude selvagem, quando estive a poucos passos de me tornar um delinquente vulgar.

Jules me observa com olhos cansados.

Forço o que espero ser uma expressão neutra.

— Então?

— Sim, foi o que ele disse. E se ofereceu para ajudar. Jax deixou os dois subirem.

Esfrego a minha mão fria e úmida no rosto.

— O que aconteceu no quarto?

— Ah, Jennifer disse que começou… ah, dar uns amassos em Jax. Ele não pareceu se importar.

O que significa que ele estava tão fora de si que deixou a cretina fazer o que quisesse. Faço um gesto com a mão, incentivando Jules a apressar as coisas. Quase não consigo ficar sentado aqui, ouvindo. Quero andar de um lado para o outro. Quero ir atrás de Sophie, me deitar na cama com ela e implorar o seu perdão por eu ter gritado.

Não, não posso ser um verdadeiro capacho. Ela também estava errada. Ela mentiu, se recusou a explicar e usou a minha personalidade forte contra mim. Nunca avançaremos em pé de igualdade se eu for o único a admitir as minhas falhas.

Não que você tenha dado a ela muitas oportunidades de se explicar, companheiro. Nem que ela tenha se esforçado para isso.

Dane-se, estou discutindo comigo mesmo agora.

Jules continua falando, e eu me esforço para prestar atenção.

—… Martin começou a tirar fotos deles. Ele disse que eles formavam um casal fofo e que Jennifer gostaria de uma — Jules faz uma careta —… uma lembrança.

— Inferno do caralho.

— Sim — ela concorda baixinho. — De qualquer maneira, de repente, Jax vomitou. Em Jennifer.

Ela faz uma pausa e nossos olhos se encontram. Não consigo segurar um pequeno sorriso. Jules também ri.

GERENCIADO

— Vá em frente — eu digo, lutando contra esse sorriso.

— Ela sai correndo e encontra Sophie, que aparentemente a deteve, exigindo saber o que se passava, e tentou arrastá-la de volta ao local.

A minha Sophie. Ela fez o que eu faria. A culpa se instala na minha garganta como fragmentos de vidro.

— Jennifer se libertou e, provavelmente, foi nesse momento que você a encontrou no elevador.

— Sim. — Foi uma surpresa indesejável descobrir uma mulher histérica e coberta de vômito no elevador quando as portas se abriram. Eu e Killian a encaramos em choque, antes de sairmos e a entregarmos para um segurança responsável pela área.

Com um suspiro, me recosto na cadeira. Sinto dores. No corpo inteiro. E eu sei que são de tristeza.

— Repasse tudo para Killian e o resto dos rapazes. — Eu sei muito bem que Killian já deve ter contado para eles. — Não quero que façam mau juízo de Sophie.

É difícil falar. Sinto dor até ao pensar. Sophie não entenderia que a simples ideia de eles não gostarem dela seria uma ferida no meu coração. Ela me é importante demais para haver indisposições.

Jules concorda com a cabeça.

— E a Jennifer?

— Ela foi embora. Dei a ela duas semanas de indenização e uma passagem de volta para casa.

— Suponho que não tenha sido na primeira classe, não é? — A piada de Jules não cai bem. E o sorriso dela morre. — Cedo demais?

Sem ter o trabalho de responder, eu me levanto e aperto a minha nuca tensa.

— E revise o contrato de confidencialidade que ela assinou. Faça com que ela saiba quais serão as consequências se ela falar alguma coisa.

Ambos viramos ao ouvir um barulho vindo da área de estar. Sophie está parada no limiar da sala de jantar. O seu cabelo úmido está caído sobre os ombros. Ela parece menor de alguma forma, diminuída. A luz dos seus lindos olhos, está apagada.

Eu causei isso a ela. O meu coração bate forte no peito, pressionando as costelas, que se apertam ao vê-la.

— Sophie. Estávamos acabando aqui.

— Sim, dá para notar. — Ela parece um fantasma de si mesma.

De forma vaga, estou ciente da retirada de Jules. No entanto, só tenho olhos para a Sophie.

kristen callihan

Passamos o tempo em silêncio. Dou um passo em sua direção, mas a voz dela me faz parar.

— Você tinha razão. Não pertenço a esta turnê. Não há mais diversão para mim.

— Diversão? — A palavra é como um tapa na minha cara.

— Sim, diversão. Sabe aquele conceito que você tem dificuldade de aceitar?

Eu estremeço.

E ela também.

— Sinto muito. Foi uma merda. Não foi o que eu quis dizer.

— Você não teria falado, se não fosse a sua intenção — eu digo baixinho.

Ela estreita os olhos.

— Então você quis dizer cada uma das palavras que falou para mim?

Sinto que há uma armadilha aqui, pronta, me esperando cair nela. Só que não faço ideia de como contornar a maldita coisa.

— Eu não deveria ter gritado com você — eu digo. — Lamento ter sido tão... — *cruel.* — Agressivo.

— Mas você não se arrepende do que disse. — Uma declaração simples.

A irritação aumenta.

— O que você quer que eu diga, Sophie? Tivemos uma discussão. Todos os casais brigam. — *E então eles fazem as pazes. Por que não podemos chegar à parte de reconciliação do programa?*

Aparentemente, não estamos nem perto desse segmento.

A expressão dela fica mais fria.

— Os casais confiam uns nos outros.

— Outra vez, isso? Você mentiu para mim — falo, com raiva. *E isso me magoou.* De alguma forma, isso é mais difícil de admitir.

— E eu pedi desculpas — responde, de imediato.

Eu deveria deixar para lá. Eu sei disso.

— Você mentiu para mim sobre alguém que... Porra, Sophie. Ele esteve *dentro* de você.

Eu nem sei o que estou dizendo, só sei que a ideia de ele estar com Sophie, me deixa enjoado e me faz querer socar alguma coisa.

Ela abre a boca.

— Você está com ciúmes? Do Martin?

Ouvir o nome dele sair da sua boca me irrita.

— É mais um nojo das suas escolhas de vida.

Merda.

Ela arqueja. Não posso retirar as palavras.

— Sophie… eu não…

— Primeiro sou imatura, agora sou nojenta?

— Você *não* é nojenta. — Dou mais um passo em direção a ela. — Falei fora de hora. Eu sou um idiota ciumento. Não esperava ser, mas sou.

Chego mais perto. Se eu conseguir me aproximar dela e simplesmente segurá-la, tudo ficará bem. Tem que ficar.

Mas ela levanta a mão, me avisando.

— Olha, eu vou ficar com Brenna esta noite.

Isto é errado. Ela não deveria ir.

— Você deveria ficar aqui.

Um sorriso discreto se forma em seus lábios.

— Mas eu não quero.

Eu engulo com tanta força que dói.

— Oh.

Tréplica brilhante. Brilhante pra caralho.

Ela faz um barulho na garganta como se estivesse pensando a mesma coisa.

— Como eu disse, também não quero continuar na turnê.

O meu corpo se inclina em direção ao dela.

— Por quê? — Parece mais um pedido do que uma pergunta.

Ela solta uma risada sem entonação.

— Jesus, você não pode ser tão burro. Você me deu um ultimato. Ou crescer ou sair da turnê. E pelo que eu ouvi de você esta noite, tudo é irrelevante de qualquer forma. E sabe de uma coisa? Não quero crescer. Não, se significar que preciso ser fria e calculista como você. Então acho que estou fora.

Ela pega a bolsa que só estou vendo agora, e se dirige para a porta. Os meus pés estão enraizados no chão. Preciso obrigá-los a se moverem, a segui-la. Eu me sinto vazio e dormente. As palavras raivosas dela fazem a minha cabeça latejar.

— Espere — eu digo.

Ela não se vira.

— Sabe — diz ela. — Eu gosto de você exatamente como é, com falhas e tudo. Mas ficou óbvio que você não me aceita como sou.

— Isso não é verdade! — Agora estou andando mais depressa. Mas ela já está na porta, a abrindo. — Sophie.

Ela faz uma pausa, mas ainda não olha para mim.

kristen callihan

— Me deixe em paz, Gabriel. Cheguei ao meu limite esta noite. Não posso mais conversar com você.

Dê espaço a ela. É isso que o homem deve fazer quando uma mulher o pede, não é? Não sei. Nunca tive uma mulher que quisesse chamar de minha. Parece errado, mas eu fiz tudo errado neste momento. Por isso, deixo de lado os meus protestos.

— Tudo bem. Boa noite, Sophie.

— Adeus.

A porta fecha com um clique suave e eu fico sozinho.

sophie

Apenas siga para a porta. Basta se retirar desse lugar e você já pode desmoronar.

Ele permite que eu vá, me oferecendo um suave: "Boa Noite". Como se não tivesse me despedaçado outra vez.

Como se ele não tivesse acabado de dizer à Jules que eu estava fora. Sem primeira classe dessa vez? Bem, que se danem você e as suas passagens de primeira classe.

Um soluço tenta escapar, e eu o contenho apenas com a força de vontade. Os meus pés me impulsionam pelo corredor do hotel, mas o meu corpo lateja com uma dor horrível e constante. Ele me despediu? E depois agiu como se fosse tudo minha culpa?

Eu deveria ter jogado na cara dele. Mas estou muito magoada, muito chocada. Não sei o que dizer. Não consigo raciocinar direito. Pensei que ele me amasse. É verdade que ele nunca me disse, mas cada olhar, cada ação… aquilo era amor. Tinha de ser.

E ainda assim, aqui estou eu de novo, em segundo plano com relação às necessidades profissionais de um homem. Não que eu não tenha recebido avisos desta vez. Eu sabia que a banda estava acima de tudo para Gabriel. Mas esperava que estivéssemos em pé de igualdade.

Chego ao quarto de Brenna. Os nós dos meus dedos parecem frágeis quando bato na porta dela.

Assim que ela a abre, começo a chorar.

— Querida — diz ela, me puxando para dentro. — Querida.

Tudo o que aconteceu sai de mim como um vômito de palavras. E ela me abraça, deixando fluir.

— Ele fez o quê? — ela grita quando eu conto que Gabriel deu a Jules ordem para me demitir.

— Falou para ela me lembrar da porra do contrato de confidencialidade que eu assinei — digo com amargura.

— Não. — Brenna balança a cabeça. — De jeito nenhum. Esse não é o homem que eu vi com você. Ele é louco por você, Sophie.

Também não teria pensado assim. Um suspiro me sacode.

— Eu o ouvi. Entrei bem a tempo de ouvir as ordens claramente.

— Você precisa falar com ele. Porque não consigo acreditar nisso.

Ela me guia até uma cadeira enquanto eu balanço a cabeça.

— Acabei de falar com ele. Eu disse que iria sair da turnê, e ele permitiu.

Por que não veio atrás de mim? Dizer que me ama? É isso o que eu quero? Estou tão abatida e cansada disso tudo, que não consigo pensar com clareza. Eu só sei que estou magoada e sinto falta dele. Mesmo quando tenho vontade de bater na cabeça teimosa e dura dele, sinto a sua falta. A vida é um caminho vazio se ele não estiver ao meu lado.

Detesto esta fraqueza. Estar apaixonada é como perder a razão e ter o coração exposto de uma só vez. É foda.

— Olha — diz Brenna com suavidade. — Vocês dois tiveram uma noite difícil. Deixe a situação se acalmar e discuta pela manhã. — Ela fica em silêncio e então inclina a cabeça para me observar. — Você realmente quer deixar a turnê?

Então me ocorre que ela não é apenas uma amiga. Ela é a minha chefe.

— Sinto muito — digo, torcendo os dedos. — Não é apenas Gabriel. Killian também não olhou para mim esta noite. É claro que não os culpo. Mas me pareceu que tudo o que passamos não significou nada. — Eu balanço a cabeça. — E pode me chamar de covarde, mas eu só quero ir embora e lamber as minhas feridas com privacidade por um tempo.

Brenna parece achar que é uma ideia terrível, mas é gentil o suficiente para deixar para lá.

— Vamos te colocar na cama. Tudo estará melhor pela manhã.

kristen callihan

Tenho plena certeza de que isso quer dizer que Brenna vai tentar me dissuadir ou me convencer. De qualquer forma, não posso ser convidada a rever a porra do contrato de confidencialidade que assinei. A humilhação me destruiria.

Pode ser que Gabriel esteja certo; talvez seja melhor dar um passo para trás e se proteger. Sempre fui um turbilhão de emoções. Provavelmente, se eu tirar um tempo para mim, me afastar da experiência intensa de estar envolvida com Gabriel, eu enxergue tudo com clareza.

Brenna se levanta, cortando os meus pensamentos.

— Vou deixar você se preparar. — Ela dá alguns passos e depois volta. — Se as coisas derem errado, Harley Andrews está muito interessado em trabalhar com você.

— Isso é lisonjeiro. — Não sinto absolutamente nada. Não me importo mais de trabalhar com um grande astro de cinema. E ainda assim, a Austrália parece uma aventura neste momento. Eu poderia ir até lá, conhecer o país e ter uma nova perspectiva.

Uma pequena voz sussurra que estou fugindo como uma covarde. Eu a ignoro.

CAPÍTULO VINTE E OITO

gabriel

Na manhã seguinte, os caras me encontram em um estado patético no sofá, com um travesseiro em cima do rosto. Eu poderia dizer que é o meu ponto mais baixo, mas esse já aconteceu. O momento em que Sophie passou pela porta e saiu da minha vida sempre será o meu ponto mais baixo. Não, o momento em que duvidei dela e destruí a sua confiança em mim foi o meu ponto mais baixo.

— Jesus — Jax diz, de algum lugar acima da minha cabeça. — Ele está usando moletom. Sujo.

Além disso, bem malcheiroso. Eu não me importo.

— Ele está bêbado? — Whip pergunta com um pouco de preocupação.

— Não — diz Killian, com sotaque arrastado. — Tudo o que vejo são garrafas vazias de água.

— Afogando as mágoas em água engarrafada. Pelo menos ele não é clichê — Rye murmura, antes de se sentar ao meu lado. Ele coloca a mão no meu ombro e me dá uma sacodida. — Scottie, mano, o que aconteceu?

É preciso um verdadeiro esforço para conseguir fazer a minha boca se mexer. Mas sei que se não responder, eles nunca irão embora.

— Estou bem convencido de que Sophie quer me deixar.

Todos ficam em silêncio, o que irrita ainda mais.

Então Jax suspira.

— Porra, cara. É foda.

O travesseiro é levantado do meu rosto, e uma luz ofuscante atinge a minha visão. Estreito os olhos enquanto Killian franze a testa para mim.

— O que você fez? — ele pergunta.

Não respondo. O meu corpo está tão pesado que não consigo encontrar energia para falar. Só quero que eles desapareçam.

— Foi por causa do sexo? — Whip pergunta com hesitação.

Olho para ele de um jeito que, em um mundo perfeito, causaria aniquilação instantânea.

Infelizmente, isso causa pouco mais do que uma retração em Whip.

— Desculpe, desculpe. Só quis perguntar.

Eu olho para o teto. Atrás de mim, Jax vasculha a cozinha da suíte e encontra algumas cervejas.

— Você deveria beber? — eu me sinto obrigado a perguntar. Ele parece tão bem quanto eu.

Jax manca até o outro sofá e cai em cima dele.

— Isso acalma o meu estômago.

Duvidoso.

— Você está bem? — pergunto, em parte por medo dele vomitar em toda a minha suíte.

Ele me lança um olhar perspicaz.

— Estou me sentindo um lixo, como se fosse algo velho e deixado de lado, mas vou me recuperar.

Rye distribui cervejas para os outros, mas eu recuso a oferta com um gesto. Não me lembro da última vez que comi e, no meu humor atual, é provável que dê um soco em alguém se ficar bêbado.

— Uma vez encontrei um livro de Brenna — diz Rye, fazendo uma careta. — O cara tinha um "pau monstro" com vinte e cinco centímetros de comprimento.

— Sim, certo — zomba Jax. — Era uma fantasia? A probabilidade de um cara com um desses é pequena.

— Fale por si mesmo — diz Killian com um sorriso presunçoso.

— Estou falando, anaconda. Apenas fique calmo e mantenha esse negócio guardado.

Ambos riem. Mas Rye balança a cabeça.

— Como os caras da vida real poderiam competir quando as mulheres vivem lendo sobre paus de pítons e encantadores de bocetas?

Whip bufa e gira uma de suas baquetas.

— O comprimento médio de uma vagina é de 8 a 10 cm. No fim das contas, um pau de 25 cm não significa merda nenhuma.

— Você está tentando dar uma justificativa para ter um pau de oito centímetros? — Rye pergunta com um sorriso crescente.

— Boa tentativa, mas, por mais que você tenha vontade, não vai ver este magnífico espécime. — Whip agarra a virilha e a levanta na direção de Rye antes de revirar os olhos. — Estou tentando dizer, seu babaca, que os homens não deveriam se preocupar com o tamanho do seu pau, mas, sim, com a maneira de utilizá-lo. Já vi mulheres chorarem de gratidão porque estão acostumadas com paus preguiçosos.

Jax ri.

— Pau preguiçoso. Verdadeiro demais. Você faz uma mulher gozar no seu pau e ela fica viciada pra caralho.

— Alguém faça isso parar — eu murmuro, colocando o travesseiro em cima do rosto outra vez.

— Olha, mano — diz Whip de algum lugar perto da minha cabeça. — Só estamos te dando alguns conselhos.

— Vão todos se foder… — eu puxo o travesseiro para o lado para olhar para ele. — Sophie ficou muito satisfeita. Por várias vezes.

Inferno, agora estou pensando naquele olhar que ela tem ao gozar, no jeito que o narizinho enruga e os olhos se apertam enquanto ela arqueia o pescoço e geme… Coloco o travesseiro no colo solto um grunhido.

— Tem certeza? — Rye balança as sobrancelhas. — Quero dizer, ela obviamente não está feliz por algum motivo…

— Ela está chateada porque eu a ataquei como um babaca ciumento e desconfiado, seu idiota. Não porque eu não consegui satisfazê-la. Inferno do caralho.

— Ah.

Sim, *ah*. Como se isso me ajudasse em alguma coisa.

Rye liga a televisão e se senta em uma cadeira.

— Oh, está passando *Supernatural*.

— Não — eu interrompo, dolorido. — Esse não. Sophie tem uma queda pelo Dean. Não consigo assistir sem ouvir os suspiros e os sussurros dela. — Deus, como sinto saudades.

Rye muda rapidamente o canal para um programa sobre carros.

Infelizmente, só consigo pensar em Sophie cobiçando a minha Ferrari. Merda. A mulher está enraizada em cada fibra da minha existência. Estou me desfazendo.

— Eu a amo. — As palavras saem forçadas, estranhas na minha língua. Mas elas são a minha parte mais verdadeira.

— Claro que ama — diz Jax com a paciência de um pai, ao conversar com uma criança irritada.

Killian bufa.

— Todos nós sabemos desde que você ameaçou matar Jax por causa dela.

— Não me lembro de ter feito essa ameaça. — Eu apenas pensei em fazer. Estava muito cego na época, tentando me convencer de que Sophie era um capricho passageiro, quando eu já estava me apaixonando por ela desde o momento em que ela abriu a boca. A minha menina inteligente e conversadeira. Ela mudou a minha cabeça, me transformou em um homem melhor, me fez viver o momento.

Eu olho em volta. Os caras estão me dando privacidade, assistindo televisão. Mas eles estão aqui. Por mim. Nunca irão me deixar para trás. Meus amigos. Minha família.

— Amo vocês também — deixo escapar.

E me arrependo imediatamente. O meu rosto queima quando todos se voltam para mim, com diferentes graus de choque nas expressões.

Rye engasga com uma risada.

— Foda-se — murmuro. — Não é… Vocês sabem o que quero dizer. São meus amigos.

— Na *Vila dos Quem*, dizem que o pequeno coração do Grinch cresceu três tamanhos naquele dia — Killian diz de forma arrastada.

Todos riem.

— Vá se ferrar — eu grunho, lutando contra um sorriso. Mas não vou recuar mais. Sophie estava certa, essa minha atitude dói em mim e neles. Olho nos olhos de cada um. — Estou falando sério.

Whip se joga em cima de mim, o que dói pra caramba, e bagunça meu cabelo.

— Nós também te amamos, garoto Scottie.

Eu o empurro para o chão.

— Uns animais, é o que todos vocês são. — Mas me sinto melhor. Só que não. De modo algum. — Estou fodido, não estou?

— Praticamente — diz Killian com um aceno de cabeça.

— Eu não vou me apaixonar — declara Jax. — Tenho emoções fodidas o suficiente para administrar.

— Palavras de efeito, cara — diz Whip do chão.

— Então, você se desculpou com Sophie? — Jax pergunta.

— Claro que sim. Mas eu estraguei tudo, e ela pediu espaço.

— Você não deu a ela o que ela pediu, deu? — Killian parece horrorizado.

Isso me faz hesitar, e levanto o olhar para ele.

— Eu não deveria?

— Não, você não dá espaço — lamenta. — Elas pedem apenas para ver se você vai lutar.

Indignação me invade.

— Por que diabos fariam isso conosco?

— Para ver se estamos prestando atenção? — Jax sugere.

— Para nos torturar? — Rye rebate.

— É apenas Biologia — diz Whip como se, de repente, fosse um especialista. — Os homens são programados para amar a caça, e as mulheres são programadas para amar serem caçadas.

— É uma declaração que as mulheres chamariam de sexista — eu contradigo.

— Elas podem protestar — concorda Whip. — Mas no fundo sabem que é verdade.

— As mulheres deveriam vir com manual de instruções. — Rye toma um gole da sua cerveja e olha para a garrafa. — Ou uma etiqueta de advertência.

Killian ri.

— Elas vêm, mano. Você só precisa aprender a interpretá-las. O problema é que a maioria de nós não aprende até que uma mulher nos derrube. Prova de fogo, meus amigos. E vocês vão queimar.

— Killian James, profeta da ruína — eu digo, sabendo que ele está certo. E odiando.

— Olha. — Ele chuta o meu pé. — Você fodeu. Agora precisa fazer um gesto para demonstrar que ela é a pessoa mais importante da sua vida.

— Devo cantar uma canção que a chame de fácil? — eu pergunto. O que é um golpe baixo, porque esse foi o erro de Killian com a Libby.

Os caras riem e Killian me dá outro chute.

— Eu me casei com a garota, seu imbecil, portanto eu ganhei.

Casamento não é algo que já desejei, ou ao menos considerei. Mas eu me casaria com a Sophie. Eu posso imaginar: o meu anel no seu dedo, todos os meus bens garantidos para ela. Estaria financeiramente segura por toda a vida. Seria *minha* pela eternidade. E, em vez de o futuro ser uma parede em branco que eu nunca observo, ele seria cheio de sol e luz. Seria a sua risada alegre e o seu calor ameno. Perfeição.

O anseio aumenta a dor no meu coração.

Eu me levanto, estremecendo com a dor no peito e no estômago.

— Todos para fora. Tenho gestos para planejar.

kristen callihan

— Isso mesmo, Scottie. — Rye dá um tapa no meu ombro. — Só que, seja lá o que for, não use um tema de Guerra nas Estrelas.

Porque eu sei que vai agradá-los, mostro o dedo do meio enquanto me dirijo para o chuveiro.

O meu progresso falha quando Brenna entra na sala.

— Seu completo idiota — diz ela, como forma de saudação.

— Vejo que tem falado com a Sophie. — Eu me contenho de perguntar onde ela está e como ela está. Apenas por pouco.

Brenna zomba.

— Você realmente disse a Jules para mandar Sophie para casa? Como se ela fosse uma porra de uma empregada que você pode dispensar quando as coisas se complicam?

O meu sangue esfria.

— O quê?

— Sophie ouviu você dizer a Jules para colocá-la em um avião. Sem primeira classe dessa vez? Isso te lembra alguma coisa?

— Oh, merda — diz Rye em algum lugar atrás de mim.

Eu o ignoro, e o horror faz a minha pele formigar e os meus ouvidos zunirem. Sophie acha que desejo que ela vá embora? Não é de se admirar que ela parecia tão magoada, me atacando como fazem os emocionalmente abalados. E eu dei a ela espaço para remoer a *situação* por toda a noite.

— Eu estava falando sobre Jennifer, a *roadie* de merda que deixou aquela porra daquele Martin entrar no quarto de Jax! Sophie é a minha vida, pelo amor de Deus.

— Oh — diz Brenna, com uma expressão satisfeita. — Bem, isso é ótimo. — Mas então a sua expressão de felicidade se fecha. — Na verdade, é ruim.

— Por quê? — É tudo o que posso fazer para não agarrar a Brenna e sacudi-la.

Ela enruga o nariz.

— Ela, ah, deixou um bilhete dizendo que estava saindo para um *"walkabout"*.

— Que porra é *walkabout*? — eu rujo.

— *Crocodilo Dundee* — Killian grita atrás de mim. — Lembra, quando ele saiu vagando pelo interior?

Caralho, a minha garota é louca. Uma adorável maluquinha.

— Por onde ela está andando? — pergunto, entre os dentes.

Brenna faz uma careta.

GERENCIADO

— Austrália. O voo dela parte às cinco.

A minha garota é uma pessoa adorável, mal orientada e travessa, que vai levar umas palmadas assim que eu conseguir encontrá-la. Preciso chegar a ela. Oh Deus, me ajude, preciso fazer aquele gesto que Killian sugeriu.

Eu posso ficar doente de verdade, quando tudo estiver resolvido. Mas eu consigo. Por ela, farei qualquer coisa.

Solto uma respiração e enfio as mãos no meu cabelo para apoiar a cabeça latejante.

— Tudo bem — eu digo. — Tudo bem, preciso de ajuda e tem que ser agora.

E os meus amigos, que Deus os abençoe, darão conta do recado.

— Do que você precisa, Scottie?

— Eu preciso do meu advogado, e de entrar naquele avião. Vou fazer o resto à medida que for avançando.

sophie

Dizem que você nunca sabe o que tem de verdade, até perder. Não tenho certeza de quão preciso isso é. Eu sei que o meu relacionamento com Gabriel é especial, uma conexão que poucas pessoas têm a sorte de encontrar. E ainda assim aqui estou, em um avião que logo vai me levar para longe dele.

De todas as coisas imprudentes e impulsivas que fiz na minha vida, esta é realmente a mais extrema.

Estou tão irritada comigo mesma, que as minhas unhas estão enterradas nas palmas das minhas mãos. Eu deveria ficar e me desculpar por não ter dado uma explicação imediata, por ter dito palavras ofensivas na tentativa de me proteger. O Gabriel merece isso. Ele merece o mundo. Colocando alguns comentários idiotas à parte, ele é o melhor homem que eu já conheci. E queria continuar a conhecer, a cuidar dele.

Uma passageira que segue pelo corredor bate a bunda no meu ombro, e murmura um rápido pedido de desculpas enquanto desce pelo caminho estreito. Aqui não é a primeira classe.

Com o meu salário, eu poderia pagar por uma passagem da classe executiva. Mas eu não conseguiria voar daquela maneira. Não sem ele ao meu lado. O luxo perde o seu encanto sem Gabriel para compartilhar a experiência.

— Merda. — Eu puxo a minha bolsa que está debaixo do assento da frente.

O homem sentado ao meu lado me olha de forma curiosa.

— Tenho que ir — eu digo, como se ele precisasse saber.

O cara me faz uma saudação enquanto eu saio do meu lugar.

Movimentar pelo corredor enquanto todos os outros estão embarcando, não é fácil. Sou como um salmão lutando contra a correnteza. A frustração faz os meus olhos arderem. Preciso sair deste avião. Preciso de Gabriel.

Uma comissária de bordo percebe a dificuldade e me encontra na primeira saída de emergência.

— Há algum problema, senhorita?

— Nenhum. — Puxo a alça da bolsa para cima do ombro. — Eu só preciso sair.

Ela olha lentamente para mim.

Ótimo, provavelmente estou parecendo ser louca. Não é algo que se queira fazer em um avião.

— Você é a Srta. Sophie Darling?

— Ah… sim?

Ela sorri, passando de cansada a estranhamente afetuosa.

— *Bene.* Estava indo te procurar.

— Estava? — *Merda, o que foi que eu fiz?*

Ela enlaça o braço ao meu.

— Venha comigo.

Eu sigo, porque, o que mais posso fazer? As pessoas me encaram e eu olho para trás. *Ei, se eu for atingida por um Taser, conte a minha história, tá?*

Mas ela não me tira do avião. Ela me leva para a primeira classe. Diminuo os passos, sentindo uma resistência. Não sei de que diabos se trata, mas não vou aceitar nenhuma caridade…

Então eu o vejo. Terno de três peças cinza impecável, gravata de seda azul-gelo, cabelo preto perfeitamente penteado: o homem do meu coração. Ele está sentado em uma cabine para dois, com os olhos semicerrados e

GERENCIADO

acompanha os meus movimentos como se esperasse que eu fosse desviar e fugir.

A sensação de alívio me faz cambalear. A alegria me deixa, constrangedoramente, à beira das lágrimas.

Estou tão surpresa que perdi a capacidade de reagir, e a comissária de bordo praticamente me empurra para o meu assento.

— Gabriel? O que você está fazendo aqui?

Ele franze a testa.

— Correndo atrás de você, obviamente.

Deus, a voz dele, profunda, rica e vibrante. E irritante. Tinha me esquecido disso.

— Mas você odeia voar. Este voo tem vinte horas de duração!

Ele faz uma careta, ficando esverdeado.

— Sim, eu sei. Mas você é mais importante.

O meu coração dispara e eu tenho vontade de pular no seu colo e beijá-lo com todas as minhas forças. Mas a equipe de voo, claramente, se prepara para fechar as portas.

— Você não pode sofrer por tanto tempo. Não vou permitir. Precisamos sair daqui. — Agarro a mão dele e puxo, mas ele me arrasta para o assento.

— Preciso dizer umas coisas. — A expressão dele é firme, e eu sei que ele não será convencido.

— Tudo bem…

Como se estivesse diante de um pelotão de fuzilamento, ele endireita os ombros e ergue o queixo. Mas a expressão dos seus olhos é vulnerável, reveladora.

— Vou começar com o que é mais importante, eu amo você. Nunca disse isso a uma mulher, e nunca direi a ninguém além de você. Já vivi o suficiente para saber que você é tudo para mim. Isso está decidido, assinado, registrado, o que mais for necessário.

Felicidade borbulha nas minhas veias como champanhe morno.

— Gabriel…

— Eu não terminei.

Ele fica tão adorável quando se empenha em se expressar, que eu reprimo um sorriso.

— Tudo bem.

Ele concorda com a cabeça, e respira fundo.

— Vou dizer as palavras erradas de vez em quando. E eu vou estragar tudo. Isso é um dado, infelizmente. Mas nunca haverá um momento em que eu não vá te amar ou te querer na minha vida.

kristen callihan

Pisco rapidamente, com a surpresa me fazendo chorar.

Ele franze a testa como se estivesse irritado consigo mesmo, e se abaixa para pegar um arquivo fino da maleta. Ele me entrega.

— É para você.

As minhas mãos estão tremendo tanto que não consigo abrir essa maldita coisa.

— O que é isto?

— O meu testamento. Quase não consegui fazê-lo a tempo — pondera. — Eu deixei tudo para você.

As minhas palavras saem em um tom agudo.

— O quê? Por quê? Como?

Ele olha para mim, perfeitamente calmo, como se não tivesse acabado de me desestabilizar.

— Quero te dar uma prova concreta de que, independentemente de você se casar comigo, a minha vida estará literalmente ligada à sua, até o dia em que eu morrer. Na verdade, mesmo muito depois da minha morte, se você quiser ser precisa.

— Quer que eu me case com você? — As minhas bochechas estão dormentes.

As sobrancelhas dele se levantam, demonstrando confusão.

— Eu te entrego tudo o que tenho, e é nisso que você se concentra?

Porque o resto não importa; eu não consigo imaginar uma vida sem ele.

— Responda à pergunta, Raio de Sol.

— Sim, é isso o que eu quero. O mais rápido possível, no que depender de mim. — Incerteza preenche os seus olhos. — Se você me quiser, é claro.

Eu fico boquiaberta, com as palavras presas na garganta.

Gabriel puxa as mangas da sua camisa.

— Preciso te avisar agora, que se você não se casar comigo, vai ser difícil se livrar de mim. Posso ser persistente quando desejo alguma coisa.

Pressiono a mão na minha bochecha quente.

— Puta merda. Estou tonta. Foi... foi uma proposta? Não sei dizer.

— Dane-se — ele murmura, corando. — Eu te disse que ia estragar tudo.

Eu me jogo em cima dele, envolvendo os braços no seu pescoço e o beijando para calar a sua boca. Ele congela por um segundo, como se estivesse muito surpreso e não conseguisse reagir, e depois me beija de volta, assumindo o controle. Segura a minha nuca e beija a minha boca, como se eu fosse a sua única fonte de ar.

GERENCIADO

É tão bom, e eu senti tanta falta dele, que acabo chorando – lágrimas suaves que ele beija, sussurrando palavras de consolo e acariciando as minhas bochechas com as partes ásperas dos seus polegares.

Quando nos afastamos, abro um sorriso choroso para ele.

— Você não estragou nada — eu digo, passando a mão no seu cabelo. — Você é perfeito. Eu te amo, Raio de Sol. Do jeitinho que você é.

Ele solta um longo suspiro e descansa a testa na minha.

— Obrigado, Deus! — Dedos fortes agarram os meus quadris. — Me fale outra vez.

— Eu amo você, Gabriel Scott.

O sorriso dele é tão doce e satisfeito que eu preciso beijá-lo, saboreá-lo.

— Mais uma vez — ele exige. — Não tenho certeza se ouvi corretamente.

— Eu te amo, Gabriel Raio de Sol Scott! — O meu grito atrai uns olhares e algumas risadinhas.

Gabriel sorri como se fosse manhã de Natal.

— Eu também te amo, Sophie Madame Tagarela Darling. Mais do que você poderia imaginar.

Eu o cubro de beijos porque ele está aqui e é meu.

— Sinto muito por ter fugido. Lamento não ter me explicado imediatamente. Você ficou magoado, e eu jamais quero te ver sofrer.

— Obrigado — diz entre os meus ataques em sua boca. Mas então ele me imobiliza, segurando as minhas bochechas. — Mas estou muito irritado com uma coisa. Como você pôde pensar que eu a mandaria embora? — O seu olhar se aquece, mas a expressão permanece séria. — Você é minha vida, madame tagarela. Não existe alegria se você não fizer parte dela.

Homem doce. Vou mantê-lo para sempre.

— Eu estava com medo — admito com um estremecimento. — Medo de você ter mais importância para mim do que eu para você. Não estava pensando com muita clareza.

— Nenhum de nós estava.

Com um suspiro, beijo a sua testa, a bochecha, e todo lugar que me é possível.

— Por que somos tão bons em argumentar e tão ruins em brigar?

Porque há uma diferença entre as nossas discussões e quando estamos realmente bravos. Não preciso explicar isto ao Gabriel. Pelo divertimento em seus olhos, sei que ele me entende perfeitamente.

Ele belisca o lóbulo da minha orelha.

kristen callihan

— Talvez seja porque odiamos brigar e ficamos despedaçados quando tentamos. Sinceramente, prefiro usar ternos de poliéster pelo resto da minha vida a brigar com você outra vez.

Eu suspiro.

— Nem brinque com poliéster!

Ele dá uma risada contra a minha pele, e o som provoca pequenos arrepios de prazer por todo o meu corpo.

Mas então ele volta a resmungar:

— E, entre tantos lugares que você poderia escolher... Austrália?

Sinto uma pontada de culpa na barriga. Fui tão estúpida por ir embora.

— Eu precisava clarear as minhas ideias.

— Clarear as ideias significa dar um passeio. Não ir para o lado oposto do planeta. — Ele me observa com desconfiança, mas a sua expressão está tão feliz e contente, que ele não consegue disfarçar. — Estou começando a pensar que você queria me torturar.

— Eu estava prestes a sair do avião para te encontrar, Raio de Sol. Porque ficar longe de você que é uma tortura. — Uma declaração absolutamente verdadeira. — Então reavalie esse comentário.

Enquanto ele murmura de forma duvidosa, deslizo a mão pelo seu corpo para acariciá-lo. Um suspiro sufocado me faz sorrir.

— Além disso — eu digo, o apertando de leve. — Tenho maneiras melhores de torturar você.

Ele coloca a mão sobre a minha.

— Comporte-se, Darling. — Mas não afasta a minha mão.

Eu o sinto endurecer contra a minha palma.

— Ainda não consigo acreditar que você pegou um avião para a Austrália — eu digo, massageando-o sutilmente sob nossas mãos entrelaçadas.

Ele se move um pouco, se aproximando do meu toque.

— É o meu grande gesto, como diria Killian. Se você não entender o quanto eu te amo depois disso, não há mais o que fazer.

Sorrindo, pressiono os lábios no braço dele.

— O meu grande gesto será te dar um boquete em algum momento durante este voo.

O pau dele se contrai enquanto eu o acaricio, e a sua voz sai um pouco áspera.

— Atos sexuais dentro de um avião são ilegais, Darling.

— Então você vai ter que ficar muito quieto quando eu te chupar.

Adoro o som estrangulado que sai da sua garganta e o jeito como o pau dele endurece contra a minha palma, apesar dos seus protestos fracos.

— Sophie — diz ele, voltando ao tom severo que eu amo. — Na verdade, você nunca me deu uma resposta.

— Hmm. — Eu interrompo a minha exploração e encontro o olhar dele. Ele espera, com uma sobrancelha levantada e um músculo pulsando na mandíbula. — Ah, você quer dizer a proposta "errada"?

— Darling...

— Eu vou querer bebês — digo a ele com um sorriso. — E vou vesti-los como Princesa Leia ou Han Solo no Halloween.

O sorriso dele em resposta é tão satisfeito, e o olhar em seus olhos tão ansioso, que eu fico meio tonta.

— Estou ansioso para te dar bebês. E eu voto em uma fantasia do Spock.

— Tudo bem. Então você pode se vestir como Han Solo e eu serei a Princesa Leia capturada, com aquele biquíni dourado.

— Eu te amo — ele declara de forma apressada. — Muito mesmo. O dia mais sortudo da minha vida foi aquele que me sentei ao seu lado naquele avião.

Com um suspiro feliz, eu me aconchego mais perto.

— Vou me casar com você, Gabriel Scott.

Ele solta uma respiração e pressiona os lábios no topo da minha cabeça.

— E eu vou te amar até o dia da minha morte, Sophie Darling.

— Sabe — eu digo. — Se eu adicionar o seu nome, não serei mais Darling.

Gabriel se abaixa e captura a minha boca. O beijo é lento e meio obsceno, com a língua mergulhando fundo. Quando ele se afasta, estou tonta e necessitada. O brilho quente e conhecedor em seus olhos não ajuda.

— Você sempre será a minha querida — diz ele contra os meus lábios. — A minha querida Sophie.

kristen callihan

EPÍLOGO

gabriel

— Acho que vou me referir a esta casa como A Caixa de Sapatos! — Sophie grita do terraço.

É um bom argumento. A maior parte da casa é um longo e limpo retângulo que se projeta em direção ao porto, com pisos de madeira brilhante, tetos altos e paredes de vidro retráteis que permitem a entrada da brisa. Em comparação com estar enfiado em um avião, esta leveza é o paraíso, no que me diz respeito.

Seguindo o som da sua voz, a encontro encostada na grade de vidro reforçado que cerca o terraço. Atrás dela, o Porto de Sydney brilha sob a luz do entardecer, com a sua icônica ponte e – se você entrecerrar os olhos – as velas brancas da ópera ficam visíveis, um pouco à direita.

Mas eu só tenho olhos para Sophie, e o seu corpo curvilíneo dourado e bronzeado, com as pontas do cabelo balançando com a brisa, como se dançassem ao redor do seu rosto sorridente.

O cabelo dela agora é cor-de-rosa. Ela me diz que é a cor do amor e da paixão verdadeira. Na minha opinião, parece mais com algodão doce, mas nunca vou dizer a ela. Pelo menos aprendi um pouco sobre as mulheres ao longo do caminho. Além disso, como sempre irei associar Sophie a guloseimas deliciosas, a cor do cabelo é adequada nesse aspecto.

Eu me movo atrás dela e passo os braços em volta dos seus ombros. A sua pele é fresca, e ela se aconchega no meu peito com um suspiro.

— Eu ainda não consigo acreditar que você comprou uma casa aqui.

— Vinte horas em um avião para chegar à Austrália. É melhor você acreditar que vou demorar para voltar a Londres. Podemos muito bem ficar confortáveis enquanto isso.

GERENCIADO

— Ei, gastamos muitas dessas HORAS fodendo, então não pode ter sido tão ruim.

Isto é verdade. A luta para ficarmos quietos e o medo de sermos descobertos, resultaram em um sexo de reconciliação realmente espetacular. Fiquei tão fã agora, que planejo discutir com Sophie esta noite em algum lugar público, só para encontrarmos uma maneira de praticar novamente.

— Sabe, acho que posso ter sido curado do meu medo de viajar de avião — eu digo, me inclinando para beijar a curva do seu pescoço. — No entanto, teremos que fazer experimentos na nossa viagem de volta para ter certeza.

Sophie empurra sua bunda doce no meu pau acordado. Ele se mexe, querendo dizer olá.

— Ouvi dizer que agora há um voo de primeira classe com um chuveiro completo a bordo. — Ela estica as mãos para trás e as desliza pelo meu quadril. — Pode ser interessante.

— Que se dane, vamos tomar um banho agora — eu exijo, puxando lentamente a barra da saia dela.

A voz de Rye rompe a minha bolha feliz.

— Oh Deus, os meus olhos. Eles estão queimando.

Suspiro contra a pele da Sophie.

— Por que os convidei para virem aqui outra vez?

— Porque você os ama — ela sussurra contra a minha bochecha.

— Eu amo você. E os tolero.

— Eu quero o velho Scottie de volta — Whip lamenta.

Sophie ri.

— Jesus — resmungo. — Eles estão todos atrás de nós, não estão?

Ela balança a cabeça para olhar à minha volta.

— Sim. Todos eles.

— Scottie saiu de cena — diz Jax. — Agora você tem que lidar com Gabriel, e ele parece ser um bastardo pervertido.

O comentário me faz sorrir, porque ele não está errado.

— Vai acontecer com você também, *John*.

— Não conte com isso.

Coitado, ele não sabe o que está perdendo.

Finalmente, eu me viro e coloco a Sophie ao meu lado. Jax, Rye, Killian, Liberty, Brenna e Whip conseguiram sair dos respectivos quartos e se reuniram na enorme sala de estar.

Killian e Libby estão acomodados no sofá enquanto Brenna distribui algum tipo de coquetel com aparência frutada. Tomaram conta da minha casa. E não é desconfortável ou estranho de se ver. Sinto que está certo. Está me fazendo bem.

Parece que Rye e Whip estão montando um pequeno kit de bateria e teclado portátil. Só então percebo que Jax e Killian estão com as suas guitarras.

— Planejam cantar para o jantar? — eu pergunto.

Jax dedilha as cordas da sua guitarra.

— Para Sophie. — Ele dá uma piscada para ela. — Porque ela é a melhor anfitriã.

Ela sopra um beijo para ele.

— Algum pedido? — Jax pergunta.

— Sim. — Eu me inclino para dizer a ele a música que tenho em mente, acrescentando: — *From me to you*.

Ele balança a cabeça, com um sorriso largo.

— Não, mano, essa é definitivamente de mim para vocês.

Eu puxo Sophie para o meu colo, e nos acomodamos em uma poltrona baixa, enquanto os caras afinam os seus instrumentos. Embora eu raramente deixe transparecer, ouvir os meus amigos tocando e ver a evolução de rapazes desajeitados que mal conseguiam coordenar um som, para músicos experientes que criam música transcendental, me enche de orgulho.

Sophie se ilumina quando eles começam a tocar "With a Little Help From My Friends."

— Beatles por alegria — eu digo a ela suavemente.

Ela repousa a cabeça no meu ombro e coloca a mão em cima do meu coração.

— E por amor.

Fecho os olhos e deixo a música tomar conta de mim.

— Sempre por amor.

AGRADECIMENTOS

Para Kati Brown, Sahara Hoshi e Tessa Bailey pelas primeiras leituras e encorajamento. Sarah Hansen, por sempre fazer capas incríveis para mim. Jennifer Royer Ocken por revisar o texto e ser a Boa Kramer. Jennifer Miller por revisar o texto. Elisa Gioia pela ajuda com as partes em italiano. Para os leitores que são sempre maravilhosos e para os blogueiros que são sempre muito solidários.

kristen callihan

SOBRE A AUTORA

Kristen Callihan é escritora porque não há nada que ela prefira ser. Ela é vencedora do prêmio *RITA* e de dois prêmios *RT Reviewer's Choice*. Os seus romances receberam resenhas destacadas da *Publisher's Weekly* e do *Library Journal*, além de figurar na lista de *bestsellers* do *USA Today*. O seu livro de estreia, *FIRELIGHT*, recebeu o Selo de Excelência da *RT Magazine*, foi nomeado um dos melhores livros do ano pelo *Library Journal*, o melhor livro da primavera de 2012 pela *Publisher's Weekly* e o melhor livro de romance de 2012 pela *ALA RUSA*.

A The Gift Box é uma editora brasileira, com publicações de autores nacionais e estrangeiros, que surgiu no mercado em janeiro de 2018. Nossos livros estão sempre entre os mais vendidos da Amazon e já receberam diversos destaques em blogs literários e na própria Amazon.

Somos uma empresa jovem, cheia de energia e paixão pela literatura de romance e queremos incentivar cada vez mais a leitura e o crescimento de nossos autores e parceiros.

Acompanhe a The Gift Box nas redes sociais para ficar por dentro de todas as novidades.

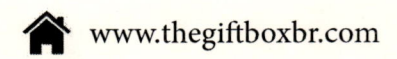 www.thegiftboxbr.com

/thegiftboxbr.com

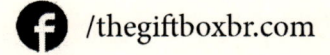 @thegiftboxbr

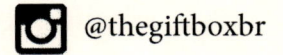 @GiftBoxEditora